申黎光的峥嵘岁月

朴实 著

作家出版社

目录

一代人的岁月存照
　　——《申黎光的峥嵘岁月》序言　　安　黎　001

引　子　　001

第一部：少年的足迹

　　一、噩耗　　002
　　二、苦日子刚开始　　009
　　三、可恶的虱子　　014
　　四、巧手的婆　　017
　　五、大清早怎么会有狼？　　021
　　六、卖兔子挣了五块钱　　023
　　七、遭遇歹人　　028
　　八、目睹枪毙人　　032
　　九、批斗奸畜犯　　040
　　十、吕胜利上吊了　　046

十一、东方红小学里的反革命　　　　　050

十二、花炮厂爆炸了　　　　　　　　　062

十三、母亲回来了　　　　　　　　　　071

十四、来到父母身边　　　　　　　　　080

十五、重返子弟学校　　　　　　　　　091

第二部：青春之迷茫

一、知青组长　　　　　　　　　　　　103

二、翻越十八盘　　　　　　　　　　　110

三、秋千荡悠悠　　　　　　　　　　　117

四、适者生存　　　　　　　　　　　　120

五、左大牛是疯子　　　　　　　　　　132

六、水库大会战　　　　　　　　　　　139

七、工分不好挣　　　　　　　　　　　146

八、飞吻女　　　　　　　　　　　　　152

九、母猪发情了　　　　　　　　　　　157

十、金秋季节　　　　　　　　　　　　165

十一、猪场窑洞坍塌　　　　　　　　　170

十二、阶级斗争一抓就灵　　　　　　　175

十三、周一笛升迁了　　　　　　　　　180

十四、难忘的一九七六　　　　　　　　185

十五、世事无常　　　　　　　　　　　190

十六、申黎光的机遇　　　　　　　　　196

十七、阴大鲁残废了　　　　　　　　　203

十八、知青返城　　　　　　　　　　206

第三部：中年之坎坷

一、农机厂报到　　　　　　　　　　212

二、学徒工　　　　　　　　　　　　218

三、手莫伸　　　　　　　　　　　　227

四、都市相聚　　　　　　　　　　　234

五、县政府秘书　　　　　　　　　　244

六、下乡调研　　　　　　　　　　　250

七、分歧　　　　　　　　　　　　　265

八、风波　　　　　　　　　　　　　273

九、刑警生涯　　　　　　　　　　　283

十、一号文件　　　　　　　　　　　301

十一、乡党委书记　　　　　　　　　312

十二、稠尚乡　　　　　　　　　　　323

十三、副县长　　　　　　　　　　　333

十四、再到十八盘　　　　　　　　　345

十五、阴大鲁最后的日子　　　　　　349

十六、机关事务管理局　　　　　　　353

十七、弼马温　　　　　　　　　　　358

熠熠闪光的碎片
　　——《申黎光的峥嵘岁月》后记　　朴　实　364

一代人的岁月存照

——《申黎光的峥嵘岁月》序言

安 黎

不止一次,我在文章里公开坦白过:我是一个极其挑剔的读者,唯有那些思想与艺术兼备的真正意义上的经典作品,才能满足我的精神胃口。然而奇异的是,于不知不觉中,我竟然成为了朴实(蒲力民)先生文字的忠实读者,而且一读就长达三十多个春秋。朴实写过多少,我就读过他多少,这在我的阅读史上,绝无仅有。朴实每有新作完稿,都会拿来让我过目,并听取我的建议和意见。久而久之,我俨然担负起了朴实作品裁判官的角色。这种委托,基于一种对我的莫大信任,既信任我的认真,又信任我的诚实,更信任我的专业理性。对此,我自不敢懈怠。

年复一年地阅读朴实的作品,读多了,会得出怎样的结论呢?我的结论是,他在徐徐攀高。如果说迈向文学的山巅,需要攀爬一百层台阶的话,曾经徘徊于台阶之外的他,硬是靠着不懈地跋涉与坚毅地前行,一个台阶一个台阶地拾级而上,而今已站在较高的台阶之上。这种日渐登高,不仅是简单意义上作品内在意蕴的日益丰盈和书写技巧的愈加练达,而是认知、笔法、艺术造诣和写作悟性的全面跃升。是的,朴实已不再是运筹帷幄于行政岗位上的健将,而是在文学舞台上长袖善舞的歌者。他像农夫，在勤勉地耕种，将原本的荒滩开垦为一片独属他的园林，园子里姹紫嫣红，花艳果香；他像勘探队员，在艰辛地跋山涉水，将大千世界和人间烟火，既尽收眼底，又化为文字的万种风情，山脉耸立逶迤，河水汹涌澎湃；他像攀岩者，在勇敢地挑战自己已有的高度，向上，再向上，岩石有多硬，他的意志就有多硬——在他文学的水准水涨船高的同时，他精神的宽度和厚度，无疑也得以大幅度地扩充和拓展。也许，他的小说还不够完美，却已具备了优秀小说的基本要素：脉络清晰，情节跌宕，人物个性鲜明，描写逼真生动。

如若对我以上的评述有所怀疑，那就读一读他最新出版的长篇小说《申黎光的峥嵘岁月》，读了，朴实小说的高低长短，读者自会明了于心。这部凝聚着他的心血，也凝聚着他的智慧的长篇小说，既是他写作的新收获，也代表着他文学进程的新坐标；既是他灵魂的远方，也是他生命的故乡。小说从主人公申黎光的童年起笔，一路写下去，直写到申黎光跨过耳顺之年才终止，时间跨度近半个世纪。小说的情节亦真亦幻，亦实亦虚，既把一个人的生命春秋和精神冬夏，悉数呈现，也把一群人在特殊年代任人摆布的宿命，尽致复原。其中有温情，也有酸辛；有平坦，也有坎坷；有获得成功时的志得意满，也有遭遇挫折后的冰天雪地。在时空的纵深里，在生命的天平上，这部蕴含现实质地的小说，既是对一代人来龙去脉的梳理与追溯，更是对岁月偏离正常轨道的审视与考问。从这个角度上理解这部作品，也许才能突显出它的深远价值：它是回眸苍茫岁月的纪录片，是一个时代凡俗人间的历史档案。

熟悉朴实的人读了该书，不难知道主人公申黎光，有作者朴实的影子。但小说毕竟是小说，其虚构性特征显而易见，不可能与现实不差分毫。小说是现实的画像，但不是现实的照片。既为画像，就不能把主人公申黎光与作者朴实两者之间完全等同。朴实的人生究竟经历了哪些风雨和起伏？在主人公申黎光的生命历程中，能找到部分答案，但不是全部答案。至于小说里都有哪些精彩纷呈的情节，塑造了哪些栩栩如生的人物，读者阅读后，就会一目了然，在此，我不再予以赘述。

生活本身是没有意义的，所有的意义，都是人赋予它的。再难忘的生活场景，如果不将其转化为文字，它都仅存活于历经者的脑子里，并随历经者的老去而老去，随历经者的逝去而逝去。唯有把它记录下来，公之于众，成为供人解析的标本和思考的酵母，它才具有社会学的意义。朴实把属于自己的生活经历、感悟、认知，写成小说，也就变得公开化、公共化；他的写作，之于站立于十字路口的人生将何去何从，之于后人将如何认识过去，也就具有了功德的属性。

（作者系中国作协会员，国家一级作家，《美文》杂志副主编）

引 子

当申黎光将香炉交给文物专家时，文物专家脸上立刻露出了惊异的神情。老专家已谢顶，宽大的脑门上泛着油光。他戴上白手套、老花镜，拿起香炉仔细端详了一会儿，便起身从书架上取出一本厚厚的书籍，翻阅片刻后看着申黎光问："这东西哪里来的？"

"老辈人传下来的。"

"你老家在哪里？"

"老家在西府。"

"这就对了，西府是周秦文化的发祥地。著名的'石鼓园'就在那里，当然也是周秦时期生产青铜器最多的地方。谢谢你的捐献，不得了啊！罕见的国家珍贵文物。"

走出市文物局办公楼，申黎光明白了，这个物件不叫"香炉"而称作三足圆鼎，距今已有三千多年历史，属于国家珍贵文物，是婆留给他的唯一念想。香炉上奇奇怪怪的四个篆体字"鵰弓鱅弓"，在他脑海里储存了近三十年，这几个字他能默写出来，但不认识，更不解其意。经老专家讲解后，他认识了鼎上的文字，并明白了其中的含义。冥冥之中，这鼎上的铭文似乎揭示着他的人生之路——

第一部：少年的足迹

一、噩耗

听到母亲自杀的消息是在鸡叫两遍的时候。

那是 1968 年夏季的一天晚上。申黎光睡得正香，突然被村口古槐树上的高音喇叭吵醒。喇叭播放了三遍《东方红》乐曲之后，大队"革委会"主任申亚东的嘴贴着红绸子裹的麦克风吹了吹，当确认扩音器发出"噗噗噗"的声音后，便扯着嗓子，高声喊道："社员同志们，社员同志们，赶快到村东头麦场上集合，今晚要传达最高指示，公社要求，做到家喻户晓，人人皆知，小学生也不例外。"

"什么最高指示？才几点，三更半夜把人叫起来，真是折腾人啊！"申黎光翻了个身，嘴里嘟囔着，又接着睡去。

"黑娃，起来！没听到喇叭叫？"申黎光和他婆睡在一个炕上，婆用脚蹬了蹬他。婆虽然是三寸金莲，但脚上的力量，不亚于中年男子的拳头，特别是那自幼裹起来的小脚脚尖，面积小、压强大，挨她的蹬，像擀面杖戳到身上一样疼。好在婆蹬他的部位是屁股，他已经习惯了，因为每天早上上学，就是这样被婆蹬醒的。黑娃——是他婆给他起的小名。申黎光原来不黑，很白净的。回老家两年多，黑了，也瘦了。剃了个光头，额头前突，后脑形若马勺，两个招风耳仿佛两片贴在两鬓的黑木耳，一双贼亮贼亮的眼睛骨碌碌地转动着，搭眼一看，就不是个省油的灯。

申黎光被婆叫醒后，光着身子爬起来，揉了揉惺忪的眼睛，抓起炕头上的白粗布上衣，边走边穿。一出大门，一股凉风吹来，他感觉清醒了许多。天上的星星一眨一眨，泛着微弱的光。咯吱一声，隔壁一户人家的大门开了个缝，一个妇女将蓬头垢面的脑袋伸了出来，她四下看了看，端着黑色瓦盆走到路边的粪堆旁，一侧身，一盆污物泼到了粪堆上。申黎光闻到了一股尿臊味，侧头快步躲开。妇女看见了申黎光，下意识地掖了掖敞到胸前的夹袄一角，说："半夜发啥神经哩？高音喇叭胡吱哇！"这一句似乎化解了些许尴尬，申黎光心里也是这样想的。

申黎光快步向村东头的麦场走去，老远就听到了敲锣打鼓的喧嚣声。到了麦场，锣鼓家什周围已经围满了人。几个不愿凑热闹的老汉，靠着麦草垛子抽旱烟，火星一闪一闪的。穿着旧军装、戴着红袖章的民兵连长申虎子走过来，厉声喝道："把烟灭了！天干物燥，小心把麦垛点着了。"老汉们听后，不约而同地在鞋底上磕了磕烟袋锅，并用鞋底跐灭了地上的明火。

申虎子看见申黎光来了，招招手说："黑娃，过来，我给你说个事。"

申虎子是申黎光的本家堂哥，中等个儿，国字脸，眼睛不大但炯炯有神。在西藏当过几年兵，在布达拉宫站过岗，还当了一年多班长，复员后就当上了村里的民兵连长。黑娃——申黎光很佩服这个堂哥，喜欢他走路的姿势，喜欢他说话夹杂一些普通话的洋腔洋调，特别喜欢他身上穿的那套已经洗得发白的旧军装和旧军帽、旧解放鞋。还喜欢听他讲布达拉宫里面发生的故事——知道了布达拉宫就是藏民心目中的圣地，布达拉宫里有"千盏酥油灯"常年不灭，布达拉宫有世界上最高的厕所，在那里撒泡尿就是真正的"尿得高"。黑娃对这个堂哥是言听计从的。

"虎子哥，啥事？"黑娃紧走两步，来到了申虎子身旁。

"大家安静一下，大家安静一下！"站在辘轳上的"革委会"主任申亚东佝偻着腰喊道："下面请公社'革委会'田副主任传达最高指示。"申虎子瞥了黑娃一眼，朝辘轳走去。月光中，黑娃看出虎子哥眼神很严肃，表情有点儿异样。锣鼓声停了，场上一片寂静。

申亚东跳下辘轳，下意识地扶了一把腰。他人瘦个子高，背有点儿佝偻，显得腰很细，社员们背地里叫他"细腰子"。"细腰子"是蜜蜂的一种，据说蜇人是很疼的。申亚东把话筒递给田副主任。话筒是铁皮卷起来的那种，对外是大喇叭口，对嘴是小喇叭口，有扩音效果。矮矮胖胖的田副主任在申亚东和申虎子的搀扶下，站在了辘轳上。场上的人并不多，有的站着，有的蹲着，但在夜幕下，感觉是一大片。田副主任清了清嗓子，高声宣布："社员同志们，现在传达刚刚收到的最高指示……"蹲着的人不由自主地站了起来，远处的人也向辘轳围拢过来。"刚刚收到的最高指示是：要文斗，不要武斗。传达完毕！"场上一片寂静。田副主任看群众没有反应，自己也觉得言犹未尽。接着补充说："嗯——现在全国武斗盛行，伟大领袖发话了，只能文斗，不能武斗。当然，斗争还是要继续的，伟大领袖还教导我们说，千万不要忘记阶级斗争嘛！"申亚东和旁边几个群众频频点头，表示了回应。田副主任似乎觉得气氛不够热烈，便提高了嗓门，举起拳头，带头呼喊起口号："千万不要忘记阶级斗争！"

"千万不要忘记阶级斗争！"群众呼应了。

"解散！"

申亚东带头鼓掌，社员们也跟着鼓掌，紧接着锣鼓家什也响动了起来。田副主任跳下辘轳，对申亚东和申虎子说，还要连夜赶到马家堡和石头河几个村去传达，就匆匆离开了。

社员们陆续也散开了，黑娃没有走，他要等虎子哥说事哩！他四处张望，只见申虎子被几个小伙子围住聊着什么。他走了过去，听见申虎子说："伟大领袖这指示来得太及时了，要不然不知道还要咋闹腾哩！"

"就是，听说前几天县城在南湖公园放烟花，红统和联总两派打了起来，机枪都架上了。"

"听说搂了一梭子，没打上几个人，人挤人，人踏人，死了一百多，县'革委会'主任急得心脏病都犯了，拉到医院就没气了。"

"不是心脏病犯了，是被人诬告，压力太大，用水果刀割腕自杀了。"申虎子纠正着。

"就是，我看见大字报了，说'革委会'主任畏罪自杀，是叛党，是自绝于人民，自绝于党。"一个穿红背心的小伙子说。

大家你一言我一语地议论着。黑娃挤到申虎子身边刚想说话，红背心小伙拦住黑娃说："碎娃挤啥哩！你没听过'四香'？快回去还能睡个囫囵觉。"

红背心名叫申卫红，由于爱说段子，农村人称作爱说杂话，说他是杂话学了一摊子，还想吃个猪卵子；杂话学了一肚子，还想吃个鸡嗉子，于是给他送外了外号：干板。

"啥叫四香？"黑娃扑闪着眼睛问。

"哈哈，黎明的瞌睡，新媳妇的嘴，羊的骨头鸡的腿。瓜娃，快回睡觉去。"干板说完哈哈大笑起来，其他人也笑着纷纷离开了。黑娃眨了眨眼睛，没有笑，因为他没有听明白；他心不在焉，想着申虎子要给他说什么话。

"咯咯咯——"村里的公鸡比赛似的打起了鸣，这是第二遍鸡叫，预示着天快亮了。申虎子和黑娃一起往回走着，月光下，两个身影一长一短，黑娃看着申虎子的身影，心里咚咚直跳，不知道申虎子要给他说什么？快到村口了，申虎子停住了脚步，低下头看着黑娃，声音低沉而严肃地说道："今天下午去县城卖草帽，听供销社里一个老汉说……"申虎子咽了口唾液，停下了。

"说啥？"黑娃仰着头，迫不及待。

"你妈自杀了……"

"啊！"黑娃脑子嗡的一下，身子打了个趔趄，差点跌倒。申虎子扶了一把黑娃，说："你不要害怕，也可能不是真的。"

"那个老汉怎么能认识我妈，他怎么能知道这些事？"

"听那老汉说，他去给秦岭里面一个军工企业送货，听那里人说的，你爸妈单位和他们是一个系统的，这种事传得很快。"

黑娃相信了，眼泪哗地流了出来，他跌跌撞撞地往家里跑去……申虎子在后面喊着："慢点，慢点！"

　　申黎光没回农村前，是他爸妈心头上的肉，手心里的宝。他爸是一家国防企业的一把手，申黎光时时处处都能显示着某种优越感：他经常坐爸爸的小汽车在厂区内外兜风；看戏随爸爸坐在前几排，看电影坐在中间的位置，还时不时站在凳子上，向后面坐得老远的女同学招手；上数学课时，老师教同学们乘法口诀，念到"八八六十四"时，他就调皮地跟着喊"爸爸我今年六十四"，惹得全班同学哄堂大笑；母亲让他到供销社买盐，他却买了一串鞭炮，和小朋友点燃玩耍。鞭炮炸伤了一个小女孩的右手，惹得女孩爸爸找到家里讨说法。申黎光他爸知道了申黎光的这些不良表现后，回家扇了他两个耳光……

　　如今，他回老家已经两年多了，成了十二岁的半大小伙子，婆告诉他，男大十二夺父志，就不是小孩子了，就要有父亲一样的志向，干大人该干的事情了。他今天听到妈妈自杀的消息，犹如晴天霹雳。自从离开父母，就再没有和他们见过面。妈妈的善良，妈妈的温柔，妈妈的一颦一笑，一股脑涌入他的脑际。他抽泣着跑到家，推开大门，迎接他的是照壁窑窝里的土地爷。婆已经点燃了土地爷面前香炉里的香，香烟袅袅上升着。这是婆每天必做的事情，时间不固定，有时候早上，有时候晚上。婆说土地是农民的命根子，离开土地人就没命了，人敬土地爷，土地爷就保你不饿肚子。申黎光在土地爷面前站了一会儿，稳定了一下情绪，用袖子抹了把眼泪，不愿意让婆看到他在流泪。进了院子，天已经蒙蒙亮，婆正在打扫院落。他径直走到房间，还是没忍住，爬到炕上埋头呜呜地哭了起来。

　　婆听见哭声，走进了房间，问道："咋了？头疼，肚子疼？"

　　"啥都不疼。"黑娃停止了哭声。

　　"不疼哭啥哩，快洗脸上学去。"

　　黑娃洗了把脸又爬到了炕上。他想起临别时，妈妈在几个红卫兵的监督下，含着泪悄悄对他说的话："这次回老家，不知道还能不能见面,你爸是英雄,你就是英雄的儿子,一定要坚强地活下去,有啥事就找你婆。"这分明就是永别的话,可他当时怎么一点儿也没有意识到呢?当他坐上单位送货的卡车离开时,看见妈妈望着离去的卡车,眼泪止不住地流……他不知道妈妈是怎么自杀的,是上吊?是喝药?还是割腕?他听说过上吊自杀的人,死后舌头会吐出来,瞪着血红的眼睛,样子是很可怕的;他也见过喝农药自杀的人,这些人大多是村上的妇女,为家庭琐事吵架,或者和邻居拌嘴后,拿起随处可见的农药瓶,打开瓶盖咕咚咕咚就灌下去,然后口吐白沫,气味呛人,几分钟后就咽气了;割腕自杀的不多,听说是用刀子在手腕上划个口子,鲜血就喷了出来,县"革委会"主任就是用这种方法自杀的。母亲胆小,上吊、割腕太恐怖,可能性都不大,喝药的可能性也很小,因为,在国防企业里是见不到农药的。要不就是——溺水,对溺水!离他家不远处,就有一座水库,他过去经常和小伙伴们到那里去玩,就发生过小伙伴夏天玩水时溺水而亡的事件;也发生过冬天在水库滑冰时掉到冰窟窿去的事情。妈妈曾多次告诫他,要离水库远点,否则掉下去就没命了……妈妈是以这种方式死的?想想也不对,有红卫兵监督着,妈妈怎么能轻易就跑到水库上去呢?他脑子里一团乱麻,越理越乱,越想越怕……

婆用洗过脸的水,抹了桌子、凳子和炕沿,又把用过的水洒在了脚地和院子。打扫完院落,天已经大亮了。婆抓了一把麸皮,撒在了墙角,鸡架上的公鸡率先飞了下来,然后几只母鸡也紧随其后飞了下来,并飞快地冲向麸皮,开始争抢"早餐"。婆在院子里透过窗子上的亮格,看见黑娃还趴在炕上,肩膀一耸一耸地哭泣着,泪水浸湿了一片凉席。心想:这娃中啥邪了,不痛不痒的哭啥哩?于是走入房间,拍了拍黑娃的屁股说:"快上学去,再不走就迟到了。"黑娃没有动弹,继续抽泣着。婆生气了,大声说:"大小伙子,有啥伤心事,大清早哭哭啼啼的,又不是死人了。"

"就是死人了!"

黑娃猛地翻身坐起,泪眼婆婆地看着婆。

"谁死了？"婆问道。

"我妈自杀了。"黑娃说完，抱着婆哭得更厉害了。

婆一把推开黑娃："呸！呸！不要胡说，快吐唾沫。"

"是真的，虎子哥说的。"

婆知道虎子是大队的民兵连长，有文化、见识广，这消息如果出自他的口，八成就是真的。前几天县城西湖武斗时虎子就在现场，县"革委会"主任自杀的消息就是他带回来的。这年头，地富反坏右和走资派自杀的事件屡见不鲜，黑娃他妈自杀怎么不可能呢？想到这里，婆搂着黑娃，抚摸着他的头，含着泪说："大小伙子了，不哭，天塌下来，有婆顶着。今天先上学去，出门了不要给人乱说。""嗯！"黑娃点了点头，他知道母亲自杀就是"叛党"，说出去他就不光是黑帮的狗崽子，而且还会升级为叛徒的儿子。婆到厨房拿了一个玉米面窝头，装在了黑娃的书包里。黑娃用袖子抹了把眼泪，背着书包走出了大门。婆把黑娃送到大门口，见黑娃不停地回头张望，摆摆手说："不怕，上学去，天塌不下来。"

黑娃看着婆瘦矮的身影，心里又感激又难受。感激的是，他回到农村后，婆一直用她矮小的身躯呵护着他。一年四季，春夏秋冬，棉衣、单衣，缝补浆洗都是婆一手打理。吃的虽是粗茶淡饭，但婆总不会让他饿肚子。难受的是，母亲自杀了，父亲却也不知道死活。他知道婆心里更难受。婆一生养了四个孩子，黑娃他爸是老大，中间两个女子，最小的是一个儿子。上世纪关中闹年馑那年，小儿子不慎让狼叼走了。父亲十五岁就离家出走，跟着几个年龄稍大点的本家哥，奔赴延安闹革命。新中国成立后才回到家乡，成了革命干部。但是，只待了一年多就又离开了，一直在一个山区的军工企业工作。婆一直以儿子为荣。村里人也非常敬重婆，说她生了一个好儿子，是村里出去的最大的官，给父老乡亲争了脸面。婆经常一个人对着申黎光爷爷的遗像唠叨说："前三十年看父敬子，后三十年看子敬父。你儿给你争光了。"婆虽然好几年见不上儿子，但心里是踏实和滋润的。"运动"开始了，婆虽然不识字，但能听懂广播，她知道走资派说的就是当官的，大官就是大走资派，小官就是小走资派。村里人说她儿子是大官，她就猜测儿子就是大走资派了。地富反坏右和走资派都是牛鬼蛇神，都要被打翻在地，再踩上一只脚，让他们永世不得翻身。儿子一定是被打倒了，要不然，咋这么长时间没有一点儿音信呢？她让黑娃给爸妈写过好几封信，最终都是泥牛入海。

今天，婆告诉黑娃：天塌下来，有婆顶着！尽管黑娃知道婆不过是在安慰他，但心里还是踏实了许多。

二、苦日子刚开始

关中西部的地形，有山，有塬，有川，四季分明，气候宜人。山脉和丘陵相连，气势虽不显伟岸，但林木茂盛，资源丰富。塬很平坦，一眼可以看见好几个村庄。川道水源丰富，是水果、蔬菜的主产区。申黎光的老家在关中西部，理应是物产丰富，吃穿不愁的地方。可在那个农村吃"大锅饭"、城市供应凭票的年月，关中农村还是很穷的。

申黎光和其他干部子弟一样，从小在父母身边过着衣食无忧的日子。谁料，一场史无前例的"运动"开始了，申黎光的爸爸一夜间从单位的一把手变成了走资本主义道路的当权派。几天前还在主席台上作报告，念几句话，品一口茶，旁边还有专人给茶杯里添水，台下的人聚精会神，认真记录，热烈鼓掌；几天后申黎光爸爸就被戴上纸糊的高帽子，在群众激愤的口号声中，被五花大绑地押上主席台，弓腰九十度，低头认罪。奇怪的是，几天前鼓掌的人和如今喊口号的人是同一拨人。给他戴高帽子的人和绑他的人是平日里离他最近，低头哈腰，满嘴甜言蜜语的人。特别是他爸的通讯员，名叫方卫戈，是个复员军人，个头不高，短小精悍，平时跟他爸形影不离，兢兢业业，唯命是从。申黎光前几天还叫他卫戈叔叔，转眼间他就变成了红彤战斗司令部的司令，专门负责揪斗、关押走资派。方卫戈掌握他爸的许多

"严重"问题,比如陪他爸出差时,看见他爸带着山里的土特产,拜访了省里的有关领导,而这些领导后来也成了走资派。对此,他揭发说:"这是小走资派给大走资派行贿。"他还揭发说,有一次他听见申黎光爸和几个当年在延安杨家岭工作过的战友在一起议论江某,说江某是妖精,开会时坐在第一排,时不时给伟大领袖抛媚眼。他还听这些老战友议论说,领袖也是人,也有七情六欲之类的话。至于他爸如何使唤他跑腿干活,如何督促他利用业余时间学习驾驶摩托、汽车之类的事情,都成了走资派剥削压榨工人阶级的罪状。这些足以摧毁一座座城堡的重型"炮弹",被方卫戈叔叔一发发抛出来后,他爸自然而然地就被击倒了,一夜间就成了名副其实的走资派,外加一顶"三反"分子的帽子。而方卫戈叔叔也就一瞬间由打杂跑腿的通讯员变成了"造反派"的司令员。申黎光见了他,再也不敢叫卫戈叔叔了,只能战战兢兢,畏首畏尾,对其敬而远之了。接着申黎光的妈妈也成了"三反"分子,夫妻双双被关进了"牛棚"(关押牛鬼蛇神的地方)。从此申黎光就成了"狗崽子",被置留在农村老家跟他婆过活,那年,他十岁。

刚到农村,申黎光感到一切都是新鲜的,看见绿油油的麦田,他惊叹:啊,这么大的足球场!看见毛驴戴着眼罩子拉磨,他问道:驴拉磨子为什么要戴胸罩呢?最让他感到过瘾的,是家里的猪、狗、羊等,他都当马骑过,骑了,还要评价一番。他说狗不听话,骑上去还没坐稳当,就嗖的一下蹿出老远,把他猛摔在地上,不好驾驭;羊很听话,但脊梁杆子太硬,硌得屁股疼;猪最好骑,抓住鬃毛,开始会转圈圈,一会儿就乖巧了,走路不紧不慢,稳稳当当的。他最喜欢骑猪。后来他婆警告他,说骑了猪狗,长大娶媳妇时天会下雨。娶媳妇下雨可不是好事,农村的村道、巷道都是土路,天若下雨,泥泞不堪。村里很少有穿雨鞋的,个别人家有雨鞋,也是大人小孩轮流穿,时间久了漏水,就补上几片架子车内胎,仿佛本就丑陋的脸庞上多出了几道伤疤,更加不堪入目。也有穿泥屐的,泥屐是木头做的,像一个小板凳,下雨天绑在脚上,走路像踩高跷一样,摇摇晃晃,异常惊险，但有高人一等的感觉。小孩子一般都是光脚丫子，裤腿挽过膝，噗嗤噗嗤走一圈，回来后，脚上时常划出一道道大小不一的血口子。新娘家如果路远，迎亲送亲的队伍就苦不堪言。所以过喜事时，最怕天下雨。听了婆的话，申黎光就不再骑动物了。村里有人结婚时，天若下雨，申黎光就认定这个新郎小时候肯定骑过猪或狗。

最让他高兴的是，在农村非常自由，没人限制他玩耍的时间，没人督促他做作业，没人逼迫他洗脚，更没人强迫他吃饭。后来，他干脆连脸也不好好洗了，脖子黑得像根被烟熏过的柱子。他一年四季不洗澡——也没地方洗澡。夏天在涝池里打个"江水"，就算浑身见了水，太阳一晒，皮肤黑亮黑亮的，成了名副其实的黑娃。

申黎光他婆是山里人，山里的水土使她一生也没有长高，申黎光刚回村里时，就比她婆高出一头。过惯苦日子的婆，很是看不惯申黎光的一些坏习惯，如吃馍掉渣、烤焦的馍悄悄扔掉、吃完饭不舔碗等等。婆说：城里人没遭过年馑，不知道二三月里青黄不接饿肚子的滋味。申黎光在他婆的调教下，慢慢懂得了节约，吃馍时小心翼翼，双手捧着，不让馍渣掉到地上；万一掉到地上，也会捡起来填到嘴里；烤焦的馍他抢着吃，因为婆说过，吃焦馍拾钱哩！有一天他出门，在涝池旁果然捡到一分钱，告诉婆后，婆说："你是不是吃焦焦馍了？"黑娃说："你咋知道？"婆说："因为你拾到钱了。"

每次吃完饭，婆都要求他舔碗。他开始只能舔碗沿一圈，最后练习到可以舔到碗壁的中部。婆却可以舔到碗底，这是长期练就的功夫。婆的板柜上有一个黑色瓷老碗，听说是有名的耀州大老碗，是婆出嫁时娘家陪的嫁妆，归婆专用。婆舔碗很仔细，特别是吃完包谷糁的碗，她会从上沿开始，一圈一圈往下舔。舔一口，舌头卷一下，咽到肚里，然后接着舔。舔到了碗底，再一圈一圈往上舔，舔完后，还要拿起碗端详一番；若有漏掉的地方，继续再舔。婆舔碗用的时间和吃饭的时间差不多。那只黑老碗在婆的使用下变得明光锃亮，可以照出人影。

婆一个字也不认识，但她懂的道理却不少。申黎光擦屁股时，习惯从作业本上撕一张纸。婆看见后，忙夺了过去说："纸上面有圣人创造的文字，不能这样糟蹋，用有字的纸擦屁股，是对圣人的不敬，擦屁股要用胡基蛋懂吗？"申黎光说："胡基蛋是土，不卫生。"婆说："最早的人是女娲用泥捏的，没有土就没有人；粮食是土里长的，没有土就没有粮食。"从此，申黎光对土有了新的认识，身上沾上了土，从来不清理。他常和村里娃在地里摔跤，玩土埋活人的游戏，甚至学会了吃"板板土"——一种滑细油腻的棕黑色土，颜色、口感都好似巧克力。他看见村里一些怀孕的妇女吃，他也跟着吃，吃多了肚子疼，到医疗站一检查，赤脚医生说肚子里有蛔虫了。给他开了九粒打蛔虫的"宝塔糖"，让他三天吃完。申黎光用舌头舔了舔：嗯，甜甜的。于是边走边吃，没有走到家就吃光了。当天晚上就拉肚子，同时拉出一堆蛔虫，自己也因药物过量昏睡了三天三夜。

夏季的三伏天，农村既无风扇也无空调，孩子们唯一的降温办法就是到涝池里打"江水"。申黎光的狗刨式游泳就是那时候在涝池里学会的。打"江水"也有风险，一天申黎光和村里几个同学结伴游泳。其中一个名叫敦敦的同学，平时水性很好，那天站在涝池边高喊了一声"毛主席万岁！"便一个猛子扎下去，就再也没有出来。开始大家以为他在水下潜泳，因为他多次都是从涝池东边跳下去，过一会儿就从涝池西边露出了头。可这次等了多时不见露头，这才着急了，等叫来大人把他从淤泥里捞出来时，已脸色乌青，没有了呼吸。从此，婆禁止申黎光打"江水"，一旦发现就用拐杖打屁股。但申黎光不吸取教训，常常偷着去。回家后，婆用手指甲在申黎光腿上轻轻一划，腿上就出现个白道，申黎光就低头认错了。照例，屁股上要挨几拐杖。

乡村的冬天，奇冷无比，唯一的取暖设施就是热炕。吃饭时大家坐到炕上，盘腿盖上被子吃。招呼客人、亲戚一句话：吃了没？炕上坐！晚上睡觉，炕热了烫屁股，冷了流鼻涕。炕只能解决坐卧的取暖问题，出了门就是冰天雪地。

每天上学，大约要走二里地，顶风冒雪到学校后，教室的温度和室外是一样的。手冷了捅在袖筒里会好一些，脚冷了则毫无办法，只有悄悄跺脚，才能缓缓地恢复一点儿知觉。感同身受的老师会在课间安排一两次跺脚的时间。跺脚时，教室里便会响起野马奔腾的声音，随之而来的是满教室呛鼻的尘土。老师则捂住鼻子，在讲台前来回走动，待飘飞的尘土降落后继续讲课。

申黎光见有的同学带着自制的火罐取暖，也找到铁皮罐头盒，模仿做了一个。得知火罐的燃料是朽木，他放学后就到地里找枯死的树木，挖出根部的朽木。有时也在塌陷的坟墓中找腐朽的棺木。上课时，火罐抱在怀里取暖；下课后将其放到桌子上，脑袋贴上去，像烤红薯般左右翻转，这样两只冻僵的耳朵也才活泛了一些。使用火罐的同学多了，上课时满教室都弥漫着烟火味。一天上课时，坐在申黎光前面的一个女生突然大喊一声："着火了！"老师赶快跑了过来。原来，女同学的同桌抱着火罐取暖时，不慎烧着了棉裤裤裆。老师及时疏散了周围的同学，顺手拿起讲课时喝剩下的半杯水，泼到这个同学的裤裆上，迅速扑灭了明火。好在发现及时，险情不大。浇湿棉裤的同学也无法上课，只好回家去换裤子。从此，学校就禁止使用火罐了。

每年冬天，申黎光的手、脚、耳朵都会冻伤，开始红肿，接着裂口，继而化脓流水。春暖花开时，被冻伤处奇痒难忍。婆用煮过萝卜的水为他冲洗，并预言明年就不会复发了。洗后果然止痒，但来年冬天照冻不误。睡热炕容易上火，有一天申黎光上火得了口疮，口腔、舌头疼痛难忍，婆便在土地爷面前的香炉里，捏一撮香灰给他涂抹。涂抹之后，他张开嘴，流一会儿涎水，果然有效。如果感冒发烧，婆通常让他喝姜汤，再让他躺在炕上盖严被子捂出一身汗，之后申黎光就感到浑身轻松了。如果在爸妈身边，这种症状，申黎光一定会打针吃药挂吊瓶，折腾一个礼拜才能缓解。有一次重感冒，婆照例给他喝汤、发汗，但全然无效。婆就怀疑是撞了"邪气"，于是就在炕头盛半碗水，将三根筷子头在水中浸湿，上下颠倒几次，嘴里喊道："立住！立住！"筷子仿佛能听懂人话似的，就端端地立在了碗中。然后婆点燃火纸，在申黎光身上前后左右绕来绕去，边绕边念道："是神的入庙堂,是鬼的入墓堂,碎娃不懂啥,把谁惹下啦……"突然,啪的一声,只见她一巴掌打向筷子,筷子飞出碗中,碰到墙上,落到地上。婆长舒一口气,说:"好啦,送走啦。"申黎光听着婆的絮叨,就迷迷糊糊睡着了。奇怪的是,第二天病果然就好了。

三、可恶的虱子

回老家前,申黎光是没见过虱子的。

晚上,申黎光趴在炕沿边做作业,手不停地抓脊背,挠头皮,婆知道他生虱子了。等他脱了衣服,钻进被窝后,婆就放下手里的针线,戴着老花镜,顺着他的衣缝给他捉虱子。她在油灯旁放个小瓦片,捉到虱子后,将其放到瓦片上,用大拇指甲盖轻轻一压,叭的一声,虱子就变成一团血。不一会儿,整个瓦片就成血红的了。有时,衣缝里的虱子太多,婆就干脆把衣服沿衣缝折起来,放到煤油灯焰上烧,只听噼噼啪啪一阵响,衣缝里的虱子就被烧死了。衣服是粗布做的,很厚实,烧死了虱子,衣服却没事。婆边捉虱子边絮叨:穷招跳蚤富招虱,这娃长大穷不了……

农村男孩大多都剃光头,申黎光起初以为是不讲究美丑或者没有理发条件。后来自己头皮发痒,一挠,十有八九会抓到一个虱子,无奈之下,他也让婆给他剃了个光头。夏天留光头还凉爽,到了冬天就寒冷无比,从早到晚鼻涕总是擦个不停。

邻居家有个漂亮的女孩,名叫银弟,比申黎光小两岁。长着一对大眼睛,留着一双小辫子,说话不紧不慢,脸蛋红扑扑的,一笑两个酒窝。村里人说,这娃长得像铁梅,一看就是个唱戏的坯子。银弟常到申黎光家里玩耍,还告诉申黎光说,她长大要学唱戏,要演京剧《红灯记》里面的李铁梅、歌剧《白毛女》里面的喜儿。申黎光也非常喜欢银弟,给她讲武松打虎的故事、半夜鸡叫的故事,还和她一起玩"跳房""抓骨子"的游戏。玩"过家家"时，银弟抱着布娃娃说她当妈妈，让申黎光当爸爸。申黎光脸红了，说："你当妹妹，我当哥哥。"银弟说："哥哥和妹妹能生孩子吗？"申黎光说："不能生。"银弟说："为什么？"申黎光说："等你长大就知道了。"银弟说："等我长大了就给你当媳妇，不当妹妹。"申黎光看着她认真的样子，嘴上不说话，心里想：长大了就娶她当媳妇。

银弟还说她长大了要让黎光哥给她买芒果吃。她说有一天和妈妈到县城卖草帽，看见一辆插满彩旗的汽车，在锣鼓声的伴奏下开了过来。车上有一个碾盘大的盘子，盘子上放着一个比猪头还要大的黄橙橙、亮晶晶，像桃子，又像猪腰子的东西。车上的大喇叭说道："这是国外友人送给毛主席的芒果，是一种特别好吃的热带水果。毛主席他老人家不舍得吃，将这篮芒果送给清华大学工宣队，由工宣队转送给部分工厂和机关单位，表达对全国人民的关怀。"喇叭里响起《我爱北京天安门》的歌曲，歌曲过后，喇叭里说起了快板："看到芒果望北京，想念恩人毛泽东，吃水不忘挖井人，天安门上太阳升……"

从此，银弟脑海里就有了芒果的概念，但是芒果究竟是什么味道，她一概不知。申黎光告诉她："就是和苹果、桃子的味道差不多。"银弟没有吃过苹果，也没有吃过桃子，苹果和桃子的形状是在小人书上看到的，她嘴里吸溜着口水问："苹果、桃子什么味道？"申黎光说："甜甜的，酸酸的，一咬脆脆的。"其实申黎光也没有吃过芒果。不过，他答应长大了一定会给银弟买芒果吃。

农村女孩子都喜欢扎小辫子，辫子极易生虱子。银弟也一样，头上生虱子了，头发上的虮子白花花的，老远就能看见。银弟的妈妈看见银弟生了虱子，就将半瓶敌敌畏农药倒入水中，再将捣碎的皂角涂在头上，然后让银弟趴在腿上，将头浸入水中，给银弟洗发。洗完发后，再用篦子仔仔细细地将其头发梳理一遍，头发上一缕一缕的虱子、虮子就梳在篦子上了。银弟妈不懂得敌敌畏是触杀剂，一旦接触皮肤就会中毒。结果，洗完头几分钟，头发还湿漉漉的，银弟就口吐白沫瘫倒在地。银弟妈急得大喊："银弟！银弟！"银弟始终没有睁开眼睛。接着她妈又是摇头又是掐人中，最后拿来簸箕扣在银弟头上，用桃树条使劲在上面抽打，以为银弟中了邪气。最终折腾半天，还是无济于事。申黎光婆和几个邻居闻讯赶来，手忙脚乱地拉着架子车把银弟送到医疗站。医疗站在村东头，几分钟后就赶到了。一名头发稀疏的老中医摸了摸银弟的脉搏，翻开她的眼皮看了看，摇着头说："来晚了，来晚了。"

其实银弟早已经咽气了，银弟妈哭得昏天黑地，最终倒在地上不省人事。老中医取出银针，在银弟妈的头上、手上扎了好几针，银弟妈才慢慢地苏醒了。她眼睛呆呆地望着周围的人，嘴里不停地说："六六粉都没事，敌敌畏咋就出事了呢？"那天，申黎光跟着跑前跑后，他是亲眼看着银弟咽气的。

申黎光无法接受这个现实，他的内心充满了痛苦和悲伤，他觉得这个世道太不公平了，这么漂亮、活泼、懂事的女孩子怎么说走就走了呢？他在梦里经常梦见银弟，他们还和往日一样，一起玩耍，一起看小人书。他还梦见给银弟买了一篮子芒果，自己一个也没有舍得吃，全部给了银弟。银弟拿起一个就咬，咬了一口说，又苦又涩一点儿都不好吃。申黎光笑着说，外国的东西看着好，吃起来不一定好，还是锅盔、臊子面解馋。然而，当他醒来时，意识到这是一个梦，便又陷入了痛苦之中。

和虱子长期接触，便习以为常了。有时，甚至觉得虱子成了身体的组成部分。申黎光十二岁那年的秋天，和村上的大人们到几十里外的北山上去砍柴。他是初次进山，毫无精神和物质准备，背了几块玉米面发糕就上山了。进入山里才知道，发糕是不顶饱的，还没砍柴就将其吃光了。大人们很快就砍好硬柴陆续下山了，申黎光没啥吃了，饥肠辘辘地没有劲，只好割了一捆蒿草背着下山。眼看天色渐渐灰暗，背上的蒿草越背越沉，脚下的山路越走越长。走到一个深沟旁，申黎光实在走不动了，他感到头晕目眩，肚子咕咕地叫，口渴得直冒烟。极度疲惫的他，坐在沟沿上，看着一眼望不到底的深沟，眼前一片模糊，脑子一片空白。一只乌鸦从头顶飞过，呱呱叫着俯冲到沟底。他定了定神,忽然脑海里闪出了这样的念头:往前一纵身,就一切都解脱了,没有了饥饿,没有了疲惫。妈妈已经死了,好朋友银弟也死了,跳下去就一定会见到她们……就在这时,他眼前出现了一个熟悉的身影,是银弟,两只小辫子上扎着漂亮的蝴蝶结,在沟底向他招手,张着嘴却不发声。还是那么活泼可爱,还是一笑两个酒窝……他眨了眨眼睛仔细看时,银弟不见了。奇怪,刚才明明看见是银弟,怎么就不见了呢?此刻,他突然感到脖子痒痒的,伸手一抓,是一个正在吸血的虱子。虱子的叮咬使他清醒了,他摇了摇头,没有将虱子立刻处死,他想到自己死了,虱子却还活着。虱子也是一个生命,是吸着他的血长大的生命,从一定意义上讲,已经成了他生命的组成部分,他不为自己负责,也得为虱子负责,他不能将它掐死,必须让它活下去。想到这里,申黎光将虱子放在手心,仔细地端详,突然觉得虱子并不那么丑陋,不那么可恶,甚至还有那么一点儿可爱了。"黑娃,你咋了?睡着了?走吧!"同行的人唤醒了他。他站起来,伸了下懒腰,微风一吹,他彻底清醒了。他要感谢唤醒他的人,也要感谢叮咬他的虱子,他对着手心吹了口气,虱子替他跳下了深渊。

四、巧手的婆

黄昏时分,申黎光拖着疲惫的身子,将一捆蒿草放到猪圈旁,整个人像散了架似的倒在蒿草上,仰面朝天喘着粗气。婆把黎光拉起来说:"再不要跟上大人胡成捣,你腰里就没劲么,还几十里路背回一大捆蒿草。"婆端来一碗晾凉的开水,让黎光慢慢喝,并让他蹲在炕脚不要乱动。申黎光不明就里,照着婆的叮咛,双腿弯曲蹲在了炕脚。婆说:"把腿曲一曲,就不会抽筋了,要不然明天就下不了炕了。"

晚上,申黎光腰疼、腿疼、浑身疼,嘴里哼哼着半夜睡不着。婆在碗里倒了点酒,用火点着,然后手指蘸着冒着蓝色火焰的酒,给申黎光擦腿关节和腰部背部；擦完后，又轻轻地给他按摩全身。在婆的土法治疗中，申黎光迷迷糊糊地睡着了。第二天早上起来，申黎光伸了伸胳膊腿，竟然不疼了。

婆的手是大骨节，看上去粗糙笨拙，但非常灵巧，纺线织布，做针线活，样样出彩。申黎光穿的棉袄、棉裤，到了春天，婆将其拆掉棉絮，浆洗一番，就变成了轻巧的夹袄；秋天过后再装上棉絮，又成了棉衣。申黎光穿的棉鞋、单鞋，都是婆亲手做的。冬天农闲时，婆就坐在炕上纳鞋底，纳一双鞋底最少需要十多天时间。做鞋的工序也不简单，先把废旧的衣服剪成一块块的布片，再用糨糊一层层粘起来，贴在门板上晾干，制成袼褙。婆用的糨糊其实就是搅团，放上醋水就可以吃。婆照着申黎光脚的大小用纸剪出鞋样，再将袼褙按照鞋样大小剪成鞋底和鞋帮。鞋底大约二十多层，农村人称作千层底。纳鞋底时，先用锥子穿孔，再用老针缝纳，针脚若大米粒一般，密密麻麻均匀地分布开来。最后要在鞋底上面缝上绵软的垫层，再上上鞋帮就算完工了。申黎光知道婆做鞋不容易，所以穿上新鞋后走路格外小心。尽管如此，每年总是会穿坏一双布鞋的，而且都是大拇指先露了出来。婆嗔怪说："穿鞋费尖尖，一辈子受艰难。"

农村几乎没有蔬菜，婆会挖来各种野菜，变着花样吃。荠荠菜、灰灰菜、苜蓿菜、马刺菜可以凉拌，也可以做成菜馍吃。小蒜、小葱可以炒葱花，吃揪面片、凉拌面时不可缺少。红薯叶、香椿芽、豌豆苗、榆钱子、洋槐花都可以做出多种吃食。申黎光最喜欢吃婆做的榆钱麦饭和槐花麦饭。面食花样就更多了，麦面能做成各种面条、馒头、饼子、花花馍更不用细说，仅杂粮玉米面和高粱面就可以做出十多种花样来，比如凉调搅团、搅团鱼鱼、饸饹、发糕、裹花馍等等。婆还会用高粱米酿醋。夏天把高粱做成坯子，然后盖上麻袋，淋上水让其自然发酵，发酵完成后，晾干、碾碎，装入缸里，加水淋醋。工艺看似简单，实则不易。掌握发酵温度和时间，全凭眼力、嗅觉和经验。婆每年都要酿一两缸醋。醋的用量很大，臊子面的主要用料就是醋，烹臊子要用醋，调酸汤要用醋。臊子面的特点：酸辣香、煎稀汪、薄筋光，醋是打头的。

婆还擅长剪窗花。她剪的窗花，人物动物，惟妙惟肖，花鸟鱼虫，活灵活现。窗花贴在窗子上，生动得呼之欲出。婆先剪出一个样品，用煤油灯在纸上一熏，然后照着熏出的烙印，又复剪出许多，送给邻居和亲戚。申黎光一看到婆剪窗花就兴奋不已，因为剪窗花就意味着要过年了。过年就能吃臊子面，放鞭炮，走亲戚，挣压岁钱。

申黎光有两个姑姑，小姑嫁到了邻村，大约三里路；大姑嫁到了邻县，四十多里路，若要去邻县的姑姑家要走一整天，当天回不来。正月初五以前，两个姑姑带着孩子回娘家拜年，申黎光高兴得不得了。姑姑来了，穿着花花绿绿新衣服的表兄妹也就来了。小孩子们在一起，总是无忧无虑，嬉笑打闹，快乐无比的。婆得知姑姑来时，早早就开始做臊子面。臊子面里有臊子肉，还可以白蒸馍夹臊子，再抹一点儿油泼辣子，看着就流口水。这些都是申黎光在父母身边时常吃的家常便饭。可现在，申黎光一年才能吃一回，吃完了意犹未尽，还要咂摸回味好半天。

正月初五，也叫"破五"，"破五"过了，就要给外甥送灯笼，邻村姑姑家不远，申黎光就用架子车拉着婆去；邻县的申黎光独自去送灯。

正月初六的上午，申黎光给架子车厢铺上麦草，再给麦草上铺上褥子，便拉着婆去邻村小姑家送灯笼。刚到姑姑家村口，就被两个戴红袖章的红卫兵拦住了去路。他们让申黎光背诵一条毛主席语录才能放行，申黎光信口就背了一条。他们又让婆背，婆说我不会，红卫兵就不让他们进村。申黎光说：我背两条，替我婆背一条。红卫兵说：不行。申黎光说：我背诵一遍《为人民服务》。红卫兵说：不行，这是对毛主席的态度问题，不会背，可以当场学习一条，背会了再走。申黎光就现场教婆背一条比较简单易记的语录：下定决心，不怕牺牲，排除万难，去争取胜利。婆背了几遍，总是把第三句和第二句给背颠倒了。好在，申黎光急中生智，嘴对住婆耳朵悄悄说了一句话，婆就照他说的，说了一句话："牛是农民的宝贝。"两个红卫兵面面相觑，连忙翻出红皮语录本查找,结果在第某某页还真找到了毛主席的这句话。进了村,婆说:这咋和你爸打游击时对暗号一样,对上了,才让进村。接着,她告诉申黎光:"那一年,你爷刚咽气,你爸从山上下来和你爷告别,晚上领了一支游击队进了村,在西围墙豁口上架了挺机关枪,在家门口布置了两个哨兵,凡进家门的人都要说'土豆',哨兵回答'洋芋',就算对上了暗号。"申黎光说:"这可不一样,那时候是为了对付敌人。"

正月十五晚上,村里的孩子都挑着灯笼在巷道里追逐嬉闹。灯笼五花八门:有色彩明艳的莲花灯、火罐灯,有庄重典雅的宫灯、纱灯,有活泼可爱的兔子灯,有惟妙惟肖的走马灯、龙凤灯,还有捧着寿桃的猴娃灯……各种花灯在巷道里穿梭,给贫穷的村庄平添了许多喜庆,让忙活了一年的农民,脸色绽放出由衷的笑容。

申黎光没有灯笼,他唯一的舅舅在省城当工人,也就没人给他送灯笼。他看见别人挑着灯笼,兴高采烈地玩耍,心里五味杂陈,耷拉着脑袋回到家里。婆看他没精打采的样子,猜出了他的心思。便到灶房拿刀切了一截萝卜,在中心插上蜡烛,旁边插一根竹棍,给他做了一个萝卜灯笼。并宽慰他:"纸灯笼容易着火,萝卜灯笼不会着,还亮堂。"听了婆的话,申黎光高兴地挑着萝卜灯笼加入了小伙伴们的行列。一个挑着猴娃灯,头戴火车头帽子,脚穿解放鞋,名叫捣蛋的孩子,看见申黎光的萝卜灯,说:"黑娃这半截萝卜也算灯笼?"其他孩子看见了,也围拢过来,指指点点地笑话起这个萝卜灯来。申黎光说:"萝卜灯亮,还不会着火。"捣蛋不服,挑着猴娃灯过来碰撞申黎光的萝卜灯,企图将萝卜灯撞灭。申黎光没有躲避,结果猴娃灯刚接触到萝卜灯,就冒起了火苗。捣蛋立马噗噗直吹,结果是越吹火苗越旺,片刻间,猴娃灯成了冒着烟的黑框架子。围观的小伙伴们哈哈大笑起来,捣蛋自知理短,扔掉黑框架子悻悻地离开了。

捣蛋是申黎光的小学同学,住申黎光家斜对面,听说他妈在生捣蛋的时候因难产,失血过多死了。他爸看着妻子备受煎熬,在生命奄奄一息时才生下了他,就骂了一声"捣蛋"。从此他的名字就叫捣蛋。

申黎光看着捣蛋扔下的冒着黑烟的猴娃灯架子,心里有一点儿愧疚,但更多的是一种自豪感,他自豪婆有制作萝卜灯的手艺。

五、大清早怎么会有狼?

受婆的影响,申黎光手也很巧,他不但学会了剪窗花,还学会了编草鞋、编草帽、编草笼。为了学编草笼,申黎光还挨过他婆的两巴掌。那狠狠的两巴掌,让申黎光牢记了一辈子。

那是一个星期天,申黎光在水渠边割了些藤条,抱到玉米地里,一个人编起草笼来。编到该收边儿时,他因未掌握收边的技术,只好继续往上编。往上编,就不是笼了,而成了囤。好!就编个囤扛回去,让婆帮忙把边一收,可以放粮食。申黎光全神贯注地编囤,直编到一人多高,不知不觉,日头从头顶渐渐偏西了。申黎光隐隐约约地听见有人在叫他:"黑娃——黑娃——黑娃——"声音由远及近,哦,是婆的声音。申黎光感到肚子饿了,于是赶快收拾起东西,钻出了玉米地,大声地应道:"婆,我在这哩!"申黎光一脸高兴,知道婆看见他编出的成绩,一定会夸奖他的。谁知,婆看见了申黎光,眼泪却唰的一下流了出来。申黎光还没弄清婆为啥要哭,却只见婆走到他跟前,挥起手,啪啪,就给了他两耳光。申黎光知道自己错了,但婆也不至于生这么大的气呀?申黎光提着编了一半的笼——不对——应该是囤,低着头往村里走。快到村口了,跟在后面的婆终于开了口,说:"晌午端,狼撒欢!你不回来我以为狼把你吃了,你吓死你婆呀?"申黎光没见过狼,但见过狼屎,也不知狼平时吃什么,只知狼拉的屎是灰白色的,里面还有毛发,和猪狗拉的不一样。

婆的眼泪,既有找到申黎光的欣慰,又有怕失去爱孙的酸楚。那天上午,她做好了饭,左等右等不见申黎光回来。她四处打探,问了申黎光的几个同学,他们都说没看见申黎光。太阳偏西了,她心急如焚，申黎光平时都是按时回来吃饭的，今天这个时候还不回来，不是出事又是什么？她越想越害怕，随手拿了根棍子就漫无目的地到处去找。当她看见申黎光的那一刹那，心中五味杂陈，一阵酸楚，眼泪不由自主地从眼眶里涌了出来。现在，她终于松了一口气。

酸楚的是，申黎光的失踪勾起了她对自身遭遇的回忆。这个遭遇，是她一辈子的阴影，永远挥之不去——这些，当然是申黎光后来知道的。

婆生过四个孩子，申黎光爸是老大，接着生了两个女儿，再接着是儿子。村上人羡慕地说她生得很花哨，男女各一半。小儿子长得又瘦又小，取名狗剩。大儿子去延安不久，狗剩就出事了。

那天清早，她正在炕上做针线活，突然闻见一股臭味，扭头一看，只见小女儿捂着肚子在脚地拉稀，她知道女儿吃坏了肚子，来不及跑到后院厕所去。便喊儿子："狗剩，快叫黄黄来收拾。""黄黄"是邻居家的一只黄狗，说让黄黄来收拾，其实就是让狗来吃屎。黄狗不但会把地上的屎吃得干干净净的，而且还会把拉屎孩子的屁股舔得干干净净。狗剩这时正在屋里玩毛蛋，他懒得出去，就在屋里大声叫狗。狗剩叫狗的声音是有节奏的：啊——呃——啊——呃——呃——呃——声音由小到大，再由大到小，最后果断地收尾。黄狗熟悉狗剩的叫声，平时一听见这声音，很快就会跑过来。可这天，狗剩叫了四五遍，黄狗也没有来。狗剩猜想黄狗可能在别人家"忙"去了，于是他拿了铁锨和笤帚，准备去打扫污物。可就在这时，突然从门口蹿进一只比黄狗还要大的狗。这只狗是黑灰色的，尾巴拖在地上。进屋后，它没有吃屎，看见愣在门口的狗剩，龇牙咧嘴地发出一声狗剩从未听过的，异常恐怖的怪叫声。它张开大口，露出尖利的獠牙，后爪用力一蹬，身子腾空而起，猛地将狗剩扑倒在地，一口咬住了狗剩的脖子，然后拖着狗剩的身体就往外跑。婆这才反应过来：狼——！她大喊一声，跳下炕，操起狗剩扔在地上的铁锨向门外追去。

追出门，她看见狗剩的脚不停地在空中乱蹬着，而狼却毫不费力气地叼着瘦小的狗剩向村西边的城墙豁口跑去。村里几个年轻人看见

了，也操持着木棍或铁锨或半截砖，向豁口追去……

晚了，一切都晚了，狼叼着瘦小的狗剩跑得无影无踪了。黄狗朝着狼跑去的方向，不停地狂吠，几个村民捡回一只狗剩穿的虎头鞋，婆抱着那只鞋哭得死去活来。好长好长的时间里，婆都沉浸在丧子之痛里无法自拔，她整天站在城墙的豁口，眼望着远方，嘴里喃喃地重复着一句话："晌午端，狼撒欢！大清早怎么会有狼？大清早怎么会有狼？"

申黎光当时并不知婆有这么一段经历，当然也就不知道婆为什么要扇他的耳光并生那么大的气了。不过，从此以后，申黎光总是按时回家，再也不让婆操心了。

当然，申黎光也有让他婆自豪的时候。婆讲迷信，申黎光也信迷信，婆见邻村有人印制冥币，也想印冥币，申黎光就帮她刻制印冥币的印刷板。他在梨木板上用刀刻上"冥国银行一万元"交给婆。他婆就拿印刷板，在家里"印钱"。用来印钱的纸，就是当年农村人用的廉价的黄色烧纸。后来，申黎光发现全村人焚烧的鬼钱，几乎都是婆印制的。

申黎光还会用牙膏皮做毛主席像章。他从村东头一户人家找来了农村稀有的牙膏皮，因为这家有人在县城工作，所以也只有他家里有人刷牙。申黎光先把牙膏皮在铁马勺里融化，然后倒进事先做好的毛主席像章的泥模子里，等冷却凝固了，取出来就成了像章。他先把做好的毛主席像章送给村东头给他提供牙膏皮的人家，然后再送给和他要好的小伙伴们，小伙伴们又到处寻找牙膏皮给他。

婆说："人从小看大哩，这娃做事心里生窍，长大后定能穿四个兜。"

六、卖兔子挣了五块钱

在农村，申黎光花钱的地方并不多，但总是要花的。比如上学用的本子、铅笔、文具盒、墨盒等，还有走村串巷的货郎担子里面让小伙伴们垂涎不已的豆豆糖、高粱糖、气球、弹弓、弹球、小人书等。申黎光买东西的钱有多种来源：有掐草辫挣的（将麦穗掐掉，取上秸秆，置于水中浸泡，然后编成麦草辫子，盘成盘状，卖给草帽加工厂），有捡废铁、牙膏皮等卖到供销社挣的，有挖药材和抓蝎子卖给药材公司挣的，有养蚕卖蚕茧挣的，有用婆塞在墙缝里的头发换的。他经常用婆的头发在货郎那里换豆豆糖吃。他看着婆慢慢稀疏的头发，也是蛮心疼的。婆每天早上梳头时，都会梳掉一小撮头发。婆会把这些掉落于地的头发卷成小团，塞在厨房外面的墙缝里。过几天申黎光就会掏出来，小心翼翼地攥在手心，拿到巷口找货郎换豆豆糖或者高粱糖。十天半月攒的头发，也只能换三五粒豆豆糖。豆豆糖比豌豆稍大一点儿，有红、白、黄三种颜色。申黎光每次只吃一粒，吃完后还要嘴巴咂摸半天。他知道这甜味是婆的头发换来的，于是他格外关注婆的头发。奇怪的是，婆的头发越来越稀疏，但总是疏而不光，用之不竭。为了赚更多的钱，他还从对门捣蛋家里，花一块钱买来一只拳头大小的兔崽子。因为捣蛋告诉他，养兔子能挣很多钱，他家的兔子一次下了十几个兔娃，一窝就卖了十几块，养大了卖得更多。

经过申黎光的精心养育，几个月后，拳头大小的兔崽子变成了抱起来沉甸甸的大白兔。申黎光辨别不出兔子的公母，让捣蛋来辨认，捣蛋抱起兔子，在肚子下面摸了摸，又掀起尾巴看了看，说："公兔！"

一个礼拜天的上午，申黎光抱着大白兔，去县城东大街的集市上卖。集市并不繁华，有遮遮掩掩、偷偷摸摸卖木耳、蘑菇、栗子等山货的，有卖锅盔、凉皮、醋粉的，再就是几个卖鸡和鸡蛋的。申黎光抱着大白兔，从早上到中午，没有一个买主前来询问。无聊中，申黎光抚摸着大白兔，大白兔一双楚楚可怜的红眼睛盯着他，好像在提醒他：咱们该吃东西了。此时，申黎光也感到肚子饿了，于是就掏出带来的裹花馍吃了起来。裹花馍是把高粱面、包谷面和麦面分别擀成片，叠在一起，并将其卷起来蒸出的馍，麦面的比例最少，仅起黏合的作用。

申黎光咬了一口馍,馍渣掉在手心,他把手伸向大白兔,大白兔嗫嚅着三片嘴唇,将馍渣吃得干干净净。这时,一个戴茶色石头眼镜,佝偻着腰的老汉来到他面前,问兔子多少钱卖?申黎光说最少十块钱。老汉问是公兔还是母兔?申黎光说:"公兔。"并告诉他:"如果是母的,就要卖十五块呢!"老汉说:"昨天市场上一个母兔才卖十块钱,你这公兔只能吃肉不能下崽,最多给你五块钱。"申黎光说五块不卖,老汉说那加一块,申黎光说再加一块,七块!老汉说:"那你就慢慢等着,等到天黑都卖不出去。"说完,扭头走了。

申黎光吃完了馍,等到下午都没人来问。他有点儿后悔自己中午把价掰得太硬了,应该六块钱卖给那个老汉才对。这时,一个穿连衣裙的小女孩喊道:"爸爸快来看,这个兔子眼睛红红的,可爱极了,我要我要!"申黎光抬头一看,这女娃和自己的年龄差不多一般大,两只辫子上扎两个蝴蝶结,一双大眼睛扑闪扑闪地盯着大白兔,显得兴奋不已。恍惚间,他眼前出现了银弟的影子。他想,银弟如果活着,一定要比眼前这个女孩漂亮;如果眼前站着的是银弟,他会毫不犹豫地把大白兔送给她的。

"这兔子多少钱?"一个戴眼镜的中年人来到申黎光面前,中年人显然是小女孩的爸爸。申黎光说十块。中年人掏出十块钱,举在手里,申黎光高兴地伸手就去接,中年人却没有马上把钱给申黎光,只是问兔子是公兔还是母兔?申黎光伸出的手缩了回来。他干脆地回答:"母兔!"说完他脸红了,因为他说了假话。他是总结了中午的教训,怕说公兔卖不出好价钱。谁料,这中年人遗憾地对女孩说:"唉!要是公兔就好了,咱家有只母兔,再配一只公兔刚好一对。走吧,再到别处去看看。"说完,中年人装上钱,领着女孩离开了。申黎光急得蛮跺脚,他真后悔自己说了假话。但说出去的话犹如泼出去的水,再也收不回来了。申黎光沮丧地抱着兔子,越想越窝囊,越想越难过,眼泪吧嗒吧嗒地掉到了兔毛上。

眼看天快黑了,申黎光打算抱着兔子回家。就在这时,那个戴着石头眼镜,佝偻着腰的老汉又出现在了他的面前,冲着他说:"咋样,卖不掉吧？我给你五块钱你早早回去吧！"申黎光一看是中午的那个老汉，高兴地把兔子抱起来说："五块就五块，看你老者是实心买哩！"老汉颇为内行地用右手抓住兔子的耳朵，用左手在兔子肚子上捏了捏，然后掏出五块一张的纸币交给申黎光。申黎光接过钱，小心翼翼地折叠起来装进了上衣口袋，然后对老汉说："你老慢走。"老汉往前走了两步，却又返了回来。申黎光愣了一下，以为老汉反悔了，便转身想跑，却听见老汉说："再给你五分钱，买个馍吃去。"说完，老汉从口袋里掏出个硬币，递给了申黎光。申黎光接过硬币，连说了三个"谢谢"。

申黎光知道婆给自己留着饭，因此没有买馍吃。在回家的途中，他顺便买了五分钱的拐枣。拐枣呈黑红色，长得疙里疙瘩，像山里人的手指一样粗细不均匀，但吃起来非常甜。申黎光分了一半给婆留下，剩下的一半自己边走边吃。申黎光反思今天卖兔子的经过，觉得还是要当老实人，说假话不但害人而且害己，最终吃亏的还是自己。接着，他又想起那个要买兔子的小女孩，觉得她是那样的天真幸福，不禁有点儿伤感。他想，如果自己在父母身边，也会像她一样，缠着父母要这要那。妈妈有一个装零钱的荷包，出门时他总是帮妈妈拿着，一摇晃，里面的硬币哗啦啦地响，如果把它用来买拐枣，不知能买多少啊！现在妈妈自杀了，他永远见不到妈妈了，也看不到那个荷包了。想着，想着，他的眼泪哗哗地流了出来。不知不觉快到家了，老远，村里的大喇叭传来革命样板戏《红灯记》里李玉和的唱段："穷人的孩子早当家……"申黎光知道，他现在是真正的穷人了。

回到家后，婆果然给申黎光留着饭，他也把拐枣给了婆。婆边吃拐枣边问："兔子卖了多钱？"申黎光说："五块。"婆说："你把钱给婆，让婆给你攒下。"申黎光最怕婆说这话，因为所谓的"攒下"，就永远"攒下"了，不再与自己有关系了。针对婆以"攒下"为名的没收行为，他在路上已经思忖好了对策，于是说："不用了，我做个钱匣匣存起来，丢不了。"他如此一说，婆也不再追缴。第二天，申黎光用木板钉了个简单的小木盒，把五块钱放在了里面，盒子外面还加了一把不知在那里捡来的坏锁子。要打开锁子，不用钥匙，一拨就开。申黎光把钱盒子放到他婆炕头板柜的顶端，一进屋子，他就能看见那个木盒子，只要木盒子在，他心里就踏实了许多。

一天下午，申黎光刚进门，看见家里来了一个陌生人，中等个子，黑黑瘦瘦的。婆给申黎光介绍说："这是你舅爷，从山里来，你要把他认下。"申黎光心想，舅舅离得远，认个舅爷也好，有了舅爷正月十五就有人送灯笼了。于是申黎光就向陌生人点头致意，并打招呼说："舅爷你好！"舅爷从口袋里抓了一把炒黄豆给申黎光，说："这娃像他爸，就是没他爸小时候长得高。他爸在北山里打游击那会儿，常到我家里歇脚，经常吃我炒的黄豆哩！"申黎光一颗一颗地吃着黄豆，满屋子似乎都飘起了黄豆的香味。

舅爷对黎光婆说，去年家里盖了房，欠了一河滩的债，今年要嫁女儿，男方给的彩礼全部用于还债还不够，想给女儿买嫁妆实在是没钱了。婆说："山货不是多少能卖点钱吗？"舅爷说："本来农闲了，可以弄点山货，可大队说，卖山货是资本主义尾巴，要割掉的。还整天让社员开会，不是打倒这个，就是打倒那个，毛主席身边的人都打倒完了，谁治理国家呀？如果不是红卫兵有一句话，我看连毛主席也会被打倒。"

"一句啥话？"婆很好奇。申黎光也很好奇。

舅爷看了看申黎光和婆，小声说："谁反对毛主席就砸烂谁的狗头。你想想，'砸烂狗头'谁还敢反对？"

婆好像明白了，也好像没明白。然后对舅爷说："国家的事情咱管不了，但山货不卖也有点儿可惜了。"

"山货也不好卖，路不好，运不出去。背到市场上，量少也卖不了几个钱，戴红袖章的还不停地驱赶，"说着，舅爷叹了一口气，"这日子啥时候是个头啊！"

婆指着舅爷带来的一个放在门口的蛇皮袋子，问道："你来还带的啥东西？"

"没啥好东西，就是山里的白土，过年刷墙用。山外找不到这东西。"

申黎光好奇，打开蛇皮袋子，只见里面装着几块大小不一的土疙瘩，灰白色的，泛着青光，还有一股淡淡的清香味。

舅爷说："用这土刷墙，抹锅头、炕边，干净不掉色。"

婆从小在山里长大，当然知道白土的功效，舅爷今天这白土也不是白拿的，虽然不值钱，但毕竟也是一片心意。于是婆问："你需要多钱？"

舅爷说："十块，十块就够了。公粮一交就还。"

婆手头也紧张，她看了看申黎光，又抬头看了看申黎光的钱盒子。申黎光见状，心一下子提到了嗓子眼上，他最害怕婆提出要把他卖兔子的钱借给舅爷。婆一旦提出来，当着舅爷的面是不好回绝的，因为他刚吃了舅爷的炒黄豆，这些黄豆，沉积在肚子里，还没消化哩！果然不出所料，婆当着舅爷的面，让申黎光把钱取出来，说先让舅爷用，秋粮收了就还给他。申黎光的眼泪在眼圈里打转，他从来都听婆的话，可这次，他却实在不愿意把钱拿出来。婆看见申黎光在犹豫，便说："你舅爷有难处，你先垫上，如果他还不了，婆替他还。"申黎光知道今天是抗不过去了，便说："我给你取，我又没说不给。"申黎光爬到炕上，从板柜上小心翼翼地取下钱盒子，背朝着舅爷，拔开锁子，拿出钱交给了婆。婆也从口袋里搜寻出五块钱来，合起来总共十块钱，一并交给了舅爷。舅爷拿到钱，用手摸着申黎光的头说："这娃真乖，长大能穿四个兜。"说着，又掏出一把黄豆塞给申黎光。申黎光伸出双手去接，他发现这次舅爷给的黄豆比上次给得多。申黎光把黄豆放进了钱盒子，一粒也没舍得吃。

七、遭遇歹人

1969年，关中大旱，夏粮几乎颗粒无收。黑市上的粮价开始疯涨，奶羊的价格也跟着上涨，而一只奶羊，几乎可以救活一家人的性命。婆家里养了一只奶山羊，一次下了两只羊羔。奶羊走起路来，两只大奶头几乎拖到了地面，一晃一晃地异常显眼。放羊，是申黎光每天放学后的必修课。

秋天的旱塬上，一场雨过后，大地像洗过澡似的，眼前的野草变得比雨前更为翠绿鲜嫩。那天下午，申黎光背着草笼，拿着镰刀，牵着奶羊和两只羊羔，到村子南边二里地的槐林坡去放羊。槐林坡其实没有槐树，是一面荒草坡，和荒草坡相连的是一眼望不到边际的绿油油的玉米地。

申黎光把羊楔固定在地上，让羊在缰绳能延伸到的范围内吃草，这样，自己就自由了。两只羊羔左右不离奶羊，它们的眼睛老是瞅着那两只一晃一晃的大奶头。把羊安顿好后，申黎光就开始割草。刚下过雨，地里苗青草旺。半个多小时，他割的草就把草笼装满了。他又把羊楔挪了个地方，之后，坐在地畔上，拿出一本《武二郎醉上景阳冈》的连环画翻阅起来。

天色渐晚，书上的字开始模糊起来。申黎光合起书打算回家，猛一抬头，却发现身后站着一个背背篓的大个子黑脸男人，不禁吓了一跳。显然这人是从玉米地里钻出来的，不知何时蹑手蹑脚地来到了他的身后。他心里发慌，连忙站了起来，说："你是谁，要干啥？"

"这羊是你的吗？一天能挤多少奶？"那男人问。

"是我的，羊羔一吃就挤不出多少奶了。"黎光已经意识到黑脸男人对奶羊特别感兴趣。

那男人向旁边一口枯井走去，黎光看见他裤子油腻腻的，还听见背篓里有铁器碰撞的声音，由此而估摸是个屠夫，顿时觉得脊背一阵凉飕飕的。

黑脸男人站在枯井旁说："你快过来看，这井里漂着个啥东西？"说话间，黑脸男人脸上的肌肉抽搐了一下。申黎光注意到他右腮上有一个大大的黑痣，黑痣上直立着一撮黑毛。这样凶煞的面相，使申黎光忽然想起了小人书《智取威虎山》上的土匪一撮毛，于是更加警觉起来。他常在这里放羊，知道那是口枯井，生产队去年为抗旱而打了这口井，但因天太旱，水位下降，井就变成了枯井。那人说井里漂着个东西，显然是谎话，枯井里没有水，怎么能漂起东西？申黎光下午还往井里尿过一泡尿，也没看见什么东西；再说了，天这么幽暗，怎么能看见井下面的东西？想到这里，申黎光有了一种不祥的预感，他听说过邻村有坏人偷粮食、抢奶羊的事情发生。很明显，这人是冲着奶羊来的。而要顺利抢走奶羊就要杀人灭口，杀人最好的办法就是把人扔到枯井里去，然后牵走奶羊……申黎光越想越害怕，心想干脆跑吧！但转念一想，不行！如果一跑，那人肯定会追来，也肯定能追上；一旦追上，当场就会被灭口。然后作恶者就会拉上羊消失在夜幕中。

　　手足无措之际，申黎光想起了刚看完的武松打虎的故事，突然感到身上有了些许的勇气。他右手握紧了镰刀，左手抓了一把土。心里窃想：如果那个人要谋害我，我就先朝他的脸上扬土，用尘土把他眼睛眯住，然后自己撒腿快跑。那人如果追来，就挥舞镰刀，和他拼个你死我活。想到这里，申黎光站了起来，只见那人还在井口边向自己招手。申黎光说："那是个枯井，怎么会有东西呢？"那人说："你过来看，一看就知道了。"

　　申黎光知道，这过去一看，自己就会被推到井里，呼天天不应，叫地地不灵，慢慢地渴死饿死，最终变成一堆白骨，永远离开人世间……想到这里，申黎光驻足不动，眼睛盯着歹人的眼睛看，那双眼睛里透着贪婪、凶狠和煞气，腮帮子上的一撮毛随着肌肉的抽搐而抖动着。那人见申黎光不过去，就走了过来，申黎光一阵心慌，紧紧地握住镰刀，做好了拼搏的准备。

　　丁零零零……一阵自行车铃声响起。申黎光扭头张望，只见一个男子骑着自行车从玉米地旁的小路上驶过。那人看见后，迅速闪进了玉米地里。他的这一举动，更加印证了他图谋不轨的企图。申黎光急中生智，大喊一声："亚东哥，等一下我！"

　　亚东这个名字是他脱口而出的。申黎光的喊声，骑自行车的人根本没有听见,即使听见了,也不会停下来,因为他与自己根本就不认识。可这一声大喊,却吓坏了"一撮毛",只见他缩在玉米地的深处,半天都不敢出来。见状,申黎光跑到奶羊跟前,拔出羊楔,撒腿就跑。奶羊见申黎光跑了,便尾随着跑,两只羊羔又跟着奶羊跑。申黎光已跑远了,还能听见后面那人在大声喊:不要跑,我给你钱……申黎光头也不回,径直向村里跑去,后面的羊铁绳发出有节奏的哗啦哗啦的响声。

申黎光一口气跑回家,气喘吁吁地把刚才发生的事情,一五一十地告诉了婆。婆听了黎光的描述后,反复问道:"那人长得是什么样子?是真人还是假人?"婆怀疑申黎光遇见的是鬼。申黎光说:"真人,长着一撮毛的真人。"

这天晚上,申黎光陷入噩梦当中,梦中他被一个凶恶的壮汉追杀,他拼命地奔跑,几次跌倒了又爬起来。他还梦见了那口水井,井口直径有两米多,周围长满了蒿草。"一撮毛"拎起他的胳膊,像拎起一只羊羔一样,将他扔进了井里。井里没有水,一只青蛙怯生生地瞪着他,他想起了"井底之蛙"这个成语。在黑洞洞的井底,他抬头看见了星星,看见了月亮,他看见的天是很大很大的,不像老师说的"井底之蛙"只能看到井口大的天。他用手摸着井壁,试图爬上去,但井壁是光溜溜的,任凭他如何攀登,也只留下一道道指甲的抓痕。他不停地呼喊着:"救命,救命啊!"井口上没有任何回应,只有星星在眨着眼睛,好像在说:"人的命天注定,黑娃的命结束了!"他感觉胸口憋闷,张开嘴大声呼喊:"不能结束,不能结束,我才十三岁……"婆听见申黎光的喊声,用脚蹬了他一下,说:"喊啥哩!"申黎光从梦中惊醒,醒来后满头大汗,嘴里还在说:"我才十三岁。"

婆说:"十三岁了还说梦话?"申黎光便把梦里的情形告诉了婆,说:"好赖让我活到三十岁。"

"胡说啥哩,大难不死必有后福,你娃的福在后头哩!"

第二天,婆领着申黎光查看放羊的地方,以验证此事的真伪。申黎光领婆去看了枯井,看了玉米地里那人踩踏的脚印,婆这才相信申黎光说的是真话。

申黎光看着婆，恐惧地问："这个坏人还会来吗？"

"你认识了他，他就不敢到这里来了。"婆摸了摸黎光的后脑勺，接着说，"也可能在别的地方祸害人，恶有恶报善有善报，不是不报时候未到，他迟早要遭报应的。"

婆确信申黎光受了惊吓，便让申黎光走在前面，她走在后面，一边走，一边用手在空中揽一下，嘴里念念有词：黑娃回，黑娃回……给申黎光叫魂，一直叫到走进家门为止。一路上，申黎光的眼泪止不住地流，他觉得婆是这个世界上对他最亲的人。

后来，申黎光又见到了这个长着一撮毛的歹人，这是进入腊月的事情。

八、目睹枪毙人

进入腊月，西府地区的农民，不论家庭贫富，都会把屋里屋外、前院后院仔仔细细地打扫一遍，以迎接新年的到来，简称"扫舍"。

申黎光利用星期天，帮婆打扫了屋里屋外，还用舅爷带来的白土，粉刷了屋子和厨房。这白土很是神奇，刚刷上去，颜色发青发蓝，等干透后，就变成了白色，泛着幽光，散发出一股好闻的气味。另外，也不易掉色，不像石灰那样，身子蹭一下就是一片白。刷到锅头和炕沿上，手越摸越光亮，像贴了一层膜。

"扫舍"后，白土大约用去了三分之一，婆把剩下的白土装进蛇皮袋子里，告诉申黎光，下个礼拜天给小姑家送去。申黎光知道婆也是想女儿了。小姑是初中毕业生，出嫁后，经过县卫校培训两年，担任了大队的赤脚医生。在农村缺医少药的年代，赤脚医生是很忙碌的，全村一千多口人的医疗保健、卫生防疫等，由小姑一人承担。她背着药箱东家出西家进，忙得不亦乐乎。所以小姑很少有时间回娘家。时间一长,婆就想女儿了。

　　一周后的礼拜天,天气晴朗,也不刮风,太阳晒到身上暖洋洋的。申黎光照例用架子车拉着婆去小姑家。快到小姑家的村口时,婆知道进村要背毛主席语录,上次背的语录忘记了,让申黎光再教她一句。申黎光说这次教你一句更简单的,就两个字:多思。婆说这也是毛主席说的?申黎光说是的,毛主席最近说的,收录进了最新出版的毛主席语录中。于是婆嘴里不停念叨着:多思、多思。不一会儿就到了村口。这次村口并没有红卫兵岗哨盘查,只是村西边的戏台子旁围满了人。申黎光好奇,以为是看样板戏,也想凑上去看两眼。

　　突然,一辆吉普车闪着警灯,拉着警笛,从村东头呼啸而来,后面紧跟着一辆敞篷卡车,车后卷起浓浓的尘土。汽车穿过人群,开到了戏台子旁。只见几个红卫兵从卡车上押下来五个脖子上挂着白牌子的人,向戏台走去。红卫兵在后面一推,那几个人脚下不稳,跌跌撞撞地往前扑去,胸前的白牌子左右摇晃着。五个人在台下站成一排,中间站的人个头比较高,被五花大绑着,两边各站两个人,没有用绳子捆绑,只是戴着手铐。人群开始往前拥挤。申黎光和婆离得远,看不清他们的面孔,也看不清他们胸前牌子上写着什么。"噗、噗"两声,高音喇叭开始了广播:社员同志们,现在开批斗大会,首先将强奸犯范建牛等五名罪犯押上来!台前的群众自觉地让开一条道。五名"罪犯"被几个红卫兵押上了戏台,在台子中央站成了一排。大喇叭开始宣布五个人的罪行:范建牛,男,现年四十七岁,郭家庄公社卯塬大队人,一天傍晚,在大队医疗站,以看病为由,趁医疗站药房的女知青独自一人时,将其强奸,致其身心受到了极大摧残,严重破坏了毛主席关于知识青年上山下乡的政策,经县"革委会"研究,县军管小组批准,判处死刑,立即执行。

　　范建牛就是站在中间,被五花大绑的高个子,两名红卫兵从五人的中间将其往前推了两步。申黎光踮起了脚跟,还是看不清楚这个人的面孔。

　　"打倒强奸犯范建牛!"

有人带头呼口号，台下的人立刻跟着呼应，拳头齐刷刷举起，口号声撼天震地。

卯塬大队就是小姑家所在的大队，申黎光听见范建牛也是卯塬大队的人。显然，把批斗会会场设在这里，就是为了震慑罪犯，教育群众，为受害者鸣冤。另外，也方便死者家属的收尸。其他四名戴手铐的，是烘托气氛的陪衬者，也叫"陪桩"者。他们是附近几个村子的人。宣布的罪行分别是破坏农具罪、盗窃苜蓿罪、偷窥罪和奸畜罪。大喇叭说：鉴于上述罪犯罪行较轻，没有造成较大危害，故不追究刑事责任，由大队"革委会"负责监督劳动改造。

申黎光不明白"偷窥罪和奸畜罪"是什么罪，就问婆，婆说她也没有听说过。

"把强奸犯范建牛押赴刑场，执行枪决！"

台下群众轰的一下向卡车围拢过去。范建牛被连提带推押上了卡车，卡车在警车的开道下，离开了会场，向东驶去。其他四名接受劳动改造的被各大队的红卫兵带离了现场。刑场在哪里？谁也不知道，大家只好跟着卡车跑。当卡车绕到大路边，经过申黎光和婆面前时，申黎光指着卡车大喊一声："就是他！真的就是他！"

"是谁？"婆问。

"就是那个一撮毛，那个要害我的人。"

"你看清楚了？"

"看得清清楚楚，强奸犯，一撮毛。"申黎光脸涨得通红，"婆，你在这儿不要动，我去看枪毙人。"说完，申黎光把架子车推到了树荫下，跟着人群追着卡车跑去。

卡车紧跟着警车，扬起滚滚尘土。人的两条腿是跑不过车轮的，于是跟着卡车跑的人越来越少，几十个人变成了几个人。申黎光紧追不舍，他要亲眼看看那个一撮毛是怎么死的。汽车开到村东头一个土壕边后，突然掉头向北驶去，并且加快了速度。一些人追不上了，气喘吁吁地停下来，嘴里嘟嘟囔囔……

有的说："日弄人哩么！"

有的说:"在哪里都是砰的一枪,何必要转圈圈?"

有的说:"圈圈转多了就迷路了,鬼迷路了就不回来害人了。"

跑不动的人,放慢了脚步跟着走,只有申黎光和另外两个年轻人,继续撒开双腿追着尘土跑。

几分钟后,车子在一个小土丘旁停下了,警车上跳下来几名公安人员,迅速在路口拉上一条红绳子,绳子上挂有黄色硬纸牌,牌子上写着"警戒线"字样。申黎光和两名灰头土脸的小青年站在警戒线以外,紧张而兴奋地朝卡车张望。只见面如土色的范建牛被两名军人推下卡车,连推带拉,半走半拖,向小土丘走去。申黎光看见小土丘上不知什么时候就已经插上一面三角形的小红旗,他离这面小红旗,尚且不到二十米的距离。范建牛被按倒在土丘旁,呈跪倒姿势,裤裆已经湿透了。他朝四周张望了一下,似乎在寻找什么人,腮帮子上的一撮毛在微风中抖动着。申黎光感觉到一撮毛好像看到了自己,这是他几个月前见到的极其恐怖却又熟悉的目光。申黎光没有回避这束目光,眼睛睁得大大的,心里默念道:"恶有恶报善有善报,不是不报时候未到。"这是婆说过的话,此刻就要应验了。其实一撮毛哪里顾得上关注申黎光呀?他看到的只能是周围的红卫兵和几名军人,还有头上方乌黑的枪口。

一名军人举起半自动步枪,枪口在距离一撮毛几公分的地方,瞄准他的后脑勺,做好了射击的准备。一名高个子,四方脸,皮肤黝黑的公安人员,右手举着小红旗,喊道:"预备——"只见小红旗猛地从右上方向下一挥,啪的一声,一撮毛向前扑去……申黎光立刻闭上了眼睛,脑子里嗡嗡作响。枪声并不大,但很清脆。等他睁开眼,一撮毛已经扑倒在地,脑袋像炸裂的西瓜,露出了血红的瓜瓤,血浆和脑浆溅满土丘,申黎光立刻想到了"肝脑涂地"这句成语。两名军人熟练地解开一撮毛身上的绳索,用脚朝着他的腰部使劲一蹬,一撮毛便仰面朝天,一只眼睛紧闭着,另一只眼睛圆睁着,眼珠子几乎蹦出了眼眶。腮帮子上的一撮毛异常扎眼,在寒风中瑟瑟颤抖。警车和卡车迅速驶离现场,淹没在灰尘之中。后面的人赶过来了,他们只听见枪声，没有看见枪毙的过程。和申黎光一起赶过来的两个小伙子绘声绘色地给他们讲述着："用的是半自动步枪，子弹是炸子，一见血就会爆炸的那种。"

"没有什么炸子，是把子弹头磨成平头，打到脑袋上就开花了，要不然只能钻一个窟窿。"一个貌似当过兵的小伙说。

"射击手是不是蒙着头？"有人问。

"没有蒙头，帽檐压得很低，看不见眼睛。"

"是不是两个人射击？应该有一个副射手呀！"

"就一个人射击，旁边有一个拿手枪的公安人员，如果没打死，可能会补一枪的。"

"枪毙的时候枪离人有多远？"

"不远，就一拃的距离。"

"电影上枪毙人咋离得老远老远的？"

"那是演电影，这是真的。"

大家你一言我一语，兴奋而热烈地议论着。

"呜——呜，你这死鬼冤家呀！呜——"远处传来女人的哭啼声。"可能是死者的家属，来收尸了。"申黎光这样想着。突然他又想起了婆，婆还在树荫下等他呢！于是他撒腿就往村子的方向跑去。

当申黎光气喘吁吁地跑到戏台旁边的树荫下时，婆却不见了，架子车也不见了，申黎光这下慌了神。正当他四下张望时，姑父从戏台右侧不紧不慢地走了过来。他见申黎光急得团团转，想笑却憋住没笑，走到申黎光面前说："往回走，站在这里干啥呢？"

"我婆不见了，我婆咋就不见了呢？"

"我咋知道呢？我也是刚刚到这里。"

"刚刚还在树荫下呢，咋就不见了呢？"申黎光说着眼泪流了出来。

"你姑把你婆接回去了，我在这等你呢！"姑父看见申黎光真着急了，便严肃地说，"回家，饭都做好了，就等你哩！"

申黎光抹了把眼泪，破涕为笑，跟着姑父回到了他家里。一进大门,申黎光就看见架子车在院子放着,车上的褥子就是他家的,唯有装白土的蛇皮袋子不见了。小姑举着两只面手,从厨房迎了出来,嗔怪道:"我当你不要你婆了,你把你婆放到路边干啥去了?"

"看枪毙人去了。我婆哩?"

"在屋里呢,二杆子娃。"小姑说完又走进了厨房。

申黎光跑到屋里,见婆在炕上笑盈盈地坐着。

"婆,你咋不等我哩?吓死我了,现在坏人多得很。"

"怕啥哩,婆又不值钱,还没有架子车值钱;坏人来了,就把架子车给他。"

"那你咋回来的?"

"你姑也参加批斗会哩,散会后看见我,就把我拉回来了。"

说话间,小姑端着一盘热腾腾的,漂着鸡蛋飘花的臊子面进来了。一股蹿鼻的酸辣香味直冲申黎光的鼻孔,他咽着口水,眼睛直愣愣地盯着盘子。

"妈,快吃,黎光也吃。"小姑说着,放下碗,端着盘子出去了。

申黎光和婆都饿了,一盘面六小碗,婆吃了两碗,申黎光吃了四碗。不一会儿小姑又端来一盘,也是六小碗。这次婆吃了一碗,申黎光吃了两碗。小姑说:"多吃点,这是一口香,面少汤多,权当过年哩!"婆不吃了,申黎光又吃了一碗。

小姑问申黎光:"枪毙人害怕不?"

申黎光放下碗,抿了一下嘴唇说:"想起来害怕,看了就不怕了,那个坏人就是想抢我羊的人,死了活该。"

接着,申黎光给姑姑讲了一撮毛企图抢羊并杀人灭口的事情。婆也说,她后来去了现场,在玉米地里看见了那人踩踏的脚印,还看了那口枯井,枯井旁也有脚印。直说得姑姑唏嘘不已,瞪大了眼睛。姑姑说,这个人是第五小队的社员,是个老瞎尿,靠走乡串户杀猪为业。经常用猪下水或者猪蹄、猪耳朵等,引诱村里的年轻女性上钩,瞅机会调戏妇女耍流氓。前不久,他看上了在医疗站帮忙的女知青潘丽丽。潘丽丽去年从省城来到村里插队,大队领导看她文静、漂亮又聪明，就让她到医疗站药房帮忙。一撮毛见医疗站来了个妩媚的女知青，就有病没病都要到医疗站转悠，千方百计和潘丽丽搭讪，同时故伎重演，又是送猪肉，又是给零花钱，还经常帮潘丽丽打扫医疗站的卫生，洗刷瓶瓶罐罐。潘丽丽对一撮毛的为人早有耳闻，所以时刻警惕着他，并和他保持着应有的距离。时间久了，一撮毛觉得自己已经付出了很多，而潘丽丽却对他还是不冷不热，不远不近，一撮毛很不甘心。有一天，他趁潘丽丽一个人洗衣服的时候，悄悄走过去，从后面抱住她，把手伸进了她的衣领。潘丽丽猛一回头，见是一撮毛，便转过身狠狠地抽了他一耳光。从此，一撮毛好长时间都不敢去医疗站了。但他不甘心于多日来的付出，更不甘心于挨了一巴掌的侮辱。他想，如果是村里其他女人，他这样的付出，早就上了好几回了。他越想越气恼，越想越觉得自己窝囊，再说，这么长时间过去了，一切似乎都风平浪静，好像什么事情都没有发生。这说明潘丽丽没有把这件事告诉别人，更没有去派出所告发他。可能她顾忌自己的面子，也可能是她没有这个胆量……想到这，他胆子壮了起来，决定报复潘丽丽。一天傍晚，他独自喝了半斤多酒，然后拿着杀猪刀，趁着夜色潜入医疗站。那天医疗站只有潘丽丽一个人在药房里，药房的门虚掩着，一撮毛推开门就朝潘丽丽逼近，潘丽丽看到是一撮毛，边后退边问他要干什么？一撮毛转身将药房的门从里面插上，把杀猪刀往桌子上一拍，让潘丽丽把衣服脱光。看着一脸凶相、满嘴酒气的一撮毛和那把明晃晃的杀猪刀，潘丽丽知道在劫难逃了，便慢慢地解开衣服，无可奈何地服从了一撮毛。事后，一撮毛大为欢喜，许诺潘丽丽只要依从他，往后经常会给她送猪肉，隔三差五还会帮助她干活。潘丽丽趁着他的忘乎所以，让他把承诺写下来，一撮毛就依照要求，拿起笔，歪歪扭扭地写下了三条承诺：一、只要潘丽丽不反抗，每次送猪肉半斤；二、每周帮助潘丽丽打扫两次医疗站；三、愿为潘丽丽肝脑吐（涂）地，两肋叉（插）刀。第三条是一撮毛自愿加上去的，以表达对潘丽丽的忠心耿耿。

"第二天一大早，潘丽丽就拿着一撮毛的承诺书到派出所告发了他，是我陪着她去的。"姑姑说着很自豪地笑了起来，并接着说，"强奸村里妇女是一般强奸罪，强奸知青就是撞了'高压线'。知识青年上山下乡是毛主席制定的政策，强奸知青就是破坏知识青年上山下乡运动，也是反对毛主席，是死罪。这回真的让这个屠夫肝脑涂地了。"申黎光听到"肝脑涂地"几个字，立刻想起了枪毙一撮毛的场景：白花花的脑浆搅混着鲜红的血浆，喷溅在尸体周围的沙砾和土块上，几只乌鸦在尸体上空盘旋着⋯⋯想到这里，他一阵阵地恶心，刚吃下去的"一口香"，差点儿被吐了出来。

在炕上坐着的婆说："现在的瞎瞎人是越来越多了，干啥的都有，今天的公判会上，还有个'头盔犯''谦虚犯'不知都是些啥罪？"

"偷窥犯、奸畜犯——"申黎光插了话，却不知道该怎么解释，原因在于，他也没有弄清楚他们究竟是什么罪，正想问姑姑呢。

姑姑说："看你婆的耳朵，拐到沟凹里去了！偷窥犯就是偷着看妇女上厕所，是耍流氓的行为。"

"那奸畜犯呢？"申黎光问。

"那个奸畜犯是咱村上捣蛋他爸，你不知道？"

"啊！捣蛋他爸？"申黎光一脸迷茫。

"对呀，捣蛋他爸是队里的饲养员，就是和牲口弄那事情哩！哎呀，不说啦，不说啦，恶心死了！"

"捣蛋他爸叫驴胜，没有听到念他爸的名字么。"黎光扑闪着眼睛说。

"驴胜是外号，官名叫吕胜利，就像把你叫黑娃一样。"

"怪不得。"申黎光想到当时离得远，看不清台子上人的面孔，后来又把注意力集中到了一撮毛身上，忽略了这个奸畜犯。接着他说，"怪不得捣蛋最近不吃炒黑豆了。"

"吃啥炒黑豆？"姑姑莫名其妙。

"捣蛋经常偷他爸给牲口炒的黑豆，也给我吃过，这下他爸不当饲养员了，捣蛋就没有黑豆吃了，我也没有黑豆吃了。"

"娃伙就知道在嘴上打哇哇。"婆说完笑了。"打哇哇"，是婆常说的是一句土话，意思是贪吃。申黎光到了农村才知道在嘴上"打哇哇"，过去在爸妈身边时，吃饭是要哄着、劝着才勉强吃几口呢！

九、批斗奸畜犯

申黎光和婆从姑姑家回来的当天晚上，大队就召开了社员大会，主题是批判奸畜犯吕胜利，还有两个"陪桩"的，一个是三队的地主分子景右轩，一个是四队的富农分子张横山。批斗会设在大队部旁边的戏台子上，台子上方两盏嗞嗞作响的汽灯早已点着，把整个戏台照得恍如白昼。

随着"把奸畜犯吕胜利押上来！把地主、富农分子押上来！"的口号声，吕胜利和两名"陪桩"的被押上了戏台子。台上两盏刺眼的汽灯，把三个批斗对象的光脑袋照得越发锃亮。他们胸前都挂着白牌子，牌子上写着上下两行字，上面是罪名，下面是姓名。民兵连长申虎子带着四名基干民兵，腰扎皮带，肩背半自动步枪，站在台子两边。台子两边悬挂着两条红色的标语，左边是：反动的东西你不打他就不倒。右边是：扫帚不到灰尘照例不会自己跑掉。顶上是白色横幅，黑体字：申河大队批斗大会。

批判吕胜利的时候，申黎光就四处寻找捣蛋。他转遍了戏台周围，还爬上了戏台东侧的土墙，仔细扫视人群，也没有瞅见捣蛋的身影。他和捣蛋是同级不同班的同学，上下学经常结伴而行。捣蛋自幼丧母，是他爸又当爹又当娘，一把屎一把尿把他抚养大的。申黎光到农村后，就没有见过捣蛋穿过布鞋，一年四季都是他爸编的草鞋或者麻鞋。冬天给脚裹上布片，冻伤的脚趾像红萝卜，肿得明溜溜的，一开春，伤口便化脓流血。身上的衣服补丁摞补丁，针脚大小不一，横七竖八，一看就是他爸的"杰作"。后来，队里为了照顾吕胜利这个光棍，就安排他到饲养室担任饲养员。队里的饲养室是相对固定而轻松的活，拿全年的固定工分，收入比一般社员要高一些。只是要常年住在饲养室，半夜要给牲口喂草料。光棍汉在哪里睡都是睡觉，回家和不回家没有什么区别。捣蛋也经常住在饲养室，父子俩相互为伴。几年后，捣蛋家的日子明显改善了，捣蛋不但穿上了布鞋，过年时他爸还给他买了一双解放鞋。在上学的路上，申黎光试着穿了一下捣蛋的解放鞋，大小正合适，走了几百米，感觉像脚底安装了弹簧，不由自主地就想蹦跳。后来在捣蛋的一再催促下，他才恋恋不舍地把鞋脱下来还给了捣蛋。回家后，申黎光给婆说，他也想要一双解放鞋。婆说：给你爸写封信，让他给你买。申黎光说：写过多次信，就没见回过，不知道能不能收到。婆说：再写，再试一下。黎光当天就又给他爸写了一封信，信上简要汇报了他的学习情况，然后写道：

亲爱的爸爸：
　　我同学捣蛋都穿上了解放鞋，我也想要一双。有了解放鞋，我走路就有劲了，脚就不会磨烂了，打篮球就跑得快了，踢足球时鞋就不会掉了。穿上解放鞋，我一定会按时到校，好好学习天天向上，做一名合格的红卫兵。
　　　　　　　　　　　　　　　　　　　　　　申黎光

写完信后，小心翼翼地在信封贴上邮票，专门跑到几公里外的公社，找到挂在大门口墙上的绿色铁皮邮箱，踮着脚将信投了进去。以前写完信都是从大队的邮箱寄出去的，但他总感觉公社的邮箱比大队的要保险一些。他在信上没有提到母亲，因为他知道母亲已经不在了。自从听说母亲自杀的消息后，他就没有给家里写过信，加之以前写的信都没有回音，他估计来往的信件被扣留了。这封让父亲买解放鞋的信，他是抱着试一试的态度写的，哪怕有万分之一的希望，他也要试一下；不写信，那就一丁点儿希望都没有，他希望父亲能够收到这封信，并且在回信的同时，也寄来一双解放鞋，有了解放鞋，他就和捣蛋一样了。

吕胜利当饲养员后，申黎光也经常去饲养室找捣蛋玩耍。每次见了捣蛋，都能吃到他爸给牲口炒的黑豆。他爸说，黑豆不是给每个牲口吃的，只给干重活的大牲口吃，吃了黑豆添膘，长劲。申黎光还亲眼见捣蛋爸给叫驴吃过炒黑豆，叫驴就是种驴。一天下午，一头巡回配种的叫驴，在配种员的牵引下来到了五队饲养室门口。捣蛋爸牵出了饲养室的一匹母马，同时也端出一马勺炒黑豆。叫驴看见母马后，先是鼻子一扇一扇咴咴地吹着气，然后眼睛却盯着吕胜利手中的马勺。捣蛋爸最懂得牲口的肢体语言，知道叫驴想吃黑豆了，就把马勺递到叫驴嘴边。叫驴一口吞下了半勺黑豆，津津有味地咀嚼起来。"嘚嘚，上！嘚嘚，上！"配种员发出了配种的指令。叫驴突然竖起了耳朵，前蹄在地上刨了两下，后腿一蹬，"啊呃——啊呃——"叫了几声，便骑在了母马背上……配种结束后，捣蛋爸把剩下的半勺黑豆也让叫驴吃了个光光净净。捣蛋爸说："叫驴吃了黑豆配起种来才有劲。"

申黎光把捣蛋爸叫叔，虽不是本家，但由于和捣蛋关系好，他爸对申黎光显得特别亲，时常笑嘻嘻地叫黑娃到饲养室玩。到了饲养室，吃炒黑豆是常有的事，有时候还给他吃苜蓿馍。生产队的苜蓿是牲口饲料，饲养员掐苜蓿、割苜蓿是理所当然的事情。如果一般社员掐苜蓿就是偷窃行为，所以一般人家是吃不上苜蓿馍的。如果偷着掐了苜蓿，蒸了苜蓿馍，一定是背着人偷偷吃的，如果被人告发，麻烦就大了，最低限度也是个盗窃罪。

这么好的叔叔，怎么就成了奸畜犯？申黎光百思不得其解，但在批判会上，捣蛋爸当众承认了奸畜的事情，说明确有其事。他突然想起有一次他看到的场景，不知道那算不算奸畜？有一天晚上，他和捣蛋一起在饲养室做作业，因为时间太晚了，他就和捣蛋一起睡在了饲养室里的炕上。炕很大，横竖都可以睡。半夜，申黎光被尿憋醒了，他睁开蒙眬的眼睛想下炕尿尿，突然听见有人呼哧呼哧地大声喘气。侧身一看，只见捣蛋爸站在一个木桩上，身子紧贴着一匹小母马的屁股，两只手抚摸着母马的背部和腹部，好像在给马挠痒痒似的。他翻了个身准备起来,捣蛋爸迅速从木桩上跳了下来,问:"黑娃,你弄啥呀?"黑娃说:"想尿尿,叔还没睡?""没有,这马身上有跳蚤了,叔给抹了些六六粉。"申黎光看见捣蛋爸在马身上抚摸有点儿奇怪,经他这一解释,才知道原来是给马抹六六粉呢!

后来,申黎光把他看见的这件事写进了作文里。那天,老师给同学们布置了一篇作文,题目是:记一件学雷锋的好人好事。申黎光想到了捣蛋爸半夜不睡觉,给生产队的马捉跳蚤的事情。就把他那天晚上看到的情景一五一十地写进了作文里。作文最后一段写道:

  生产队的马生了跳蚤,饲养员叔叔翻来覆去,彻夜难眠,亲手把六六粉涂到马身上。我看见叔叔站在马后面,冒着被马踢伤的危险,气喘吁吁,汗流浃背,一丝不苟地为马抹农药。我一定要向饲养员叔叔学习这种一不怕苦、二不怕死的革命精神……

这篇作文还被老师当成范文,在班上朗读了。天哪!如果叔叔那天晚上就是在奸畜,那他这篇作文不就是一封揭发信吗?他不就成了祸害叔叔的罪魁祸首吗?想到这里,他打了个激灵,又想尿尿了。这时,批斗会上有人喊口号:"把奸畜犯驴胜打翻在地,叫他永世不得翻身!"

驴胜——吕胜利的外号,为什么要给他起这样一个外号?"驴胜"就是公驴的那个东西的民间称呼,据说钱钱肉就是用它做的,切成薄片后,形状像铜钱一样,中间有孔。申黎光听说过,没有见过,更没有吃过。驴胜他的确见过,在驴给马配种时见到了它,既然有人给吕胜利起驴胜这样的外号,就说明也有人见过他奸畜的行为。申黎光还听干板调过一个段子:"驴日马下,骡子长大,腿比驴长,劲比马大,耳朵一扎,把驴胜叫大。"当时听了这个段子,以为是谝闲传,现在想想,是事出有因的。

他继续寻找捣蛋,他知道捣蛋现在心里一定很难受。

"把奸畜犯押下去！"

"把地主、富农分子押下去！"

听到这样的口号，申黎光知道批判会就要结束了。他向戏台后面走去，因为他知道演戏的时候，演员都是从这里上下台的，受批判者也是从这里被押下来的。台下的群众也有部分人向后台走去，估计是受批判者的亲属，或者朋友，或者同情者。申黎光随着人流走到后台。突然，他看见一个熟悉的身影，是捣蛋。捣蛋站在戏台左边的一棵皂角树下，眼睛盯着后台的出口。申黎光迅速跑了过去，抓住捣蛋的双手，捣蛋的手是冰凉的，眼睛里充溢着泪花，身子微微颤抖着。

"我找你半天了，你怎么在这里？"申黎光问。

"咋办呀，丢人死了！"捣蛋抽回双手，抹了一把眼泪，喃喃道，"今后没人跟我耍了。"

"没事，有我哩，我天天和你耍。"申黎光又抓住捣蛋的双手。

"那我叫你穿我的解放鞋。"捣蛋说。

申黎光下意识地看了一下捣蛋的脚，那双解放鞋上的鞋带早已无影无踪，军绿色鞋帮变成了灰土色，两只鞋的鞋尖都被大拇指顶出了洞，露出了黑乎乎的脚指头。捣蛋见申黎光看他的鞋，不好意思地将大拇指缩了回去。

"让开，让开！"有人喊着。戏台后面站着的人开始向后台出口拥去，只见吕胜利和陪桩的地主、富农，在民兵的押送下从后台出来了。吕胜利已被解除了捆绑在身上的绳索，三个人的牌子也被摘去。下台后，他们被要求站成一排，由民兵连长申虎子训话，这是批斗大会的最后一个程序。申虎子说："今天的批斗会开得非常成功，从明天起，驴胜——嗯——吕胜利，就要接受贫下中农的监督改造，每天早上上工前，要把村里巷道的卫生打扫得干干净净；上工后，每天只能拿半劳的工分。改造期限为两年，改造完毕再拿全劳工分。景右轩和张横山继续接受改造，听清楚了没有？""清楚了。"三人异口同声。申虎子扬了一下手说："回去吧，走吧！走吧！"地、富分子景右轩和张横山是每次批斗会的陪桩者，他们熟悉批斗会的流程，申虎子一扬手,他们就低着头,在家人的陪伴下离开了。

唯有吕胜利还站在原地,捣蛋和申黎光走了过去。吕胜利摸着捣蛋的头说:"回!"

"痛不?"捣蛋抬头问道。

"没事,穿的棉袄。"吕胜利一副若无其事的样子。

吕胜利前面走着,捣蛋和申黎光跟在后面。走到涝池边时,突然,一大一小两只黄狗从西边的巷道蹿了出来,追着吕胜利"汪汪汪"地狂吠起来,捣蛋和申黎光吓得躲到了吕胜利的身后。吕胜利迅速下蹲做了个捡砖头的动作,然后起身,空手一扬,狗便撒腿跑回了巷子。申黎光想,一定是有人怂恿狗咬人的。吕胜利不走了,嘴里嘟囔着什么,然后一屁股坐在涝池边的石板上,这石板是妇女们洗衣服时用的。捣蛋和申黎光也蹲在了他的两旁。吕胜利继续嘟囔着什么,因为离得近,申黎光听清楚了,就两句话,反复地重复着:"狗眼看人低,活着不如狗……"

"爸,回!"捣蛋摇了摇他爸的胳膊。吕胜利停止了嘟囔,眼睛直愣愣地盯着涝池的水面,说:"回?你俩先回去,我一会儿就回,狗眼看人低,活着不如狗……"

捣蛋和申黎光站起来了,捣蛋拽了他爸一把,他爸也站起来了。吕胜利在腰后面摸了摸,申黎光知道他是想抽烟了,在下意识地摸烟锅,可烟锅在批斗会上早就被民兵没收了。吕胜利摇了摇头,打了个哈欠,离开了涝池。但他却没有往回家的方向走,捣蛋和申黎光紧跟其后,只见他径直向村口走去。到了村口,往右一拐就是饲养室。"他可能要去饲养室。"申黎光这样想着。果然,吕胜利停下脚步对申黎光说:"你回去吧!我和捣蛋在饲养室再睡最后一晚上,以后就不去了。"

申黎光看着捣蛋,捣蛋摆了摆手,示意让他回去。

夜幕中,村庄一片寂静,星星一眨一眨地闪烁,银灰色的月光给人增添了几分寒意。申黎光独自一人往回走,到了涝池边,他想起刚才冲出来的两条狗,便加快了脚步往家里走去。狗并没有冲出来,申黎光明白，刚才的狗发出的叫声，的确是冲着捣蛋他爸的。

　　快到家门口了，黎光老远就看见婆在门口站着，双手捅在袖筒里，一动不动，像一尊矮矮的木雕。申黎光加快脚步走到婆面前，婆没有理睬他，显然是生气了。申黎光说："我把捣蛋和他爸送到饲养室了。"婆"嗯"了一声，并没有怪罪他，只说道："怪可怜的，光棍抓娃，不容易。"说完和申黎光一起回到了家里。婆摸索着找到火柴，点着煤油灯，屋子里顿时亮堂起来。起夜用的瓦盆已经放在了炕脚，炕上的被子已经暖好，申黎光脱掉衣服钻到了热乎乎的被窝里。婆掖了掖被角，给黎光盖严实，然后端起炕桌上的煤油灯往外屋走去，说："你先睡，婆纺会儿线再睡。"婆有晚上纺线的习惯，说前半夜睡不着，还头疼、心口痛，一纺线就乏困了、瞌睡了。申黎光听惯了婆的纺车声，纺车一转，他就睡着了。可是此刻，他睡在热炕上，眼睛睁得圆溜溜的，翻来覆去，怎么也睡不着。想着今天晚上批斗会上两个民兵五花大绑奸畜犯的场景，想着两条黄狗龇牙咧嘴咬捣蛋爸的凶相，想着捣蛋爸在涝池边嘟囔着"狗眼看人低，活着不如狗"的话，想着捣蛋爸看着涝池发呆的眼神，想着为什么捣蛋爸要去饲养室睡，饲养室是他犯错的地方，去那里干什么？他有一种预感，一种说不清的预感，反正是一种不好的感觉。他看着窗户，几个窗格上的纸已经破裂，夜风吹得窗户纸哗啦啦作响。婆没有糊破裂的窗格，因为过几天就要贴窗花了，到时候窗户就会焕然一新。外屋的纺车声"吱咛吱咛"地作响，申黎光的眼皮开始打架了，不一会儿神志就迷糊了。

十、吕胜利上吊了

　　"快起来，快起来，捣蛋他爸出事了。"在婆的吆喝声中，申黎光睁开了眼睛，太阳已经照到了炕沿上。他一骨碌爬起来，问："咋啦，出啥事了？"

"昨天晚上，捣蛋爸在饲养室上吊了。"婆抹了一把眼泪说，"好好的人，咋弄下这事？"

申黎光顾不上洗脸，披上棉袄，边扣扣子边往外跑。跑到涝池边，听见两个洗衣服的婆娘议论着什么，他放慢了脚步偷听。

一个说："人是好人，就是没管住老二。"

另一个说："听说驴胜的老二跟驴差不多。"

"那么好的身体，找个寡妇也行啊！"

"寡妇门前是非多，弄马没是非，想咋弄就咋弄。"

"哈哈哈……"

"嘻嘻嘻……"

申黎光瞥了一眼嘻嘻哈哈的婆娘，继续往饲养室跑去。快到饲养室时，看见门口围了一堆人。他挤进人堆，看见捣蛋头戴白孝帽，跪在一个草席边，泣不成声。席上躺着一个人，脸上盖着一张麻纸，想必就是吕胜利。申黎光看见吕胜利裤裆是湿漉漉的，他曾听说过上吊的人舌头会吐出来，眼珠子会憋出来，却没听说过裤裆会湿。捣蛋肯定看见了麻纸盖着的脸，一定很可怕。"革委会"主任申亚东挤进了人群，对几个跟在身后的社员说："今早就埋，他这是自绝于人民，自绝于党。"说完转身走了。

几个社员从饲养室拿出一条拇指粗的绳子，他们先把吕胜利用草席裹起来，然后用绳子捆了个结实的圆筒。一辆早已套好的马车停在旁边。申黎光发现，套在车辕上的马，红棕色，矮个头，正是吕胜利那天晚上趴在其身后给抹六六粉、灭跳蚤的小母马。几个捆绑尸体的社员，抓住草席的两端，将吕胜利扔到了马车上，然后扛着铁锨，赶着马车向东沟方向走去。东沟是村里人埋葬因病死或难产而死亡的婴儿的地方，也叫死娃沟，听说经常有狼和野狗出没于此，晚上还能听到小孩的哭声。申黎光白天路过这里就胆战心寒，割草、放羊必须经过时，他总是快速通过，到了晚上一定会绕道行走。捣蛋要跟着马车埋葬他爸，几个妇女拦住说："这是凶丧，你是个娃娃，就不要去了。"于是申黎光扶着捣蛋，看着马车渐渐远去。

新上任的饲养员叫吕厚憨，抱着一卷铺盖从饲养室走出来，交给捣蛋说："拿回去吧！"然后又从腰里解下一个白布袋，说："把这也拿上，你爸昨晚上炒的。"捣蛋知道白布袋里面装的是黑豆，便点点头，抱着铺盖，把黑豆递到申黎光手里，离开了饲养室。饲养室的牲口都拴在了外面的木桩和石柱上，它们好像认识捣蛋和申黎光似的，齐刷刷地抬起了头，目送着他们离开。

一路无语。到了捣蛋家，捣蛋把铺盖放到炕上，黎光把黑豆布袋交给捣蛋。说："昨晚还好好的，早上怎么就……"

"半夜的事情……"捣蛋边哭边说了昨晚他们分手后的过程。

捣蛋和他爸到饲养室后，见到了饲养员吕厚憨，吕厚憨是捣蛋的远房堂哥，把吕胜利叫叔。看见吕胜利领着捣蛋来了，先是一愣，接着把他们让进了饲养室，他开始以为他们是来拿被褥的，就说："叔，铺盖已经捆好了，我准备明早给你送回去哩。"

"不送了，今晚我再替你照看一晚上牲口，你明早过来就行。"吕胜利说着，把捆好的铺盖打开、铺好，他看吕厚憨站着没动，没有走的意思，继续说，"就替你一晚上，我和娃再闻一闻牲口的味道，时间长了，舍不得啊！"吕厚憨说："好，那我就走了，你们就早早歇着吧！"

吕厚憨走后，吕胜利并没有早早歇下。他把饲养室里里外外，仔仔细细地打扫了一遍，然后给牲口槽里添满饲料，再搅拌均匀。再然后，特意给那匹小母马从头到腿仔细地梳理了一遍毛发，还给小母马的鬃毛、肚子、尾巴上涂抹了六六粉。捣蛋睁会儿眼闭会儿眼，他看见了爸爸所做的一切，不知不觉就睡着了。捣蛋开始做梦，他梦见和申黎光在涝池边的大槐树下，大把大把地吃炒黑豆。干板唱着自己编的小曲走了过来："嗨啦啦啦啦，嗨啦啦啦啦，高粱馍吃了拉不下呀，玉米馍吃了拉裤裆呀，炒黑豆吃了肚子大呀，放屁砸掉脚后跟呀……"干板走到捣蛋身边，看见他们吃炒黑豆，伸手就要抓，捣蛋不给，干板就说：你们偷吃生产队的黑豆，下次开批斗会，我要揭发你们。捣蛋紧张了，顺手抓一把黑豆递给干板，干板边吃边唱着小曲离开了……嘣叭、嘣、嘣，一阵炒黑豆的爆裂声惊醒了捣蛋，一股清香味扑鼻而来。捣蛋睁眼一看，父亲正在炒黑豆，只见他捏了几粒黑豆放进嘴里嚼了嚼，然后用马勺盛了半勺，走到小母马跟前，抚摸着它的鬃毛说："吃吧，这是最后一次喂你了。"小母马好像听懂了吕胜利的话，仰起头用嘴唇在他的前额上吻了吻，便埋头吃起了黑豆。捣蛋也听到了这句话，他知道他们今后不会来这里了。吕胜利拿出一个白布袋，把炒熟的黑豆装进袋子里，放在了捣蛋的枕头旁边。他见捣蛋扑闪着眼睛，说："咋还不睡？"

"刚梦见吃黑豆哩！"捣蛋说。

"给你装了一布袋，回去慢慢吃，赶紧睡。"

捣蛋抓了几粒黑豆，放到嘴里嚼着，不一会儿就又睡着了。

"捣蛋快起来，你爸寻短见了。"捣蛋被人喊了起来，睁眼看见太阳已经照到了马槽上。他揉了揉眼睛，再朝门口看去，只见他爸的脖子被绳子套住，悬挂在饲养室的大门框上。身子是悬空的，脸朝外，两臂下垂，腰部裸露，脚尖朝下，一个木墩子倒在旁边。叫醒捣蛋的是吕厚憨，天一亮，他就来到饲养室，看见了眼前的一幕。他叫捣蛋扶起地上的木墩，然后拿了把镰刀，站在木墩上，一只手抱住吕胜利的腰部，另一只手举起镰刀，嚓嚓两下，割断了门框上的绳索。吕胜利顺势倒在他的肩上，他扛着吕胜利，在捣蛋的帮扶下跳下木墩，把吕胜利放在炕上，然后用手在他鼻子上摸了摸，哭丧着脸说："叔，你咋想不开呢？你咋寻短见哩？"捣蛋抓着他爸的手，哭着喊着，"爸呀！爸呀！"地叫着，他爸没有任何反应。吕厚憨抹了把眼泪，摇了摇头，对捣蛋说："不行了，快去叫人。"捣蛋出了饲养室，朝村里跑，见人就哭着说："我爸死了，我爸不要我了。"

大伙闻讯赶到饲养室。吕厚憨已经和早到的社员把吕胜利停放在饲养室外面的草席上，给其脸上覆盖了一张麻纸。大队"革委会"主任申亚东也来了，吕厚憨迎上去对申亚东说："我清早来，就咽气了，是半夜的事情。"

申亚东一脸轻蔑地说："没脸活了，他的死轻于鸿毛。"

吕厚憨左右看看，小心翼翼，轻声说道："饲养室有一副棺板，是队上给五保户准备的，放了几年了，先用上吧！"

申亚东"哼！"了一声，大声说："他怎么能和五保户一样？用草席一卷，埋了！"

吕厚憨无可奈何地摇了摇头。他给捣蛋找了块白纱布，做了顶孝帽，让捣蛋跪在他爸身旁，点燃香烛，给他爸守一次灵，戴一次孝。

听完捣蛋的叙述，申黎光首先想到的是：捣蛋家里没有人了，今后谁管他呀？他在哪里睡觉？在哪里吃饭？上学的学费怎么办？于是他问道："没想到胜利叔这么快就走了，丢下你可咋办呀？"

"我厚憨哥叫我在他家吃饭，晚上就和他睡在饲养室，放学后帮他打扫圈舍，干一些零碎活。我喜欢饲养室的味道，喜欢听驴拌嘴的声音，还有牛嚼草的声音，还喜欢吃给牲口炒的黑豆。"捣蛋见申黎光连连点头，接着说："上下学就和你相跟着。"说完捣蛋放了响屁，申黎光知道捣蛋黑豆吃多了。

"好、好，咱俩相跟着。放学后我就去饲养室找你，我也爱闻饲养室的味道，也爱吃黑豆。"申黎光高兴地迎合着。捣蛋抓了一把炒黑豆给申黎光，申黎光没有吃，装进口袋里。他惦记着他婆，出来一早上了，婆一定着急了。

十一、东方红小学里的反革命

村里的学校以前叫申河小学，"文化大革命"开始后改过两次名字，开始叫前进小学，现在叫东方红小学。申黎光在这里上学后，经历过这两次改校名，这时候他上小学五年级。

春季开学时，东方红小学分来了一批师范毕业的老师，其中一个叫江小雅的女老师分到了申黎光的班级，当上了班主任兼语文老师。江老师高挑个、剪发头、双眼皮、大眼睛，牙齿洁白得像搪瓷，且非常整齐。她无论在课堂上或者平时，都讲一口流利的普通话，喜欢穿色彩鲜艳的衣服，学生们背地里叫她江姐。学校对班级也作了重新调整，巧的是，吕捣蛋和申黎光分到了同一个班；更巧的是，排座位时吕捣蛋和申黎光成了同桌。上学放学，他们形影不离。申黎光说，他俩是亲密战友；吕捣蛋说，就像毛主席和林副主席一样亲密。吕捣蛋绝对是个学习的料，特别是数学，无人能超越；而申黎光除了语文外，其他课程都一般。江老师特别器重他俩，让申黎光担任班上的语文科代表，把申黎光写的作文，经常当作范文在班里朗读；吕捣蛋则是数学科代表。

每次考试，他俩的成绩都在班上名列前茅。考数学时，捣蛋看见黎光抓耳挠腮，就会把答好的卷子移到中间，等申黎光抄完后才收起卷子。同样，考语文时，申黎光也会帮吕捣蛋答题。可好景不长，有一次考试时，他们后排坐着的女生——文体干事敬一敏发现了这个秘密，并偷偷告诉了江老师。从此，他俩的座位就被调整了，敬一敏和吕捣蛋成了同桌，申黎光坐到了敬一敏的位置。从此，他俩的考试成绩明显下降了。

就在申黎光为调整座位而愤愤不平之时，吕捣蛋的倒霉日子也来到了。

一次上手工课，敬一敏突然抓住吕捣蛋的手工课本不松手。吕捣蛋脸憋得通红，怎么抢夺终究都没夺回来。只听敬一敏不停地高喊："反革命、反革命！吕捣蛋是反革命！"

上手工课的是一名姓严的男老师，他从敬一敏手里要走了吕捣蛋的手工课本，仔细看了看，脸色变得煞白。他走到教室门口，然后又扭过头，一脸严肃地对大家说："从现在开始，谁也不能离开教室！"

吕捣蛋双手捂着脸，把头埋到桌子上，敬一敏站起来又坐下，把屁股往座位边挪了挪，和吕捣蛋拉开了距离，仿佛此刻的吕捣蛋成了一堆臭不可闻的狗屎，正在散发着臭气。申黎光注视着吕捣蛋，想知道事情的原委，可吕捣蛋始终没有抬起头。教室里的嘈杂声此起彼伏，同学们开始了各种猜测。

大约一节课的时辰，两名身着上白下蓝警服的人，在校长的带领下，步入了教室。顿时，同学们鸦雀无声，教室里静得掉根针都能听得见。校长站在讲台上，清了清嗓子，异常严肃地说："同学们，阶级斗争无处不有处处有，无时不在时时在呀！吕捣蛋是奸畜犯吕胜利的儿子，他反对毛主席是必然的！敬一敏同学敏锐地发现了吕捣蛋剪碎了伟大领袖毛主席的像，并亲手抓了个现行。现在，我们就把这一严重的事件，交由公安机关处理。"话音刚落，两名警察像老鹰抓小鸡那般，把吕捣蛋从座位上拎走了。

窗外的摩托车在刺耳的警笛声伴随下，绝尘而去。教室里一片唏嘘，大家都七嘴八舌，议论着阶级斗争的长期性、复杂性与艰巨性，并纷纷把敬佩的目光，投向了敬一敏。此时的敬一敏，俨然一只斗鸡场上取胜的鸡，高昂的头颅上，微微上翘的毛辫子，宛若硕大的鸡冠，粉红色的裙子格外醒目，犹如公园里开屏的孔雀，竭力展示着自己美丽的羽毛。总之，敬一敏今天绝对是班上的英雄，是捍卫毛主席革命路线的坚强斗士。申黎光瞄了敬一敏一眼，发现她也在看着自己，目光中流露出自豪而得意的神色。申黎光很快避开了她的目光，似乎吕捣蛋的事与自己有关，自己也随时会被警察拎走。申黎光的担心并非多余，因为大家都知道，他和吕捣蛋是最好的朋友。

吕捣蛋被抓走的第二天早上，申黎光刚做完早操回到教室，敬一敏走到他面前严肃地说："校长叫你到他办公室去一下！"这句话声音虽不大，但对申黎光来说，无异于晴天霹雳。这时的敬一敏，已经不是普通的学生了，她说话的口气代表着正义、真理和革命，是高人一等的口气，是下命令的口气。申黎光心中忐忑不安，知道大祸将要临头。校长指名道姓地叫一个普通学生去自己的办公室，岂能有好事？申黎光脑子里一片空白，身上冒出了冷汗，不用照镜子，他也知道自己的脸色是煞白煞白的。他迈出去的腿，好似灌了铅一般沉重，但仿佛有一根无形的绳子，硬是把他拽出了教室，拽向校长的办公室。

校长的办公室在校园最里面，是一个单独的古建筑，房顶上覆盖着弧形瓦,屋檐两端有上翘的砖雕,已经残缺不全,有人说是龙头,也有人说是孔雀。进门要上八级青石台阶,据说过去是一个关帝庙,里面敬有关公的塑像。同学们路过这里,知道校长在里面办公,都有一种敬畏之感。一路上,他竭力回想着在与捣蛋交往的过程中,自己有什么错误的言行。对了,他经常吃捣蛋给的炒黑豆,这黑豆是生产队的黑豆,算是集体财产,捣蛋一定告诉了警察。还有一次,捣蛋叫他去饲养室做作业,捣蛋爸偷偷地给申黎光塞了一大块牛肉,申黎光吃了这块牛肉后,心里一直不踏实,那是生产队一头病死的老牛的肉,几名饲养员杀了牛,偷偷割下几块肉,煮熟后分了。捣蛋如果把这件事说出来,算不算屠宰生产队大家畜,破坏集体财产,挖社会主义墙脚?捣蛋爸自杀后,他安慰捣蛋时说过这样的话:"你爸是让'运动'逼死的,我妈也是让'运动'逼死的,他们都是这场'运动'的牺牲品。"这话肯定就是反动话了。申黎光母亲自杀的事情,婆不让告诉任何人,申黎光是为了安慰捣蛋才说出来的。如果捣蛋把这事告诉了公安局,那捣蛋的行为就是有预谋、有目的、有动机的,申黎光也就成了教唆犯,他将百口难辩。还有一次,他和捣蛋结伴去村里的代销店买作业本,看到柜台上放有一脸盆白砂糖,他边流口水边对捣蛋说:"如果现在发生地震,你最想干什么?"捣蛋说:"我最想跑,跑到操场上。"申黎光说:"我也会跑,但我跑时,会抱走柜台上那盆白砂糖,到了操场,再慢慢吃它。"这样的对话,这样的念头,算不算抢劫未遂?申黎光越想越怕,眼看就要到校长办公室了,他的心跳越发加快,心似乎都要从嗓子眼里蹦出来。校长办公室的门敞开着,白门帘被微风吹得一开一合,他想象门帘里面,肯定有两个上白下蓝的警察,拿着明晃晃的手铐,只等着他进来——他们会像捉一只小兔子那般轻松,咔嚓一声就把他铐走了。

将要迈上校长办公室门口的青石台阶时,申黎光反而镇静了许多,大有破罐子破摔的想法:抓就抓吧!抓去后,就和捣蛋关在一起,再也不用按时上学,再也不用背诵那些枯燥的各种公式和什么左旋定律、右旋定律了,特别是老师一会儿举起左手,一会儿举起右手,竖起拇指问他磁力线方向时,他总是懵懵懂懂,不知怎么回答。他还听说,"四堵墙"(村里人把监狱叫四堵墙)里面的伙食比村里好多了,隔三差五有白蒸馍吃。在家里,一年四季吃粗粮,不是玉米面发糕,就是高粱面发糕,只有过年才能吃上白蒸馍。后来,不知谁发明了玉米面饸饹,村里人叫它"钢丝绳",开始吃很稀罕,吃多了不但拉稀还肚子痛……

他鼓足了勇气,喊了声:"报告!""进——来!"里面慢条斯理地应了一声。听动静,屋里不像是有警察。他轻轻地掀起了门帘,扫视一眼,果然并无警察,一颗悬着的心,渐渐地落了下来。

校长笑着问:"你是申黎光同学吗?"

申黎光说:"是的。"他双脚并立,两手下垂,眼睛注视着校长的眼睛。

校长说:"听说你和吕捣蛋是好朋友?"

"是——不——不是!啊——是!"他语无伦次了。

看来校长叫他,还真是和捣蛋有关系,申黎光的心又提到了嗓子眼。校长看他神情紧张,笑眯眯地说:"没关系,道路是由自己选择的嘛!吕捣蛋没有和父亲划清界线,走上了'反革命'的道路,你是贫下中农的后代,你父亲还是个游击队长,只要你和吕捣蛋划清界线,我们还是相信你的。"申黎光听后万分激动,连忙说:"我划清界线!我划清界线!我一定划清界线!"校长说:"那就给你个划清界线的机会!明天上午,在大队戏楼广场开批判大会,你在台子上带领大家呼口号,时机一定要掌握好,声音一定要洪亮,你明天的表现就是你是否划清界线的证明。"说完,校长给了他一张写满标语口号的彩色传单。他接过传单,手直颤抖,好像校长给他的不是传单,而是一张红灿灿的奖状。他激动地给校长深深地鞠了一躬,转身跑回了教室。他避开同学,悄悄地默读着彩色传单上的文字,熟悉着口号的内容。敬一敏在一旁偷偷地看着申黎光,她一定在想,申黎光肯定挨批了,谁让他和吕捣蛋那么好,这次他不遭遇开除,也一定得背个处分。申黎光窃想,我明天将在大场面上一展风采,你敬一敏算个什么东西，还不得跟着我喊口号？于是，他走到敬一敏面前，清了清嗓子说："阶级斗争无时不有时时有，你要擦亮革命的眼睛啊！"同学们听得一头雾水，而申黎光的心里，却乐滋滋的。

这次批斗会，是申黎光见过的规模最大的一次。批斗会由公社"革委会"组织，批斗对象是全公社的地富反坏右分子中的骨干分子。申河大队只有吕捣蛋一个人，把批斗会会场设在申河大队，说明吕捣蛋是罪大恶极的。

广场上人头攒动，主席台上摆了三张桌子，坐了一排人，有公社来的领导，有派出所的领导，还有大队的领导。校长则带着全校师生和社员一起站在台下。申黎光被安排在主席台右侧的扩大机旁边，扩大机是从公社临时借来的，桌上放着一个红布包裹着的麦克风。扩大机上方有个小窗户，申黎光透过窗户俯视台下，昔日高大魁梧、不苟言笑的校长和老师们，突然变得低矮了；和他比肩的同学们，个个浓缩成了小不点儿；那个打小报告的敬一敏，在茫茫的人群里，根本找不见她的踪影。他第一次感到了台上台下的区别。

批判会开了一个多小时，主持人扬手示意让申黎光呼口号，申黎光立刻高呼："打倒吕捣蛋！打倒吕捣蛋！"口号呼得正起劲，突然，台下一片躁动，主席台上端坐的人，忽然纷纷起身，跑到台前去看究竟。申黎光也凑上前去，只见吕捣蛋一头栽倒在地上，口吐白沫，不省人事。其他人连带着也被从凳子上拉了下来，不过，很快又被身后的民兵拽了起来。

批判会被迫匆匆收场了。申黎光和村上的几个人把捣蛋送到了大队医疗站，老中医又是扎针，又是打吊瓶，半小时后，捣蛋终于苏醒了。老中医说："天热，加上惊吓，就休克了，回去好好休息几天。今天的口号声也太大了，好人都能被吓出病来！"

一个妇女说："听说扩大机是专门从公社借来的，装八节一号电池呢！"

另一个妇女说："真是，不知在哪里找了个皮干板，让他领着人呼口号，把人耳朵都震聋了！"

一个小孩子说:"就是,就是,把我家猪都吓疯了,猪满院胡跑哩!"

一个老汉说:"瓜娃子,你家的猪满院胡跑那是跑圈哩,快叫你爸拉去配种去!"

屋内一片笑声。申黎光面红耳赤,但故作若无其事,唯恐被人认出来,眼睛只敢盯着吕捣蛋,不敢往别处看。议论的话越来越难听,申黎光羞愧难当,恨不得有个地缝钻进去。吕捣蛋斜了申黎光一眼,很快又闭上了眼睛。从他的眼神里,申黎光窥探到了恐惧、怨恨与无奈。他明白,别人不一定知道今天带头呼口号的是谁,但捣蛋一定知道是他,因为捣蛋太熟悉他的声音了;捣蛋是自己最要好的朋友,却在自己的口号声中晕倒了,而且他知道捣蛋被公安局带走后,并没有出卖他,如果捣蛋揭发了他的任何一件事情,他都会被抓起来的。申黎光越想越觉得无比地内疚,他不敢再看捣蛋的眼睛,他想,应该为捣蛋做点什么。他径直跑回家去,给婆说了捣蛋晕倒的经过,婆说:"我在大喇叭上听到你喊口号哩!捣蛋就是个学生娃,还是你的好朋友,你怎么能打倒他呢?"婆一边埋怨他,一边到厨房打了两个荷包蛋,让申黎光端到医疗站去。临出门时,婆又给黎光口袋塞了一盒清凉油,让给捣蛋抹到鼻子下面和两鬓的太阳穴上。

医疗站的人回家吃饭去了,门口站着两个戴红袖章的民兵,房间里只剩下捣蛋一个人。申黎光看着让捣蛋吃了荷包蛋,捣蛋脸色慢慢泛起了红润。申黎光悄悄问捣蛋,为什么要剪坏毛主席的像呢?捣蛋看了看四周,便说出了事情的原委:那天上手工课,他想把画报上的毛主席像剪下来,贴在纸板上,做个像章,戴在胸前。可一剪子下去,却剪掉了毛主席的耳朵。这可是不得了的事情,于是他想趁人不注意,干脆就把它彻底剪碎夹在了课本里,准备下课后偷偷扔掉,以免惹火烧身。可聪明反被聪明误,最终还是被同桌发现,成了"反革命"。

"哦,原来是这样,那你为什么不早说呢?"申黎光急不可待地问。

"谁能相信我的话?加上我爸是奸畜犯,我有一万张嘴都辩解不清楚。"捣蛋一脸的无奈，接着说，"但我还真佩服同桌的火眼金睛，也佩服公安局的人，他们把几十个碎片片，拼凑起来，竟恢复了原样。"

"如果是这样，我去找江老师……"申黎光的话音未落，门口进来两个民兵，其中一个说："吃完了就走，公安局的摩托在外面等着呢！"

申黎光把想说的话又咽了回去。捣蛋被带走了，他望着捣蛋的背影，突然想起婆给的清凉油还在兜里，他追了出去，却见捣蛋已经被两个民兵塞进了三轮摩托车的偏斗里。只见摩托车划了一个弧形，嗖的一下，喷出一股烟尘，便消失得无影无踪了。申黎光打开清凉油，看见这是婆用了一半的清凉油，婆有头痛病，时不时会往太阳穴抹一点儿。他用指甲盖挑出一点点，抹在了自己的太阳穴上，脑子顿时清醒了许多。此刻，他脑海里出现了江老师和蔼的面容，他知道江老师是信任他和吕捣蛋的，他决定去找江老师。

由于开批判会，学校下午不上课，当地的教师大多数都回家了。申黎光到学校后，径直找到江老师办公室，喊了声"报告"，没有人应声，他轻轻敲了敲门，也没有应声。他发现门虚掩着，便推开门进去。外地老师的办公室一般都是宿办合一，江老师的办公室虽不大，但陈设井井有条。靠窗是办公桌，学生的作业本整整齐齐地摞成两摞，申黎光看到，其中的一摞是他昨天抱来的作文本。办公桌侧面是一张单人床，床上铺着蓝花格床单，床前挂着一个白布帘子。他正转身要往外走，江老师端着一脸盆刚洗完的衣服走了进来。她看见申黎光，放下脸盆，边往屋里的衣架上晾衣服边说："你今天辛苦了。"申黎光知道老师说他辛苦了，指的是他今天在批判会上带领大家呼口号的事情。但看老师的表情，并不像是在赞美他，当然也看不出是在批评他。他在医疗站听到了许多讽刺他的话，总感觉他今天做了不应该做的事情。江老师接着问："有事吗？"

"嗯——没事——就是想说说吕捣蛋同学的事。"申黎光有点儿紧张。

"他咋样了？"江老师问道。

"好了，苏醒了，苏醒后又被公安局带走了。"

江老师晾完衣服，坐在办公桌前，让申黎光坐在桌子侧面的椅子上。只见她从面前的一摞作业本里抽出一本作业，说："吕捣蛋同学这学期语文进步很大，这篇作文写得非常好，我还准备在班上表扬呢，没想到竟出了这样的事情。"申黎光看到江老师拿出的是吕捣蛋的作文本，作业是江老师上周布置的，让同学们写一篇记叙文：记有意义的一天。吕捣蛋的作文题目是：饲养室里的一天。江老师说："吕捣蛋同学这篇作文，把他不怕脏、不怕累，帮助饲养员打扫圈舍，搅拌饲料，给牲畜刷毛、炒黑豆等等，描写得非常生动、幽默，有些地方还很感人，使人对饲养员这项工作有了进一步的了解。"

申黎光知道捣蛋经常住在饲养室，而且他爸就是饲养员，他对那里的环境和工作程序是非常熟悉的。所以他知道许多鲜为人知的故事，也能写出许多有趣的细节，比如牛在夜里怎样反刍，反刍时会发出怎样的声音；牛放屁时周围不能有火星，有火星会引起爆炸，造成火灾；牲口圈要不停地垫土，垫高了怎么办；骡子、马被称作大牲口或者大家畜，大家畜是站着睡觉的，睡着后会发出怎样的声音；晚上牲口的眼睛会发出绿色的光；牲口为什么要吃炒黑豆，炒黑豆的味道是馫香的……江老师是城里人，对这些当然会感觉到特别新鲜，所以，她认为这是一篇好作文。

"这么好的学生，怎么能反对毛主席呢？我觉得不可能。"江老师像是在问申黎光，也像是在自问自答。申黎光正想告诉江老师这件事，江老师既然这样问了，他就说："吕捣蛋同学是冤枉的，他不是'反革命'。"接着，他把吕捣蛋在医疗站告诉他剪毛主席头像的整个过程，一五一十地告诉了江老师。听完申黎光的话，江老师点点头，沉默了片刻后，突然盯着申黎光问道："你和吕捣蛋是好朋友，你敢不敢为吕捣蛋申冤？"

"敢！吕捣蛋是在我的口号声中晕倒的，我感觉对不起他。"

"好，你今天就把吕捣蛋告诉你的话，写成一份申诉材料，我看看再说。"申黎光见江老师要为捣蛋申冤，连声说："好，好！"然后他走出江老师办公室,跑进了教室。教室里没有人,粉笔盒旁边的两只麻雀听到动静,嗖地飞向了窗户,在玻璃上碰撞了几下,又从窗户上方的墙洞飞了出去。申黎光坐在静悄悄的教室里,看着吕捣蛋的座位,眼前又浮现出吕捣蛋晕倒的场景和在医疗站抢救的过程。他拿出笔和纸,心无旁骛地写了起来。申黎光不愧是语文科代表,半个小时不到,一份申诉书就写好了。出教室门前,他又仔细校对了一遍,然后向江老师办公室跑去。

"这么快就写好了?"江老师看着气喘吁吁的申黎光说。

"过程并不复杂,真的是冤枉他了。"申黎光说。

江老师仔细看了一遍申诉材料,拿起改作业用的红色蘸水笔,认真地修改起来。十几分钟后,江老师修改完了。她抬起头问申黎光:"吕捣蛋家里还有什么人吗?"

"没有亲人了,只有一个自家堂哥,是饲养室的饲养员,他平时就和堂哥在一起,晚上也住在饲养室。"

"那就好,你把这封申诉书复写两份,署上他堂哥的名字,给他一份,让他到公安局去一趟,给公安局交一份。"江老师说完,从抽屉里取出复写纸和几张白纸,让申黎光在她办公桌上复写。老师的办公桌,一般学生是不能使用的,让学生在老师办公桌上写东西,那就是老师对学生的极度信任。申黎光明白江老师的一片苦心,他坐在凳子上,有一种神圣的感觉。办公桌上覆盖着玻璃板,玻璃板下面有几张样板戏的演员照片。还有一张两寸的,压在左下角,不易引起人注意的小照片,是江老师和一名穿警服的男人的合影照。申黎光猜想,一定是江老师的男朋友,或者就是她爱人。申黎光铺好纸张,压住了这张照片,不一会儿就认认真真地复写完毕。江老师看后非常满意,小心翼翼地将一份申诉书折叠起来,交给申黎光说:"这个给吕捣蛋堂哥,让他今天下午就送到公安局去。"

"好的。那这一份……"黎光还没有说完,江老师说:"这封我下午回县城,交给我在公安局工作的同学,让他也想想办法。"申黎光看了一眼玻璃板,明白了。他觉得眼前的江老师,就像战争年代的江姐，在给他布置一项艰巨的任务，这个任务得冒很大的风险，但他们都愿意为吕捣蛋冒这个风险。如果吕捣蛋申诉成功被放回来，他就可以和吕捣蛋一起上下学，一起玩耍，一起吃炒黑豆了。

一个月过去了，捣蛋没有一点儿消息。有人说他被拉着巡回接受批判去了；有人说他被转到省城的监狱，和重刑犯关押在一起了；还有人说，他是全国少见的"反革命"，不久就要被枪毙了。

又一个月过去了，捣蛋还是没有消息。人常说，今天再大的事，到了明天就是小事；今年再大的事，到了明年就是故事；今生再大的事，到了来世就是传说。随着时间的推移，吕捣蛋的事情似乎淡出了人们的视线，但在申黎光的脑海里始终没有远去，吕捣蛋晕倒在批斗会上的情景，时不时地会浮现在他脑际。这两个月，他经常失眠，一旦睡着，就不停地做梦，梦的场景千奇百怪：有吕捣蛋被枪毙了，子弹打中了脑瓜，鲜血溅到刑场的场景；有捣蛋爸吐着长长的舌头问捣蛋到哪里去了；梦中他还见到了妈妈，妈妈说想他了……黎光常常被类似的噩梦惊醒。后来，他到饲养室找过一次吕厚憨，问他是否把信送到了公安局？吕厚憨说，送到后，公安局不让他进门，也不让他见捣蛋，只让他把信放到了传达室。申黎光想问江老师，但又觉得江老师一定比他还着急，问了也无济于事。那就等吧！只要捣蛋是冤枉的，加上有江老师帮忙，他迟早会回来的，申黎光心中始终有这样的信念。

终于，在两个月后的一天傍晚，吕捣蛋真的回来了。

捣蛋进村后没有回家，直接来到了申黎光家。申黎光这时候正在屋子的外间，帮婆用抹布擦拭放在纺车后面的一口棺材。这口棺材是黎光爸爸在婆五十岁生日的时候置办的，紫色油漆，两侧画有八仙过海和童子献寿图。婆喜欢得不得了，说这是柏木棺材，油漆是老漆，越擦越亮堂，是她百年以后住的房子，所以隔三差五就要前后左右地擦上一遍。可这口棺材，申黎光看见就害怕，每天晚上进门时，不敢朝放棺材的地方看，急匆匆钻进里屋，到天亮才敢出来。婆让申黎光擦棺材，简直就是对申黎光精神的摧残。申黎光正擦着，听见门口有脚步声响起，一抬头，看见捣蛋踏进了门槛。申黎光扔下手里的抹布，喊了一声："捣蛋！"便和捣蛋紧紧地抱在了一起。婆也看见了捣蛋。说："你俩坐到炕上去，我给你俩打荷包蛋。"说完，放下抹布，向厨房走去。

申黎光说："你怎么回来了？"

捣蛋说："公安局的人说，有人给领导反映了我的情况，认为我是冤枉的，就把我放了。"

"你瘦了。"申黎光见捣蛋脸瘦了一圈。

"你也是。"捣蛋看见申黎光眼窝深陷。

"不知道是谁帮我申冤的，是不是你？我想只有你知道我的情况。"

"是江老师，我把你的情况告诉了江老师，她让我写了申诉书。"申黎光不知道是吕厚憨的信起了作用，还是江老师交给男朋友的信起了作用。接着说，"江老师是好人，她让我写了申诉书，给了你厚憨哥一份，给她男朋友一份。他男朋友是公安局的，应该都起了作用。"

捣蛋握着申黎光的手说："让你们费心了！"

申黎光问："在公安局挨打了没有？是不是还拉出去巡回批斗了？"

捣蛋说："这两个月没有挨打，也没有巡回批斗。进公安局后，开始管得比较严，后来就慢慢放松了，也可能是收到你们写的申诉书了。有一天，一名老警察问我，你为什么要剪碎毛主席像？我说，我是想做一枚毛主席像章，不小心就剪坏了。老警察说，这么说你是过失犯罪？那就不是'反革命'了。我说，我热爱毛主席，热爱共产党，不是'反革命'。后来，老警察让我给他擦皮鞋，还擦洗摩托车，还给摩托车打蜡，给轮胎充气，再后来就放我出来了。"

"那就好，明天咱俩就上学去。"

听见申黎光说上学，捣蛋迟疑了一下说："听送我回来的老警察说，学校开除了我的学籍，让我回家劳动改造。"

"啊！有这事？"

"我也不想上学了,我怕见到同学,怕见到老师,更不想见敬一敏那个妖精。"捣蛋说得很轻松,他对上学的事已经想明白了。

"吃饭!吃饭!"婆端来两碗荷包蛋,递给捣蛋一个大碗,申黎光一个小碗,说:"捣蛋吃四个,黑娃吃两个,给捣蛋压一压惊。"捣蛋端起荷包蛋,想起了在医疗站吃的两个荷包蛋,说:"谢谢婆,你就是我亲婆。"说完呜呜地哭了起来。

捣蛋最终还是被学校开除了,成了生产队一名年龄最小且名副其实的饲养员,至于劳动改造,也只是一个说法而已。

十二、花炮厂爆炸了

1970年以后,"文化大革命"运动似乎不再那么轰轰烈烈了。党政机关、企事业单位、学校工厂都实行了"三结合",被打倒的走资派许多被解放了,他们和军代表、"造反派"联合,组成了三结合的领导班子,生产、生活秩序开始趋于正常。为了增加农民收入,县上要求,有传统产业的村子,可以开展小范围的副业生产,生产出来的产品,统一由县供销社收购,实行统购统销。申河村在历史上有做花炮的传统工艺,据说比湖南浏阳花炮制作的历史还要悠久。于是,申河大队"革委会"就决定恢复花炮制作这一传统产业。

申河村花炮厂建在饲养室旁边,是用饲养室旁边一个放置饲料的仓库改造的。民兵连长申虎子担任了第一任花炮厂厂长。申虎子的父亲在新中国成立前曾经是村里的花炮技工,据说他的花炮手艺,名扬十里八乡。庆祝抗日战争胜利那年,县长点名让申河村制作花炮,让他爸担任总技师,县里还派来几个四川口音的国民党士兵,监督制作,限定五天内,制作出能燃放三天三夜的花炮。他爸领着十几个村民日夜加班,最终按时完成了制作任务。也就是那次在赶时间制作花炮时,他爸在碾炸药的时候,一个有烟瘾的监工士兵,不小心将火星溅到了炸药上，引起碾盘上炸药的爆炸。听人讲，爆炸声传出几里远，周围几个村庄都听到了，爆炸的现场烟火弥漫，整个天空都染成了红色。那个碾炸药的石碾子飞到了房顶，磨盘炸成了碎片。申虎子他爸血肉模糊，拉到城里抢救后，总算保住了性命，但最终炸断了右臂，成了"一把手"；抽烟的士兵当场被炸死，另一个士兵满脸是血，治疗后脸变成了麻子脸，还瞎了一只眼。从此以后，村里停止了花炮生产，制作工艺也就慢慢地失传了。

申黎光到农村见到申虎子他爸的时候，他爸就是一只胳膊，一年四季穿着长袖上衣，另一只胳膊的袖子空荡荡的，走起路来左肩高右肩低，风一吹，袖子便随风摆动。村里大小人都叫他"一把手"，有叫"一把手哥"的，有叫"一把手叔"的，也有叫"一把手爷"的，他都习惯了，总是笑眯眯地答应着。申黎光曾问过婆：为什么哥他爸是一只胳膊，另外的一只呢？婆嫌麻烦就说一句话："被狼叼去了！"

申虎子能当花炮厂厂长，无疑与他爸有制作花炮的技术有关。大队聘请申虎子他爸担任了花炮厂的技术员，让捣蛋担任花炮厂的会计，发挥其数学好的特长。厂里固定人员并不多，加上捣蛋和"一把手"，总数不超过六个人。花炮生产是分散制作，农民们把裁好的旧报纸、旧书纸和炮捻子等半成品领回家，利用农闲时和下雨天，在自家的屋子制作。学生们放学或周末，也搭把手，给大人们帮忙。申黎光跟着他婆学会了搓炮、润炮、辫炮和包装炮。过几天，"一把手"就会拿着铁皮话筒，挨家挨户地吆喝：将你们润下的润炮，辫下的辫炮，赶快送到炮厂里来！润炮等着装盘哩！辫炮等着包装哩！吆喝声慢慢悠悠的，土音中间，夹杂着四川话的音调。这腔调是当年跟着那几个当兵的学的。"润炮"，就是给鞭炮空壳插上药捻子，但没有填装火药；"装盘"，就是装火药；"辫炮"，则是辫好的成品鞭炮，由厂里统一包装。村民们听到吆喝声，就拿上工分本和半成品，到花炮厂交产品记工分。其中装火药的工序，必须在厂里进行。这是个技术活，也是个危险活。通常由专人操作，将润好捻子并捆扎成罗盘状的鞭炮空壳，捻子朝下，屁股朝上，然后小心翼翼地将火药灌入空炮壳中，再用泥巴糊住底部，待风干后就可以辫成串，最后用红纸包装起来，成为可以交到县供销社的成品鞭炮。

由于捣蛋在花炮厂当会计，所以花炮厂也就成了申黎光常去的地方。申黎光喜欢读书，发现制作花炮的纸多是红卫兵收缴的"四旧"和"反动"小说，一经裁剪，便成了花炮用纸。他去后从不闲着，又是帮师傅们裁书纸、卷鞭炮，又是帮捣蛋统计数字、清点成品。空闲时间便拿起一本书如饥似渴地读起来。时间长了，师傅们看他喜欢读书，便偷偷给他怀里塞上一本两本的。就这样，一年多时间，申黎光读了许多小说，如《高玉宝》《林海雪原》《野火春风斗古城》《青春之歌》《欧阳海之歌》，还有被撕掉封皮封底的《牛虻》《红与黑》《红楼梦》《二刻拍案惊奇》《山东好汉武松传》等等。后来看了《水浒传》，才知道武松只不过是《水浒传》里一百零八将中的一个人物。

在花炮厂，申黎光还懂得了花炮制作工艺，他知道黑色火药是一硝二黄三木炭组成的，即由硝酸钾、木炭和硫黄，按照一定比例混合而成。这几种东西一定要分开碾压，分开存放，在装药前才能按比例和用量混合。申虎子他爸当年就是由于时间紧迫，用石碾子边碾边混合，遇到明火，才造成了事故。

这次花炮厂启用"一把手"，是大队"革委会"主任申亚东的主意。他找到"一把手"说明来意，并反复强调恢复花炮传统工艺的重要性。"一把手"听后一口拒绝，显然他对当年那场事故是心有余悸的。申亚东反复做工作，说现在和当年不一样，安全措施先进了许多，并许诺让他儿子申虎子担任厂长，拿全劳的双倍工分。听说让他儿子当厂长，并拿双倍工分，"一把手"便勉强接受了。担任技术员后，他给厂里制定了严格的安全管理制度，墙里墙外都贴有安全生产的标语和警示标识，并定期对花炮厂工作人员进行安全培训，要求花炮厂人员一律戒烟，提出"抽烟不进厂，进厂不抽烟""烟火是祸害，不能随身带"等口号。由于抓了安全生产，加上"一把手"的尽心尽责，申河村的花炮厂很快就生产出多种花色的鞭炮，成了县供销社的主要供货厂家。后来，他们按照县供销社的要求，在生产普通花炮的基础上生产大型焰火。这就要求扩大生产规模，增加花色品种，"一把手"的技术也就显得落后了。

申虎子专门从湖南浏阳请来了两名技师，并扩大了生产规模，在原厂房的旁边又加盖了两间平板房，增添了卷筒机、压膜机、包装机和裁纸机等村民们没有见过的机器设备。招聘了二十多名有文化的年轻村民来厂当工人。从此申河村花炮厂成了全县乃至全地区最大的花炮企业。申虎子行使管理权时，他爸总爱指教他。申虎子就想辞退"一把手"让自己真正成为"一把手"，于是他对他爸说："爸呀，干了一辈子花炮，也该休息了。""一把手"知道自己的技术落伍了，也就自觉让位，回家放羊和管孙子去了。

扩大后的花炮厂开张后，生产形势一片大好。他们在老工艺的基础上，采用新技术，研发制作了许多少见的新品种，特别是为大型焰火晚会研制的飞天焰火，射程高、花色多、时间长、亮度大，受到了用户的一致好评。除了供销社订货以外，外地客商也纷至沓来。那些商客是悄悄带着现金来的，一手交钱一手交货，私下里进行交易。一年多时间，申河大队成了全县副业先进生产大队，集体收入名列全县前茅，社员腰包也慢慢地鼓了起来。大队在全公社第一个通了电，家家户户告别了煤油灯，用上了电灯照明。

有了电灯，申黎光婆却怕浪费电，纺线的时候，坐在棺材旁，摸黑转动着纺车。申黎光进门后，循声望去，只见棺材旁一个摇晃的黑影，觉得害怕，急忙打开电灯，婆却说太刺眼了。有一次，申黎光和捣蛋晚上到家里玩，进门后发现婆又点着了煤油灯，申黎光问婆怎么回事？婆说："灯泡闪了。"申黎光拉了一下灯绳，果然不亮。便说："闪了就再换一个。"婆说："灯泡是钱买的，不是想换就能换的。"捣蛋见状说："没事，摇上钨丝就行了。"于是他爬到炕上，拧下灯泡，摇晃了几下，然后再小心翼翼地安上，说："拉灯。"申黎光的手就没有离开开关绳，顺手一拉，果然亮了，而且比原来的灯泡还要亮。捣蛋说："十五瓦的灯泡摇上钨丝后要比四十瓦的还亮。"婆问："费电不？"捣蛋说："越亮越费电。"婆不言语了，脸上露出了不悦的表情。

从此后，黎光家的灯泡就经常闪，申黎光也就经常摇，终于有一天灯泡里的钨丝成了一小段一小段的，怎么摇都无法连接。家里又没有现存的灯泡，申黎光就只好让婆继续点煤油灯了。

这天上午，村头古槐树上的高音喇叭又响起悦耳的《东方红》乐曲，乐曲停后，传来了大队"革委会"主任申亚东的声音："社员同志们，大队花炮厂新进了一批硝酸铵化肥，凡是给花炮厂干活的社员，按工折算化肥，每户最多可以领两袋化肥。早来早兑现，晚来晚兑现，价格便宜，分完为止。"这样的通知喊了两遍。花炮厂自从引进先进设备后，分给社员的手工活就越来越少了。只有润炮捻子等少量无法用机器代替的活，才分给社员干。大多数社员在家里干活挣的工分，也就能兑现一到两袋化肥。婆让申黎光拉上架子车去兑换化肥，说："去年干了一冬活，一分钱都没有领，攒的工分能领两袋化肥呢！够自留地用了。"

申黎光拿着工分本来到花炮厂时，花炮厂门口站满了人。大家看着花炮车间堆积如山的化肥，议论纷纷。有的说："这是花炮厂买回来做炸药用的化肥，买多了用不了，又处理不了，就给社员顶工分哩！"有的说："这化肥没劲，比日本尿素差远了。"有的干脆说："要现金，有了现金想买啥买啥。自留地里用不了多少化肥，后院的粪就够用了。"在大家的议论声中，一些人拉着架子车返回去了，一些人要求兑换现金，基本上没有人要化肥。这时候，申亚东出现了，他拿话筒吆喝着："都不要走，凡是用工分兑换化肥的社员，今后花炮厂的零碎活就给你们。"申亚东吆喝用的话筒已经由铁皮话筒变成了安装电池的电喇叭，声音太大了就有嘶鸣声。他不停地吆喝着，试图拦住大家。结果越拦走的人越多。干板也在人群中，他嘴里嘟囔着什么，也拉着架子车准备走。申亚东看见干板，走过去，说："干板，你是贫农，给大家带个头，兑换化肥吧，硝酸铵化肥都能做炸药，你想想，上到地里劲大不？"说着，从口袋里掏出半盒"宝成"烟，从中抽出一支，递给干板。干板接过烟放到鼻根闻了闻，然后对着太阳，眯着眼看了看说："当上公社干部了？"

"胡说啥哩，谁当上公社干部了？"

"你没听说过？省'中华'，县'前门'，公社干部吃'宝成'，大队干部吃'羊群'，社员砸着吃烟筋，娃们家跟上胡成精。"

"听过，咱有花炮厂，出门办事不能太穷酸么，有钱了，还要抽'中华'和'大前门'呢！赶紧去兑换化肥。"

干板点着烟，深深地吸了一口，拿着工分本兑换化肥去了。申黎光本来也想走，但看见干板兑换了化肥，再看见捣蛋拿着算盘和账本，也在那里吆喝，只好留了下来。申亚东觉得干板兑换化肥是"宝成"烟起了作用，就走到人群里，继续给大家发烟，半盒"宝成"烟发完了，又掏出一盒"羊群"，继续发。拿到烟的人，并不领情，多数人还是走了。最后，只有干板、申黎光和七八个社员兑换了化肥，花炮厂的化肥依然堆积如山。

申黎光拉着两袋化肥回家了。婆忙卸下大门上的门槛，让黎光把架子车直接拉到了院子里。在帮黎光抬化肥袋子时，婆沉着脸说："这化肥袋子咋是塑料编织的？和尿素袋子不一样。"

"咋啦？能装化肥就行了嘛！"申黎光说。

"你懂个啥？两个尿素袋子能做一件衫子，还能做一条裤子，你没看见亚东婆娘一年四季都穿得呼喽喽的。"

申黎光明白，婆说的"呼喽喽"是指用日本尿素袋子做的衣服。装尿素的袋子是用化纤布做成的，可以用来做衣服，穿上后，见风就摆动，人称"呼喽喽"。给队上每年供应的尿素数量有限，队干部们就只好优先自家人了。只不过这种布料着色较难，不论你染成黑色或者是灰色，洗两水后就褪色了。褪色后袋子上的字就清清楚楚，脊背如果是"日本"，前胸就一定是"尿素"。如果做成裤子，无论你怎么裁剪，褪色后商标和文字都显而易见，如果屁股上是"净重二十五公斤"，裤裆前一般就是"含氮量45%"了。尽管这样，要想得到一个尿素袋子，一般社员是不可奢望的。婆之所以让申黎光兑换化肥，其实心里也想着化肥袋子。她盘算着如何用两个化肥袋子，给申黎光做一身换季穿的新衣服。但当她看到化肥袋子是塑料编织袋时，做衣服的希望就化为了泡沫，脸上自然就露出了不悦。申黎光看出了婆的失望，想安慰一下婆，就说："你没听过干板谝的话？"

"谝的啥话？"

"尿素袋子做裤子，包着两个尻蛋子，走起路来怪样子，一扭一扭像婊子。"还有，"大干部、小干部，一人一个尿素裤，有黑的，有白的，就是没有社员的。"

"那是吃不上葡萄说葡萄酸哩，总比粗布衣服穿上洋气吧！"婆睨了申黎光一眼。

"反正我不稀罕。"申黎光嘴里嘟囔着。其实申黎光也没有穿过尿素袋子做的衣服。这种衣服是否比粗布衣服舒服，他并不知道。但他见过有人穿尿素袋子做的红汗衫，出力流汗后，脱掉汗衫，胸前、脊背全染成了红色——他才不稀罕尿素袋子呢！

轰隆！轰隆！轰隆！几声巨响，打断了婆孙俩的对话。申黎光感觉到身子站不稳，看到房屋在晃动，一块漏雨时临时架在屋脊上的瓦片滑落了下来。院子里的一只公鸡扇动着翅膀，扑棱棱飞到了猪圈上，几只母鸡也跟着飞了上去，它们惊恐地蜷缩在一起，朝发出轰鸣声的地方看去。后院榆树上的一群麻雀，哗啦啦一下子飞得无影无踪。婆指着远处的天空说："快看，黑烟！"黎光抬头看见天空中一团滚滚浓烟，方向是花炮厂的上空。"不好，出事了！"申黎光说完，拔腿就往大门外跑。婆连忙拉住申黎光说："如果是花炮厂爆炸了，你去就是送死，那一年……"话还没说完，轰隆、轰隆的声音又响了起来，花炮厂上空除了黑烟外，又出现了咚咚的礼花弹的爆炸声和噼里啪啦的鞭炮声。白天的礼花弹，在空中爆炸后，呈现出的不是五彩缤纷的礼花，而是一团亮光，像是悬浮在空中的一只只汽灯，几秒钟后就熄灭了。这种爆炸声持续了十几分钟后，申黎光还是冲出了大门。婆在后面大声喊着："小心，小心！"

申黎光冲着滚滚浓烟的方向一路小跑，这时许多社员也拿着水桶、脸盆、铁锹等工具向花炮厂跑。申黎光看到别人手里都拿着灭火工具，便返回家拿了个搪瓷脸盆，跟着大伙向花炮厂跑去。黎光家距离花炮厂不到五分钟的路程，烟雾的呛味已经弥漫到村里，申黎光边咳嗽边跑。到了花炮厂，眼前成了一片废墟。花炮厂不见了，饲养室也分崩离析，还未倒塌的部分也已摇摇欲坠，砖头瓦砾崩射得四处都是。十几具支离破碎、面目全非的尸体，血淋淋地分布在现场周围。不远处的一棵皂角树上悬挂着一个变了形的电喇叭，在空中晃动着。申黎光一眼就认出，这是申亚东刚才拿在手里吆喝兑换化肥时使用的电喇叭，申黎光心里明白，申亚东肯定遇难了，就是那些面目全非的尸体中的一个。十几头牛和骡子四蹄朝天，倒在黑乎乎的草料堆旁边，两匹马站在不远处的崖畔上嘶鸣着，烧焦的半截缰绳在风中摆动……两辆消防车从远处急驶而来，十几名消防队员，迅速跳下车，在现场周围拉起了黄色的警戒线。

"没救了，没救了！"申虎子他爸蹲在地上，一只手扶着额头，一只失去胳膊的空荡荡的袖子耷拉着，眼泪像雨点似的落在地上，打湿了脚下一片地面。他号叫着，捶胸顿足，好像在给大家说，又好像是自言自语地说："没救了，没救了，唉！唉！唉！"

一群妇女围住几个抱头痛哭的老人，含泪劝慰着。哭声由小到大，再由大到小；由大人哭，变成了大人小孩一起哭；由几个人哭，变成了一群人哭。哭声传到了村里，连成了一片，全村都在哭。

消防队拉起了橘黄色的警戒线。警戒线周围的社员越来越多，大家看着一片废墟和滚滚浓烟，知道手中的灭火工具在这里毫无用武之地。一部分消防队员戴着头盔，穿着防火服，手持高压水龙头，向即将倒塌的饲养室喷水；另一部分消防员推着红色圆柱形的机器，向花炮厂的废墟喷撒白色粉末。申黎光没有见过这种机器，便向一名拿照相机的消防队员打听，这名队员告诉他："这种机器叫干粉灭火机，专门扑灭易燃、易爆、可燃液体、气体及带电设备火灾的。"一个多小时后，现场除了零星的鞭炮声和呛鼻的气味外，就是弥漫在废墟上空不断升腾的白色水蒸气。

大火终于灭了，市、县、公社领导先后来到现场。大队"革委会"副主任申乖祥和大队妇女主任王慧娟听取了市、县、社三级领导的指示：一、积极配合公安、消防调查事故原因；二、立刻停止与花炮厂有关的一切生产活动，包括社员家庭作坊的生产；三、尽快统计花炮厂伤亡人员情况，县民政局先拿出部分现金，做好死伤人员家属的安抚工作；四、鉴于大队"革委会"主任申亚东在这次事故中遇难，大队的日常工作由"革委会"副主任申乖祥主持。

经公安局和消防队现场初步调查认定，该事故发生的原因是：花炮作坊遇到明火，引起堆放在硝酸铵化肥旁边的五十公斤烈性炸药爆炸，炸药又引爆硝酸铵化肥和没有销售出去的焰火、花炮，造成花炮厂职工十六人，购买化肥的群众五人，共计二十一人全部遇难的惨剧。同时造成紧邻花炮厂的饲养室坍塌，死亡牲畜十九头，伤六头，饲养员吕厚憨被埋在废墟中，经抢救脱离了危险。死亡的二十一人中，包括大队"革委会"主任申亚东、花炮厂厂长申虎子、花炮厂会计吕捣蛋、爱说段子的干板以及花炮厂其他员工等等。

申黎光拿着脸盆回到家时，婆正在大门口抹着眼泪。

"唉！恓惶的，听说对门一家子死了三个人。"婆看见申黎光回来了，边往回走边说。

"兑换化肥的也死了好几个。"申黎光说。

"恓惶的，听说是化肥爆炸了，化肥咋能爆炸？赶紧把屋里那两袋化肥拉到地里去。"

"听消防队的人说，硝酸铵化肥接触到爆炸性混合物就会发生爆炸，其威力不亚于 TNT 炸药。花炮厂把黄色炸药和硝酸铵化肥堆在了一起，见明火就爆炸了。"申黎光说。

"听说把人炸成了碎块块，看不清眉眼了，恓惶的。"婆又抹了一把眼泪，说，"哪里来的明火？不是天天在广播上喊叫安全生产吗？公家要好好查一下！"

"肯定有明火，估计不好查了。"

说到这里，申黎光想起兑换化肥时，申亚东给大家发烟的情景，以及社员们抽着烟，腾云驾雾，七嘴八舌地在花炮厂门口拥挤的场面。没准这起事故就是申亚东发的烟引起的。申亚东死了，捣蛋死

妈妈回来了

了，干板也死了，事故现场的人都死了。花炮厂已经夷为平地，再加上消防队员又是喷水，又是喷干粉，事故现场能留下个啥？看来，爆炸的具体原因只有天知道。

县民政局抽调十几名干部，组成工作组来到了申河村。他们在大队"革委会"副主任申乖祥和大队妇女主任王慧娟的带领下，东家进，西家出，帮助遇难者家属处理遇难者的后事忙活了好多天。申虎子他爸甩着一只空袖子，蓬头垢面，踢踏着鞋，跟在工作组后面寸步不离，嘴里不停地重复着两句话："没救了，都死了！没救了，死光了！"

村里人见状，都说："一把手"疯了！

十三、母亲回来了

1971年农历8月15日，是一个令申黎光永远难忘的日子。

这天下午，他放羊回家比较早，像往常一样，在后院放下草笼，拴好羊，拿着搪瓷缸子去挤羊奶。挤羊奶是申黎光每天的必修课，也是他的拿手好戏。别人挤一搪瓷缸羊奶需要五到十分钟，申黎光则最多三分钟——他先用湿布擦干净羊奶头，然后用右手上下揉动片刻，使得羊奶在乳腺中分布均匀。接着左手端缸子，右手捏住羊乳头的三分之一处，食指和拇指合拢，像手钳般卡住，防止奶汁回流。然后由上而下均匀用力，羊奶便唰唰地滋向缸子。这样大约挤三十多下，一搪瓷缸热乎乎、带着泡沫的鲜羊奶便挤完了。申黎光和婆从来不喝羊奶，挤出的奶，傍晚时分由城里的奶贩子在巷道集中收购。收羊奶时，奶贩子先称重量，然后把一根玻璃棒插入奶中，搅一搅提起来，观察奶的浓度和纯度，以防有人给奶里面加水。最后用纱布过滤，装进圆形的铁桶中。一斤奶最初可卖两毛钱，后来涨价到三毛。一个月下来，申黎光卖羊奶能挣九块钱。

羊奶刚挤完，申黎光听到了婆的呼喊声："黑娃，黑娃，快看谁回来了！"申黎光循声望去，只见婆领着一个身着蓝咔叽布上衣、黑条绒裤子，脚穿平底皮鞋，留着剪发头的年轻女人向他走来。申黎光定睛一看，是妈妈——五年没有见的妈妈！妈妈不是自杀了吗？自杀了不就是死了吗？怎么会突然回来了？

"快叫妈妈！"婆喊道。

申黎光没有叫。他不能确定眼前的人是不是真人，是不是妈妈。回到农村几年，他吃的是农家饭，穿的是农家衣，说的是家乡话，长成了又黑又瘦的农村娃。他听到最多的是关于鬼神的故事，他在死娃沟里隐约听见过婴儿的哭叫声，他见过坟地里冒出来的蓝莹莹的鬼火。他头疼发烧时，婆点燃火纸，在碗里立上三根筷子，嘴里念念有词，打翻筷子后，安慰他说："鬼送走了！"他的头果然就不疼了。他确信世上有鬼，鬼可以变成人，走近人后把人的血吸干，把人的魂勾走。他晚上回家时常常胆怯，他怕进大门后，迎面看见照壁窑窝里的土地爷塑像，他感觉土地爷的眼睛会动，他走到哪里，土地爷的眼睛就会追着他看到哪里。他怕土地爷面前的香炉，圆圆的肚子，下面有三只脚，肚子上有四个他不认识的字，歪歪扭扭的，他问婆是什么字，婆说是"天书"，申黎光越发感到神秘，经常端详着香炉，猜测上面的字，时间长了，这四个字就印到了他的脑海里。他也怕晚上进屋子，因为一进去就能看见纺车旁边放着的婆的棺材，他怕天黑，他不敢一个人走夜路……

"黎光，我是妈妈。"女人说着走了过来，蹲下身子，接过黎光手中的搪瓷缸，递给了婆。"叫妈好好看看你，你咋瘦成这样了？"说着就要拉申黎光的手。申黎光犹豫了一下，伸出了手。妈妈的手是热的，是温柔绵软的，妈妈有下巴，下巴是红润的。黎光听说过：鬼和人的区别是，鬼身上没有血液流动，手脚是冰凉的；鬼没有下巴，下巴是一个黑骷髅；鬼的眼睛不会流泪，眼珠子也不会转动。眼前的妈妈手是热的，有下巴，眼睛里充溢着泪花。是妈妈，妈妈还活着。

"妈妈——"黎光叫了声，一头扑倒在妈妈怀里，呜呜地抽泣起来。

"好啦，起来吧，都长成大人了，看你婆都笑话你哩！"妈妈抚摸着申黎光的光头说。

"走，汤烧好了，先喝汤。"婆说。

农村人一天只吃两顿饭，早饭十点左右，午饭三四点，晚饭叫喝汤，一般是黄昏以后，为干体力活的人加一顿餐。做的饭，大多是热剩饭，通常是煎搅团，或者把早上的包谷糁和中午的面条烩成一锅汤，也叫"米儿面"。婆做的是煎搅团，申黎光吃了两碗，妈妈吃了一碗。吃完饭天就黑严实了，回到屋里，婆点上了煤油灯，还特意用老针把灯捻子往上挑了挑，屋子里一下亮了许多。妈妈看了看头顶上的电灯，疑惑地问："咋不开灯？"婆说："灯泡又闪了。"申黎光说："我有办法。"说完跳上炕去，右手举起灯泡，左右转动了几下，说："开灯！"妈妈一拉灯绳，果然亮了。婆说："电灯好是好，就是钨丝爱闪，还是煤油灯靠得住。"

在亮堂的电灯下，申黎光看清了妈妈的脸，还是五年前的样子，圆脸盘，大眼睛，浅浅的酒窝，洁白的牙齿。妈妈打开一个黄色手提包，从里面取出两块布料，一块蓝色，一块灰色，递给婆说："这些料子可以做棉袄，也可以做裤子用。"又取出一个灰色连襟上衣，递给婆说："你试试大小。"婆站起来，在身上比划了一下说："刚刚好。"妈妈最后从提包里取出两双解放鞋，笑着对申黎光说："穿上试试。"申黎光眼睛一亮，拿过解放鞋，没有往脚上穿，却凑到鼻子前闻了闻，一股清新的橡胶味直冲鼻腔，申黎光喜欢这种味道，这是新解放鞋才有的味道，他高兴地说："你咋知道我要解放鞋呢？"

"你爸现在'解放'了，又当上了领导，'造反派'把这几年扣押的来信都还给了我们。你爸看了你写的信，高兴地逢人就夸，说你长大了，懂事了，知道节约粮食，知道尊敬长辈，学会了劳动，学会了放羊。这次我回来，你爸专门叮咛让我给你买解放鞋。"

"一次就买两双，太好了！"申黎光边试穿边说，"要是捣蛋活着该多好，我就送他一双。"说到这里，申黎光的眼眶湿润了。

"捣蛋是谁？咋回事？"妈妈问道。

婆把花炮厂发生爆炸的事情说了一遍。妈妈听后唏嘘不已，自言自语道："农民挣点钱不容易，是用命换来的啊！"

婆说："你这次回来，就把黑娃领走，娃跟着我吃了不少苦，那天在花炮厂兑换化肥，如果晚回来一会儿就……唉，不说了！"婆抹了把眼泪。

妈妈看了看窗外，对婆说："今晚月亮明晃晃的，我和娃出去转转。"说完拉着黎光就要往外走。申黎光说："让我把解放鞋脱了。"妈妈看见申黎光穿着解放鞋，就说："不用脱，合适了就穿上吧！"申黎光说："合适，合适，就是怕弄脏了。"

"走吧，走吧，鞋就是穿的，脏了也不怕。"妈妈眼睛湿润了，她轻轻地摸着申黎光的头，又心痛又感动。

妈妈领着申黎光出了大门，一轮明月在深蓝色的天空中微笑着俯瞰母子俩。圆润的月亮，像一块玉琢的盘子，温柔的月光如水雾般地弥漫开来，大地上一片橙黄，好似笼罩着一层轻纱。远处传来几声狗叫，巷道里没有一个人影，家家户户的大门都紧闭着，夜晚的村庄此时显得异常寂静。妈妈说："到西豁豁看看。"

西豁豁就是村子西边的围墙豁口。早年为了防土匪，村子建有高大的围墙，墙的四角有哨楼，村民轮流站岗。要进出村子，必须从南面开的唯一的一个大门进出。后来土匪逐渐少了，不知从哪年开始，竟无影无踪了，慢慢地，围墙的使命也就结束了。合作化那年，村里开始拆围墙，把围墙的陈年老土砸碎后当作土肥，上到玉米地里。据村里老人讲，那年的玉米长得黑乎乎、绿油油，玉米棒子大得像棒槌。农民知道围墙土能施肥后，不到两年围墙就被拆光了。西豁豁是唯一一段没有拆除的围墙，因为它建在村西边的崖畔上，里外都没有路，想拆除不好下手。小孩子们都喜欢到围墙上去玩，他们拿着铁铲、镢头等工具，在围墙上挖了好多洞，这些洞遇到连阴雨就坍塌了，后就变成了一个个豁口。久而久之，人们就称那里是西豁豁。申黎光对这里非常熟悉，他爬上一个较大的豁口，把妈妈也拉了上来，又找到一块胡基般大小的石板，放到妈妈脚下，说："坐这儿。"妈妈没有立刻坐下,而是看着远方说:"视线真开阔,能看好几里远呢!"申黎光说:"白天看得更远,可以看见官路上的汽车和电蹦子。"妈妈问:"电蹦子是啥?"申黎光说:"就是公安上的摩托车,快得很,一眨眼就蹦走了。"妈妈笑了,掏出一个手绢,铺在石板上,坐了下来。申黎光脱下一只解放鞋垫在屁股下,坐在了妈妈的对面。申黎光觉得月光下的妈妈比灯光下的妈妈还要好看,还要亲切,还要温柔。他想起小时候和妈妈在一起的美好时光——那年八月十五的晚上,他和妈妈坐在单位广场的藤椅上,看着天上的月亮,数着天上的星星,问了妈妈好多问题。妈妈第一次给他讲了嫦娥奔月的故事,讲了北斗七星、木星、火星、天王星,还给他讲了孙悟空大闹天宫的故事,使他对天上的未知世界产生了极大的兴趣,并不断地提出许多妈妈无法回答的问题。妈妈只好说等他长大了,好好学习,就能懂得许多天上的事情了。这样的美好时光并不多,不久爸爸妈妈就被关了起来,他也就被送回了农村。妈妈见申黎光坐在对面发愣,就说:"愣啥呢?想不想和我一起回去?"

申黎光回过了神,立刻说:"想,不过……"

"不过什么?"

"不过,我有点儿舍不得我婆。"

"那你就和你婆一起走!"

"好,和我婆一起走,啥时候走?"申黎光迫不及待了。

"现在还不行,你爸刚'解放'出来,工作还没有理顺,再说你刚开学不久,中途也不好转学,等下学期开学前,我再回来接你们。"

申黎光知道妈妈说的"解放",就是释放的意思,对爸爸这样的走资派来说,就是摘掉帽子、平反昭雪、走出牛棚、解除监督、停止劳动改造的意思。于是他点点头,小声说:"好——吧!"

哇哇,啊呜,啊呜!突然,附近传来几声奇怪的声音,有点儿像女人的抽泣声,也有点儿像猫头鹰的叫声,但更像是小孩子的哭声。申黎光说:"妈妈,我听到死娃沟里死娃的哭声了。"妈妈朝豁口外的草丛看了看,笑着说:"不要自己吓自己,你看——"妈妈指了指草丛说:"两只野猫说话呢!"申黎光顺着妈妈的指尖看去,只见两只野猫,一只白色,一只黑灰色,正在交配。申黎光到农村后,对各种动物的交配习以为常,什么狗连蛋,猪打圈,猫叫春,鸡踏蛋,牛寻犊,马配种,这些针对动物性行为的民间俗称,申黎光是耳熟能详的。妈妈把野猫交配说成是野猫说话,她以为申黎光啥都不懂哩!申黎光并没有在意。他想到自己以前在死娃沟听到的哭声就应该是野猫的声音了。他又想到了墓地里的鬼火,问妈妈是怎么回事?妈妈说,坟墓里的尸体腐败后会产生一种叫磷化氢的气体,气体在常温下与空气接触,便会燃烧起来。磷化氢沿着地下的裂痕冒出到空气中燃烧,就会发出蓝色的光,也就是人们所说的"鬼火"。当然也有萤火虫飞舞时发出的荧光。黎光听后点点头,立刻感觉到胆子大了许多。他又想起妈妈自杀的传说,就问道:"那年听虎子哥说你自杀了,我们都以为是真的。"

"我们单位有一个'当权派'的爱人受不了'造反派'的侮辱、折磨,上吊自杀了。因为你爸也是单位领导,就传成妈妈自杀了。那时候各种消息封闭,来往信件都被扣压,我们也不能回来看你们,所以你们以为妈妈不在了。"妈妈说着站起来,摸了摸申黎光的光头继续说,"现在好了,一切都结束了。从现在开始就不要剃光头了,下学期就跟我回去上学,机关单位可不兴剃光头。天不早了,咱们回家。"申黎光穿上解放鞋,扶着妈妈走下了豁口。

月光似乎暗了些,显得星星更加明亮。月光下,妈妈和申黎光两个身影缓慢地向家的方向移动。突然,一只黄狗从一个小巷子蹿了出来,对着申黎光和妈妈狂吠着,申黎光背对妈妈,面向黄狗,做了个下蹲的姿势,黄狗见状"汪汪"叫着钻进了巷子。妈妈说:"长大了,能保护妈妈了。"

"农村的狗见了生人都会干叫唤几声,你不要怕它,它就走了。"
"那你蹲下是怎么回事?"
"它以为我要捡砖头哩,就吓跑了。"
哈哈哈,妈妈笑得很开心。申黎光接着说:"见了狼也不要害怕,千万不要跑,你就盯着它看,它盯不过你,就自己走了。"

"是不是?"妈妈半信半疑。

"我也是听说的。还听说狼在你背后时,会用爪子拍你的肩膀,这时候你千万不能回头,如果回头,狼就会咬住你的脖子;你不回头,它就走开了。"

"是吗?"妈妈有点儿惊讶,不由自主地往后面看了看。

不知不觉到家门口了。婆坐在大门口的门墩石上,掐着做草帽的麦草辫子,等候多时了。

申黎光对婆说:"走,回!"顺手接过婆手里的麦草辫子。

婆抬头看了看月亮说:"夜深了,回!"说完拿起门墩石上的草笆。草笆也是婆用麦秸秆编的,圆形,脸盆沿大小,一公分左右厚。盘腿纺线,灶火前拉风箱,都会把草笆垫在屁股下面;甚至出门聊天,看露天电影也会带着它。

进了大门,申黎光闻见一股焚香味,原来婆给照壁窑窝里的土地爷上了香,土地爷的眼睛在香火暗光的映照下,显得更加阴森。但申黎光此刻突然不觉得害怕了,反而感觉到土地爷很亲切,很慈祥。妈妈也给香炉里上了香,说:"这几年收成不好,盼土地爷保佑风调雨顺。"申黎光问妈妈:"香炉上是什么字?"妈妈仔细看了看说:"这香炉是个老古董,上面的字是篆体字,一般人不认识,我也不认识。"婆说:"这是闹年馑那年,他爷在地里挖野菜的时候挖出来的。"进屋后,婆给他们讲了那年发现这个香炉的过程。

民国十八年,关中地区遭遇了历史上罕见的大旱灾,全境夏秋无雨,种子下地发不了芽,夏秋两季几乎绝收,导致全境大饥荒,人称"十八年年馑"。快入冬了,村里村外的榆树皮都被人剥光,地里的野菜也被人掐光,甚至连地里的田鼠窝都被人挖开,掏走了洞穴里的粮食。申黎光爷爷看着炕上几个饿得皮包骨头的孩子,只好到地里去挖野菜根。他拿着镢头毫无目的地寻找,眼看天色已晚,他挖出的野菜根,连草笼底都没苫住。就在准备回家时,他惊喜地发现了一株发蔫枯竭的红薯苗,心想,红薯苗下面一定有红薯,便兴奋地刨了起来。果然，一个拳头大小的红薯被挖了出来。他高兴极了，便在原地继续刨。没想到，刚刨了两下，镢头碰到一个硬邦邦的东西，开始他以为是石头，再刨下去，一个圆圆的东西滚了出来。他拿起来，扒拉掉上面的泥土，仔细端详着：此物圆肚、三足，上端有两耳，再仔细观察，肚子上还有几个奇怪的文字。他感觉像瓦罐，又感觉像药罐，但更像是香炉，顺手捡起一块石头敲了敲，发出铿锵的金属声。他断定这是一个老物件，便和红薯一起放进了草笼里。回家后，爷爷将此物放到灶房的灶神爷像前，插上香，祈祷天降甘露。婆看见后说，要敬就要敬土地爷，土地爷能管风调雨顺。说着顺手将此物放到照壁窑窝里供奉的土地爷像前，换掉了以前的陶罐香炉。说来也怪，连续祈祷三天后，天空一声炸雷，接着就下起了倾盆大雨，而且断断续续下了三天三夜。这是几年来罕见的大暴雨，村里人纷纷拿出脸盆、水桶、铁锅、水缸，欢欣鼓舞地迎接天降的甘露。一夜间，禾苗儿舒展了腰肢，花朵儿露出了笑脸，干涸的土地立马解除了旱情。婆说自从换了香炉，土地爷就显灵了。后来这个物件就当香炉一直在土地爷像前放着，婆每天都会点燃一支香，乞求土地爷保佑。听婆讲了香炉的来历，申黎光对眼前这个香炉产生了敬畏之心，他反复临摹香炉上的四个字，并将其牢牢地印在了脑海里。

那晚申黎光睡着很晚。蒙眬中他梦见回到了父母身边，回到了曾经的子弟学校，见到了昔日的老师和同学。老师、同学对他很冷淡，觉得他依然是那个调皮捣蛋、朽木难雕的学生。学校的合唱团不让他参加，选班干部没有他的份，红卫兵活动将他排除在外，他拿着东方红小学的红卫兵袖章说："我早就是红卫兵了，我是老红卫兵了。"但没人理他……

他睁开眼睛，看见妈妈正坐在炕沿看着他。妈妈说听见他说梦话了。申黎光边穿衣服边把梦中的情景告诉了妈妈，并说下学期转学时一定要把加入红卫兵的组织关系转走。妈妈说："你现在已经是好学生了，不光要转红卫兵关系，还要让学校给你写一个漂亮的操行评语。"申黎光不担心这个，他知道班主任江老师一定会帮他说好话的，便说:"我们班主任江老师对我很信任,一定会给我写一个好的操行评语。"说这话时,申黎光脸上显出满满的自信。妈妈说:"有机会一定去看看你们江老师。"申黎光说:"今天学校放假,明天可以。"妈妈说:"下次吧,今天中午我就要回去了,你爸在省城开会,我今天晚上赶到省城,明天就和他一起回去了。"

婆已经打扫完院落,开始做早饭了。申黎光洗完脸,就和妈妈一起到厨房帮忙。婆已经烧好了包谷糁,切好的红萝卜丝盛在了盘子里,锅里的一个大圆锅盔已经烙出了焦花,一股馕香味扑鼻而来。妈妈坐在灶火前的草笆上,熟练地拉起了风箱。申黎光抓起一把麦草递给妈妈说:"烙锅盔要用麦草,火燣。"婆笑着说:"你妈小时候是在农村长大的,比你懂。"

申黎光说:"明年开春我妈就把咱们两个接到城里去住。"

婆却说:"我才不愿离开老家呢!农村生活过习惯了,院子大,空气好,邻里都是熟人,住在城里和坐监狱差不多,一家人和另一家人门对着门,却常年不来往,死了都没人知道。"

申黎光觉得婆说得也有道理,就说:"那好,我会经常回来看你的,你一个人要保重身体,头疼脑热,一定要找医生看,不要把小病拖成了大病。"

妈妈听了这一席话,瞅着申黎光,仿佛不认识他似的。短短几年的农村生活,申黎光一下子长大了,懂事了,出息了,和那个钻进汽油桶子不出来的顽劣少年判若两人了。申黎光妈感激婆这几年来对黎光的关心教育,动情地说:"我明年先带黎光回去,安顿好了,你想来就来;你若不愿意来,我们也会常回来看你的。"

锅盔烙好了。婆将锅盔切成八块,早饭一人吃了一块,剩下五块,婆用一片笼布包起来,说让黎光妈走的时候带上。黎光妈取出一块,递给黎光说:"再给你一块。"申黎光闻了闻,装进了口袋,他平时很少吃锅盔,每年也就吃一两次;腊月祭灶的时候,婆会烙一次锅盔;两个姑姑回娘家的时候,偶尔会带来几块锅盔——妈妈给他的这块锅盔,他是舍不得吃的。

吃完早饭，妈妈要走了。申黎光陪妈妈走了五里多路，把她送到了官路上的汽车站。官路是沙石路，站牌是一块竖着的木杆，木杆的上端钉着一块生锈的乳白色铁皮牌子。不一会儿，一辆卷着滚滚扬尘的帆布篷卡车停在了车站。申黎光扶着妈妈从后面的铁扶梯上了车。车子启动了，申黎光突然想起了什么，他从口袋里掏出一块锅盔递给妈妈，说："给你带上，我不吃。"妈妈说："给你的，你自己吃。"申黎光说："你带上，回去和我爸一起吃。"卡车开动了，申黎光举着锅盔，追赶着汽车，妈妈眼里含着泪花，朝他摆着手："回去，快回去，明年开春我来接你。"申黎光还在气喘吁吁地追赶着汽车，突然脚下一滑，摔了个跟头，原来他踩到了一块滑动的顽石上，手中的锅盔嗖的一下飞出了老远，然后跌落在了路边的草丛中。他迅速爬起来，寻找草丛中的锅盔，官路边的草在灰尘的覆盖下是灰色的，和锅盔颜色一般。他苦苦地找了好半天才找到锅盔，而这时候，班车已经无影无踪了。他先吹了吹锅盔上的尘土，然后又拍了拍膝盖。他感觉腿有点儿疼，挽起裤子一看，膝盖上一片淤血。申黎光一瘸一拐地往回走着，无奈地回头看着空寂寂的官路，想着绝尘而去的汽车，想着汽车上的妈妈，泪珠不由自主地滚落下来。

十四、来到父母身边

时间过得飞快，转眼间就到了第二年的春季。申黎光妈妈原本说过要回来接申黎光，并帮申黎光转学的，可始终不见妈妈回来。一天上午，村里来了一辆嘎斯车，车上下来一名司机和一个年轻小伙子。他们找到申黎光家，说是来接申黎光的。小伙子自我介绍说，自己是申黎光爸爸的通讯员，叫王军正，是个复转军人，让申黎光称呼他王叔叔。他们这次来是给单位拉被服的，顺路也把申黎光接回去。

婆对申黎光说："黑娃，你先到学校办转学手续去。"说完就去给他们做饭了。

申黎光一路小跑来到学校。他径直跑到班主任江老师办公室，江老师今天没有课，见到申黎光气喘吁吁的样子，以为发生了什么紧急的事情，她拍了拍申黎光的肩膀，让他坐下慢慢说。申黎光开门见山给江老师说了自己要转学的事情，并且希望给他写一个操行评语，再开一个他已经加入红卫兵的证明材料。江老师听后，满口答应，立刻领着他到教导处开具了转学证和加入红卫兵的证明。江老师还亲自给他写了操行评语，写完后仔细检查了一遍，盖章后交给了他。申黎光拿起江老师写的操行评语，认真看了起来。那一行行俊秀的字体，那朴实赞美的评语，感动得申黎光连连点头说："谢谢老师！谢谢老师！"江老师说："到大城市里念书要比农村条件好，你是个聪明的孩子，不管在哪里，只要好好学习，都会有大出息的。"申黎光爸爸工作的单位是保密的，位居某个山沟野岭，对外只能叫某某信箱，但江老师却以为申黎光的爸爸在大城市工作，以为他要转到大城市的学校里读书。申黎光再次说了谢谢江老师的话，便告别了令他尊敬的江老师，离开了这所给他带来快乐、忧伤、遗憾和不舍的东方红小学。

申黎光拿着转学证等，一口气从学校跑回家中。婆笑着说："自从穿上解放鞋，就没见过你走路，光会跑。"申黎光高兴地对婆说："转学证和红卫兵证都开好了。"然后又打开江老师写的操行评语给婆念了起来。操行评语并不长，只有几行字："该生思想进步，学习认真，热爱劳动，关心集体，团结同学。在担任学习委员期间，能够帮助后进同学一起进步。主动打扫教室卫生，给后进同学起到了带头作用……希望今后写字不要太潦草。"最后一句，算是缺点，申黎光没有念这一句。婆说："老师评语写得好，就是没有一个缺点，应该写上洗脸不仔细，写字太潦草。"申黎光听后瞪大了眼睛，看了一会儿婆说："洗脸不仔细不能算缺点，咦——你咋知道写字太潦草？"婆说："婆不认识字，但能看出来好坏，好字是一笔一画地写，你的字经常就飞出了框框。"申黎光脸红了，说："婆你真厉害，竟和我老师水平一样了。"

王军正和司机吃完饭，问申黎光收拾好了没有？申黎光说好了。其实申黎光没有什么可收拾的，就是一个书包和几件衣服，他还特意把红卫兵袖章折叠好，塞进了衣服中间。婆把衣服和那双没穿的解放鞋包在了一个蓝花格的包袱里，再给里面塞了几个裹花馍，还专门给他包了一小包加了盐的辣子面。婆知道这是申黎光最爱吃的。上学或放羊时，申黎光时常用医疗站用过的青霉素瓶子，装上拌有盐的干辣子面，吃馍时，撒在上面，要多香有多香。

嘎斯车启动了，婆站在门口，久久不愿离去。申黎光坐在驾驶室的中间，在汽车拐弯的时候，他看见了婆，给婆招了招手，眼睛湿润了，他不知道什么时候才能再见到婆。和婆在一起的日日夜夜，像电影一样在他脑海里闪现。几年来，他和婆相依为命，冬天婆会早早给他烧上热炕，暖上被窝，清晨婆会按时唤醒他起床上学，夏天婆会给他扇着扇子，赶着蚊子苍蝇，让他入睡，他身上有了虱子，婆会在煤油灯下，戴上老花镜替他寻找、消灭，他病了，婆会为他着急，给他买药，给他熬粥，给他送瘟神，晚上他回来晚了，婆一定会坐在门口等他回家。除了生活上的关心帮助，婆还是他的精神支柱和做人的导师。婆经常给他讲一些民间谚语，如：人狂没好事，狗狂挨砖头；会说话的想着说，不会说话的抢着说；舍得舍得越舍越得，沾光沾光越沾越光；一句好话三冬暖，恶语伤人六月寒等等。还有非常实用的农谚和看天气的谚语。婆使他懂得了许多做人的道理，懂得了城里孩子不懂的农村生活常识和生产知识。他觉得城里孩子都很无知，连小麦和韭菜都分不清；城里大人也都是些手不能提肩不能挑的手无缚鸡之力的病秧子；城里人吃的粮食都是农民种的，交到粮站的也不是最好的粮食，而且要用粮票按斤两供应，根本就吃不饱；城里汽车多，烟囱多，城里人吸不到新鲜空气……总之城里哪儿都没有农村好，他现在一点儿也看不起城里人了。他感觉自己长大了许多，懂得了吃苦、礼貌、节约、勤俭，和初回农村时那个任性、贪玩、娇气、傻气的申黎光判若两人……

嘀——一声汽车的鸣笛声打断了申黎光的思绪。嘎斯车经过一段时间的颠簸，停在了离县城不远的一个国家被服仓库门口。仓库负责人好像和王叔叔很熟悉，王叔叔交给他一个提货单后，他便让司机把车开到库房去装货。负责人则热情地将王军正和申黎光领到了办公室。办公室在办公楼一楼，负责人又是倒茶，又是递烟。忙活一阵后，负责人问王军正："这娃是谁？"王军正介绍说："这是申主任的儿子，叫申黎光。""啊！申主任的孩子？黎光？怎么像个农村娃？"申黎光连忙站起身，说："叔叔好。"

"申主任对孩子要求严格，让娃到农村锻炼锻炼，看这娃多有礼貌。"王军正不失时机地夸奖了申黎光一句。

"嗯，长得像他爸，有礼貌，聪明。"负责人说着，从办公桌的抽屉里拿出一把水果糖，放在了申黎光面前，说，"吃吧，吃吧，那一年你跑到厂里的汽车队，钻到一个汽油罐里，一天一夜不出来，等我们找见你时，你脸色煞白，已经憋得快没气了。"

申黎光脸红了，他最怕人提他小时候的事情。到农村这几年，他感觉自己像变了个人似的，以前那个调皮捣蛋、劣迹斑斑的申黎光让自己觉得很羞愧。今天这个负责人又突然提起了过去的事情，无疑是揭了他的疮疤。他怎么能知道自己小时候那些事情呢？于是申黎光问道："你咋知道？"

"我是你常同喜叔叔啊！你不认识了？"

申黎光看着这个自称常同喜的叔叔，觉得面熟，又想不起来他究竟是谁。

"常同喜叔叔以前是咱们单位汽车队的队长，后来调到这里，现在是被服仓库的主任。"王军正见申黎光一脸疑惑，继续说道，"咱们单位和被服仓库在省上是一个大系统，人员可以互相调动。"

"想起来了，是你把我从汽油罐里抱出来的，那时候你瘦得很瘦得很。"

"是的，那时候我只有八十多斤，要不然怎么能钻进油罐里把你抱出来呢？"

"你现在多重？"王军正问道。

"现在一百六十多斤了，仓库里事少，除了换气通风，就是出库进库，不动弹，又贪吃，就吃成这样了。那一年……"

常同喜兴致勃勃地讲起了那年寻找申黎光的经过：那年，申黎光不到九岁，一天下午，他妈妈急匆匆地跑到车队问大家，谁看见黎光了？所有人都说没看见。他妈说，早上他爸因黎光太调皮，好像是用鞭炮炸伤了一个女孩的手，就打了他几下，结果黎光就跑出去了，到现在都没有回去，中午饭也没有吃。大家看他妈着急的样子，就分头去找。找遍了厂子里所有的旮旯拐角，就连附近的农村和周围的鱼塘、菜地都找了一遍了，就是没有申黎光的人影。眼看天就要黑了，申黎光的爸爸也着急了，带着几十名干部开始寻找。就在众人觉得无处可寻的时候，我回到了车队。在路过一个大汽油罐的时候，我无意中用手指敲了敲油罐，突然，我听到油罐里面发出一种奇怪的呲呲声。我知道这个油罐本是空的，空油罐里怎么会有声音？出于好奇，我顺着扶梯爬到油罐顶，看见油罐盖子有一个一指宽的缝隙。呲呲声还在继续，我打开盖子，里面黑咕隆咚，什么也看不见。我本想用火柴照明，看看里面的情况，可一想，油罐是装过汽油的，万一里面有残留的汽油，就会发生爆炸。于是我对着油罐里面喊：有人吗？里面传出了孩子低沉的哭声。不好，有人！我赶紧喊来值班的司机，让他拿来手电筒，往里面一照，果然有一个孩子蹲在油罐的角落，一只手在油罐壁上划拉。我立刻跳进油罐，油罐里汽油味很重，有一种令人窒息的感觉。我屏住呼吸，抱起小孩就往外走，之后双手托起孩子，让上面的人帮忙把孩子抱了上去。大家这时候才看清楚，这个孩子正是申黎光，但此时的他已经处于半昏迷的状态。经过医院几个小时的抢救，申黎光终于醒了过来，黎光妈妈抱着黎光哭成了一团。黎光爸爸表扬了我和汽车队的司机，说我们警惕性高，能够及时发现申黎光。但同时也批评了我们，说我们安全意识不强，今后要加强对空油罐的管理，油罐盖子一定要拧紧并且加锁，不能让小孩子再钻进去。

常同喜讲到这里，哈哈大笑了起来，说："谁家孩子有申黎光这么调皮，鬼点子这么多，能想到钻进汽油罐里去？"

申黎光的脸更红了,但他听了常同喜的叙述,还是对他的救命之恩表示感谢,他说:"我那时候太小,只知道藏到油罐里面别人发现不了,不知道油罐会闷死人,多亏叔叔您救了我,我给您鞠躬了。"说完,申黎光给常同喜深深地鞠了一躬。

"你现在年纪也不大呀!不过比过去懂事多了,看来农村还是锻炼人。对了,我让食堂做臊子面,吃完饭你们再走。"常同喜说着就要给厨房打电话。

"不吃了,我们还要赶路,再说我们刚刚吃完,一点儿都不饿。"王军正说。

车装好了,临上车前,常同喜在办公室拿了一个大信封,装了满满一信封水果糖,递给申黎光说:"回去问候你爸妈,就说当年汽车队那个'瘦猴'叔叔问候你们呢,他们就知道我是谁了,哈哈哈……"

嘎斯车开了一天一夜,经过县城,经过省城,穿过几个隧道,翻越几座大山后,眼前出现了一马平川。宽阔的公路两旁,齐刷刷的白杨树像列队的士兵,欢迎着远方的来客。申黎光目不暇接地看着路两旁的景观和建筑,寻找着小时候的记忆。子弟学校出现了,他叫喊一声:"学校!"医院出现了,他指着说:"医院!"大礼堂出现了,他说:"大礼堂,我小时候在里面演过节目!"汽车队到了,他指了指,却没有出声,他想起了自己钻到汽油罐的往事。

不一会儿,汽车开进了厂区,经过两排办公楼,便进入家属区。家属区楼房并不高,最多四层。申黎光家在东边第二栋第二层。嘎斯车停稳后,王叔叔帮申黎光把东西提上了楼,还没有敲门,申黎光妈妈就开门出来了:"这么快就回来了,都进来,都进来!"

"一路上没有停,昨天晚上在路边吃了一碗羊杂碎。"王军正说。

"快进来,面条都擀好了,水开了下锅就好。"

"你们吃吧,我还要去卸车呢!"说完王军正放下申黎光的行李就要下楼。妈妈拦住王军正小声说:"吃过饭,下午你领黎光去洗个澡。"

王军正想了想说:"那好,今天星期三,正好澡堂子开放。"

申黎光进门后,看到屋子里变化并不大,只是他以前睡觉的小木板床变成了有海绵垫子的单人床。他把行李放到了单人床上，正要打开。妈妈走过来，指了指卫生间说："先洗手，马上吃饭！"

妈妈已经给卫生间的脸盆里加上了热水。申黎光边洗手边看着脸盆上方的小圆镜子，镜子里的他头发蓬乱，满脸倦意，他知道这是坐在汽车上东倒西歪睡觉的缘故。他擦了把脸，拢了拢头发，感觉清醒了许多。不一会儿，一股炒葱花的香味扑鼻而来，妈妈说："吃饭了！"

餐桌上两碗面条，两双筷子，一碟炒葱花。申黎光问："我爸不回来吃饭吗？"

"你爸下基层去了，晚上才回来。"

申黎光知道这个单位有多个分支机构，分布在周围十几公里范围内，承担着科研、通讯、后勤保障等任务。他想象着爸爸的模样，一定还是那么高大英武，那么严肃谨慎，那么不苟言笑。他边吃边说："我爸吃了那么多的苦，身体还好吗？"

"好着呢！运动中，让他每天修梯田，几年下来，反而把身体锻炼好了，过去的高血压、高血脂都没有了，也不感冒了。"妈妈说着到厨房端出两碗面条，继续说，"怎么，想你爸了？下午领你洗个澡，理个发，明天就去学校报名，你这锅盖头也该修一修了。"

自从上次妈妈见到申黎光，让他不要剃光头了，他就开始留起了头发。头发长长了，婆就让村里的剃头匠帮他剃，剃头匠只会剃光头，要留头发，就只能用剃刀在周围剃一圈，头顶的那丛头发呈锅盖状。村里个别人家也有理发推子，但一般是不对外借的，只给自家人或者亲戚好友使用，用完后要仔细擦洗，涂上菜油，裹上软布，妥善保存。村里讲究一点儿的年轻人，会在县城理发馆理发，称作"修洋楼"，那是要花钱的。申黎光没有钱"修洋楼"，所以就留个锅盖头，村里多数人都是锅盖头，大家习惯了，反而觉得"修洋楼"的人头怪怪的。

吃完饭，妈妈领着申黎光向洗澡堂走去。澡堂设在办公区，只对干部职工开放。门口挂一告示牌，上面用红色笔写着三行字：一、三、五下午男洗澡时间，二、四、六下午女洗澡时间，周日消毒清洗澡堂。申黎光和妈妈来到这里时，王军正已经在门口等候着。妈妈把换洗衣服交给申黎光，对王军正说："你领他去洗澡，我在隔壁理发室剪个头，等你们，一会儿给他也理个发。"

进入澡堂，申黎光学着王军正叔叔的动作，把衣服放进浴池外间的方格柜子里，把鞋放在木条椅下面。推开挂满水珠的玻璃门进入浴室。浴室被浓浓的水蒸气笼罩着，几乎看不清对面的人。申黎光紧跟着王叔叔，走到一个水池旁，王叔叔用手摸了摸水温，说："不烫，可以下去。"然后自己先呲溜一下跃入水中，嘴里发出噗噗的吹气声。申黎光跟着也坐在水池的边上，用脚试了试，感觉烫，没有立刻下去。他看见这是一个大水池，长方形的，不远处还有两个小水池，一个方形，一个椭圆形。大池子里人并不多，大概有五六个，每个人脖子上搭条白毛巾，眯着眼睛昏昏欲睡的样子。小池子里没有人，但有水，也冒着水蒸气。"下来泡一泡，你脖子一圈都是黑的。"王叔叔叫他。申黎光慢慢地将腿浸入水池，几个眯眼睛的人立刻睁开眼睛，齐刷刷地看向申黎光，申黎光立马噗嗤一下全身浸入水中，只露出个下巴。到农村几年了，他压根儿就没有洗过澡，洗澡要先泡一会儿，这样的程序，他是今天才知道的。几分钟后，他感觉到太热，似乎头也有点儿晕。他对眯着眼睛的王叔叔说："我想到那个小池子泡一泡。"王叔叔睁开眼睛小声说："小池子不能去，那是领导才能泡的池子。"申黎光不言语了，他在想：领导和一般人有什么区别吗？脱光衣服不都是一样的吗？洗个澡还要分高低贵贱，怪不得"运动中"有人要批斗走资派，就是看不惯这种不公平的待遇。在农村，大队"革委会"主任是最大的官，民兵连长也是不小的官，他们同样要参加劳动，也和社员一样挣工分，从来不搞特殊化。他要把这个想法告诉爸爸，让他不要搞特殊化。泡完澡，王叔叔帮申黎光搓了背，还重点搓了脖子和耳根子。申黎光咬紧牙关，忍住疼痛，任由王叔叔仔仔细细地搓了两遍。搓完澡，申黎光感觉像脱了一层皮一样，浑身又蜇又疼，但却轻松了许多。

到了理发店，妈妈已经剪完头发，在等申黎光。理发师是一个胖乎乎的秃顶老头子，他打量了一番申黎光，说："这娃长高了，就是没有吃胖。"妈妈说："走的时候才到我腰这儿，现在和我一样高了。"接着对申黎光说："快叫艾伯伯。"

"艾伯伯好！"

"好，好。小时候理发从头哭到尾，还把我的剃头刀藏起来，我追他，他边跑边骂，说我是'挨一刀'。现在不骂了吧？"

申黎光没有言语，他想起这个艾师傅就是他小时候最怕的那个理发师，当年他是谢顶，现在已经毛发全无，胡子刮得精光，若不是两道稀疏的眉毛，整个脑袋就是一个肉球。由于理发技术高超，别人送外号"艾一刀"。艾师傅给申黎光理发时，要先洗头，申黎光看到水盆里冒着热气，用手一摸，特别烫，艾师傅照样把他的小脑袋摁到水里。推子推头时，他的头会乱动，艾师傅就用左手捏住他的头，他越动，艾师傅就越用劲，直捏得他头皮发麻。特别是看到艾师傅拿起明晃晃的剃刀给他刮脸时，他便大声地哭叫。此时的他红着脸想：小时候真是不省事，见到的熟人都会记得他过去那些不光彩的事件。婆说过："打人不打脸，骂人不揭短。"艾师傅说这样的话，就是在揭他的短。往后不知道还会有什么人会揭他的短，因为他太清楚自己小时候的表现了。他有点儿想念在农村的日子了。

艾师傅娴熟地给申黎光理了个精神的小平头，对着镜子说："锅盖一揭，旧貌变新颜，精神多了。"妈妈说："艾伯伯手艺高，快谢谢艾伯伯。"

申黎光起身，给艾师傅鞠了个躬，说了声："谢谢，对不起。"拿起洗澡时换下的衣服，转身就走。

"没事没事，一下子长大了。"艾师傅望着申黎光的背影，倒有点儿不好意思了。

回到家，妈妈把申黎光的衣服泡到脸盆里就去做饭。黎光知道做饭他也帮不上忙，就把脸盆里的衣服洗了。在老家时，申黎光的衣服都是自己洗，有时候还帮婆洗衣服。正当他把洗好的衣服往阳台上晾晒时，身后传来了脚步声。他一转身，是爸爸！他惊喜的心咚咚狂跳。他还没来得及叫爸爸，爸爸就把他搂到了怀里。"让我看看！"接着爸爸又把他推开，两手抓着他的肩膀，端详片刻说："长高了，快赶上爸爸了，不黑嘛，听你妈说，你婆老是黑娃黑娃地叫你呢！"

"我刚洗完澡。"黎光说。

"嗯，不黑，底子好，一洗就白。这衣服是你自己洗的？"爸爸指了指晾晒的衣服。

"是的，我在老家还帮我婆洗衣服哩！"

"好，这几年没有白锻炼，学会了好多东西。"爸爸说着，从洗得发白的灰中山装上衣口袋里掏出一个信封，说，"这是你给我写的信，我一直在口袋里装着，让好多叔叔阿姨都看了，他们都表扬你呢！"

听到爸爸的赞扬，申黎光心里暖烘烘的；还听爸爸说，叔叔阿姨们赞扬他懂得了吃苦，知道了节约，学会了劳动，比他们家孩子强多了。这使申黎光这几天来第一次感觉到了温暖。他觉得爸爸没有想象中那么高大，那么严肃，那么让人敬畏。说话间，妈妈已经把晚饭做好了。晚饭是小米稀饭，西红柿炒鸡蛋，还有一大盘花卷馍，妈妈说花卷是从职工食堂买的。申黎光不喝稀饭，不吃菜，却一口气吃了三个花卷。妈妈说："慢慢吃，小心噎着，花卷多着呢！"爸爸说："没事，小伙子正是长身体的时候，能吃。"申黎光不好意思了，但的确感觉到肚子有点儿撑了。在农村一年到头也只能吃一两次麦面馍馍，更别说吃麦面做的油花卷了。过年时，婆会蒸很多馍，但大多是两搅馍，即白玉米面和麦面和在一起蒸的馍，麦面不到三分之一。纯麦面的馍蒸得很少。从表面看，两者的形状和颜色是一模一样的，只有吃进嘴里，才能知道它们的区别。为了使两搅馍和白面馍不至于混淆，婆会用筷子蘸上红色染料，给纯麦面馍点上一个红点，然后和两搅馍放在一个大瓮里。自己吃没有红点的，给亲戚吃有红点的；亲戚告辞的时候，再取出几个有红点的让亲戚带上，作为回礼。有一次，申黎光在瓮里取出一个有红点的，看见婆走了过来，迅速先将红点一口咬掉。婆看见笑着说："吃吧，亲戚都来过了，也没几个了，都是你的。"今天，黎光看见又白又软，又油又香的花卷，怎能不嘴馋呢？

吃完饭,爸爸从书架上取出三本书,对黎光说:"今天是周五,下周一就领你去学校报名,这几天在家就多看看书。"申黎光瞥了一眼,爸爸拿的书是《红岩》《钢铁是怎样炼成的》《欧阳海之歌》,申黎光说:"这几本书我都看过。"

"都看过?村里也有图书?"

"花炮厂有,卷炮用的书纸,我先看完然后再卷炮。"

"好,你还看过什么书?"

"还看过《水浒传》《红楼梦》《二刻拍案惊奇》《野火春风斗古城》《林海雪原》等,书都不全乎,有头没尾的。"

爸爸没想到申黎光在农村也能读不少书。但他选出的书还是希望申黎光认真读,于是说:"有些书可以多读几遍,有些书要选择性地读。《钢铁是怎样炼成的》就可以再读读,要学习保尔·柯察金为共产主义事业奋斗一生的精神。《红楼梦》《二刻拍案惊奇》这些书,等你长大了再读,现在你还理解不了。另外,毛主席的《老三篇》一定要会背,上学报名时,老师可能要让你背,考察你的学习能力,你得有思想准备。"说着,爸爸把自己胸前戴的铝合金毛主席像章取下来,别在了申黎光的胸前。其实,《老三篇》申黎光早就会背了,在学校每天早读都是《老三篇》,语文、政治课也学习《老三篇》,但他却对爸爸说:"好的,我今天就背,明天你就考我。"他是想给爸爸一个惊喜。

第二天,爸爸并没有考他背《老三篇》,他也没有再看一遍《钢铁是怎样炼成的》,而是取下墙上挂着的一把宝剑,这把宝剑他太熟悉了,是爸爸平时锻炼身体用的。小时候他特别害怕这把宝剑,他从剑鞘里抽出剑身,剑身依然明晃晃地闪着寒光,他拿在手里比划了几下,感觉变轻了,用手摸摸剑刃,也不那么锋利了。他还从爸爸的书架上找到一本《实用防身术》,仔细地读了起来。该书精选了在多种情况下常用的、简易的徒手防身脱险方法。书中的一招一式都配有图解,简单明了。申黎光照着书比划了两天,感觉浑身充满了力量。在农村老家时,由于他长得瘦小,常常成为五大三粗者欺负的对象。有一次上体育课,为了抢一个篮球,差点被一个大个子同学卡住脖子勒得喘不过气来。书中有专门介绍被卡住脖子时如何解脱的章节,他后悔没有早早看到这本书。

十五、重返子弟学校

周一上午,妈妈领他去学校报名。临走时他把转学证、操行评语仔细检查了一遍,小心翼翼地装进了书包,还特意把红卫兵袖章装在上衣口袋,以便必要时戴在胳膊上。学校离家属区不远,在医院的东边,大约走十五分钟路程。学校大门上悬挂着一个白色牌子,上面是隶书体:五一五信箱子弟学校。进入校园,一片寂静,妈妈和申黎光并排走着,他们要先去校长办公室。突然丁零零一阵铃声响起,学生们从各教室蜂拥而出,校园里立刻充满了生机和活力。这个学校正是申黎光曾经上学的地方,教室还是过去的砖瓦结构,只是在校园里面新建了一栋二层小楼,是教师办公楼。妈妈敲了敲西边第一间办公室的门,申黎光估计这就是校长办公室。果然,一个身着中山装、戴眼镜、脸颊瘦长、高挑个儿的中年男子打开了门。男子看见是申黎光和妈妈,立刻笑眯眯地迎了上来。"请进,请进!"申黎光妈妈说:"刘校长好,给您添麻烦来了。"说着把申黎光领进了校长办公室。

"黎光从农村回来了,今后就在这里上学,由于是中途转学,要插班,麻烦校长费心。"妈妈说着从申黎光的书包里拿出转学证和操行评语,递给校长。校长把转学证看了看,放到了桌子上,把操行评语交给黎光妈,说:"好说,自己子弟,就安排到初一二班吧!班主任叫王勇谋,是个老教师了,有经验,操行评语交给他就可以了。"

王勇谋?听到这个名字,申黎光心里咯噔一下,这不就是他上三年级时的体育老师吗?大个子,留寸头,络腮胡子,但刮得很干净,喜欢打篮球,一年四季都穿运动衣。那时申黎光最怕上体育课,最讨厌单调的跑步、跳绳和无聊的丢手绢。上体育课时,他经常和几个同学溜出校门，不是用弹弓打麻雀，就是上树掏鸟蛋。有一次，王老师发现他们从校门溜走了，就悄悄地跟踪出去，在一片槐树林中将他们抓获。这次逃课的共四名学生，王老师让他们在教室前面站成一排，用一根两尺长的竹棍，依次在他们手心打了几下，并问他们四人谁是组织者？几个同学都被吓哭了，唯独申黎光不但没有哭，而且站出来说自己是组织者。的确，他就是这次逃学的组织者。王老师让他们写出了检讨，再让申黎光一个人打扫了教室的卫生。申黎光以为这件事到此就为止了，没想到他一回到家，就看见爸爸脸色异常严肃，从爸爸异常的神色中，申黎光便知道可能王老师告状了，自己又要挨批评了。可他万万没有想到，爸爸嗖的一声拔出了平时锻炼用的太极宝剑，直接架到了他的脖子上。他看着明晃晃的利剑，吓得直哆嗦。只听爸爸厉声问道："你想死还是想活？"他觉得生死就在这一瞬间，于是连忙战战兢兢地说："想活！想活！"爸爸说："想活就要好好上学，我不要丢人现眼的娃。"申黎光说："我错了，再也不敢逃学了。"站在一旁的妈妈这时候说话了："好啦，不杀了，留着以观后效吧！"父亲嗖的一声把宝剑插入了剑鞘。申黎光摇了摇头，意识到自己还活着，但却已吓了个半死。从此，申黎光再也没有逃过学，后来"运动"开始了，他也就被送回了农村。刚才听到王勇谋的名字，申黎光想起了当年逃学的事情，想起了那把宝剑，立刻毛骨悚然。

"娃就交给我们了，你放心回去吧！"刘校长对申黎光妈妈说。

"那就谢谢校长了！"妈妈看了看校长，把操行评语交给申黎光就离开了。

此时刘校长办公室只剩下校长和申黎光两个人。刘校长坐到了办公桌后面，扶了扶眼镜，对站着的申黎光说："你以前的情况我们都知道，现在学校抓纪律，你是新转来的，就要按学校的新规章制度办事。王老师是你的班主任，是个老教师，管理上很有经验，你只要听话，就一定能够成为好学生。"

"嗯，嗯！"申黎光嘴里嗯嗯着，心里却五味杂陈。他知道子弟学校的老师，都是单位的干部、职工，一般很少调动。几年前这里的老师,现在还是老师。刘校长也是过去的老师,只是当年还未当上校长。刘校长今天这一席话,明显对申黎光带有偏见。说以前的情况都知道,以前的什么情况?以前和现在不一样了呀!人是在变化的,婆说过"士别三日当刮目相看",我这离开都四年了呀!四年是多少个三日呀?申黎光想掏出红卫兵袖章让校长看,证明自己已经加入了红卫兵。能够加入红卫兵的,在班上都是班干部或者是学习上排名较前的学生,起码不是落后分子。然而当他的手刚伸进口袋,咚咚有人敲门,于是他把手又缩了回去。进来的是一名女老师,三十多岁,剪发头,个子不高,很文静的样子。她拿出一张类似于发票的纸条,让刘校长签字。刘校长摘下眼镜,眯着眼看了一会儿就签了字。女老师转身就要走,刘校长说:"你把这个学生领到王勇谋老师那里去,是个新生。"女老师说:"好的。"就把申黎光领出了校长室。申黎光还想扭头给刘校长道别,说声再见,但刘校长已经开始埋头翻阅桌上的文件了。

王勇谋老师在二楼楼梯右边第一个办公室。女老师敲了敲门,里面传来脚步声,门开了,一个熟悉的面孔出现在申黎光面前。

"刘校长让我领来新转来的学生,分到你们班了。拜拜!"女老师说完走了。

"王老师好!"申黎光怯怯地说。

"你是——申黎光?怎么是你?"王老师显得有点儿惊讶,有点儿突然,看上去还有点儿惊喜。

申黎光看到王勇谋老师和蔼的表情,忐忑的心一下子释怀了。他觉得王老师比以前瘦了许多,也矮了许多,还不时地咳嗽一下。他想起应该给女老师道一声别,转身看去,女老师已经下楼了。王老师说:"她是你们的英语老师,每周会给你们上一节英语课。"王勇谋办公室,宿办合一,陈设简单,布置整洁。一双白色运动鞋整整齐齐地摆在床下,一个篮球装在网兜里,挂在墙角。王老师坐在椅子上,对申黎光说:"转到我们班好,我们是熟人。"

"王老师好,转学证给刘校长了,这份操行评语给您。"申黎光小心翼翼地将操行评语放到了王老师面前的桌子上。

王老师看了一眼，没有打开，说："不用看了，你的情况我了解。"

"我现在是红卫兵了。"申黎光说着从上衣口袋掏出一个红袖章。

"哦，红卫兵。装上吧！现在谁还戴这个？"王老师对红袖章一点儿兴趣都没有，接着说，"你爸现在又是一把手了，你应该吸取以前的教训，要为你爸争光，不能给你爸脸上抹黑。"

申黎光愣在了那里，他一脸的无辜，一肚子的委屈。他想说他已经不是以前的申黎光了，他是一个经过农村艰苦生活的磨炼、懂得节约、懂得礼貌、热爱劳动、团结同学、遵守纪律的好学生了。这些操行评语上面都有，王老师看一眼就清楚了，可他不看，他的心里对申黎光已经有了明确的定位，这个定位就是：申黎光是一个组织同学逃课、打麻雀、掏鸟窝的坏学生。"你爸现在又是一把手了，你应该吸取以前的教训"，意思就是爸爸过去是领导，申黎光是个坏孩子；后来被打倒，现在又成了领导，申黎光就又变成了坏孩子——什么逻辑？领导的家里就不应该有好孩子？提起"一把手"申黎光又想到了民兵连长申虎子他爸，那个晃荡着一只空袖子，嘴里念叨着"没救了，都死了；没救了，死光了"的疯子。他想农村的生活了，他想婆了，他脑子彻底乱了套，思绪飞到了远方……

"想什么呢？"王老师口气严厉了一些。

"啊，没想什么。"申黎光回过了神。

"老师讲话的时候要专心听，就像在课堂上一样。"王老师的目光突然犀利了，直刺得申黎光心里发毛。

"我知道了。"申黎光的声音很小，像蚊子的嗡嗡声。但他还是希望老师看看他的操行评语，对他有一个崭新的、正确的认识。于是他鼓起勇气，指了指桌上的操行评语说："那是我的操行评语，老师您看看吧！"

"知道，不用看了，都是随便写的，好的可以写成坏的，坏的嘛……"他停顿了一下，接着说，"也可以写成好的，我这人实在，重在看你现在的表现。"

申黎光彻底失望了，王老师压根儿就不想看他的操行评语，他准备流利背诵的《老三篇》也没有派上用场。他想离开这个老师，离开这间办公室，但他的脚下好像生了根，动弹不得，也不敢随便乱动。他低着头，看着脚面，仿佛村里的"四类分子"见到民兵连长一般。

王老师看了一下手表，干咳了两声后，接着说："快下课了，跟我到班上去，认识一下同学们。"

随着下课铃声的响起，王老师领着申黎光走进了初一二班的教室。教室里的同学多数已经离开了座位，王老师大声地说："同学们都回自己的座位上。"他指着申黎光，对班里的同学讲话："这位同学叫申黎光，是新转来的同学，有的同学可能认识他，也了解他，以前就是咱们学校的学生，希望大家互相帮助，互相学习，共同进步。"教室里发出叽叽喳喳的声音，几个女同学指着申黎光议论着。一个男同学举起手说："我认识他，我们是邻居，他爸是申主任，他是刚从农村转来的。"

"好了好了，韩彬彬同学，就让他坐到你的旁边，你们要互相取长补短。"王老师让申黎光坐到韩彬彬的旁边。韩彬彬的座位靠窗，旁边空着一个座位，韩彬彬站起来，把申黎光让到里面。申黎光说了声"谢谢"，把书包放到了靠窗座位的抽屉里。王老师走了，上课铃声响起，一名女老师走进了课堂。申黎光看见走进来的正是领他报到的那位女老师，他知道这是一节英语课。韩彬彬用英语喊了一声"起立"，大家齐刷刷站了起来，又用英语齐声喊"老师好"，老师把教材放到讲台上用英语说"坐下"，大家又齐刷刷坐下。申黎光跟着大家起立、坐下，他看了一眼韩彬彬，知道他是班干部，因为在农村上学时，喊"起立"的同学，不是班长就是科代表。这节课申黎光一句也听不懂，他在农村上学时，没有设置英语课，接触的外语也不是英语，而是俄语。那是为了防止苏修侵略中国而突击学习的几句俄语，如"举起手来，缴枪不杀""我们优待俘虏"等。这节课，他静坐着，一会儿看看窗外，一会儿看看教室的前后左右，他发现有几个同学也在看他。看他的人面熟，但想不起来名字。下课铃响了，也到了吃中午饭的时间。子弟学校的学生都回家吃午饭,只有周围农村的孩子们不能回家,在学校水房打开水,自己泡馍吃。申黎光和韩彬彬并肩往回走,韩彬彬在路上给他讲了许多学校和班上的情况,申黎光觉得韩彬彬谦虚礼貌,待人客气,便喊他韩班长。韩彬彬说他不是班长,只是英语科代表。一路说着到家属院了。韩彬彬家和申黎光家分别在同一栋楼上的两个单元里,韩彬彬说了声"下午一点半在大门口集中"他们便分手了。

申黎光到家时,爸爸和妈妈已经回来了。妈妈把午饭盛到了桌上,午饭是米饭炒菜,是妈妈在职工食堂打回来的。平时他们是在食堂吃饭的,但儿子回来了,就把饭打回来吃。申黎光洗完手,坐到了饭桌旁,看着饭菜一言不发。爸爸说:"怎么了,报上名了?"

"报上了,分在了初一二班,班主任老师叫王勇谋。"

"王勇谋,我认识,他对你也很熟悉。"

"是很熟悉,他说你现在是一把手了,让我吸取以前的教训,要为你争光,好像我很坏的样子。也不看我的操行评语,也没有让我背诵《老三篇》。"申黎光一脸的委屈。

"那是他对你过去的印象,你现在变了。事物都是在发展变化的,何况人呢?有的人变好了,有的人变坏了,你就是变好了的孩子。"爸爸鼓励着申黎光。

妈妈插话说:"王勇谋在'运动'一开始,就是学校的群众领袖,先打倒校长,后打倒处长,最后打倒厂领导。当上'造反派'头头后,出门坐专车,吃饭开小灶,还兼任毛泽东思想文艺宣传队的队长,整天唱歌跳舞搞腐化,就脱离了群众,又被群众打倒,现在成了普通老师。"

"谁脱离群众,谁就会被群众打倒。但他作为老师还是称职的,你是学生就一定要听老师的话。"爸爸担心申黎光听了妈妈的话而不尊重老师,特意为他打预防针。

申黎光此时却忽然想起洗澡堂里分设大小浴池的事情,便对爸爸说:"洗澡是不是还要分领导和群众?"

爸爸对申黎光突然把话题转移到洗澡上感到奇怪，疑惑地反问道："不分呀！为什么要分？"

"那我为什么看到澡堂子里面有大浴池和小浴池，王叔叔说小池子是给领导专用的。"申黎光固执地盯着爸爸说。

"有这事，你提醒得很对。这种大小浴池的设置，时间长了，我们也就见怪不怪，视而不见了。"爸爸想了想又接着说，"这就叫'不识庐山真面目，只缘身在此山中'。好！你发现得好，我让后勤部门明确规定，今后小池子专供离退休老干部使用，这样就合理了。"

妈妈听到父子俩的对话，眼前浮现出"运动中"开批斗会的场景。过去的通讯员方卫戈，后来的红彤战斗司令部的司令，指着爸爸的谢顶质问："吉普车为什么只能你一个人坐？有一个干部家属得了急性阑尾炎，想让司机送往市里的医院，司机却说你要去省里开会。我想问你，是救命重要，还是开会重要？"爸爸好像并不知道此事，睨了通讯员一眼。啪啪两声，通讯员在爸爸的脸上左右开弓，顷刻间，爸爸鼻子的鲜血就流了出来……此时，儿子的质问口气怎么和"造反派"一模一样呢？妈妈脸上露出了不悦，但又觉得儿子没有说错，领导就是不应该搞特殊化，澡堂里面设置两种浴池，的确没有必要。申黎光在农村待了几年，过的是最普通群众的生活，当然看不惯不平等的事情，说出这样的话是发自内心，一点儿也不奇怪。于是，妈妈说："你爸经过这场'运动'，改变了许多，能够虚心听取群众意见，替群众想的多了。你在农村这几年变化也很大，懂得了很多道理，也勤快多了。"

听到妈妈的表扬，申黎光主动把桌上的碗筷端到了厨房，挽起袖子就洗刷起来。

在家里，申黎光是好孩子，可到了学校，由于老师和同学们的偏见，他怎么表现都不能得到大家的认可。加上他是插班生，农村学校的课程和这里的课程以及教学进度都有很大的差距，所以他的学习成绩一直保持在倒数十名左右。选班干部，他威信不高没有资格；学校组织文艺宣传队，他家乡土话太重不能参加；评选三好学生，他学习成绩差也没有份。只有在一次植树造林活动中,由于他会使用农具,也肯出力,栽了一排杨树,栽得又快又好又整齐,受到了王老师的口头表扬。

后来,教育界不断出现新花样,一会儿是"复课闹革命",一会儿出现了"反革命教育路线回潮",一会儿提出"学制要缩短,教育要革命",再后来,整个教育系统就乱了套。在这样的社会大环境下,申黎光自然就随大流,真正成了一名混日子的学生。

到了高一,学校又别出心裁,提出举办两个专业班,把高中的两个班分成医疗卫生班和畜牧兽医班,提前给社会培养并输送实用型人才。两个班,两个专业,一个是给人看病,一个是给兽看病。给人看病的班,自然就要选录学习好的学生;而给兽看病的班,就由差生组成。申黎光被录取到了畜牧兽医班。医疗卫生班和畜牧兽医班的教师,是从附近医院、医疗站和畜牧站的工作人员中选调的。

在畜牧兽医班,申黎光居然当上了班长,这是申黎光不曾想到的,也是申黎光的爸爸妈妈引以为豪的事情。

畜牧兽医班开班那天,附近的姚甸公社畜牧兽医站,来了一名精瘦的老兽医,他自我介绍说:"我叫马上非,不是飞跃的飞,是非常的非。从今天开始,我就是你们的班主任,也是你们的代课老师。畜牧兽医班,顾名思义就是给牲口看病的班,学的就是给牲口看病的技术。由于你们没有接触过牲口,所以你们对牲口的知识是一无所知的,就像一张白纸,可画最美好的图画,可书写最漂亮的文字,我对你们充满信心。你们有没有学好畜牧兽医课的决心?"

"有!"同学们异口同声。

"好!"老兽医扶了扶眼镜,拿出一张彩色图表,在黑板上展开。又拿出一根长约一米的竹棍,指着图标说,"这张图上画的是多个类别的牲畜,都是什么呢?图下面有说明,但我暂时把说明遮挡住,请一名同学上来,说出牲畜的名字,看看你们对牲畜的了解有多少。"说着,他用竹棍指了一下坐在第一排的一个女生:"你上来。"女生看了一下两边的同学,怯怯地走上台。老师的竹棍指向马,女生说:

"马。"竹棍指向驴,女生说:"还是马。"竹棍指向骡子,女生说:"也是马。"老师说:"不错,答对了一个。"老兽医走下讲台,指着最后一排的一个男生说:"你上来。"男生跟着老兽医走上了讲台,竹棍指着猪,男生说:"猪。"竹棍指向狗,男生说:"是狗。"竹棍指向驴,男生说:"是马。"老师说:"可以,答对了两个。"申黎光在座位上噗嗤一声笑出了声,怕老师批评自己,他连忙捂住了嘴。马老师走到申黎光面前,用竹棍敲了敲桌子,说:"你笑什么?难道你比他们认识的多?""我全认识。"申黎光信心十足地说。马老师半信半疑,看了申黎光片刻,说:"那你上来。"申黎光跟着马老师走上讲台,教室里一片寂静。申黎光看见图上的动物都是他非常熟悉的,只是老师在每个动物的下方贴了一张纸条,遮盖住动物的名称。老师的竹棍指着骡子,申黎光说:"骡子。"老师指向驴,申黎光说:"驴,叫驴。"老师停了一下,心想:能够区分驴和骡子,并且知道图表上驴的公母,说明这个同学不一般,其他动物他也一定认识。想到这里,他干脆把竹棍交给申黎光,说:"你把图上的动物都念一遍。"申黎光自信地接过竹棍,从图上第一行的马驴骡开始,一直念到最后一行的鸡鸭鹅。念完后,他把竹棍还给老师,并给老师深深地鞠了一躬。教室里响起一片掌声。

"好,非常好,没有想到,咱们这个班还有这样的人才。申黎光同学刚才一个不落地识别出了图表上所有的动物,并且能够分辨出动物的公母,值得大家学习……"马老师还没有说完,教室后排一名同学举起了手。

"有事吗?"马老师问道。

"申黎光同学只认识动物,并没有说出公母。"此话一出,引发全班同学哄堂大笑。

马老师用竹棍敲了敲讲台,大声说:"安静,安静,申黎光同学刚才指着驴说是'叫驴',叫驴就是公驴的意思。'叫'在这里,不是吼叫,而是指没有骟过的驴。这些知识,你们今后都会学到的。"马老师转向申黎光又问:"你还知道牲畜的一些什么知识?"申黎光脑海里即刻浮现出村上批斗奸畜犯吕胜利时的场景：干板上台拍了一下吕胜利的光头，大声说道："你这个驴胜利，真是'皇上日猴色中一点'，生产队的马是集体的马，是用来拉车犁地的，不是你发泄淫欲的工具，你又不是驴，驴×马能下骡子，你×马能下啥？老实交代！"从此，他便知道骡子是驴和马杂交出来的，于是就说："我知道骡子是驴和马的杂交品种，所以它长得既像马又像驴。"马老师惊讶地看着申黎光，把竹棍放到桌子上说："哎呀呀，你可以当老师的老师了呀！你平时喜欢读畜牧兽医方面的书吗？"

"没有，我没读过这方面的书，只是听说过这方面的知识。"

"你是一个有心的学生，好，如果大家都像申黎光同学这样，我们这个班就一定能够办好。我提议，由申黎光同学担任畜牧兽医班的班长，大家有没有意见？"

"没有意见！"全班同学异口同声。

就这样，申黎光当上了畜牧兽医班的班长。

可是开课仅仅两个月，畜牧兽医班就停课了。停课，意味着申黎光的班长也就当到头了。原因是姚甸公社畜牧兽医站被撤销了，人员合并到了县畜牧兽医站，马老师调去担任了副站长。学校找到县畜牧兽医站，要求再派新老师来，畜牧兽医站的理由是：当下正逢牲畜防疫季节，站里人手紧张，且青黄不接，所以无法派出多余的人去当老师。畜牧兽医班停了一个月课，学校就组织学生们参加勤工俭学，一个班的学生分成了两拨，一拨在校办工厂做粉笔，一拨到周围农村帮农民收玉米。

寒露过后，天气渐渐变冷了。路边的杨树在秋风中沙沙作响，大部分树叶变成了黄色，有的已经随风飘落；唯有山上的枫叶红了起来，像燃烧的火那般，蓬蓬勃勃，为秋天增添了一道亮丽的风景。

放寒假前的一天，学校召开全校师生大会，主席台上坐了一排人。刘校长逐一介绍了坐在主席台上的嘉宾，他们是企业所在地的市、县知青办的领导和四名来自北京的知青代表。接下来，四十岁上下，留着分头，胖墩墩的县知青办主任清了清嗓子，敲了敲麦克风，用洪亮的声音说："伟大领袖毛主席教导我们说：知识青年到农村去，接受贫下中农的再教育很有必要。你们这一届高中生，很快就要毕业了，毕业后就要到农村去接受贫下中农的再教育。在你们奔赴农村之前，我们今天请来四名北京知青的先进代表，给你们作报告，交流他们上山下乡、接受贫下中农再教育的先进事迹，请大家鼓掌欢迎！"

在热烈的掌声中，四名先进知青逐一宣讲了自己的先进事迹。四人中，有钻研医术，自学成才，给山区群众解除病痛的赤脚医生；有自幼习武，勇斗歹徒，保护集体财产的孤胆英雄；有奋不顾身，跳入冰冷的水库，救出落水儿童的女侠；有扎根农村，嫁给贫下中农当媳妇，发誓永远不离开农村的北京大学教授的女儿。台上激情万丈，台下情绪高涨，一会儿唏嘘不已，一会儿掌声雷动。最令申黎光感兴趣的是那个勇斗歹徒、保护集体财产的知青。他个头不高，黝黑的脸庞，演讲时特意离开麦克风，展示了几个漂亮的擒拿动作，赢来台下一阵阵掌声，直搅得申黎光心里痒痒的。他想起爸爸书架上的《实用防身术》，不由自主地双手握拳，做了个"黑虎掏心"的动作，引来周围同学异样的眼光。他抱歉地向周围同学点了点头，心已经飞到了大有作为的广阔天地。

这次大会既是一次知青先进事迹宣讲会，也是一次知青下乡动员会。刘校长号召毕业班的同学积极响应国家号召，到农村去，到最艰苦的地方去插队锻炼，磨一手老茧，练一颗红心。其实，申黎光这一级学生还不能算是高中毕业，只是因为师资力量的缺乏，而被迫停课改为学工学农，时间熬到了就给大家发高中毕业证，反正毕业证是由学校印制的，什么时候发，发多少，学校说了算。大会的最后，医疗卫生班的周一笛和畜牧兽医班的韩彬彬同学分别上台发言表态，表态内容无非是誓言要到最艰苦的地方去，誓言要和贫下中农打成一片。申黎光没有听清楚他们表态的具体内容，却记住了围着红围巾、扎着马尾辫、身材窈窕的医疗卫生班的女生周一笛。周一笛的父亲是学校的音乐老师,擅长管弦乐,他给女儿取名周一笛,儿子取名周一萧。可能受家庭环境的影响,周一笛很小就喜欢文艺,是学校文艺宣传队的骨干,还兼学校播音室的广播员。她婀娜的身材,健美的体格,服装店的时装好像是专门为她设计的,不论什么服饰,只要被她穿上,都显得颇为得体;她举止端庄大方,说话温文尔雅,脸上似乎永远都在闪烁着笑意,看不见一点儿烦恼,一点儿焦虑,好像一只快乐的百灵鸟在校园里飞来飞去。申黎光如果一天看不到她,似乎都像丢了魂一样。令他苦恼的是,他没有机会接近周一笛,因为他进不了学校的文艺宣传队,也没有分到医疗卫生班,他也知道周一笛不会注意到他。他思忖,如果能够和周一笛分到一个知青组,到一个地方插队,哪怕再远再艰苦的地方,他都愿意。

第二部：青春之迷茫

一、知青组长

　　工厂企业的春节比农村冷清多了。大门外不贴对联，孩子不挑灯笼，没有鞭炮声，没有锣鼓声，没有走亲访友的来来往往，没有看社火的人的喧嚣，没有锅盔飘出的香味，没有臊子面弥漫的酸辣气息——这是申黎光感觉到最没有意思的。

　　刚过初五，县知青办就通知县高中和辖区内几个中、省企子弟学校的高中生到县体育场集合。子弟学校离县城并不远，大约四五里路，申黎光是走着去的。天虽然下着雪，也刮着寒风，但头戴绒帽子，身穿棉大衣，脚蹬翻毛皮靴的申黎光却感觉不到冷，这是他这几年来鲜有的没有冻伤耳朵和手脚的冬天。

　　到了体育场，已经来了很多人，有许多学生是家长陪着来的。知青办的同志给每个学生发了一张自愿表，让大家填写插队自愿。申黎光和几个同学领到自愿表的时候，表格上九十八个知青点已经有六十八个标了红色标记。填表说明上说，凡是标了红色标记的都是人已报满的生产队。申黎光找到一张辉阳县地图仔细查看，结果发现，凡是有红色标记的都是离县城或者工厂企业较近的生产队，剩余的三十个生产队都是比较偏远的地方。申黎光的目光四处搜寻周一笛的身影，他想知道周一笛填报哪个生产队？有没有可能和他填写到同一处？这种可能性不大，但如果填写的生产队和他插队的地方不远也是不错的。可他怎么也没有看见周一笛的身影。他看到远处医疗卫生班的十几个女生凑在一起议论着什么。她们中有围着白围巾的，有围蓝围巾的，有围大方格子围巾的，还有围黑围巾的，就是没有围红围巾的，于是申黎光知道周一笛不在她们中间。他想过去打问一下，又感觉有点儿唐突，因为在学校时，男生和女生都是要保持一定距离的，如果有意接近，会遭到各种流言蜚语的袭击，于是他便打消了这个念头。无奈中，申黎光只好填写了距离父母所在单位五十公里开外的申家原村。他对申家原村并不了解，只是觉得这个村和老家的申河村村名相近，而且自己也姓申，似乎和这个村有某种缘分。当他排着队把填好的表交给知青办的工作人员，准备转身离开时，一个围着鲜艳红围巾的女生就站在离他不远的地方，他定睛一看，是周一笛！红围巾虽然遮住了周一笛的大半个脸，但长长的睫毛下，那双会说话的大眼睛和微微上翘的鼻子，使申黎光一眼就认出了她。他的心咚咚地直跳，顾不上多想，绕过几个排队的学生，直接走到周一笛身旁。周一笛也看见了申黎光，冲着他微微一笑，表示打了招呼。申黎光指着她手中的表格问道："周一笛同学，你报的是哪个村？"

"申家原村，你呢？"

"啊！我也是申家原村，怎么这么巧？"

"我觉得这个村离家比较远，离县城也比较远，一定是个边远山区，在那里能够得到很好的锻炼。"周一笛说得很诚恳，笑得也很自然，显然她对这个村也不了解。申黎光想起周一笛在学校动员大会上的表态发言，对她做出这样的选择也就能理解了。

填报志愿结束后，知青办的同志在征求了各学校领导意见后，当场宣布了分组名单和各知青组的正副组长。令申黎光没有想到的是，他居然当上了申家原村知青小组的组长，这可能与他当过两个月畜牧兽医班的班长有关。知青办有所有知青的档案，他的情况知青办当然掌握。而周一笛是副组长，这样的组合，申黎光既不曾想到，又暗自窃喜。能和周一笛分到一个知青组就是一个巧合，能成为正副组长简直就是天公作巧,像行星撞击月球一样巧。申黎光的兴奋溢于言表。还有几个名字生疏的同学,和他们在一个组,他不能确定是哪个学校的。中午饭时间到了,他邀请周一笛在县城东关一家羊肉泡馍馆吃羊肉泡,周一笛迟疑了一下,答应了。进店后,申黎光找了个靠墙角的地方坐下,要了四个坨坨馍,一人两个。周一笛坐在了他的对面,他俩边掰馍边聊天。周一笛问申黎光为什么要填报申家原村?对申家原村的情况了解多少?申黎光没有说因为申家原村和他老家申河村的村名相近,也没有说这个村名和他的姓是同一个"申"字,而是说他觉得这个村离县城较远,一定是一个山清水秀、比较贫瘠,但能够锻炼青年人的好地方,是有志青年磨砺意志的好去处。他还根据他对老家农村地形地貌和风土人情的了解,凭想象将申家原村进行了一番描述,比如春天燕子会成双成对地在农户家的屋檐下筑巢,夏天就会孵出小燕子,小燕子的嘴是黄黄的、嫩嫩的,叽叽喳喳叫着,可爱极了;秋天大雁会排成整齐的队伍,由头雁带领着往南飞,过冬后又飞回来。玉米是春天播种,秋天收获;麦子是秋天播种,来年夏天收获;谷雨前后,种瓜点豆……还说了许多农家谚语,如正月十五雪打灯,当年必有好收成;三九开了河,狗娃吃白馍;五月十三滴两点,耀州城里买大碗;有钱难买五月旱,六月连阴吃饱饭……直说得周一笛瞪直了眼睛,频频点头。周一笛问道:"你怎么对农村这么了解?"

"我从书上看的,有些也是听说的,当然主要是听我婆说的。"申黎光没有告诉周一笛他在农村待了整整四个年头。

"嗯,秀才不出门,便知天下事。这是我妈妈说的。"

"谈不上秀才,天下事还是知道一些的,比如……"申黎光有点儿洋洋得意,他停顿了一下,看了看周一笛,周一笛依然笑眯眯地注视着他,他接着说,"比如到农村后应该注意些什么?哪些话应该说,哪些话不应该说,哪些人可以交往,哪些人应该慎重交往等等,这些以后我会慢慢告诉你的。"

周一笛在学校对申黎光并不了解,也从来没有注意过他,更没有和他说过话，但听了他今天说的这些，突然就对眼前这个男同学刮目相看了。她想，自己对农村不了解，和申黎光在一起插队，一定会少走许多弯路，少出许多笑话，学到许多知识。她庆幸和申黎光分到了同一个知青组。说话间，他们的馍掰好了，周一笛见申黎光碗里的馍掰得大小不匀，便帮他掰了起来，又顺手把自己碗里的馍往申黎光的碗里抓了一大把，因为她的确也吃不了那么多。一个胖乎乎的女服务员走过来，用夹子夹在两个碗沿上，又放下两个有编号的铁牌子，铁牌子油乎乎、脏兮兮的，但能够辨认出上面的编号——和夹子上的编号是相对应的。然后端走了掰好的馍。周一笛对农村的了解多是从电影上看到的，也有从书上看的，她想象中的农村，一定是山清水秀，没有污染，四季风光变化无限，一幅风吹草低见牛羊的景象。她问申黎光："去农村能不能带上笛子和小提琴？"

"可以，劳动间隙或者下雨天不出工就可以演奏，调节一下生活。"申黎光说。

"可不可以穿上漂亮的裙子，在大草原上拍照？"

"这个不行，申家原村是丘陵地区，没有草原只有丘壑，再说农民也看不惯穿裙子的，会认为是小资产阶级情调。"

"那能不能带上我喜欢的布娃娃？"

"也不行，你到农村去是知青插队，在农民眼里你是知识青年，是大人，怎么能玩布娃娃呢？"

"这也不行，那也不行，那能带什么呢？"周一笛失望地看着申黎光。

"除了必需的衣物被褥和日用品外，一定要带上灭虱灵。"

"什么是灭虱灵？"周一笛的眼睛瞪得圆圆的。

"灭虱灵是一种杀虫药，形状像粉笔，白色的，晚上睡觉前，给床单涂抹上，就会灭掉虱子和跳蚤。灭虱灵在哪里买，你可能都不知道，走的时候，我多买些，带上就可以了。"

"农村虱子跳蚤多吗？"

"多，到处都是，无孔不入。"申黎光说到这里，想起了小时候在一起玩耍的女孩银弟；想起婆晚上在煤油灯下，戴着老花镜在瓦片上给他"咯嘣咯嘣"挤虱子的情景；想起自己和捣蛋在饲养室炕上睡觉时，咬过牲口的跳蚤钻到他的裤裆里，咬得他奇痒难忍——还是捣蛋想出了解决的办法，他让他把裤子脱掉，挂到门框上，如此才度过了难熬的一夜；想起妈妈那次回农村，把他所有的衣服都用开水烫了一遍，结果脸盆底下便沉淀了一堆黑压压的虱子。想到这里，申黎光不由自主地在头皮上挠了几下。

"我还没有见过虱子跳蚤，只见过蚊子。你再给我讲讲虱子和跳蚤是怎么咬人的？"周一笛说。

"羊肉泡来了。"胖乎乎的女服务员端着热气腾腾的羊肉泡过来了，她看了看牌子上的号码，把泡馍分别放在了他俩的面前，然后拿走了桌上的铁牌子。

申黎光不言语了，他看着香喷喷的羊肉泡，说："吃饭吧，到了农村，你什么都明白了。"他担心再继续讲这些，周一笛就吃不下去饭了。

饭毕，申黎光结了账，一共花了六毛钱。出了饭店，申黎光问周一笛："你来的时候坐的什么车？"周一笛回答："十一号。"申黎光明白她也是走来的，于是他们就结伴步行着往回走。一路上遇到好几个本校的同学，申黎光感觉不好意思，有意识快走几步，和周一笛拉开较长一段距离。周一笛却不在乎，一边和同学们打着招呼，一边快速追赶申黎光。

"急什么呀？等等我！"周一笛气喘吁吁地追上申黎光。

"他们都分到哪里了？"申黎光没话找话。

"都在附近，最远的也就二十多里，没有和咱们一个组的。"周一笛和申黎光离得很近，她看着申黎光，说，"我还听他们说，你爸是厂里的领导，你怎么不让你爸找关系，分配到近一点儿的条件好一些的生产队呢？"

申黎光看着身旁的周一笛，发现她的脸红扑扑的，眼睛里流露出一丝疑虑，但不乏单纯、真诚和善良。他不忍心对这个漂亮的女同学有任何的隐瞒，就说："我爸就是厂'革委会'的申主任，在选择插队地点上，他尊重我的意见，还说青年人就是要到最艰苦的地方磨炼意志。他说他当年只有十四岁，徒步几百里奔赴延安，寻求革命的真理，走上了革命的道路。所以我也想和他看齐，就选择了较远的申家原村。当然这个村和我们老家的村名也相近，我觉得到那里插队也是一种缘分。"

"你爸的思想觉悟真高，那我们就是志同道合的革命战友了，到农村后，还需要你多多地关心帮助。"

"我们都是来自五湖四海，为了一个共同的革命目标走到一起来了，我们的同志要互相关心，互相爱护，互相帮助。"申黎光脱口背诵了一段毛主席语录，逗得周一笛咯咯咯地笑。

"我那天表态发言后，我爸还说我自愿要求去最艰苦的地方是天真烂漫，是异想天开，是鸡娃叫鸣按不住板。至今我都没有弄明白我爸说的'鸡娃叫鸣按不住板'是啥意思。"周一笛眨巴着眼睛说。

看着周一笛一脸的天真，申黎光差点儿笑出声，但他还是忍住没笑，解释道："公鸡叫鸣一般叫三遍，天快亮的时候叫一遍，是零星几只鸡叫；天蒙蒙亮的时候叫一遍，也是少数鸡在叫；天大亮后再叫一遍，这时候全村的鸡都争先恐后地叫起来了。你爸说你是鸡娃叫鸣，就是说不按常规叫鸣，想起来就叫唤，吱哩哇啦乱叫唤，属于自不量力，哈哈哈……"

"你才乱叫唤！你才乱叫唤！"周一笛用拳头追打着申黎光，申黎光也不还手，只是嘿嘿嘿地笑。

不知不觉间，他们看见了学校的大门。周一笛说："走得真快啊！我到家了，过几天见。"周一笛的家就在学校的家属院，这里的学生很少到厂部家属院去玩，所以周一笛并不熟悉厂部家属院住的干部子弟，而厂部家属院的干部子弟却大多数都认识周一笛。周一笛刚才说的"过几天见"指的就是插队报到、奔赴农村的日子再见面。这个日子是县知青办确定的，届时将举行盛大的欢送仪式，全县几千名知青将同时出发，奔赴农村，接受贫下中农的再教育。

到家后，申黎光给爸爸妈妈说了知青分配的情况，爸爸从书架上取出一张县域地图，戴上老花镜仔细查看起来。不一会儿，爸爸指着地图最北边的一个蓝点说："就在这里，是十八盘公社光明大队申家原村。"

妈妈凑到地图前，看了看说："一看就是山区，山大沟深，住的是窑洞，路都不通。"

"怎么可能不通路？十八盘我去过，是盘山路，大卡车都能走。住窑洞好啊！冬暖夏凉，我们在延安的时候住的就是窑洞，毛主席、朱总司令、周总理都住的是窑洞，毛主席说，窑洞里面出马列主义。"爸爸说着轻轻地笑了起来，接着说，"黎光在农村待了几年，比起那些没有去过农村的孩子适应环境要快一些，你就不用担心了，给娃准备衣服被褥吧！"

妈妈摸着申黎光的脸说："刚脱离虱子跳蚤才几天，又要往虱子跳蚤窝里钻了。走的时候一定要带上灭虱灵。"

"灭虱灵供销社有，我去买。"申黎光说完就要去买灭虱灵。妈妈给了他五块钱，说："再买两筒牙膏，两条毛巾，下乡要用的。"申黎光接过钱，说了声："谢谢妈妈！"就跑下楼了。

申黎光一路小跑，来到离厂部不远的供销社。供销社里已经挤满了人，大多是父母来给下乡知青买日用品的。申黎光买了两筒牙膏，两条毛巾，又要买十根灭虱灵。留剪发头的女服务员惊讶地看着他说："要这么多灭虱灵干什么？"

"到农村用啊！每天都要用的。"申黎光很平静地说。

"这几天都是来买脸盆、毛巾、肥皂、牙膏之类的，还没有买灭虱灵的。"服务员说着在柜台下面取出两盒灭虱灵，给了申黎光一盒，一盒正好十根。

"给我也来十根。"一个拿着脸盆毛巾准备走的中年男子转身说道。显然，他是听到了刚才申黎光和女服务员的对话。女服务员把柜台上的那一盒卖给了他。这时候，一些走到门口的人又返回来也喊着要买灭虱灵。服务员在柜台下翻了翻，没有了，只好到后面屋子去取。一会儿，她拿出五盒灭虱灵，刚放到柜台上，就被一抢而空。有几个没有买到的，迟疑着不愿意离开。女服务员说："没有了，没有了，灭虱灵平时就没有人买，所以进的货比较少，过几天多进点，大家再来。"

申黎光拿着买来的东西，交给妈妈，让一并打包收拾。妈妈拿起一盒灭虱灵，看着申黎光说："怎么买这么多灭虱灵？这又不能吃。"

申黎光说："我是这个知青组的组长，多买点，大家都可以用。"

申黎光爸妈这才知道儿子当上了知青组的组长。

二、翻越十八盘

1974年3月8日，是一个令申黎光难忘的日子。这天天气晴朗，微风吹来，没有了寒意，太阳照到脸上，使人感到了暖暖的柔意。路边的柳枝还没有发芽，山坡上的迎春花零零星星地绽放开来，预示着春天到了。

这天上午，县知青办通知各学校的知青到县体育场集中，辉阳县"革委会"的领导要亲自为大家送行，同时要做上山下乡的动员报告；会后县上统一组织车辆，把知青送到各知青点。申黎光妈妈因为要参加单位妇联组织的庆"三八"演讲会，于是就把送申黎光的任务交给了申黎光爸爸。爸爸早早起来，用一根军用黄色背包带，三下五除二，就把申黎光的棉被捆成了四四方方有棱有角的背包。申黎光在一旁看得眼花缭乱，忙让爸爸解开再捆一遍。爸爸说："这叫打背包，过去我们行军打仗的时候，每天都要打一次背包。你自己解开，自己打，我给你说一遍你就会了。"申黎光把打好的背包解开，然后在爸爸的指导下，一个步骤一个步骤地进行着，最后终于打好了背包。申黎光搵了搵背包，软耷耷的，没棱没角，往身上一背，一边高一边低。爸爸笑着从他肩上卸下来，又给他重新打了一遍。楼下有人吹响了集合的哨子，申黎光背着背包，爸爸拎着一网兜脸盆牙具等日用品，到楼下去集合了。

楼下停着一辆大卡车，几个知青已经上了车，申黎光一眼就看见周一笛，她早早地站在了车上，显得比其他女知青高出一头，胸前戴着一朵大红花。学校的刘校长站在卡车旁边，给每个上车的知青发放大红花。申黎光从爸爸手中接过网兜，领了大红花也爬上了卡车。人到齐了，刘校长坐在了司机楼的副驾驶位上，给司机说了声："出发！"卡车便开动了。车上的知青们笑盈盈地给送行的家长们挥手告别，他们的神情好像不是去下乡插队，而是去光荣参军，或者去参加什么隆重的仪式。申黎光爸爸和其他知青家长们一样，依依不舍地向他们招着手，人群中，几个妇女家属在暗暗地抽泣。

早上十时许，知青们乘坐的卡车在县体育场门口停下了。刘校长招呼大家下车，带上各自的行李，排队走进体育场。体育场四周插满了红旗，几十辆车的车窗上贴有编号，车厢边贴满彩色标语的卡车，整整齐齐地停放在主席台两边。主席台上方的横幅上写着"欢送知识青年上山下乡动员大会"，主席台旁竖着两条巨幅标语，分别写着毛主席语录，一条为："知识青年到农村去，接受贫下中农的再教育，很有必要。"另一条为："知识分子要走与工农相结合的道路。"很快，动员大会开始了，穿军装、戴军帽、身材魁梧的县"革委会"主任，走到台子中央的麦克风前，用手指敲了敲麦克风，体育场四角的几个大喇叭同时发出响亮的嘭嘭声。报告并不长，大约有五分钟就结束了。接着县知青办主任宣布了知青编组名单、各车负责人员、车辆行驶路线、安全注意事项等等。最后，县"革委会"主任提高嗓门宣布："我宣布，知识青年上山下乡的车队，现在出发！"立刻，体育场里锣鼓喧天，几十辆卡车同时发动，知青们按照要求登上了各自的卡车。

申黎光和周一笛登上了六号车。这辆车是有帆布篷的长途班车，车上有两排座位，一共上来二十一个知青，先上来的有座位，后上来的坐在自己的行李上。申黎光和周一笛坐在了各自的背包上。申黎光看了看周围，除了周一笛外，没有一个熟悉的面孔，他们学校竟然也只有他们两个人同去一个村，看来到边远山区插队，还真是一种觉悟的体现，需要有足够的勇气、决心和胆量。汽车出了县城，一直向北驶去，开始道路还算平坦，走着走着，柏油路就变成了沙石路，汽车开始颠簸起来。半小时后，车上有一个女生脸色发白，继而开始打呕，旁边的男同学帮她揭开帆布篷，让她趴到车厢边，她刚一趴上去，就哇哇地呕吐起来。汽车很快在一个村庄停了下来，驾驶室跳下来一个年轻人，三十多岁，个子不高，白白净净，自称是县知青办的王干事。他从黄挎包里掏出一个笔记本，翻开念了六个人的名字，说："念到名字的下车，你们的知青点到了。"车上六个穿军装背黄挎包的知青，拿着行李跳下了车，一看就是部队大院的子弟。知青办王干事和几个早已在此地等候的农民嘀咕了几句，转身上了车。知青们跟着这几个农民离开了。申黎光向他们招了招手，他们也向申黎光招了招手，其中一个高挑个的女知青，一笑露出两颗虎牙，向车上来了一个飞吻。

"哟，人缘不错嘛！一路上没说话，人家走了才打招呼，什么时候认识的？"周一笛揶揄着申黎光。

"说什么呢？人家给大家打招呼呢！"申黎光转身问旁边的一个男生，"你说是不是？"

"我不认识。"男生回答。车上传来一片笑声。

汽车又开了半个多小时，到了一个公社大门口停了下来，两个农民打扮的人向汽车走来。知青办王干事又掏出笔记本，念了八个人的名字，让他们下车。八名知青下车后，王干事说："你们就在公社所在地的村子插队。"然后指了指旁边的瘦高个农民，"这位是大队支书。"又指了指中等个农民，"这位是大队会计，你们这个组人比较多，知青组长和支书认识一下。"一个女知青走了过去，向支书伸出了右手，支书忙不迭两手在夹袄上搓了几下，然后双手握住了女知青的手。

汽车又出发了，车厢里只剩下七个人。申黎光知道，剩下的这些人就是他们一个知青组的成员了，今后他和周一笛将要和这些不熟悉的人朝夕相处，同甘共苦了。他主动向大家作了自我介绍，也顺便介绍了周一笛，车上其他人也分别作了自我介绍。从相互介绍中，申黎光得知这些知青都是县高中毕业的学生，他们的父母有的是粮食局的搬运工，有的是运输公司的司机，还有的是县国有煤矿的矿工，总之都是没有家庭背景的人。全组七个人，三女四男，年龄最大的十九岁，最小的十七岁。申黎光十九岁，比周一笛大一岁。

不一会儿，汽车开始爬山了。司机加大了油门，卡车依然显得很吃力。汽车速度慢了，山上的风光吸引了大家的目光。梯田上开始苏醒的麦苗，稀稀拉拉地在贫瘠的土地上一层又一层地生长着，由低往高盘旋而上。申黎光问周一笛："你看那远处的梯田像什么？"

"像什么？像盘旋的楼梯？"

申黎光不语。

"像一叠叠的足球场。"一个男生插话说。

申黎光沉思了一会儿说："像不像上帝的指纹？"

周一笛啊了一声，惊呼道："像，你太富有想象力了，将来可以当作家！"

"不过，我们不应该相信有上帝，上帝就是人民，人民是创造世界历史的动力。"申黎光说出"上帝"这个词，是他在小说《牛虻》上看到的，在书上，他还知道了"天主教堂""耶稣""圣母玛利亚""红衣教主"等等这些外国名词。

兴奋、好奇、茫然、忧虑，各种神情写在不同人的脸上。申黎光提议大家每人唱一首歌，立刻获得了响应。申黎光先带头唱了一首毛主席语录歌，歌名是《我们共产党人好比种子》，接着每人唱了一首自己拿手的歌。周一笛是最后一个唱的，她解开红围巾，露出两只辫子，一曲《麦苗儿青来菜花黄》，声音甜美圆润，换来了大家热烈的掌声。

汽车终于爬上了山顶，接着又开始下坡。周一笛问申黎光："什么时候才能到咱们知青组？"

申黎光说:"这才是十八盘的第一盘,还有十七盘才能到。"

"你怎么知道?你又没有来过这里。"

"听我爸说的,他来过。过了十八盘就是光明大队,咱们知青点在申家原村,是光明大队的一个生产队。"

一只山鹰从头顶飞过,直往山下俯冲而去。汽车速度加快了,很快就开到了山下,接着又开始爬坡。就这样一会儿上山,一会儿下山,车上的人随着汽车的颠簸,一会儿向前扑,一会儿朝后仰,一会儿左,一会儿右,不停地摆动着。申黎光只觉得胃里开始翻江倒海,一股酸水涌上了喉咙,他强忍着掀起帆布篷,趴在车厢边哇哇地呕吐起来。接着,其他几个知青也开始呕吐。申黎光看到周一笛手握一个塑料袋,紧咬着嘴唇,看来她是早有准备的。也不知走了多久,十八盘终于走完了,汽车也平稳了,大家的脸色也由苍白慢慢变得红润了。一个叫王跃进的男生说:"刚才还笑话人家晕车呢,看来咱们也一样!"

申黎光看着周一笛手里的空塑料袋说:"你还坚持得好,竟然没有呕吐。"

"呕吐是人体平衡功能出了问题,人体自身平衡功能有两个部位,一个是耳朵深部的前庭功能,另一个是小脑。容易晕车的人,耳朵深部的前庭功能特别敏感,一经摇摆震动,就会引起恶心、呕吐或头晕,防止呕吐的简单方法就是掐合谷穴,或者摁太阳穴,可以起到缓解作用。"

"哦,我忘了你是医疗卫生班的,怎么刚才不告诉大家?"申黎光恍然大悟。

"你是畜牧兽医班的,我不想班门弄斧。"周一笛轻轻地回了一句。

眼前视野明显开阔了许多,不远处出现了村庄。周一笛指着村庄说:"那是不是咱们的知青点?"

申黎光摇了摇头,没有吱声。他真的不知道那里是不是知青点。

周一笛指着路边盛开的迎春花说:"快看,那是不是桃花?"

申黎光说:"那叫迎春花,桃花还有一个月才开。你怎么什么都问？我又不是《十万个为什么》。"

"谁让你是百事通。"周一笛说。

申黎光听了周一笛的话有点儿沾沾自喜，接着说："你不是喜欢唱歌吗？其实歌词里也有许多知识，比如有一首民歌叫《三月里桃花开》这里的三月指的是农历三月，也就是下个月。还有一首歌，好像是《八月桂花遍地开》歌词中唱道'八月桂花遍地开，鲜红的旗帜竖呀竖起来'，就告诉你桂花是农历八月份开的。"

"对了，我想起来了，有一首歌唱道：'红岩上红梅开，千里冰霜脚下踩'，就是说红梅是冬天才开的。"周一笛一脸兴奋。

"还有毛泽东的诗词《咏梅》：'风雨送春归，飞雪迎春到。已是悬崖百丈冰，犹有花枝俏。'说的就是冬天才开的梅花。"一名头戴军帽，个子瘦小，显得很文静的男知青说道。

十几分钟后，汽车过了前面的村庄，拐了个弯又向东驶去。道路变窄了，汽车开始颠簸，车轮碾在土路上，扬起长长一道土尘。不一会儿，男生们的火车头帽子，女生们不同色彩的围巾和他们的眉眼，都变成了土色。又拐了几个弯，汽车在一个村口停了下来，村口早有一群人在那里等候。申黎光估摸这个村就应该是申家原村了。

车刚停稳，知青办王干事就从驾驶室里跳了出来。他和一个满脸皱纹，剃着光头的男人握了握手，又和一个披黄大衣的瘦长脸中年男子打了个招呼，然后叫大家下车。下车后，知青们排成一排，王干事给大家介绍光头男人，说他是光明大队申家原生产队的党支部书记兼贫协主席，叫罗福山；又指着"黄大衣"，说他是光明大队申家原生产队的队长，叫阴大鲁，是复员军人；接着又向罗福山和阴大鲁把知青们一一作了介绍。介绍到申黎光时，知青办王干事说："他是知青组组长，叫申黎光，脑子灵光得很。"又指着周一笛说："这位叫周一笛，是副组长，懂医学知识，爱好文艺。"显然，知青办的同志对知青们的情况了如指掌。介绍完毕，王干事让支书罗福山讲话，罗福山个头不高，背稍微有点儿驼，他清了清嗓子说："我是个大老粗，没文化，你们来接受贫下中农的再教育，很有必要，我们非常欢迎，今后你们的生产、生活、学习就由队长安排，有困难就找队长，说完了。"申黎光看了看知青们，自己带头鼓起了掌。阴大鲁毕竟在外面当过兵，见过世面，对城里来的这些年轻人满不在乎。他耸了两下肩，黄大衣在肩上跳了两下，显得格外地神气，自来卷的头发和一双贼亮的三角眼给大家留下了很深的印象。他握着申黎光的手说："欢迎你们来，欢迎你们来！今后这里就是你们的家，你们要和贫下中农打成一片，同吃同住同劳动。有什么困难就找我，我会像对待兄弟姐妹一样对待你们。"说完，眼睛在三个女知青的脸上扫来扫去。

汽车返回了，大家依依不舍地朝汽车招手，车厢外面的标语已经被风刮得残缺不全，一道道呕吐的痕迹历历在目，使人想到翻越十八盘的艰辛。

在阴大鲁的带领下，大家往村里走去。一只黄狗看到村里来了生面孔，汪汪地叫着，几个女知青吓得躲到了阴大鲁的身后。阴大鲁说："不要怕，爱叫唤的狗不咬人。"果然，黄狗只是在原地叫唤，并没有扑咬的动作。一个中年妇女看到阴大鲁领了一队人进村，问道："又来工作组了？"阴大鲁说："你眼窝瞎了，没看见这是一伙学生娃？"不一会儿，大家来到一排窑洞前，窑洞有三孔，是用砖箍的，坐北面南，里外打扫得干干净净，粉刷的白石灰墙还没有干透，有一股呛鼻的味道。阴大鲁比划着，说西边这孔住男生，东边那孔住女生，中间的做灶房，并强调说："从此这里就是你们的家，先安顿下来，明天就开始上工。"说完他就离开了。申黎光看着阴大鲁的背影，心想：明天就上工，几点开始上工？是敲钟还是大喇叭喊？谁来领着大家上工？上工干什么活？工分怎么记？这些具体问题都不知道呀！阴大鲁走了，问谁去？管他呢！"活人还能叫尿憋死？"这是婆常说的一句话。走一步看一步吧。

大家把行李拿到窑洞里，开始收拾铺盖。窑洞里盘有一个大炕，能睡四五个人，炕边有一张简易的桌子和一个靠背椅。女生们显然比男生麻利多了。她们收拾完床铺，已到灶房里烧开了一锅水，男生们才从炕上折腾下来。灶房里支有案板，盘有锅头，锅头前后一大一小两个铁锅。墙角的一个大水缸里有半缸水。水缸旁边有两个水桶,一根扁担,还有少半袋子面,半篮子土豆和一串红辣椒,这些都是村里提前准备的。大家看着陌生的新家,心中忐忑不安,谁也难以预料,新鲜劲过后,自己将面临着什么样的生活……

三、秋千荡悠悠

收拾完房间后,三个女生争先恐后,烧水的烧水,和面的和面,不一会儿就做了一大锅扯面。周一笛给大家一人盛了一大碗,将其整整齐齐地摆在案板上。十九岁的女知青刘冬梅,高个子,大嗓门,在厨房门口喊了一声:"开饭了!"男生窑洞里的四个人听到喊声,呼啦一下奔出窑洞,跑向厨房。他们端起案板上的碗,蹲在窑洞门口,头也不抬地吃起来,只听一阵呼啦啦的声音,每个人的碗底便空了。周一笛问大家好吃吗?大家异口同声:"好吃好吃。"

只放了点盐,没酱没醋,也没有蔬菜,有什么好吃的?周一笛心里想着,瞅着他们狼吞虎咽的模样,知道他们这是饿急了,大家早上吃了饭,一路上吐了个精光,现在实在是饥肠辘辘了。刘冬梅见状开了腔:"有空挖点野菜,煮在面里可好吃了。"刘冬梅家住县城,父亲是县运输公司的司机,母亲以前是街道办印刷厂的工人,后来印刷厂停办后,就成了家庭妇女。刘冬梅经常帮母亲做饭、洗衣服,也和母亲到郊外挖过野菜,所以她认识多种野菜。

申黎光看了看表,时间是下午四点,知青们吃上了自己做的第一顿饭。

"荡秋千去,荡秋千去!"门外一群孩子边跑边喊。申黎光对大家说:"咱们也去看看!"吃完饭没事干,大家就顺着孩子们跑去的方向,来到了窑洞后面的麦场上。大家第一次见到了秋千:将两根四五米高的木柱子分别固定在地上,顶上缚一根横梁,横梁上面绑两条麻绳，绳子下边拴一个两尺多长的踏板，整个架子前后左右用六根绳子固定在地面上，就是秋千了。只见一个小男孩在踏板上，屁股一蹲，腰一躬，腿一蹬，几下就荡到了半空中。看热闹的农民有的抽着旱烟，有的纳着鞋底，知青们来后，他们把好奇的目光齐刷刷地投向了这伙年轻人。知青们第一次看到荡秋千，个个惊得目瞪口呆，几个女生随着小男孩的一飞一落，发出一声声尖叫。小男孩出够了风头，两手把绳子往胸前一收，秋千就慢慢地停了下来。一个嘴里噙着烟锅的秃顶农民说："学生娃们谁敢上去试火一下？"

申黎光想起刚进村时，阴大鲁就给一个妇女介绍说这是一伙学生娃，看来当地农民把知青都叫学生娃。知青们你看看我，我看看你，没人敢上。申黎光想，刚进村就怯火，连个小孩子都不如，还不让人看扁了？于是他说："我上，试火一下！"

其实，申黎光小时候在老家见过荡秋千，那是和婆走亲戚时，在小姑村里见到的。那时他就跃跃欲试，想荡一次秋千，但婆坚决不让，说荡秋千是危险的行为，还举例说，村东头的瘫子巴牛就是小时候荡秋千时磨断了绳子，摔坏了腰椎，造成下肢瘫痪，从此村里就再也没有人敢荡秋千了。申巴牛是申黎光的本家长辈，常年屁股下绑个草垫子，行动时靠手里的两块木板支撑着往前挪动，村里人有的叫他"铁拐李"，有的叫他"屎巴牛"，申黎光称他巴牛爷，还时常给他送吃的。当申黎光知道申巴牛的遭遇后，就再也不提荡秋千的事了。今天，在知青们鼓励和担忧的眼神中，申黎光摘掉火车头帽子，交给周一笛，然后勇敢地走到秋千旁，先用双手抓住秋千绳用力拽了拽，再看看横梁上的绳子是否固定牢靠，再然后双脚小心翼翼地踩在踏板上。他试图模仿小男孩的动作，下蹲伸腿，可总是腰来胯不来，呼哧呼哧了半天，还是在原地摇晃。围观的村民们发出阵阵笑声。申黎光显得异常尴尬，涨红着脸，用力在原地摇晃着。有人喊："谁送他一下。"小男孩自告奋勇，跑到申黎光身后，双手抓着踏板，先往后一拉，再往前快速推去，直到高度超过了头顶才向旁边跑去。在惯性的作用下，申黎光慢慢地找到了感觉，他越荡越高，越荡越高，直至快

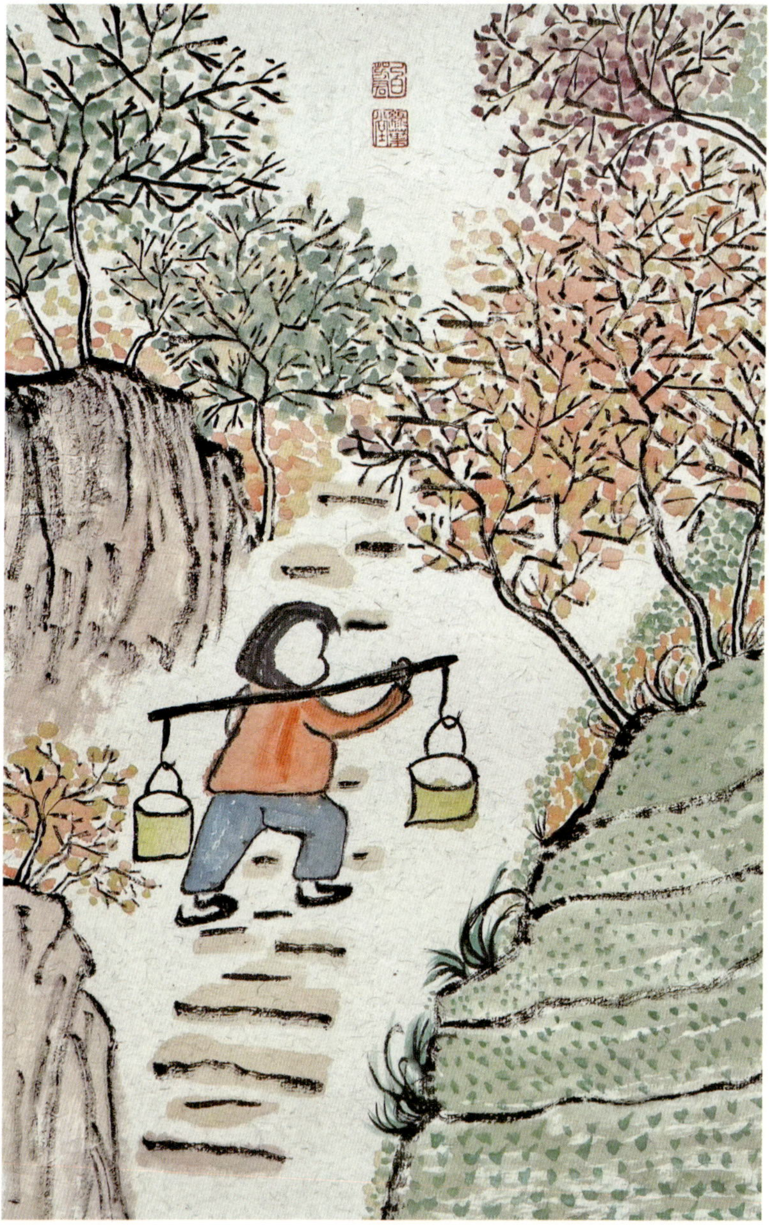

荡到和横梁平行了。旁观的知青个个握紧了拳头，脸上露出了紧张的神情。申黎光也胆怯了，随着秋千的上下荡悠，他清楚地听见，秋千的横梁发出了咯吱咯吱的声音，他脑海里突然出现了申巴牛艰难挪动的身影，于是脸色开始发白，双腿开始颤抖。他学小男孩的方法，双手将绳子往胸前一收，可能是收得太猛，整个人竟然转了几圈，人和绳子拧成了麻花。围观者的笑声和尖叫声，响成了一片。一个老汉快步上前抓住绳子，才使申黎光安全落地。"不容易，不容易，谢谢！谢谢！"申黎光对老汉连连说。

接着，知青王跃进、马守恩、封文斌分别上去"试火"了一下。他们踩在踏板上，或者原地不动，或者左右摇摆，小男孩主动送他们荡上高空，又帮他们安全落地。男生荡完了，女生也要上去荡。女知青董青云个子不高，圆脸盘，喜欢笑，虽然言语不多，但胆子蛮大，她抓住秋千绳，身子往后退了几步，双脚迅速踏上踏板，随着惯性便荡了起来。董青云下来后，刘冬梅接着上去，但她还是站在踏板上不敢动，小男孩又一推一拉，帮她荡了起来。周一笛始终没敢上去，她说她有恐高症。

申黎光走到小男孩旁边与小男孩套起了近乎，他问："你是谁家的孩子，真行，可以给我们当师傅。"小男孩说："村上人都会荡，比我小的娃都会。"

秃顶中年人看了申黎光一眼，狡黠地说："你猜他是谁家的娃？"申黎光仔细一看：长脸，鬈发，三角眼！嗨，这不活脱脱一个阴大鲁队长的缩小版吗？

他刚要开口，周一笛把火车头帽子递给他说："给你帽子，快戴上风大。"并摇了摇头，给他使了个不要乱说话的眼神。

申黎光看着小男孩，又看了看中年男子，说："我只会看图识字，不会看娃识爹。"

"猜不出来吧？就知道你猜不出来！明眼人一眼就能看出来。"中年男子开始用激将法了。

申黎光犹豫了一下，还是没有憋住想说的话："看图识字嘛，应该是——"他稍微停顿了一下:"阴大鲁的娃!"话音未落,人群里发出一阵怪怪的笑声。

申黎光一脸茫然,他从笑声中知道自己猜错了,但他绝想不到,进村的第一天,在众人面前第一次说话,就给自己未来的生活带来了隐患。

四、适者生存

晚上,月亮升上了半空,远处传来几声狗叫后,村子便陷入了寂静。

知青们先来到女生宿舍,参观了她们整洁干净的床铺和摆放整齐的日用品,又到男生宿舍看到了鞋袜乱扔、被褥成卷堆积在一起的狼藉状。周一笛她们一边怪嗔男生不讲究整洁,一边帮他们整理好被褥。然后大家分别回到了自己的窑洞。女知青们先烧水,然后洗脸、洗脚再睡觉;男知青则先吹牛,再关灯,没有洗脸洗脚的过程。申黎光躺在炕上,翻来覆去地睡不着。他想:大家来到这个陌生的地方,一切从头开始,一切都要靠自己。作为组长,就像家长一样,一个组七个人,吃喝拉撒,劳动锻炼,小灾小病等他统统都要管,这个"官"可真不好当啊!明天要做什么?阴大鲁并没有说,直到晚上也没有见到他的面。申黎光想,是不是他们初来乍到,让他们休息休息,适应一下环境?可转眼一想,又觉得不对,他下午临走的时候,明明说过"明天就上工"的话。几点上工?上工干什么?申黎光的心里乱糟糟的没有底。管他呢,睡觉!"活人还能叫尿憋死"?他又想起婆常说的这句话。

蒙眬中,村里的大喇叭响起了《东方红》的乐曲,申黎光有一种亲切感,觉得这声音和他睡在婆炕上听到的声音一模一样,晕乎间,他觉得此刻就在婆的炕上睡着。乐曲完后,是阴大鲁洪亮的声音:"社员同志们，现在到麦场集合。男劳到东沟种洋芋，屋里人（妇女）在南坡锄小麦，学生娃跟着屋里人锄小麦。"申黎光一骨碌爬起来，叫醒了炕上的其他知青。

王跃进问："早饭吃什么？"

"农民不吃早饭，一天两顿饭，劳动回来再吃。"申黎光懂得农民的作息规律。

王跃进问到吃饭，提醒了申黎光，他想起应该留一个人做饭，否则劳动回来吃什么？洗完脸，他往女生的窑洞走去，只见三个女生一人端着一个搪瓷缸子蹲在窑门口刷牙，嘴里的白沫往外涌动着。村里几个三五岁大的小男孩，好奇地站在旁边，目不转睛地看着她们的嘴，似乎想弄明白那些白沫是怎样从嘴里生成的？周一笛刷完牙，看见申黎光来了，说道："听到广播了，马上就走。"

"走什么走，中午饭怎么办？你留下做饭吧！"申黎光说。

"好吧，今天我先做，今后轮流做，每人一周，昨天晚上我就想这事了。另外我包里还有几个煮鸡蛋，你们一人拿一个，要不然饿得耐不到中午。"说着，周一笛就去拿鸡蛋。

大家领了周一笛发的鸡蛋，到昨天打秋千去过的麦场集中。阴大鲁和十几个农民已经到了。阴大鲁左手拿馍，右手拿葱，吃一口馍，就一口葱，见知青到了，用葱指了指一个三十多岁，中等个，留着平头，身体健硕的农民对知青说："这是队上的姚会计，叫姚力柱，今后负责你们的生活和生产，有事就找他。今天你们就和屋里人，对了，你们叫妇女，就和妇女一起锄地。"

"我们没有锄头。"王跃进喊道。

姚会计指了指秋千的方向说："已经给你们准备好了，在秋千下面。"

大家看到秋千下面果然有七八个锄头，便一人扛了一个，跟着妇女们锄地去了。走了二里多地，南坡到了，妇女们自觉地在麦地边排成一列。一个留着两条长辫子、身材高挑的妇女，让知青分开插在队列中间，说道："叫学生娃插在你们中间，你们照看着，麦子起身了，不要把麦锄了。"申黎光思忖这位就应该是妇女队长了。

麦苗上的露水打湿了社员们的脚，社员们视而不见，只管埋头干活。知青们第一次参加集体劳动，都有点儿紧张，生怕把麦苗锄掉，但锄头就是不听话，锄草时一不小心就把麦苗带了出来。申黎光小时候锄过地，这种活难不住他，于是在锄草队列中，他一直走在前面。他看见旁边的王跃进，为了赶上他，气喘吁吁，满头大汗，锄头在地里胡乱刨，常常刨出了麦根留下了草，就小声说："不着急，没人跟你抢。"说完转过身等着他。申黎光看见好几个妇女拄着锄头聊天，并不在意锄草的速度。锄到前面的长辫子妇女队长转过身喊话了："不要拄着锄头发瓷了，日头都两竿高了。"申黎光似乎感觉妇女队长话有所指，是在说自己，立马转身锄地。一个多小时后，申黎光和几个妇女锄到了地头。妇女们把锄头放在地上，屁股坐在锄把上等候速度慢的社员，申黎光则转身帮助王跃进等几个知青赶进度。等大家都锄到地头后，妇女队长说："再往回锄，锄到地头就收工，谁先到头，谁先回。吃了饭再继续。"社员们立刻来了精神，排成一排往回锄，这次的速度明显加快了，把几名知青远远地甩在了后面。申黎光和知青们锄到地头时，多数妇女已经扛着锄头往家走了。妇女队长没有走，她问刘冬梅累不累？刘冬梅说不累。她看刘冬梅紧握着拳头，就掰开她手看，只见她的手心里起了三个血泡，一个已经破了，流着血水。妇女队长心疼地说："学生娃细皮嫩肉，没下过苦。锄地是个巧活，要用巧劲，不能用蛮力。"她又要察看其他几个知青的手，大家都不好意思地握着拳头，不愿让她看见。申黎光主动伸出手让妇女主任看，妇女主任说："你还好，就是豁口裂开了，握锄头不能太紧，开始都使蛮力，过几天就会好的。"

申黎光看了看太阳，已经老高了，大约十一点左右。农民上下工是看太阳的，太阳升起就下地，中午吃完饭再上工，下午五六点回去吃饭，吃完饭太阳就偏西了！这时候，许多农民还要到自留地里干会儿活，或者到沟里去挑水，回到家就天黑了。正所谓"日出而作日落而息"。如果肚子饿了晚上就加一餐，所谓"喝汤"，如果不饿就免了晚餐。

知青们拖着疲惫的身体回到了知青组。女生们先回到宿舍洗脸洗手，男生们则直奔厨房找吃的。周一笛蒸了一屉馒头，她看大家回来了，急忙揭开笼盖，大家凑过去一看，傻了眼，原本的白馒头此刻成了黄发糕，个头大，裂着口，明显是碱放多了。申黎光拿起一个，吹了吹，咬一口，又苦又涩难以下咽。其他几个男生正要在笼里拿馒头，被申黎光制止了。他把手里的馒头给他们，让一人尝了一口，个个龇牙咧嘴，纷纷叫喊说"难吃，难吃"。周一笛一脸的窘迫，站在旁边不知所措。申黎光让周一笛盖上笼盖，然后找来一瓶醋精，沿着锅沿徐徐倒入三分之一，叫周一笛大火再蒸十分钟。这时候男女知青都聚到了厨房，大家实在是太饿了。十分钟后，申黎光揭开笼盖，哇！黄馒头竟然变白了。大家伸手一人抓了一个，顾不得烫嘴，边吹边吃边议论："筋道，好吃。"周一笛说："不要急，还有菜。"说着从后锅里端出一盆土豆丝放到案板上。大家立刻围了上去，掰开馒头夹上土豆丝，津津有味地吃了起来。

看着大伙狼吞虎咽的样子，周一笛眼睛湿润了，她为大家对她做的第一顿饭的认可而感动，也为申黎光及时解决了馒头变黄的尴尬而感动。其他人吃完饭，就回了宿舍休息，唯有申黎光还留在厨房，周一笛拽住申黎光问："你怎么知道醋可以让馒头变白？"

"馒头黄是因为碱放多了，酸和碱中和反应后就可以生成盐和水，化学课讲过的。畜牧兽医班老师也讲过，牛如果胃酸过多，会引起肚胀，给饲料里加一点儿碱面就好了。"

"我也知道这个道理，就是没有想到在做饭上也能用到。"

"今后大家轮流做饭，一周换一个人。做饭不是个简单的事，让大家都体验一下。"申黎光说完后，就回宿舍休息了。

不一会儿，大喇叭又喊上工了。知青们还是干上午的活，锄麦子。手上有血泡的知青戴上了手套，或者裹上了手帕，混在社员们的队列中。他们忍住疼痛，不甘落后，只怕第一天就给农民留下不好的印象。下午的太阳似乎走得很慢，锄了一个来回的地，还没有坠落的迹象。妇女队长让大伙休息一会儿。妇女们并不闲着，有的拿出鞋底纳了起来，有的拿出鞋垫绣了起来，有的在地里拾起了锄下来的野草，打算抱回去喂羊喂猪。刘冬梅则在妇女的指点下，拔了一大堆野菜。

休息起来，又锄了个来回。妇女队长抬头看了看开始沉坠的太阳，伸了个懒腰说："今天就到这，学生娃头一天劳动，今早早回去歇着吧！"

"明天干啥？"申黎光问了一句。

"听喇叭，我也不知道干啥。"妇女队长说。

周一笛刚熬好一锅包谷糁，知青们就回来了。她拿起一个土豆准备削皮，刘冬梅把一大堆野菜放到案板上说："不要再吃土豆了，下午吃野菜，换一个口味。"周一笛看到一大堆翠绿的野菜，眼前一亮，和刘冬梅一起挑拣了起来。刘冬梅捡回来的野菜有荠荠菜、灰灰菜，还有野小蒜。董青云也进来帮忙，不一会儿饭就做好了。知青们吃着包谷糁，就着荠荠菜和灰灰菜，用蒸馍夹着泼了油的小蒜，要多香有多香。王跃进说："这饭比家里的饭还好吃。"

周一笛说："吃不了几顿了，巧妇难为无米之炊，面快没有了。"申黎光打开面袋子，只见里面最多也就三四斤面，只够吃一顿面条或者蒸一笼馒头。

知青的口粮，第一年是由国家供应的，每人每月定量三十斤，粗细粮按比例搭配，上半年是5∶5，下半年是3∶7，下半年细粮稍多一些；生活费是由国家补助，每人每月八块钱，可买油盐酱醋和少量蔬菜。医药费和日用品由知青家长掏腰包。第二年后，知青就有了劳动收入，和社员一样按劳分配。知青的口粮和生活费要在公社知青办领取，公社距离知青点大约五里路。申黎光说："明天我和王跃进一起去公社领口粮，争取赶中午回来，其他同学正常出工。"

董青云打开水缸盖说："水也没有了，刚才吃饭前都没有水洗手。"

大家都把头伸向水缸，只见水缸已经见了底，缸底沉淀的沙砾淤泥清晰可见。申黎光想，昨天还有大半缸水，一天时间就用完了，看来节约用水也要提到议事日程。于是他说:"咱们这里是旱塬,庄稼好坏全靠天,人畜饮水很困难。听说吃水要到一公里外的东沟去挑,农民挑一次水需要半个小时,我们今后也要挑水吃,所以大家要节约用水。今天下午男生们都去挑水。"说完,他把水桶和扁担交给王跃进,自己和其他几名男知青准备到邻居家去借水桶。刚要出门,支书罗福山和姚会计挑着空水桶来到了知青组,罗支书说:"你们刚来,不知道在哪里担水,让姚会计领你们去一次就知道了。"他指了指姚会计,接着说:"这两副水桶你们先用着,第一次担水不要太满,半桶就可以了。"

姚会计说:"走,我领你们去挑水。"

申黎光正发愁不知道去东沟的路怎么走,于是大家跟着姚会计,说说笑笑往东沟走去。大约走了一公里多,东沟到了,几个挑着水迎面上坡的农民,边走边和姚会计打着招呼。下坡时,知青们跟在姚会计身后,沿着一米左右时宽时窄的羊肠小道,小心翼翼地走着。坡路很陡,不断地拐弯,脚踩在沙砾上一不小心就打个趔趄。申黎光想,挑着空桶走下坡都这么难,挑上水上坡时,还不知道会出现什么情况。正想着,走在姚会计身后的王跃进扑通一声滑倒在地上,一只水桶挂在扁担钩上,另一只水桶骨碌碌滚向沟底去。姚会计听见响声,转身扶起王跃进,问他摔伤了没有?王跃进摇摇头说:"没事。"这一下,大家一路无话,更加小心地往沟底探着脚。路上不断遇到挑着水上来的农民,他们汗流满面,边走边擦汗。申黎光注意到,他们每拐一个弯时,就换一次肩,水桶始终在外面,不会撞到岩壁上。到了沟底,眼前出现了一个高大而突起的岩石,岩石下面有两个喷涌的泉眼,泉水流入一个长年被水冲刷而自然形成的水池中,池中的水清澈见底。水池溢出来的水,流入沟底的河道,河道里的水是由上游无数个泉眼流出的水汇聚而成的。水流虽然不大,但四季不息,潺潺流淌。村里的妇女们有了闲暇,便会挎着篮子结伴到沟里的河道洗衣服。洗过的衣服搭在草地上晾晒,从上往下看,好似花花绿绿的万国旗。

王跃进先在沟底找到滚下去的水桶，然后和大家一起在水池里打水。姚会计特意给大家讲了担水上坡时要注意的事项：一是不要着急，平稳呼吸，缓缓上坡；二是在遇到对面来人时要停下来避让；三是半坡休息要找平坦的地方；同时也讲到上坡拐弯时换肩的事情，并且做了几个漂亮的换肩示范动作。

　　由于是第一次担水，申黎光让大家都挑多半桶水。姚会计走在前面，知青们跟着走，申黎光走在最后。他目测了一下沟底到沟上的距离，少说也有三百多米，大约要绕二十几个弯。大约半小时后，姚会计已经到了沟顶，知青们才走到半坡，姚会计给知青们摆摆手说："我先走了，你们不着急，按我说的，缓缓来。"申黎光给姚会计招了招手，连回话的力气都没有了。大家边走边歇，中途一共休息了五六次才上了塬。到了塬畔，知青们汗流浃背，放下水桶，一屁股坐在地上，呼哧呼哧喘着粗气。申黎光坐在沟沿，看着深深的沟底，心想：在老家虽然吃过不少苦，但从来没因为吃水发过愁，好赖家家户户都有水井，辘轳一搅，水就能上来。在这里挑一担水，最少需要一个小时，光流的汗就能盛一马勺。插队前怎么没有了解这里的吃水情况呢？要知道这么困难，他是绝不会报名来这里的。但又一想，这里的农民祖祖辈辈都是这样过来的啊！听说周围的农村都是这样的，有的村还要多走几里路到他们这里来担水，这里的水比油贵啊！毛主席和党中央也未必了解这里的情况。他想，要不要给毛主席写一封信，反映一下这里的情况，让中央派人来帮助一下？可又一想，还是算了，毛主席和党中央还要管更大的事情，还要反修防修，还要抓阶级斗争，眼下是顾不上这里的。他望着深深的沟底自言自语地说："敬爱的毛主席呀，您老人家知道不知道中国还有如此穷的地方？这里的水比油贵啊！"

　　眼看着晚霞已经褪去，天色暗了下来，男知青们每人挑着半桶水才回到知青组。三个女知青拿着脸盆聚在灶房，准备舀水洗漱。申黎光他们把挑来的水全部倒进水缸，水缸里才有多半缸水。女知青们拿着脸盆争先恐后去舀水，然后嬉笑着离开了。男知青们瞪大了眼睛，看着他们走出灶房,心痛不已,感觉她们舀走的不是水,而是男生们一下午的血汗。王跃进忍不住说道:"你们要节约用水,不能这样糟蹋水。"

"怎么叫糟蹋水?每人才半盆呀!"董青云一脸的不悦,回头撑了一句。

申黎光知道光说是没有用的,只有让她们体验一下担水的辛苦,她们才能知道应该怎么节约用水了。

晚上,知青们都聚到了男生宿舍,姚会计来了,他问大家下午担水累不累?大家异口同声地喊:"累死了。"

申黎光想到在老家时听婆说过,她过去在山里生活时,没有水井,就靠水窖收纳的雨水来取水,于是,他就问姚会计:"村里能不能打一些水窖,下雨天收些雨水,这样吃水不就方便了。"

姚会计说:"水窖一般家庭是打不起的,队里有一个水窖,下雨天收一点儿水,但都不够生产队的饲养室用。我们这里水比油贵,早上的洗脸水,先抹桌子后喂猪,绝对不会轻易地倒掉的。村里人也常年不洗澡,几十天换一次衣服,换下的衣服屋里人就拿到东沟去洗。"

几个女知青互相看了看,脸上流露出不好意思的表情。周一笛说:"明天我们几个也到东沟去挑水,顺便看看洗衣服的地方。"

王跃进说:"你们也挑水?你们若挑水,不把你们滚到沟里去就烧高香了。哈哈哈……"

"你小看人了,明天我们比试一下,看谁挑得多,走得快。"刘冬梅不服气地说。

"好了好了,明天你们三个人换着挑一担水,主要是看看洗衣服的地方。"申黎光也有让她们体验一下的想法。

第二天按照分工,申黎光和王跃进拉着架子车去公社领口粮。十八盘公社离申家原村不到十里路,走一个小时就到了。进了公社,在两排瓦房中,他们找到挂有"知青办"牌子的办公室,门半开着。推门进去后,一个谢顶老会计扶了扶眼镜,疑惑地看着他们。申黎光作了自我介绍,并掏出村里开的介绍信递给老会计。老会计打开看了一眼，取出两联介绍信，填写了几个数字，撕下一半交给申黎光，说："去粮站领，粮站就在对门。"申黎光拿过介绍信，谢过这位言语不多的老会计就离开了。一出公社门抬头一看，立刻看见了粮站的门牌。粮站除了夏季、秋季交公粮的时节，平时很少有人出入。他们拿着介绍信去粮站，不用排队，很快就领到了一百斤面粉，一百斤玉米。路过公社旁边的玉米加工作坊时，王跃进提出进去看看。进去后，发现可以用玉米换饸饹，就用二十五斤玉米换回了二十斤饸饹。当地人把玉米面饸饹称作"钢丝绳"。回到知青组，大家摸着一大堆金黄色的形若钢丝的饸饹，不知道该怎么做？周一笛请来了姚会计媳妇。姚会计媳妇是个高个子，留着剪发头，嘴大嗓门大，她给锅里加上水，取出一大把饸饹放入蒸笼中，蒸了大约十五分钟，然后说："气圆了，再蒸五分钟。"五分钟后，大家围拢过来，姚会计媳妇打开蒸笼，随着一股蒸气散去，只见放进去时横七竖八的钢丝饸饹变得软乎乎的了。姚会计媳妇说："可以凉调着吃，也可以浇臊子汤吃。"当天晚饭，大家的肚子就被"钢丝绳"填满。

  饭后，三名女知青担着水桶挑水去了，四个男生在窑洞里打起了扑克。不知不觉天色已晚，申黎光心不在焉了，他看了看窗外，说："这几个担水的怎么还没有回来？"其他几名知青说，没事，三个人挑一担水，爬都应该爬回来了。时间又过了半个多小时，月亮已经升上了半空。申黎光说："不能等了，我们去看看。"说完，大家扔下扑克牌，拿起手电筒，出了窑门向东沟方向走去。快到村口时，迎面过来一个担水的老汉，显然是从东沟里刚上来的。申黎光上前问道："大叔，你看没看见三个担水的女学生娃？"老汉说："快上来了，在半坡里歇着哩！"知青们听后，加快了脚步。到了坡顶，还不见她们的踪影，大家就顺着羊肠小道急匆匆地往沟底走去。手电筒的光在坡道上晃来晃去，草丛里不时传出沙沙的响声，申黎光心生恐惧，他想起小时候在山坡放羊的时候，一旦听到这种声音，便会看到一条蛇，身子一弯一曲地爬过来；你若驻足看着它，它便会吐着火焰般的细舌和你对视。周一笛她们如果遇见蛇，还不定会吓成什么样子呢！他越想越担心，不由自主地加快了脚步。几名男知青大声呼喊着女知青的名字："董青云——周一笛——刘冬梅——"一会儿，不远处传来周一笛的声音："我们在这儿呢！"大家循声看去，只见距离他们五十米开外的一个拐弯处，三名女知青正朝他们摆着手。男生们迅速跑了过去，眼前的场景把他们吓了一跳。月光下，周一笛的脸颊上被划了一道口子，正往外渗着血，手背上也流着血。董青云额头、鼻梁、手上、腿上都流着血，裤腿是挽起的，两个膝盖已经乌青。刘冬梅一手扶着董青云的肩头，另一只手在她臂膀上按摩着。一条扁担，一个空桶，还有多半桶水在旁边放着。申黎光问："怎么回事，能不能走路？"

周一笛说："摔了一下，皮外伤，能走。"

于是，申黎光让王跃进和封文斌搀扶着周一笛、董青云在前面走；让体力强壮的马守恩把半桶水匀到另一个空桶里，担着紧随其后；他和刘冬梅走在最后面。

路上，刘冬梅诉说了她们挑水的经过：她们三个人，一个人拿着扁担，另两个人各提一个水桶，说说笑笑地走到了下沟的羊肠小道上，下坡时虽然有几次险些滑倒，但都无大碍。到了沟底，她们先到小河边，脱掉鞋袜，挽起裤腿，把脚伸进潺潺流淌着的小溪里，洗了一会儿。水虽然有点儿冰凉，但不算刺骨。洗完脚，洗完脸，她们才来到泉水池边。几个农民正在打水，瞧他们打水的动作非常娴熟，扁担不离肩，两手抓住扁担两头的铁钩，身子一侧，将一只桶放入池中，灌满，提起，又转身，将另一只桶放入池中，灌满，提起，整个动作一气呵成，然后便忽悠悠悠地挑着水踏上了坡路。她们看得眼热，于是也想模仿农民打水的动作，却每次只能打上来半桶水。折腾了好半天，两个桶里才算盛满了水。周一笛率先挑起，摇摇晃晃地开始上坡。拐了四五个弯道，实在没有力气了，就放下担子休息。接着刘冬梅又挑起，一口气爬了五十多米的坡，在一个较宽阔的地方，董青云主动要求替换。刘冬梅放下水担，擦了把汗，告诉董青云，前面的坡比较陡，你一定要注意脚下。董青云说："没事，我可以一口气担上坡顶。"说完就挑起了担子。走了两个弯道，坡越来越陡了，只见她脚下一滑,身子一扭,啊了一声,连人带扁担以及一只水桶一起沿坡路滚了下去。走在她身后的周一笛见状,立刻用手去抓,结果也跟着滚了下去。刘冬梅见状,慌了手脚,正巧一个挑水的中年农民上来了,她立马拦住中年农民,指着她们掉下去的方向说:"快救救她俩,掉到沟里去了!"中年农民放下水担,立刻领着刘冬梅沿着旁边一条小路下去寻找。他们全然不顾路旁的荆棘划破衣服和手脚,边走边喊着周一笛和董青云的名字。几分钟后,他们听到了哎哟哎哟的呻吟声,只见在半坡的一截枯树根旁,周一笛一只手揽住董青云的身子,一手只摇动着董青云的胳膊。董青云的脸上和手脚都流着血。刘冬梅走过去问道:"怎么样?"周一笛说:"没有伤着骨头,就是吓坏了,多亏了这棵枯树,要不然就掉到沟底去了。"惊魂未定的董青云慢慢地站了起来,伸了伸胳膊腿,抹着眼泪不停地说:"吓死人了!吓死人了!"中年农民和刘冬梅扶着董青云,沿着小路慢慢地上坡,周一笛捡起扁担和一个水桶跟在后面。到了坡道拐弯处,她们谢过中年农民,一屁股坐在地上无奈地叹息着。月光下,大家的目光投向那只没有滚下去的水桶,里面竟然还剩有半桶水。

听完刘冬梅的诉说,申黎光吓出了一身冷汗。此刻他满脑子都是悔恨,他悔恨自己不该叫女知青们去体验担水;他悔恨女知青担水时,他们不该只顾打扑克而没有早一点儿去东沟接她们……如果今天晚上出了事,他将悔恨一辈子。知青们相互搀扶着到了坡顶,远处传来布谷鸟咕咕——咕咕——的叫声,申黎光怎么听都是滚沟——滚沟——的声音,这熟悉的吉祥鸟的叫声,今晚听着怎么一点儿也不吉祥。

回到知青组后,队长阴大鲁和姚会计听说了她们"滚沟"的事情,叫来了村里的赤脚医生。赤脚医生是一个老中医,据说对跌打损伤的治疗有祖传的秘方。他背着药箱来到女生宿舍,给周一笛和董青云进行了一番检查,确认只是皮外伤后,就给她们抹了碘酒和红药水,再留下几片膏药便走了。阴大鲁连夜召开知青会议,要求知青们针对这起事件,进行批评和自我批评。会议在女生宿舍召开,大家有的坐在门槛上,有的坐在炕沿上,有的蹲在地上,阴大鲁则坐在唯一的一把椅子上。会上,申黎光首先作了自我检讨,说悔不该让女生们体验担水,并表示今后再不犯类似的错误。其他几名男知青,也检讨自己打扑克是出事的原因之一。三名女知青为此而感叹不已,说没想到这里吃水竟是如此地艰难,挑水竟是如此地危险,表示今后一定要加倍珍惜和节约用水。周一笛还拿出一个节约用水的方案,比如说,早晚洗脸时三人共用半盆水,用过的水用于擦桌子打扫卫生等。阴大鲁总结时大发雷霆,严厉批评了申黎光和几个男生,说村里都是"外前人"(男人)下沟挑水,哪里有"屋里人"挑水的道理?说着,他站起来在窑洞里来回踱步,嘴角的纸烟一明一暗地闪着红光,一会儿,他在炕沿边的女生身边停住了,一只手抓住周一笛的左手,另一只手抓住董青云的右手,一脸同情地继续道:"你们的爸爸妈妈把你们交给我,我这个当队长的就要负责你们的安全,今后有困难就直接找我,明天你们两个可以不上工,好好在家休息休息。"周一笛和董青云一边点头答应,一边迅速将手从阴大鲁的手心里抽了出来。

　　月光由灰白色变成了浅黄色,温柔地洒向大地,村庄里一片静谧。申黎光躺在炕上,辗转反侧地睡不着,他回想着来到这里几天内发生的事情,心中充满了惆怅。往后的日子还长着呢,不知道还会发生什么事情……下午"滚沟"的事件是个侥幸,如果没有那棵枯树,后果将不堪设想……他的眼前又出现了阴大鲁抓住周一笛和董青云的手的画面,觉得情况很是不妙……表面上看,阴大鲁是出于对女知青的同情和关心,女知青警惕的反应,又使人感觉到了危险——谁知道这个阴大鲁心里是怎么想的?特别是他还说道"今后有困难就直接找我"之类,这不是明显暗示又是什么……

　　也可能自己想多了,越想越乱,不想了,睡觉。身边传出王跃进和其他几个知青轮番的鼾声。他翻了个身,蒙眬中眼前出现了婆的身影,婆对他说:"日子是熬出来的,冷板凳是坐热的"走一步算一步吧!

五、左大牛是疯子

　　这天下午，知青组来了个鬈发小男孩，手里拿着根放羊鞭子，在知青窑洞前啪啪地甩着响。申黎光和几个知青看见这正是那天打秋千的小男孩，便围观起来。小男孩见有人注意他，鞭子甩得更响了。申黎光想起那天有村民让他"看图识字"的事，他傻傻的，当场指认这个男孩是阴大鲁的孩子，引起了村民们的坏笑和窃窃私语。这几天他心里一直在暗想，是不是自己猜错了？如果猜错了，那就一定会引起不必要的麻烦，而且可能还是大麻烦。他要弄清楚这件事情，于是他把小男孩叫进窑里。小男孩好奇心很强，四处打量着"学生娃"们窑洞里的陈设，他看见牙膏问申黎光它能吃吗，吃起来是什么味？看见墙上挂着的笛子，就问这棍子上的窟窿眼是做什么用的？看见脸盆架子上晾着白球鞋的鞋带，问能不能给他一根，让他做鞭子用？申黎光一一作了回答。他问小男孩叫什么名字？他爸是谁？小男孩说他叫左天来，他爸是左大牛。这个回答，让申黎光吃惊不小，脊背慢慢地渗出了冷汗。为查证自己心中的疑问，他想要尽快地见到左大牛，看看左大牛和左天来有没有相似之处。

　　几天后，申黎光见到了左大牛，是在去东沟担水的路上。那天下午，他和几名知青挑着水桶往东沟走去。迎面过来一个担着水桶、个子不高、身材健硕的农民，他边走边和迎面走来的人打招呼。有人问："大牛，担了几回了？"

　　"第二回，水缸满了。"大牛说话一点儿也不喘，一担水在他肩上仿佛是两只空桶。

　　看着左大牛的背影，申黎光嘴里嘟囔着："不像，左天来和左大牛一点儿都不像。"

　　后来，申黎光从村民的议论中得知了左大牛的情况。

左大牛虽然个子不高，却力大如牛，干活从不惜力气。村里交公粮时，别人一次扛一麻包粮食都吃力，他一次能扛两麻包，胳肢窝还要再挟一麻包。村里人说，大牛脑子有病哩，拿一个人的工分，干三个人的活。大牛他爸——整天打扫村子巷道的"四类分子"——说这娃是我家死了的老犍牛托生的，老犍牛干活从不惜力气，临死时还在地里干活哩！老犍牛刚咽气，他妈就生下了他。

　　大牛很义气，谁家有重活都喊他帮忙，他都会去，而且不要报酬，只要能吃饱肚子就行。邻村人家里盖房覆顶，请他去当苦力，他毫不推辞。时间长了，他也习惯了这种随叫随到的生活，有人管吃管住，自个儿自由自在。

　　大牛家成分不好，是地主，三十六岁才娶上媳妇。他媳妇叫许俊俏，长得俊模俊样，像她的名字一样，身材修长，亭亭玉立，什么衣服穿在她的身上，都能突显出那凹凸有致的曲线；她那乌黑的辫子，总喜欢一只搭在胸前，一只搭在背后，干活时又都绾在头上，显得干练利索。那张鹅蛋脸儿上有对酒窝，眉毛像画上去的一般，细细的，如柳叶。眼睛不大，但睫毛很长，看人时，总好像是在微笑，永远闪烁着迷人的光泽。许俊俏二十六岁嫁到了申家原村，家里成分也不好，是富农。年轻丰腴的身子，就像肥沃的土地，随便撒个种子就能发出芽芽来，几年工夫，她扑里扑腾地就生出了三个娃娃。前两个是女娃，长得像大牛，胖乎乎的蛮可爱，一个叫招弟，一个叫引弟。第三个生下个带把的，全家人高兴得合不拢嘴，他爷亲自为其取了个名字叫左天来，意为是老天赐来的。

　　左天来一天天长大了，可眉眼却越长越不像左家人，尤其是那趴在头上永远也梳不直的鬈发，左家几辈人也找不出一个来。渐渐地，村里人开始窃窃私语了，有人说像张三，有人说像李四，反正是个杂种子；也有人说他的身上发生了返祖现象，猿猴时代卷毛多。时间长了，一些话免不了要飘进左大牛的耳朵里。左大牛不在乎村民们的说三道四，他说："管尿他哩，生到我家炕上就是我的娃。"村民们议论说，左大牛脑子有麻达了。

左大牛爱喝酒，村里谁家有红白事他都去帮忙，不要任何报酬，就图个吃好喝足。酒喝多了就唱歌，他唱的歌一般都是自己编的词，随便套个熟悉的曲子就唱出来了。一天他喝多了，来到了知青们住的窑洞前，知青们让他唱个歌，他脱了衣服，光着膀子，张口就来：

  申家原好，申家原好，
  申家原的百姓吃不饱，
  当权派被打倒，
  牛鬼蛇神夹着尾巴逃跑了，
  全村人民大团结，
  要把那嫖客、婊子，
  全都消灭掉，全都消灭掉……

  申黎光怕他再唱出什么出格的词来，赶快把他拉进了窑洞。
  左大牛把衣服往炕上一扔，屁股一撅，仿佛到了自己家一般，大模大样地坐在了炕沿上。申黎光给他倒了一杯白开水，他边喝开水边拍胸脯，说喝多了，喝多了。他还用蒲扇般的大手在胸脯上来回搓动，他的胸肌如女人乳房般高高耸起，不一会儿，污垢便如墙皮般一卷一卷地脱落，纷纷掉到了裤裆处。周一笛和几个女生本来想过来看热闹，见状扭头跑开了。申黎光说："你快把衣服穿上，别人看见笑话哩！"左大牛却说："怕啥哩？其实女人最爱看男人精身子了，我不脱光我老婆还不让我上炕哩！"
  申黎光看着左大牛，突然想起自己前几天在秋千旁说的话，总觉得心有不甘，那个小孩明明长得像阴大鲁，众人却笑话他猜错了，也不知道左大牛知道这事不？于是他趁左大牛喝多了，就试探地问："有人说你家天来不像你，那到底像谁？"左大牛放下水杯，说了一句话，让申黎光目瞪口呆。
  他说："就是阴大鲁的娃，我早知道，甭把我当傻子，他俩弄的时候我看见了。"

"啊？啊！你胡说哩，胡，胡，胡说哩！"申黎光一惊，口吃了。

左大牛接着说："女人就像个酒杯子，一桌人轮着喝酒才香。"

申黎光不解，问啥意思？左大牛说："你看坐席时，一桌子只有一个'牛瞪眼'，大家抢着喝，能把一桌子人灌醉。"

说完，他从裤兜里摸出一个酒杯子，举在空中，说："看看，酒杯子跟牛眼窝差不多，把酒倒满就成了牛瞪眼。"

申黎光看着酒杯子，知道是他从酒宴上偷来的，就对左大牛说："你喝多了，胡说哩！胡说哩！"左大牛不服，起身把窑洞门关上，给申黎光讲了一个不得不让人信服的故事：——那年收麦时，村上给"吊庄"派了十几个劳力去干活，吊庄是离村子比较远的庄稼地，离村子约十几里路，到那里干活，当天无法返回。平时吊庄留守着几个人负责日常管理，收割时节，村上派人去帮忙。这次派去的，都是割麦子的好手，左大牛也在其中。预计五天的活，他们起早贪黑，不歇气地干，第三天下午就干完了。傍晚，大家喝完汤，一个个累得呼呼大睡了。左大牛却睡不着，心想明天没事干了，还不如连夜往回走，晚上回去了，明早还能在自留地里多干一晌活呢！于是他背着铺盖，扛着钐麦杆子，踏着月光疾步往回赶。

夜深人静，凉风习习，远处传来蚂蚱的叫声，依稀还能听到野猫的叫春声。左大牛加快了脚步，他想着炕上的媳妇这时可能入睡了，半夜回去定会给她个惊喜——他要让她也像野猫那样嚎叫一阵子。

离村子不远了。村口人家的灯光，星星点点，村里的狗叫声，时远时近。左大牛家在村中间，是土改时分的房子，其实是他家老房子的一小部分。土坯打的围墙上，安了个篱笆门，房子东西共两间，是厦房，东边房他和媳妇住，西边房两个女儿住，再靠西边搭了个简易灶房。

左大牛到家了，他用手拧开铁丝揽着的门闩，轻轻推开篱笆门。东房的灯还亮着，左大牛猜想媳妇可能还在做针线活呢！他关上篱笆门，放下铺盖卷和钐麦杆子，轻轻咳嗽了两声，快步往屋子走去。

正要敲门,他停住了,被屋里传出的尖叫声唬住了!这声音,他很熟悉,对了,那年在吊庄干活时,他也听到过一次,不过那次他没有弄清楚是怎么一回事。

那也是一个夏季的麦收季节,左大牛和媳妇许俊俏都被派到吊庄去干活。阴大鲁安排许俊俏在灶房做饭,安排左大牛为厨房挑水。挑水是个苦活儿,从沟底挑一担水,来回最快也要一个多小时,一般人是不愿意干的。阴大鲁派他去,理由很简单:许俊俏是为大伙做饭的,给厨房挑水就是给媳妇挑水。

这天中午,左大牛把两个水桶用扁担像穿糖葫芦一样,穿在一起,扛在肩头就出了厨房的窑洞,下沟挑水去了。

左大牛走到半路上,发现扁担一头的铁钩不见了,扁担没有了铁钩就没法挑水了。但铁钩究竟在哪儿丢了呢?他一时想不起来。于是,他又顺着原路往回返,边走边找,一直找到了厨房的窑洞里。窑洞很深,也很大,既是厨房,也是村里组织社员开会的地方。窑洞里面砌有锅头和石磨子,最里面还有一个拐窑,拐窑里面有麦草打成的地铺,炊事员平时在里面休息。

左大牛刚一进窑洞门,就看见了铁钩,他知道是在把两个水桶往扁担上穿的时候掉在了地上。他正要弯腰捡起铁钩时,突然听见窑洞里面传出了女人的尖叫声。他放下铁皮水桶,水桶发出了咣当的响声。循着尖叫声找去,一直找到了最里面的拐窑口。拐窑很暗,左大牛擦了根火柴,看见媳妇俊俏裹着被子睡觉,头发凌乱地耷拉在草铺上。他喊了声:"俊俏!"俊俏问:"你干啥?"左大牛看见拐窑里只有俊俏一个人,就说:"你睡觉就睡觉,喊叫啥哩?"俊俏说我说梦话哩。左大牛又看了看拐窑里面,除了一口硕大的面缸外,就是睡觉的俊俏了。

左大牛挑着水桶下沟去了,他边走边想:俊俏从来就没有午睡的习惯,睡觉也从不说梦话,今天大白天怎么就睡觉了?而且还说起了梦话!他想起了拐窑里面的大面缸,面缸里面会不会有个人藏着,如果有人,这个人又会是谁呢?他后悔当时没有看看面缸里面。于是,他匆匆挑了一担水，很快就回来了。他把水往水缸里倒时，斜眼看了一下俊俏，发现她春风满面地擀着面条，一切都很正常，而且窑洞里就俊俏一个人。他又到拐窑里看了看，拐窑里黑咕隆咚。他擦着火柴，看见被子叠得整整齐齐的，他掀起面缸上的石板，里面有少半缸面。左大牛想一定是自己想多了。

……今天晚上屋里传出的尖叫声，是不是也是媳妇俊俏在说梦话呢？

正要敲门，却犹豫起来。他走到窗前，用手沾了点唾沫，将窗户纸轻轻地浸湿，然后戳出了一个窟窿。眼珠子贴近一看，不由得惊出一身冷汗：只见阴大鲁坐在炕沿上，抱着赤裸裸的俊俏，紧闭双眼，口流涎水，满头大汗地上下摇晃。俊俏一只辫子散乱开来，遮住了半边脊背，双手紧紧扒着阴大鲁肌肉鼓鼓且泛着亮光的肩膀，嘴里发出有节奏的尖叫声。

左大牛从来没有见过这等场面，也不知道一对男女还可以坐在炕沿上弄那种事。他不相信那个尖叫的女人是俊俏，也不相信那个男人是阴大鲁。他揉了揉眼睛，里面的人的面目模糊了，尖叫声还在继续……恍惚间，他仿佛看见屋子里的人变成了两条狗，大白天交媾在一起，几个小孩子使坏，拿着棍子怎么撵，狗都不分开，其中一个小孩拿来马勺，舀了一勺凉水，从中间一浇，两条狗很快就分开了；他仿佛又看见俊俏变成了一种黑母鸡，被几只花公鸡追逐着，咯咯咯地翘起尾巴，欢快地接受着每只公鸡的调情，公鸡们之间却因争风吃醋而相互啄咬。俊俏，俊俏，你怎么是只鸡啊……他攥紧拳头，想冲进去，痛打这对狗男女，但他两腿发软，两眼发黑，脑子里嗡的一声，什么都不知道了——他像一个麦桩子一样沉沉地倒了下去。

昏睡了两天两夜的左大牛醒来了，见人直勾勾的眼睛要瞪半天。公社卫生院的医生说他脑子受了刺激。

俊俏肚子一天天大了，来年春天生下了天来。左家老少高兴得不得了，都说"招弟"和"引弟"名字起得好。可左大牛的言语却越发地少了，整天闷闷不乐，只有喝酒后才又说又唱，说唱起来谁也拦不住,最爱唱的歌就是"申家原好",最爱唱的一句词是"要把那嫖客、婊子全都消灭掉,全都消灭掉"。村里人说大牛疯了……申黎光听完左大牛的讲述,证实了自己"看图识字"的水平。但他还是不能完全相信一个半疯半傻的人说的话,他不相信左大牛明知阴大鲁欺负了他媳妇竟能如此息事宁人。于是他又问左大牛:"那你为什么不告阴大鲁的状呢?"

左大牛嘿嘿一笑,说:"告状是文化人的事,咱没文化,告不赢。再说啦,这种事不能光怪男人,女人也爱让人弄得很!俊俏说阴大鲁比我会弄,花子多得很,说阴大鲁是申家原村最有文化、最有本事的男人,还说让我有本事也弄别的女人去,她不管。"

申黎光又问:"那你胡弄过没有?"

左大牛说:"弄过,去年夏季给西寺村一家盖房时弄过一回。"

申黎光怔了一下,不想让他继续说下去,但好奇心又驱使着他,于是他咽了口唾沫,摆摆手,又摇了摇头说:"你胡说哩!"

左大牛不服,站起来喊道:"狗才胡说哩!"接着便手舞足蹈,绘声绘色地说起来:"那天天黑了,盖房的主家让我一个人睡在院子里看砖瓦木料。半夜,主家媳妇拿来两个白蒸馍让我吃,我吃完后她还不走,用手摸我的胸脯,说我胸比女人胸大;接着摸我的肚子,说我没有吃饱,还得两个蒸馍;最后摸我的下身,说我的顶他掌柜的两个。我就知道她想啥呢,只是说不敢,你掌柜的在哩!她却说没事,他睡得跟死猪一样,打雷都不醒。我就用手摸她上身,最后就把她弄了,是立着靠墙弄的。她说我会弄得很……"

申黎光第一次听人说男女之间的事情,心跳口颤,面红耳赤,手心汗津津的。他不想再听下去,便对左大牛说:"你喝多了,胡说哩!胡说哩!快走!快走!"

左大牛没有动,继续搓着身上的污垢说:"人畜一理,猪跑圈,鸡踏蛋,猫叫春,牛寻犊都是想弄那事哩!听完这话,申黎光实在看不出左大牛是真疯还是假疯。"

六、水库大会战

听村上人说，阴大鲁是复员回来第二年就当上了队长。当队长后，他首先改变了老队长敲铁犁召集社员上工的方法，整天脖子上挂个哨子，上工吹，下工也吹，哨子是他发号施令的工具，是队长权力的象征。据说这个哨子是他复员时排长亲自送给他的，开始是银白色，后来变成了黄色，再后来变成了黑色。知青到来前，他又改变了发号施令的方法，在村口安上了大喇叭，在家里安上了扩音机，上下工在被窝里就发号施令了。他还按时播放新闻，播放样板戏，活跃了村里的文化生活。可有时候喝醉了酒，半夜里也会打开扩音机，大讲一通要政治挂帅、念念不忘阶级斗争的内容。有一次讲完话，他忘了关机，爬到炕上就和媳妇折腾了起来，淫荡的叫声传遍了全村。

第二天，住在隔壁的叔伯嫂子冲着阴大鲁说："好兄弟哩，你两口子弄事，把全村人都弄醒了。"几个多事的小伙子对阴大鲁说："好哥哩，光图你舒服呢，把我几个的欲火点燃了，个个都快憋死了。"阴大鲁知道是扩音机惹的祸，急忙给人发纸烟，连连说："人丢大了，人丢大了。"

清晨，按照大喇叭的吆喝声，知青们来到了饲养室门口。阴大鲁像给战士训话一样，叫大家站成一排。他今天没披黄大衣，腰里却扎了一条军用皮带。他一脸严肃地说："你们今天的任务是出牛圈，共三个牛圈！四个男生出两个，两个女生出一个，出完算全工，男的记十分，女的记八分。周一笛嘛，负责喂猪，按天记工。"

大家不约而同地把目光投向了周一笛。喂猪无疑是个轻松活，过去是阴队长媳妇干的，最近他媳妇要回娘家，就让周一笛来接替。猪圈里只有一头母猪，喂的原则是饿不死就行。从阴大鲁的分工中，大家看出周一笛是知青中最受宠的人了。

饲养室在下地窑里。下地窑就是在平地上挖出个几丈深的四方或长方形的大坑，再在向阳的一面凿出几孔窑洞来；出牛圈是先把牛拉出来，拴到窑洞外面的树上，然后把牛圈里被牛踩得板结的粪土挖出来，捣碎，装进粪笼，再挑着两个装满牛粪的粪笼，一担一担顺着坡道挑到窑洞上的平坦处，倒成一堆。乍一看，这个活好像很简单，可干起来还真不容易。牛拉下粪便后，饲养员会撒上一层土，牛便在上面反复踩踏，一尺多厚时才出圈，这时牛圈的地面像砖头一样瓷实。知青们手上没劲，一镢头挖下去，震得手腕疼痛，但地面上却只有一道浅浅的印痕。饲养员不知从哪里拿来一个铁路工人用的洋镐，递给他们，他们才慢慢地一点儿一点儿地撬动起了粪土。

快吃上午饭了，三个牛圈一个也没有出完。吃完饭，申黎光给大家分了工：两个男的轮流负责挖；两个女的负责装笼，并把笼提到圈外；另外两个男的负责从窑院往上担粪土。从圈里担到上面，一趟需要五分多钟，一个牛圈出完大约要跑五十多趟。眼看天就要黑了，还有一大堆粪土没有担上去，喂猪的周一笛先回去做好饭，然后又返回来帮忙。

月亮挂上了树梢，知青们终于干完了活，一个个拖着疲惫的身子回到了知青住地。大家顾不上洗手，跑进灶房，拿起碗筷，十几分钟就把周一笛做的一大锅稀饭和两格子蒸馍扫荡光了。其中两个挖牛圈的知青手上磨出了血泡，拿筷子的手抖个不停；担粪土的知青肩膀上磨破了皮；几个女知青边吃饭边掉眼泪，叹息这样的日子究竟还要熬多久？

第二天一大早，喇叭里又传来阴大鲁的声音，他点了三十几个村民的名字，又点了除周一笛以外的全体知青的名字，让大家到村口的大槐树下集合。

大槐树离知青点不远，据说有几百年的历史。树干虽然出现了空洞，但依然枝繁叶茂，树冠像把巨大的伞，可遮阴二十多平方米。大槐树下，夏天是妇女们聚集起来纳鞋底、打毛衣、聊天的好地方，也是老队长曾经敲钟呼唤社员上工的地方。阴大鲁看社员们到得差不多了，拿起电喇叭对大家说："公社要组织大家参加剑沟水库坝面合龙大会战，按民兵建制组织劳力。公社是团，大队是营，我们是连。我是连长。大家回去快快地准备一下，带上被褥和碗筷，一个小时后在这里集合。排队统一出发，今天中午就赶到工地。"

知青们一听乐开了花，心想只要不出牛圈，干什么都行。大家回去很快整理好行李，跟着队伍出发了。

水库离村上二十多里路，几十个人的队伍，稀稀拉拉，花花绿绿，远看近看都像逃荒要饭的。日头当空的时候，大家来到了水库工地。阴大鲁找到大队营部驻扎的窑洞，窑洞里出来一个跛子，听说是大队的文书，他用手指着对面山坡上的几孔窑洞说："你们连就住那一排窑洞，做饭时小心明火，不要烧了山上的林子。"文书又看了看几个知青，说想挑一个能写文章的，来营部帮忙出简报。阴大鲁扭过头问："谁能写？"知青们异口同声说："申黎光能写，他是我们的组长。"阴大鲁说："组长不一定就能写，行了，你们先安顿好，回头再说。"

大家在阴大鲁的带领下，来到了对面山坡的窑洞前。这一排窑洞是修水库时被迁走的移民留下来的，有几孔已经倒塌，阴大鲁让知青们住了两孔，其他的，则分给了别的村民。窑洞里，麦草打地铺，没有门和窗，好在天气不算太冷。申黎光躺在麦草铺上，看着被烟熏黑的窑洞顶，想起阴大鲁在营部门口说的话，心里凉了半截。他一时不明白自己因为什么得罪了阴大鲁，致使他总和自己过不去。忽然想起了打秋千那天自己的多嘴多舌，莫不是说者无意，听者有心？或许，他问左大牛为什么不告阴大鲁的状，左大牛把他给出卖了？不管怎么说，不让自己去写简报，就是故意刁难。果然，第二天上工时，申黎光被安排到架子车队，知青王跃进被抽去编写简报了。

大坝工程主要靠架子车队干，几百辆架子车，像蚂蚁搬家一样，把周围山上的土运到坝面上，坝面上的几十辆东方红链轨拖拉机，昼夜轰鸣着，又把一层层的土碾平压实。

申黎光和村民们一样，拉上加重架子车，从山上到坝面，来回穿梭着。工地的定额是每个人每天拉十五趟。拉前几车时,申黎光还能跟上趟,到后面就越来越力不从心了。空车子往山上拉时,浑身冒汗,衣服全部湿透了;重车子下山时,重力加惯性,人必须竭力扛住下冲的架子车,还要不停地奔跑。冷风一吹,湿衣服贴到身上透心凉。

这样一上一下,一冷一热,几天后申黎光就感冒了。卫生所设在对面的民兵营部里,黄昏时分,他找到卫生所,一位年轻的女医生问他怎么了?他说头疼,浑身没劲。女医生把体温计甩了甩,让他挟在腋下。几分钟后,女医生看了看体温计说:"三十八度,没事,这几天感冒的特别多,都是架子车队的。吃点药,睡一觉就好了。"说完,打开药瓶,给他倒了几片安乃近,再倒了几粒维C。

回去后,申黎光吃完药,蒙头就睡。第二天一早,阴大鲁的哨子声把他从被窝里惊醒了。他揉了揉眼睛,感觉头不疼了,只是浑身轻飘飘的。他抬头看了看旁边,其他几名知青已经起床开始洗漱了。阴大鲁走进窑洞,见申黎光睡着没起来,便鼓起腮帮又吹了几声哨子,哨音在窑洞里刺耳地回响着。申黎光挣扎着坐起来说:"我感冒了,能不能休息一天?"阴大鲁说:"休息可以,要有卫生所的证明,还要扣工分。再说啦,现在正是赶进度的时候,咱们连已经落后了,能坚持还是坚持一下吧!"说完阴大鲁头也不回地离开了。申黎光想,请假就得再跑一趟卫生所,休息还要扣工分,坚持就坚持吧,出点汗也许还能好得快点。

申黎光和知青们匆匆吃了早饭,又来到红旗招展、机器轰鸣、人声鼎沸的工地。开始的几车,申黎光和其他社员一样,毫不落后地来回奔跑着。在拉第九车时,申黎光感觉到精疲力竭,他的头开始发晕,双腿开始打战,费了好大的劲才把空架子车拉到了坡顶。在装车的时候,他稍事休息了一会儿,然后继续拉起车子下山。此刻,他感觉到身后的架子车好像脱了缰的野马,在惯性的作用下,猛烈地俯冲而下,他用尽全力,抬起车辕,可减不了车速。刹那间,他两腿发软,眼前发黑,扑通一声跪倒在了地上,脱口喊了一声:"完了!"

满载着土的架子车无情地从他身上压了过去,继而又失控地冲向了旁边的深沟……

申黎光感到自己慢慢地向空中飘去,很快就飘得很高很高。他看见一排排楼房笼罩在一片晨雾之中,那里有学校、有篮球场、有汽车队、有供销社……他在晨雾里仔细寻找。寻找什么呢?嗯,对了!他想找爸爸妈妈,他想告诉他们,他好累好累,他想家了,可他却怎么也找不见家门。他看见了上吊死去的奸畜犯吕胜利,还有在花炮厂事故中死去的吕捣蛋、申虎子、申亚东等,他们站在一朵云彩上,微笑着向他招手,并且"黑娃、黑娃"地叫他。他还看见已经长成大姑娘的银弟,比以前白了、高了、胖了,手里拿着一个硕大的芒果,朝他跑来,说:"黑娃哥吃,黑娃哥吃!"他刚伸出手,银弟和芒果都不见了。他又看见老家土地爷前的香炉,香炉上那四个奇怪的字开始变大,并闪闪发光,随着一缕香烟袅袅上升。他看见了子弟学校的操场,听见同学们在操场上宣誓:扎根农村一辈子,磨一手老茧,练一颗红心!声音回荡在空中,变成一朵朵像桃花一样的花瓣,粉红粉红的,纷纷向大地飘落。他又觉得自己飘过了高山,飘过了平原,来到了海边,看见一望无际的大海里,几只海鸥拍打着翅膀,向他飞来,他想大喊,但喊不出声。他忽然又感到身子急速地往下坠,风在耳边呼呼地作响,然后重重地摔到了沙滩上。沙子是软软的,但为什么浑身的骨头都还散了架?旁边一只公鸡在看着他,发出咕咕的声音,海边怎么会有鸡呢……

申黎光睁开眼时,发现自己躺在窑洞的草铺上,周围没有一个人,只有一只公鸡在窑洞里咕咕地寻找食物。他口渴得要命,伸了伸胳膊和腿脚——没有骨折!他试图坐起来,可肋骨疼得厉害。他想起刚才脑海里出现的奇怪镜头,感觉那一刻灵魂已经出窍了。他听人说过,人在临死前会把一生中记忆深刻的事情在脑海里闪现一遍,这叫死亡体验,说明自己刚才在鬼门关走了一趟,现在又回来了……

这时,窑洞外走进两个人,一个是营部的跛子文书,一个是知青王跃进。王跃进端来一碗水,说醒了就好,一会儿大队医生送你到县上去检查。申黎光端起碗,一口气把水喝了个净光。跛子文书说:"我们来想给你写一个表扬稿,请你谈谈你在倒地那一瞬间,怎么把架子车推向了旁边的沟里,而没有让架子车冲向大坝工地?你知道吗?你这一举措,保护了许多群众的生命安全。"

申黎光听后苦笑了一下,但由于肋骨疼只是咧了一下嘴,没有笑出声。沉默了一会儿,申黎光终于开了腔:"谢谢你们的好意,我当时什么也没有想,我实在是没有力气了。"

跛子文书说:"前面也出现过你这样的事故,可总是要伤及好几个人,还出过撞死人的事哩!你一定是考虑到了保护别人,才让架子车拐向了旁边的沟里是吧?好了,你不说,我们给你写,本来还想写你轻伤不下火线的事迹,看来你伤得不轻,上不了工地,那你就好好歇着吧!"

文书的话让申黎光哭笑不得,他庆幸自己没有去大队编写简报,这样胡编乱造的所谓简报,他是真的写不了。

申黎光在王跃进和一名赤脚医生的陪同下来到了县医院。医生检查后确诊,申黎光摔断了两根肋骨,有一根是粉碎性的。医院让他住院治疗,并给他开了住院证明。

清晨,周一笛从公社的大喇叭上听到了申黎光在工地上的壮举,也知道他受伤住院了,便立刻找到姚会计的媳妇,请她帮忙喂一天猪,自己当天就赶到了县医院。她在医院门口的商店买了一斤白糖,两个橘子罐头,一斤叫"天鹅蛋"的糕点,匆匆来到医院住院部。在住院部楼下,她正巧碰见了出来打水的王跃进,王跃进领着她,边走边说着申黎光受伤的经过。走进病房,周一笛见到了脸色苍白、挂着吊瓶的申黎光,连忙放下礼品,坐在了床边的凳子上,眼里满是关切和担忧。申黎光看见周一笛来了,刚想坐起来,一侧身,浑身疼痛难忍,便又躺了下去,说:"你咋知道的?"

"公社的大喇叭天天播送你的先进事迹,你现在是家喻户晓人人皆知的英雄人物了,我咋能不知道?光知道出蛮力,命都不要了。疼不疼？"周一笛关切地问。

申黎光有气无力地说："疼，特别疼，一出气就疼，翻身更疼。"

"要不要告诉你家里人，让你爸妈来看一下你？"

"不要，不要让他们担心。"申黎光有气无力地摇了摇头。

周一笛眼圈红了，她伸出手想抓住申黎光的手，突然想起王跃进在旁边，就用伸出的手掖了掖被子，说："你是在大会战中受伤的，大家都很关心你，你要安心养伤。"

"我底子好着呢，耐摔打，你回去吧！猪场不能没有人。"申黎光苦笑着摆了摆手。

站在旁边的王跃进插话说："你回去吧，这里有我呢！再晚就赶不上回去的班车了。"

周一笛看了看墙上的挂钟，已经是下午五点十分，她知道从县城发往十八盘的最后一班车是下午六点，于是说："那我今天就先走了，过几天我还会来的。"周一笛又掖了掖被子，起身离开了病房。

申黎光住了一个月医院，又回到了水库工地。

事故发生后，申黎光的名字，工地上人人皆有所耳闻。大队文书编写的简报，添油加醋地把他写成了像欧阳海、王杰一样的英雄人物。团长——公社"革委会"主任还亲自到连里来看望了他。

由于伤没有痊愈，阴大鲁让他帮厨师做饭。厨师是两个农村妇女，只会擀面、蒸馍，再复杂点就是萝卜土豆大烩菜。申黎光帮灶后，伙食有了明显变化。他把单一的蒸馍变成了花卷、锅盔，或者包成土豆、萝卜包子，把顿顿吃面条变成了削筋、饺子、饸饹轮换着供给。这些都是他小时候跟着婆学会的。村民们吃着改善了的伙食说，学生娃还是有办法。

再过了一个月后，申黎光的伤彻底好了，他又来到了工地，大队不再让他拉架子车，而是让他做记工员。他整天拿个小本本，坐在土场的台阶上，认真登记着每个人的工作量。一转眼几个月过去了，水库大坝工程完工了，知青们也迎来了插队后的第一个麦收季节。

七、工分不好挣

　　收麦是农民最忙的时候，被喻为"龙口夺食"，收割、碾打、交公粮、入仓等，各个环节都要争分夺秒。知青组被安排到"吊庄"干活，大家非常高兴，因为在"吊庄"干活，有专人做饭，两个女知青在灶上帮忙。不用担水，集体用餐，尽饱吃，和在水库工地一个样。

　　天一亮，社员们就扛着钐麦杆子到山坡上去收割麦子。

　　钐麦杆子是加长型的割麦镰刀，它的刃片子足足有三尺长，手把也有三尺高。为了便于使用和力的传导，在刀架的顶端和把手之间系一根麻绳，绳子中间安装一个抓手，刀架的上方装置一个巨大的、竹编的、簸箕状的网兜，是用来承接割下的麦子的。使用钐麦杆子不但要有力气，更要懂窍门。右腿在前，左腿在后，呈弓形；右手握紧手把向前推，左手握紧抓手向后拉，这就是用钐麦杆子的分步式。手和脚的位置千万不能错位，如果把左脚放到前边，必定自残。使用钐麦杆子，是男人的专项。男人们肩扛着钐麦杆子，就像将军一样站在麦田地畔，审视着一地金黄，顿生万丈豪气。拉开架势，往掌心吐一口唾沫，吼一声："开镰！"只见他们将钐麦杆子高高举起，向金灿灿的麦田挥去，银光一闪，大片麦秸倒下。那铮亮的刃片子，在太阳光照射下生出扎眼的亮光。右手下压前推、左手上提后拉。当刀刃接触麦秸的一瞬间，就像一张张薄纸被撕裂，发出了悦耳的嘶啦声。眼见得麦子齐刷刷倒在了杆子顶端的竹网兜里，这时候人的下半身岿然不动，左手二次发力向后拽，右手趁势推送，腰胯向左旋转，只一个不经意的侧身，呼的一下，刚躺进竹网兜里的麦子，旋即又躺在了身后的空地里。推、拉、提、倒，一气呵成，中间绝无停顿。这架势，就像是气吞山河的将军，硬生生要在滚滚的麦浪里杀出一条生路来。几个精壮劳力一字排开，你追我赶、龙争虎斗，不一会儿，一眼望不到头的麦子就被撂翻在地了。

申黎光看得目瞪口呆，对钐麦技术惊叹不已！他想：在老家割麦子时用的都是镰刀，一把一把地收割，一个好劳力一天最多也只能割一亩，如果把这里的钐麦技术引进到老家去，一定能提高收割效率。看来农民之间还是缺乏交流，先进技术的推广还远远不够——他暗暗发誓要把钐麦这一先进技术从这个边远封闭的山区向外推广出去。此刻，他对自己脑海里冒出这样的念头激动不已。劳动间隙，他把这个想法悄悄地告诉了姚会计，姚会计却并不以为然，他先问了申黎光的老家在什么地方，然后说："地区不同收割麦子的方法就不同，你们老家是平原，是水浇地，小麦亩产都在五百斤以上，这里是旱塬，是贫瘠的山坡地，平均小麦亩产只有二百到三百斤。钐麦杆子只适用于山坡地，地薄麦秆细，像秃子的头发没几根，一割一大片。在你们老家，钐麦杆子就成了老牛撵兔子——有劲使不上了！水浇地的麦子密不透风、颗粒饱满、长势犹如铜墙铁壁，用钐麦杆子收割，任你力大如牛，一片子地收不到头，就会累趴下的。"听了姚会计的一番话，申黎光脸红了，他对自己的无知和自以为高明而感到羞愧。

知青们的活儿是把农民收割的麦子，从沟底或坡上一捆一捆地背到麦场上，一个人一天最少要背七八十捆。太阳火辣辣地照耀着大地，也毫不留情地炙烤着每一个知青。一天下来，汗水浸透了背心，麦芒布满全身，又蜇又痛又痒。脱掉背心，脊背和胸脯是白的，其他地方黑一片红一片的。申黎光想起了婆剪的窗花，煤油灯熏不上的地方是白色的。过了几天，脊背、脖子、胳膊开始蜕皮。农民们说，学生娃不经晒，蜕皮是正常的，蜕掉一层就不蜕了，就锻炼出来了。

收完麦子，接着就是碾打入仓。碾打是用脱粒机，两天时间就把吊庄的麦子碾打完毕。在场上，阴大鲁突然提出要给知青评定工分，因为在水库工地是按计件定工分，干得多就得的多，日常干农活没有定额，只能是按天计算。他认为知青力气小，干农活没有技术，效率低，所以男知青只能算半劳，每天拿七分；女知青应该拿得更少。知青们当然拒绝接受，要求同工同酬。阴大鲁想出了个办法：让四个男知青同左大牛摔跤，如果有一个人能赢左大牛，就让知青拿全劳的工分。

那天，左大牛光着膀子，身上的肌肉一块块地凸起，被太阳晒得油光锃亮，一看就像拼凑在一起的铁疙瘩。相比之下，几个男知青就显得瘦小无力了。有社员议论说："队长这瞎瞎主意，明显就是日弄学生娃哩！"

大个子知青马守恩看了看申黎光，小声说："行不行？"

申黎光说："试一试，不试怎么知道行不行。"

马守恩说："那我先上，在学校时就没人能摔过我。"

申黎光点了点头。马守恩往手心呸了两口唾沫，拉开了架势，说："我先来！"

"好，好！"场上响起一片喝彩声。

马守恩弯着腰，猛地冲向左大牛，拦腰将其抱住，使出浑身力气，想将左大牛摔倒，可谁料左大牛的脚下像生了根似的，纹丝不动。马守恩左右摇晃，还用脚使绊子，左大牛只是嘿嘿嘿地笑着，身体还是一动不动。

"加油！加油！加油！"场上的社员和全体知青给马守恩加油。

马守恩突然前弓后箭，用头猛地顶了一下左大牛的肚子，左大牛猝不及防，后退了几步，险些跌倒。马守恩觉得这招管用，又立刻发起了第二次进攻，谁料缓过神来的左大牛，瞪大双眼，在马守恩撞过来的那一瞬间，一只胳膊卡住马守恩的脖子，将头固定在胸前；另一只胳膊拦腰抱起马守恩，往胳肘窝一挟，就像挟着一麻袋粮食一样，转了个圈，任凭马守恩手乱抓，脚乱蹬。最终，左大牛胳肘窝一松开，把马守恩扔到了麦草堆上。场上响起一阵笑声和唏嘘声。

"谁再来？"首战告捷的左大牛越发地神气了。

申黎光扶起马守恩，问道："怎么样，没事吧？"

马守恩说："没事，就是这家伙力气太大了，像头牛。"

王跃进和封文斌也走了过来，大家面面相觑，等着申黎光拿主意。申黎光说："我试试，不行就认输。"

"我来！"申黎光大喊一声，拉开了架势。

阴大鲁在一旁一脸轻蔑地说："小伙子，小心把腰闪了。"

围观社员看着细胳膊细腿的申黎光，纷纷摇头说："算了，算了！认输吧！"几名知青握紧拳头，眼睛盯着申黎光，紧张得心怦怦直跳。申黎光敢于应战，也不是完全没有把握，插队前，他曾经在爸爸的书架上看到过一本叫《实用防身术》的书。这本书他熟读过，书上有一章是"四两拨千斤"，专门介绍借力打力的技巧，适合对付身强力壮的对手。如果技巧使用得当，对手力气越大就败得越惨。今天这架势，正好是实践的机会，当然能否有胜算，他心里也没底。但不管怎样，试一试就知道了。

左大牛见申黎光应战，笑着冲他招了招手，脸上一副蔑视的表情。申黎光上前，抓住左大牛的两只臂膀，使劲推了推，心里暗暗叫道：这家伙就是个铁塔！左大牛左摆一下，申黎光跳到了左边；左大牛右摆一下，申黎光跳到了右边。在众人的眼里，申黎光和左大牛对垒就是犍牛和羔羊在干架。申黎光抓住左大牛的两臂，本想给他来个突然转身大背，将其摔个措手不及，没想到，左大牛的力气确实如牛一般大，根本就不可能背起来再摔出去。于是，他往前推了推左大牛，左大牛也往前推他。这时候，申黎光想起了书上描述的"兔子蹬鹰"的技法，在左大牛推他的时候，他也鼓足劲推左大牛。左大牛见申黎光用力推他，便来劲了，稍一用力，便像推小车一样，推着申黎光快步后退。围观群众惊呼"倒了，倒了！"却见摇摇欲坠的申黎光硬是稳住脚步，紧紧抓住左大牛的臂膀，在急速后退间，猛地倒地，双脚在左大牛腹部用力一蹬，左大牛便腾空而起，从申黎光的头上飞了过去，重重地摔倒在麦场上。等围观社员回过神时，申黎光已经站在左大牛身旁，担忧地说道："没事吧，疼不疼？"左大牛揉着下巴龇牙咧嘴地说："没提防，没提防，还给我来了个空中飞人！"

阴大鲁飞快走了过来，指着左大牛身旁一个铁尖叉说："看看多危险，差一点儿就出人命了。"大家这才注意到，在距离左大牛头顶半米远处，一个六齿铁叉在阳光的照耀下，闪闪发光，锐利的铁齿上翘着，像老虎口中的獠牙，让人不寒而栗。如果申黎光用力稍微再大一点儿，铁叉势必会戳进左大牛的面部，说不定他的眼睛都会被戳瞎的。

申黎光连忙说："对不起，对不起，没想到你这么不经摔。"知青们情不自禁地鼓起了掌，王跃进走过来问阴大鲁："我们赢了，工分怎么算？"

阴大鲁冲着申黎光说："这个不能算数，你使得是鬼点子，干活靠的是力气，你们谁能把麦袋子从场上扛到仓库，并倒进粮仓就拿十分工。"说着，他指了指旁边装好小麦的麦袋子。

知青们知道阴大鲁耍赖，但看到还坐在地上龇牙咧嘴的左大牛，也心生同情，不便再多说什么。于是，大家纷纷请战，要求去扛。阴大鲁却说："不用每个人都去扛，申黎光是组长，他可以代表大家扛，让他去。"阴大鲁知道申黎光在水库工地拉架子车时出过事故，而且腰部受了重伤，扛粮食全凭腰上的劲，让他去扛，走平路或许可以，要想登上四五米高的粮仓那是绝无可能的。他知道申黎光要强好胜，双手叉腰，脸上一副挑衅的表情，三角眼里闪着不友善的寒光，等待申黎光答应。

申黎光知道这是阴大鲁又在为难自己。他看见知青们一个个给他递来了信任的目光，两名女知青还竖起拇指，给他做了个"你行"的鼓励。申黎光毫不犹豫地走了过去，扛起了一个比他的体重还要重许多的粮袋。他深吸一口气，跟跟跄跄地向仓库走去。大家也跟着他走到了仓库。看着高高耸立，快到屋顶的粮仓，申黎光心里发怵，双腿打战。但在知青们鼓励的目光下，还是鼓足了勇气，踩着木板梯子，颤颤巍巍，一步一步迈向高高的粮仓。这种梯子是在长条木板上，隔一尺左右横向钉上一块木条，走习惯的人如履平地，不习惯的人则如履薄冰。申黎光是第一次上这样的梯子，且是负重攀登。中途他感到眼前发晕，双腿酸困，腰间无力，呼吸急促，于是停歇了一下，只听刘冬梅大声地喊道："坚持住，再有两三步就到顶了。"马守恩也大声说："看脚底下，两步，就两步！"申黎光提了口气，看着脚下的踏

芳君

板，鼓起勇气继续往上攀登，他觉得这两步无比漫长，无比艰辛，脚下的踏板仿佛化为了天梯，他是在登天，比登天还难……终于到粮仓顶了，眼看胜利在望，可谁料，此刻他身子一歪，连人带麦袋一起栽入了粮仓里。围观者中传来一阵惊讶的叫声，当然也夹杂着几丝幸灾乐祸的唏嘘。

申黎光脸色煞白，浑身冒着虚汗，感觉浑身的肋骨都断开了，他勉强把粮食倒进粮仓，拎着空粮袋，摇摇晃晃地走了下来，心想：这下完了，知青们只能拿半劳工分了。老支书罗福山不知什么时候来到了这里，他用衣袖替申黎光擦了擦汗说："我看知青都应该拿全劳工分。"话音刚落，全场的社员和知青们热烈地鼓起了掌。看着老支书和淳朴善良的社员们，申黎光的泪水伴着汗水一起流了下来。阴大鲁无奈，只好采纳了老支书的建议。

一抹淡淡的红云从西山坠落，夜幕初上，星斗伴着一轮明月，把所有的光辉洒在了麦场上。劳作一天的农民和知青们横七竖八地躺在麦垛旁的通铺上。大家望着夜空，索然寡味地数着星星，有的农民就讲起了黄段子，说起离奇古怪的神鬼故事……故事讲完了，通铺上便鼾声四起，各种声调混杂一起，在荒郊野岭上奏起了特有的交响乐。疲惫不堪的人们，倒头就睡，鼾声成了最好的催眠曲。

这天晚上，申黎光翻来覆去，怎么也睡不着。他早就从左大牛的口中知道了吊庄的情况，还专门去看了看左大牛说的那孔做厨房的窑洞。果然和左大牛描述的一模一样。窑洞很大很深，里面有石磨子，也有一个拐窑，拐窑里放有一个面缸，面缸上盖有石板。他还掀起石板看了看，缸很大，里面藏一个大活人是绰绰有余的。于是，他断定左大牛说的是真话，并确信阴大鲁和左大牛媳妇在这孔窑洞里做过龌龊事。知青中只有他一个人知道左大牛说的秘密，他想把这个秘密告诉周一笛，好让她对阴大鲁有所警惕，以防他对她图谋不轨。但又一想，阴大鲁未必敢对知青下手，知青是"高压线"，调戏知青是要犯法的。再说了，周一笛听了他的劝告，未必就能相信，可能还会小瞧他，认为他是小题大做，甚至在搬弄是非？自从阴大鲁安排周一笛喂猪后，知青的集体活动她就很少参加了。阴队长的媳妇从娘家回来后，再也没有去过猪场，周一笛就成了正式的饲养员，也不知她把猪养得怎么样了？

八、飞吻女

吊庄活干完了，大家回到了知青组。申黎光想，自从大家来到农村后，一直没有回过家，收完麦子，交完公粮，是一年四季劳作的农民可以喘息几天的时间，也是新媳妇熬娘家吃新麦的时候。他琢磨着，应该给大家放几天假。申黎光在吃晚饭的时候把想法告诉了大家，知青们一听可以回家了，都非常高兴。只有周一笛沉默不语，申黎光问怎么回事？周一笛说："母猪喂养得刚刚有了点儿起色，一回去就是好几天，谁来喂猪呀？"

申黎光说："让阴大鲁媳妇再管几天不行吗？"

"不行，不行，她每天只给猪喂一顿，猪非饿死不行。"周一笛的头摇得像拨浪鼓似的。

"那我晚回去几天，替你喂猪。"申黎光说。

周一笛见申黎光要替她喂猪，连忙说："算了吧，我再想想办法。"

返城的班车一天两趟，申黎光和周一笛是坐上午九点的头班车走的。车还是帆布篷卡车，路还是沙石土路。车上人并不多，有座位。他们两个紧挨着坐在靠车帮子的木条椅上，申黎光问周一笛，回家后让谁替她养猪？周一笛说，让姚会计媳妇替养几天。一路上不停地有人上下车，多是沿途的农民。翻过十八盘不久，上来三个人，两男一女，一看打扮就是知青模样，一人背一个黄挎包，坐在了他俩对面。周一笛用胳膊肘轻轻捅了捅申黎光，小声说："这个女的你认识吗？"

申黎光抬头看了看说："不认识。"

"你想想，插队来的那天，给你飞吻的那个。"周一笛神秘兮兮地说。

申黎光又看了看这个女的，消瘦的个头，忧郁的眼神，蜡黄的脸色，一缕一缕的头发凌乱地披散在肩头，一张嘴露出两颗虎牙。他恍然大悟，小声说："天哪！没错，就是她！怎么变成这样了？"

上车的知青好像也认出了他俩，一个矮个子男生问道："你们好像也是知青，哪个组的？"

"我们是十八盘公社光明大队申家原生产队的。你们是回家吗？"申黎光说。

"我们是刘家坝公社雁池大队王家河生产队的。我们去县里给她看病。"说着，他指了指旁边的"飞吻"女生。

"飞吻女"看着周一笛，声音怯怯地说："我俩能坐在一起吗？"

申黎光立刻站起来，给"飞吻女"让开了位子。"飞吻女"说了声"谢谢！"，就坐在了周一笛旁边。

一路上，申黎光和新认识的两名知青聊着他们彼此生活、劳动的情况，聊着村里发生的逸闻趣事。周一笛和"飞吻女"窃窃私语了一路，没人能听见她们说的什么。

中午时分，汽车到县城了，大家下车后分头走了。申黎光和周一笛路过他俩曾经吃羊肉泡的饭馆时，申黎光提议吃了饭再回家。于是，他俩走进了泡馍馆，饭馆里人不多，他们还坐在了上次吃饭的座位上。掰馍时，申黎光见周一笛低头不语，一副沉思的样子，便猜想一定是在车上那名女知青给她说了什么，便问道："怎么了，刚才在车上都说什么了？"

"你想知道吗？"周一笛抬起了头。

"光看见你们嘀咕了一路，没听见你们说什么。"

"女人不易啊！"周一笛感慨了一句，接着便讲了一个无比浪漫却令人感慨万千的故事。

"飞吻女"叫吴艳红，是县城某驻军大院的干部子弟。从小在部队大院长大，性格活泼开朗，在学校时就是校文艺宣传队的骨干。插队不到一个月，公社就成立了毛泽东思想宣传队。宣传队在全公社挑选演艺人才，活泼开朗的吴艳红自然就被选上了，同时被选上的，还有他们大队的团支部书记孟大刚。孟大刚是个年轻帅气的小伙子，个头一米八二，高中毕业后就回乡务农。文艺宣传队除了演几部样板戏外，就是结合当地实际，编排一些小节目。孟大刚会拉二胡会打竹板，吴艳红会唱歌会跳舞，还会讲故事。很快他俩就成了宣传队的台柱子。演《红色娘子军》时，只要吴艳红扮演吴琼花，孟大刚就一定是洪常青；演《白毛女》时，吴艳红扮演白毛女，孟大刚就扮演大春。宣传队除了在本公社演出外，还经常到外地演出。在人生地不熟的地方，孟大刚经常帮助吴艳红背行李，搬道具，安排住宿地点。在一个偏僻的山村演出时，晚上他们分别住在农民家里，吴艳红被安排在一个寡妇家，寡妇家有两孔窑洞，她和寡妇各住一孔。一大早起来，吴艳红推开门，看见孟大刚在门口蹲着，吓了一跳，问怎么回事？孟大刚说，怕她晚上一个人居住不安全，就在门口为她值了一夜班。人常说"寡妇门前是非多"，其实，寡妇也爱说是非。孟大刚给吴艳红值夜的事情也让寡妇看见并进行了加油添醋的演绎，于是他们的"绯闻"第二天就传遍了全村，也传到了宣传队队长景天雷的耳朵里。景天雷是部队转业的干部，在公社当武装干事，他认为这是一个极不好的苗头，一定要将其消灭在萌芽状态。于是他开始注意起了孟大刚和吴艳红的行踪。随着时间的推移，随着孟大刚和吴艳红之间的频繁接触，他俩也自然而然地产生了感情，这种感情是双方的不是单方的，是两头热不是一头热。寡妇传出的闲话，没有使他们有所收敛，反而成了他们感情升温的催化剂。只要有一丁点儿火星，这种感情便会燃起熊熊烈火。

一次外村演出结束后，他俩趁大家熟睡之机，相约到生产队的麦场上相会。那是一个伸手不见五指的黑夜，他俩在两个麦草垛之间，铺上麦草，耳鬓厮磨，窃窃私语，海誓山盟，接着搂抱在了一起。最终，还是没有把握住火候，冲破了男女授受不亲的界线。当他们听到杂乱的脚步声走来时，便匆匆收场，但已经来不及了，几道刺眼的手电光射了过来。当晚，宣传队召开了批斗大会，孟大刚被五花大绑起来，胸前挂着纸箱做的牌子，牌子上写着"强奸犯"三个大字。吴艳红哭着辩解说，他俩是在谈恋爱，她是自愿的，孟大刚不是强奸犯。景天雷却说："没有结婚在一起就是耍流氓，再说你是知青，孟大刚是农民，知青是高压线，农民搞知青就是撞了高压线，是破坏知识青年上山下乡政策，是严重的犯罪行为。如果都像你们这样乱来，今后谁还敢把子女送到农村来？"

批斗会整整开了一个晚上，第二天一大早，县公安局的警车就把孟大刚带走了。此后，吴艳红也被宣传队开除了。回到村里后，社员们对她另眼相看，妇女们背地里对她指指点点。小孩子给她编起了顺口溜，跟在她屁股后面喊：吴艳红，狐狸精，勾引大春、洪常青。两个月后，吴艳红不时感觉到恶心，不想吃饭，到公社卫生院检查后，医生说她怀孕了。公社知青办主任知道后，立刻将此事汇报给县知青办，县知青办要求必须终止妊娠，否则招工时将不予考虑。于是就出现了他们在车上遇见的，三个知青到县城给"飞吻女"看病的事情。

听完周一笛的诉说，申黎光说："这种事情只能报以同情，然后引以为戒，回去告诉我们知青组的女生，在和村里人交往时要提高警惕。"

周一笛眼睛注视着申黎光，没有接话。

"怎么，不对吗？"申黎光问道。

"对，也不对，我总感觉到对女知青不公。做女人太难了，不知道吴艳红堕胎的事情怎么样了？如果她家里人知道又会怎么待她？"

申黎光不说话了，他也没有理清头绪。男大当婚女大当嫁，是天经地义的事情，国家并没有规定知识青年不能和农民谈恋爱。号召知识青年扎根农村一辈子，但如果不和农民谈恋爱，怎么能扎根一辈子？至于没有领结婚证就在一起，最多就是个教育问题，不至于要上纲上线吧？他此刻倒从心里开始同情"飞吻女"了。

吃完饭，申黎光结了账。回家的路并不远，他俩虽并肩行走，但一路无语。

周一笛还在想着吴艳红的事情，她知道终止妊娠就是堕胎，她听说过堕胎可受罪了，搞不好是要命的事情，和自己年龄相仿的吴艳红能承受得了吗？在农村，也有男青年有意接近自己，讨好自己，千方百计给自己献殷勤，她都会婉言谢绝，客气地回避，她不想在农村惹是生非，给自己带来不必要的麻烦。也有一些不怀好意的人，常说一些挑逗性的话，使她陷入尴尬。特别是那个阴大鲁，看她的眼神越来越肆无忌惮——有一次她在猪圈弯着腰给猪拌食时，阴大鲁也弯下腰假装帮忙，眼睛却透过周一笛的衣领贪婪地盯着她的胸脯。从那以后，她就开始躲避阴大鲁了。她感觉自己像一只胆小的兔子，成了随时被他人觊觎的猎物。她对申黎光是有好感的，她喜欢他的谈吐幽默、知识面广、处事果断和充满自信。她从第一次见到申黎光，就从他的眼神里知道申黎光对她也有好感。但自从她那次去东沟挑水摔伤，申黎光得知她没有伤着骨头后，便再也对她不闻不问了；而申黎光在水库受伤后，她却为他揪心了许多天。她眼睛斜睨了一下申黎光，申黎光正低头走路，不时用脚踢一下路上的石头，她感觉他就是个"大男孩"。随着时间的推移，她觉得周围的男人都不可靠，申黎光也不例外。女人要保护好自己，只有自强自立。在农村这几年，她只有好好地劳动，好好地表现，做出成绩，才能早日返城。她想到了猪场的猪，她和猪日久生情，形同亲人，她不放心任何人帮她喂猪，不知道姚会计媳妇能不能按照她设定的时间准时给猪喂食……

半小时后，他们走到了子弟学校大门口。进校门时，周一笛突然转身说道："我想明天就回去。"

"急什么？说好的三到五天。"

"我还是不放心猪。"周一笛一副忧心忡忡的样子。

"那就后天回去。"申黎光语气很坚定，不让她有回旋的余地。

"好吧，那就后天。"

到家了，申黎光轻轻敲了敲门，妈妈一开门，眼前站着一个又黑又瘦的小伙子，一下子愣住了，申黎光叫了一声"妈"，妈妈才看清楚是黎光。忙迎进门，问他吃饭了没有？申黎光说："在县城吃的羊肉泡。您怎么今天没有上班？我爸呢？"

"这孩子，你都忘了今天是礼拜天了吗？你爸到省里开会去了。"妈妈仔细打量了申黎光一番，接着说："黑了，瘦了，比在老家时候的黑娃还黑娃了。"妈妈让申黎光先去洗澡，然后换掉所有的衣服。

申黎光到农村后就没有了礼拜天的概念，只知道白天黑天晴天雨天，日出而作日落而息，晴天干活雨天休息。

看着一盆脏兮兮的衣服，妈妈问道："你们那里缺水吗？""缺水，水比油都贵。"申黎光给妈妈讲了申家原村吃水难的境况，讲了担水的时候女知青滚沟摔伤的事情；讲了洗漱完的水不能倒掉，要先抹桌子然后再喂猪；讲了农村人一年到头不洗澡，不刷牙，小孩子不知道牙膏为何物——直听得妈妈不停地抹眼泪。

缺水的穷地方，虱子自然不会少。申黎光洗完澡，将换下的衣服放入盆中，用滚开的水烫，约半小时后，拎起衣服，将水缓缓倒掉，盆底便沉淀了一层黑压压的虱子。说来挺奇怪，看到这些沉淀物时，申黎光并不感到恶心，反而心里滋生出一种成就感来。

九、母猪发情了

三天后，知青们陆续回到了知青组，大家交流着回家听到的逸闻趣事，品尝着各家带来的食物。周一笛一放下挎包，便跑到了猪场。

周一笛接受养猪任务后，精心喂养着那头皮包骨头的老母猪。她买来了养猪的有关书籍，没事就翻翻。她给猪精心配制着饲料，使猪的食量大增。她用梳子梳理猪的鬃毛，猪被梳得躺在地上，舒服得一动不动。当发现猪生虱子了，她就用镊子把虱子一个一个地夹出来，并买来"六六粉"给猪涂上。几个月后，母猪发生了明显的变化，体重增加了，鬃毛顺溜了。农民们议论说，队长媳妇把猪喂成了猴，学生娃把猪喂成了牛。

猪场在下地窖。一个三米宽五米深的窑洞，是饲养员休息的地方，里面盘一个土炕，炕边有一口大铁锅，用来烧开水拌饲料。窑洞外是土坯围成的猪圈，过去这里养了几十头猪，都是这一头母猪下的，所以叫猪场。后来杀了几头，卖了几头，死了几头，最后就剩下这一头老母猪了。

自从周一笛喂猪后，阴大鲁有事没事常爱到猪场去看看。一天，老母猪食欲突然下降，在圈内来回走动，时起时卧，还爬墙、拱地、跳栏，显得烦躁不安。周一笛不知所措，拿起《养猪大全》就看，正翻到"猪的异常表现"一节时，阴大鲁来了。他问："看啥哩？"周一笛就把猪近几天的表现说给阴大鲁听。阴大鲁笑着说："不要看了，你的成绩出来了。"

"什么成绩？"周一笛不解地问。

阴大鲁说："这母猪几年都没动静了，经你一喂，开始发情了。好事，好事！"

周一笛脸红了，说："那咋办呀？"

阴大鲁说："好办！明天早上给猪喂饱，多添些细料，我过来叫你，到马村原给猪配种去。"

"就咱俩去？"

"就咱俩，配种去又不是撵狼去。"阴大鲁说完睨了周一笛一眼，离开了。

马村原和申家原在一条塬上，属于一个公社，相距大约十七八里路。周一笛不大愿意和阴大鲁单独外出，十七八里路，来回少说也得一天时间。她也不能确定猪的异常表现是否就是发情了，如果真是发情，那就不得不抓紧时间和阴大鲁去马村原。她突然想起申黎光就是学畜牧兽医的，问问他或许能得到准确的答复。

傍晚，申黎光他们担水回来了。周一笛喊申黎光到猪场去一趟。申黎光问干什么？周一笛说："去看看猪的异常表现。"

申黎光好奇地跟着周一笛来到了猪场，在饲养员的窑洞里，周一笛从褥子下拿出一本绿皮的《养猪知识大全》说："这头母猪最近食欲突然下降，又是爬墙，又是拱地，显得烦躁不安，我在书上也没有找到答案,是不是有什么病了?"她故意说没有找到答案,也故意把猪的异常表现说成"有病了",只是想听听申黎光的判断。申黎光小时候在农村时就知道这种表现是什么情况,却故意说:"可能是有病了。"

"不对吧?你看看书上是怎么说的。"周一笛把书递给申黎光。

申黎光装模作样地翻了翻书,说:"就是有病了。"

"什么病?快说,亏你还是畜牧兽医班的。"周一笛有点儿急了。

其实申黎光在畜牧兽医班只学了一个多月,粗浅了解一些牛马骡驴这些大家畜的基本特性,根本就没有学习猪的任何知识。但对猪的这种异常表现他是心知肚明的,在老家时,他和婆不但养过羊,也养过猪,猪和羊发情的样子他是见过的。农民把这种现象叫"猪打圈"或者"猪爬跨",于是说:"是病,是'打圈'病也叫'爬跨'病。"

"什么叫'打拳'什么叫'八卦',你什么意思啊?"周一笛一脸迷茫。

"'打圈''爬跨',就是猪发情了,你咋啥都不懂。"

"你讨厌!你讨厌!绕这么大弯子?"周一笛用拳头捶打着申黎光。

他们出了窑洞,来到猪圈,老母猪正趴在矮墙上向外张望,嘴角流着长长的哈喇子,喉咙里发出哼哼的声音。申黎光又仔细查看了猪舍,发现猪把圈里的麦草拱得到处都是,猪圈周围都有猪拱过的痕迹。申黎光明确地告诉周一笛,这头母猪发情了。

申黎光说:"如果要给猪配种,就要抓紧,这两天是最佳受孕期。"他说这话的神态,俨然一个专业的畜牧兽医。

周一笛本来想把阴大鲁约她明天去马村原的事告诉申黎光,但又怕他多想,考虑到当天去当天就可以赶回来,不会有什么事情。于是就没有接申黎光的话茬,只是说:"你还是比我懂得多。"

第二天一大早,阴大鲁背个黄挎包,来到了猪圈。他今天穿得格外精神,白的确良衬衣别进黄裤子里,腰束一条宽宽的军用皮带;脚蹬一双黄胶鞋,一看就像个复员军人。周一笛拿根鞭子,赶着猪跟着阴大鲁上路了。到了村口大槐树下，几个妇女正在聊天，姚会计媳妇也在其中，她老远看见阴大鲁就喊："哟，那不是阴队长吗？穿得跟新女婿一样，到哪儿相亲去呀？"

"这年纪了还相尿亲哩，给猪相亲去呀！"

阴大鲁的话引起妇女们一阵笑声。周一笛脸一红，打了猪一鞭子，加快了脚步。

麦子收割完了，一片一片玉米已开始拔节，远处有人点燃了麦秸，浓浓的烟雾在空中飘荡。

赶猪上路可不是件容易的事。猪并不安分守己，循规蹈矩，它一会儿停下不走，用嘴在地上乱拱一气；一会儿跑到玉米地里啃几口玉米秆；一会儿又要拉屎拉尿，十几里的路程整整走了一个上午。

到了马村原，阴大鲁让周一笛直接把猪赶到村东头的马培元家。马培元长得精瘦精瘦的，是方圆几十里有名的兽医，村上的配种站就设在他家。他家除了有种猪外，还有一头叫驴。阴大鲁和周一笛到他家时，太阳已经正当午了，一匹母马刚刚被人从大门里牵了出来。马培元见到阴大鲁和周一笛，说："上午不行了，一晌只能配一个，下午再来吧！"这时，周一笛看见一头黑白相间的小母猪从大门里也被赶了出来。

阴大鲁在村口找了一棵大槐树，叫周一笛坐到树荫处，他从黄挎包里拿出一块锅盔，给周一笛掰了一半，说是早上刚烙的，吃点充充饥。接着，他又取出军用水壶，让周一笛喝水。周一笛走时没有一点儿准备，只背个小书包，里面放本《养猪知识大全》，她没想到中午还要在外面吃饭。接过阴大鲁的锅盔，一闻，有花椒味；咬一口，很香，她连说："谢谢，谢谢！"

突然，不知从哪里蹿出来一只黑狗，冲着母猪汪汪汪地直叫。母猪躺在树荫下，翻翻眼皮，身子一动也不动。但黑狗龇牙咧嘴的神态，却把周一笛吓得啊的一声尖叫，躲到了阴大鲁的身后。阴大鲁见状，拿起赶猪的鞭子，照着黑狗就是一顿猛抽，直打得黑狗夹着尾巴呜呜地哀叫着跑远了。

周一笛惊魂未定，脸色由红变白，再由白变红。阴大鲁看着跑远的狗，对周一笛说："这是厌狗子，光叫唤不下口，怕就怕不叫唤偷着咬人的狗。"周一笛连连点头，还真佩服阴大鲁的胆量和见识。

日头开始偏西了，阴大鲁和周一笛把母猪赶到了马培元家。一进门，马培元把他们领到了后院，一股腥臊味扑鼻而来。只见马培元把一头像牛犊一样壮实的种猪牵了出来，据说这猪是乌克兰品种，深棕色的毛发光溜溜的。母猪见了种猪，嘴里哼哼着，欢快地迎了上去。种猪看见母猪，鬃毛立刻竖了起来，两只小眼睛喷着红光，两只前蹄在地上不断地刨着，脖子上的铁链子哗啦啦作响，以至于把马培元都拽得打了个趔趄，其嘴里还连续发出吱吱的叫声。这么大的猪，周一笛从来没有见过；这种奇怪的叫声，周一笛也从来没有听过，由此而吓得她赶紧躲到了阴大鲁的身后。她闭上眼睛，半天不敢睁开，直到听见马培元说："打上了，打上了！"这才睁开眼睛。只见种猪被马培元用铁链子牵着，耷拉着耳朵，眯缝着眼睛，全然没有了刚才的威风。阴大鲁把赶猪的鞭子递给周一笛，周一笛接过鞭子，发现鞭杆上已经被汗水浸湿了。

"一回行不？"阴大鲁问。

"来得正是时候，百发百中！"马培元说着，从脸盆里取出一根油麻花塞进了种猪的嘴里，以示犒劳。种猪咯嘣咯嘣嚼着麻花，眼睛却还盯着马培元手里的脸盆。阴大鲁掏出五块钱递给了马培元，说："还是老价钱？"马培元接过钱说："五块，五年一贯制，打不上再来，再来免费。"

"那就谢谢啦！天不早了，再见！"

告别了马培元，阴大鲁和周一笛赶着母猪离开了。

回去时，母猪听话多了，一路上不用鞭子抽，一会儿就走了十几里路。天气开始闷热了，刚才还晴空万里的天，突然飘来一朵朵的乌云，顷刻间，天空昏暗起来，接着，远处响起了一阵阵的打雷声。风刮得玉米叶子唰唰作响，路上的尘土飞扬起来，和天上的乌云连在了一起。电光一道接一道地闪亮，每一闪，都让人心惊肉跳。

周一笛对阴大鲁说:"快跑吧,马上要下雨了,再有几里路就到家了。"

阴大鲁说:"不急,猪刚配上种不能跑,前面有个废砖窑,咱到那里避避雨。"

夏季的雨说来就来,豆大的雨点噼里啪啦地落了下来,打得地上的尘土噗噗地跃起,不一会儿路上就黄汤横流了。阴大鲁赶着猪,周一笛紧跟其后,慌忙向旁边的小路跑去。

几分钟后,他们把猪赶到了一孔破砖窑里。猪浑身是水,猛地抖擞了一下,溅了周一笛一身脏水。周一笛和阴大鲁的衣服也被淋成了水串串,裹在身上紧巴巴的难受。砖窑的顶上有个圆孔,雨从圆孔里飘了下来,一会儿就打湿了一大片地面。门口的雨被风刮着,也飘了进来。为躲避风雨,他们躲到了窑洞的最里面。

窑洞里面黑乎乎的,阴大鲁目无旁人地脱掉上衣,开始拧起衣服上的水来,之后,用半湿半干的衣服擦了擦头发和脸。昏暗中,他看见周一笛粉红色的花格子上衣,湿漉漉地裹在身上,把两个丰满的乳房绷得紧紧的。浅蓝色裤子也紧贴在腰身和腿上,勾勒出少女完美的曲线和风韵。他从来未见过如此窈窕的身材,体内不由自主地一阵燥热难耐。他对周一笛说:"我到里面去,你也脱掉衣服拧拧水,不然会感冒的。"周一笛说:"没事,一会儿就干了。"

昏暗中,周一笛看见阴大鲁贼亮的三角眼直勾勾地盯着她的胸脯,吓得呼吸紧促,双手下意识地抱在了胸前。阴大鲁光着膀子,丰满结实的肌肉在昏暗中泛着油光。阴大鲁见周一笛把双手抱在了胸前,两个乳房反而托得更高更鼓了,他咽了一下口水,一边说我来帮你拧衣服,一边伸出双手就要解周一笛的衣扣。周一笛连连摇头说:"不要,不要。"随即蹲在了地上。她瞥见阴大鲁的裤裆像一把撑起的雨伞,裤腿上吧嗒吧嗒地往下滴水。她突然想起了下午见到的鬃毛耸立的乌克兰种猪,感到一阵阵恐惧和恶心。只听阴大鲁又说:"不脱就不脱,感冒了我可不管,你和我女儿年龄差不多,我要关心你呢!"说完,他向窑门口走去。

周一笛松了一口气，心想：也是，我比他女儿大不了几岁，是不是我想多了？于是她慢慢地站了起来，甚至后悔自己刚才太敏感了。

阴大鲁看了看窑外，雨还在不停地下，茫茫原野上没有一个人影。他又返回了窑洞，笑眯眯地说："天一晴，我们马上就回去，看你现在冷得都打战呢，回去非感冒不可！"

周一笛确实在颤抖，她像一头受惊的小鹿，刚刚摆脱了一只饿狼的追捕，此刻放松了警惕，脸上露出了温柔安详的表情。阴大鲁观察到这一细微的变化，他看着周一笛紧紧裹在花格子衣裳里面的乳房，一起一伏的，好像随时要蹦出来似的。他想起一句顺口溜：姑娘的奶头是金奶头，媳妇的奶头是银奶头，婆娘的奶头是猪奶头。眼前这个十八九岁的女知青就是金奶头啊！怎样的金奶头？一定是雪白雪白的金奶头。今天老天作美，让他俩走在了一起，他知道在这破窑里干什么都不会有人知道的，他一定要亲眼看一看金奶头，并亲手摸一摸金奶头的。一想到这里，他胸中的欲火又燃烧了起来。他懂得女人出了这种事，打掉牙也要往肚子里咽。他在村里干过好多次这种事，还没有失过一次手。有一次，他到隔壁本家哥哥家去串门，那天哥哥正好不在，只有嫂子一个人在做饭。本家嫂子和他年龄相仿，身材苗条，人长得周正，在四邻八方口碑也很好。阴大鲁见嫂子围着围裙正在擀面，窈窕的身子前后摆动，高耸的胸部上下起伏，内心便躁动起来。但他知道嫂子是正派人，平时也不太搭理他，所以他不敢轻举妄动，但不安分的心又驱使着他想冒一次险。他做好了被嫂子抽一耳光的准备，从后面猛地抱住嫂子就乱摸……出乎意料的是，嫂子不但不反抗，反而红着脸把他领进了房间，任由他肆无忌惮地乱来了一番。从此，他在村里就更加色胆包天了。他又想起第一次和左大牛媳妇的事情。那一天，左大牛在外村给人帮忙盖房，他便帮左大牛媳妇俊俏在东沟挑了一担水，放下水桶后，俊俏递给他一条毛巾，让他擦擦汗。他擦完汗，归还毛巾的时候，顺势就在俊俏脸上摸了一把。俊俏红着脸瞪了他一眼就走开了。他追上去从后面抱住了她，双手在她胸前揉了起来。俊俏开始还挣扎了几下，不一会儿便软瘫了……从此，俊俏就像奴隶一样，死心塌地地顺从着他。

周一笛不也是个女人吗？难道她和她们不一样吗？不硬上弓怎么知道不行？于是，他走到周一笛身边，说："来，我给你暖暖身子。"说着，一把抱住了周一笛。周一笛没有一点儿防备，身体紧紧地贴着阴大鲁赤裸的胸脯。她伸出胳膊试图推开阴大鲁，但阴大鲁力大无比，两只胳膊像蟒蛇一样紧紧地束缚着她，接着张开毛茸茸的大嘴向她凑了过来，她不停地摇着头大喊："流氓，流氓！我要告你，告你！"

阴大鲁听到"告你"二字，猛然松开了双手，他似乎突然清醒了许多。他知道女知青是"高压线"，和其他女人的确不同，不能随便乱动。如果她真要告自己，那就非进监狱不可。去年邻村一个叫胡秃子的小伙子，半夜撬开女知青的门，只是摸了一下女知青的光脚，就被公安局抓去，公开审判后劳教了一年半，归来后人都失形了。

阴大鲁穿上拧得半干的上衣，在自己脸上啪啪打了两巴掌，说："我不是人，我一时糊涂，我忍不住了！我太爱你了！"说完竟然扑通一声跪在了周一笛面前。

周一笛抽泣着说："好了，好了，你要保证今后不再欺负人；如果再有下次，我就一定会告你。"

"不欺负，不欺负，谁欺负人谁是狗——啊！不是——是猪！"阴大鲁说着指了一下地上卧着的母猪。

雨停了，天晴了，夜幕开始降临。阴大鲁赶着猪在前面走，周一笛远远地跟在后面。

知青们吃完晚饭，周一笛还没有回来。申黎光想起昨天周一笛和他说起猪发情的事，心想她会不会今天给猪配种去了？正想着，姚会计走了过来，问道："听我屋里人说，周一笛给猪相亲去了，回来了没有？"

"没回来啊！和谁去的？天都快黑了。"申黎光知道姚会计说的相亲是什么意思。

"阴队长跟着呢，没事！"

一提到阴大鲁，申黎光心里咯噔一下，他抬头看着渐渐昏暗的天空，叫上几名男知青，拿着手电筒向村外走去。刚出村口，就碰见阴大鲁和周一笛。申黎光看见他们虽然衣服是潮湿的，但不像是淋过大雨的样子，就问："刚才下大雨，你们淋上了吧？"

阴大鲁说："我们在砖窑里避了一会儿。"

申黎光看了看周一笛问："就你们两个人？"

周一笛还没有开口，阴大鲁急忙说："不是，不是，还有猪。"他下意识地看了看自己膝盖上刚才下跪时沾上的泥，用手扒拉了一下，"他妈的，刚撵猪时还摔了一跤。"

十、金秋季节

转眼就到了秋季，农民又开始准备收获玉米、谷子和黄豆。

周一笛养的母猪肚子一天一天也大了起来。母猪走起路来，一晃一晃的，两排紫红色的奶头在地上一点儿一拖，显得非常吃力。有村民猜测说，这次最少能下七八个猪娃子。周一笛掐指算着母猪的预产期，应该就在这几天。她天天不离开猪圈，后来把铺盖也搬进了饲养窑，晚上也住在这里，时时刻刻地观察着猪的变化。

几天后的一个傍晚，母猪开始在圈里来回走动，并把麦草、苜蓿秆、玉米叶子嚼到了一起。周一笛在书上看到，这是猪快下猪娃的前兆。她叫来隔壁饲养室的老饲养员，又叫来申黎光和其他知青，让大家分享母猪分娩的喜悦。但大家等了三个多小时，猪却没有一点儿动静。老饲养员说："你们回去吧！人多出不上力，瓜熟蒂落，到了时辰，猪自然就生下来了。"

第二天，天刚蒙蒙亮，周一笛跑到知青住地，高兴地喊道："生了，生了，开始生了！"然后拿上平时自备的酒精棉球，端上脸盆头也不回地向猪圈跑去。知青们没有见过猪下猪娃的情景，个个洗漱完毕，匆匆也向猪圈奔去瞧稀奇。

申黎光他们到猪圈时，母猪周围已经围了一圈人。周一笛蹲在母猪旁边，帮着老饲养员接生。她一手端着脸盆，一手拿着毛巾，给生下来的猪仔擦拭着身上的污迹。只见老母猪一个接着一个生，几分钟就生出来一个，一连生出十个猪娃时，母猪躺下去了。老饲养员说："没有了，够多的了。"他让周一笛把事先准备好的面糊糊端出来，放到了母猪面前。母猪依然没有起来，只是耸了耸长长的鼻子，继续躺着不动。周一笛面前的猪娃，一个个都摇摇晃晃地站了起来，有黑色的，有棕色的，还有棕白两色的。它们一个个瞪着宝石般的眼睛，观察着陌生的世界，煞是可爱。突然间，母猪哼哼地叫了起来，周一笛以为母猪要吃东西，便端起盛粥的盆子递给母猪。只见母猪站了起来，并没有吃粥，只是一动不动地盯着那十个小猪崽。

"生了，又生了，还有！"有人大声喊道。

准备离开的老饲养员又返了回来，说："奇了怪了，半天没有动静，我以为没有了。"

十几分钟后，母猪又先后生下来两个小猪，都是黑色的。老饲养员说："创纪录了，这多年没见过一次下这么多猪娃的老母猪。"

"快吃点，你辛苦了！"周一笛疼爱地抚摸着母猪的头，把粥端到了母猪的嘴边，母猪嗅了嗅，哼哼着，一口气把粥盆拱了个底朝天。

周一笛养的猪一次下了十二个猪崽的消息，很快在村里传开了。有人说："学生娃就是有知识，多年的老母猪也能下猪娃了。"也有人说："队长媳妇养猪，那是'皇上他妈拾麦子——散心慌哩'，心思就没用在养猪上。"

知青喂猪结硕果的消息也传到了公社知青办。公社知青办的孟主任是省城某企业的政工科副科长，县上的许多知青都是他们单位的职工子弟。听说周一笛养的猪一次下了十二个猪娃，孟主任专程来到了知青组，要让周一笛介绍一下养猪的经验，然后他要将周一笛的经验，整理成先进材料，在全县进行推广。作为知青组组长的申黎光深

芳君

知此事事关重大,这不光是周一笛个人的荣誉,也是整个知青组的荣誉,而且这荣誉也必然关乎到每一个知青的前途。于是,他专门把队长阴大鲁请到了知青组,以表示对知青办孟主任的重视。

孟主任到来后,并没有在知青组停留,而是要求去养猪场实地考察。于是大家和孟主任一起来到了猪场。到猪圈后,十二头猪崽争先恐后地抢着吃奶,老母猪懒洋洋地躺在地上,眼睛半闭半睁着。阴大鲁踢了母猪一脚,母猪哼哼着站了起来,吃奶的小猪也跑开了。孟主任问:"生下几天了?"

周一笛说:"一个礼拜了,长得快得很,刚生下时像老鼠一般大。"

阴大鲁介绍说:"这猪多年都没有下猪娃了,一次下这么多,很少见的。"

孟主任说:"要好好喂养,保证成活率。"

阴大鲁说:"为了好好经管,周一笛都搬到猪舍的窑洞里住了。"说着他指了指旁边的一孔窑洞。

孟主任兴致很高,他带头走进了旁边的窑洞。窑洞里黑乎乎的,周一笛打开了电灯。窑里陈设很简单,大家看到炕上有一床叠得整整齐齐的铺盖,一本被翻得皱巴巴的《养猪知识大全》在被子上放着。周一笛让大家坐下,然后找来保温瓶,张罗着要倒水。孟主任挡住说:"不用倒水了,说一下你养猪的事情吧!"知青们坐到了炕沿上,孟主任和阴大鲁坐在了一个杀猪用的长条板凳上。

"没什么可说的,都是大家共同努力的结果,猪吃的水是男生们在东沟里挑的;我抽不开身的时候,女生们也经常帮我喂猪。队上保证了猪饲料的供应,猪就吃得好、长得好。"周一笛说。

"这头猪有几年没有下崽了?为什么前多年怀不上孕?以前是谁喂的?"孟主任看着周一笛连问了几个问题。

周一笛看了看阴大鲁,欲言又止。阴大鲁马上接过话茬说:"这猪大概有三五年没有下猪娃了,以前都是社员轮流喂养,社员都没有文化,猪发情都看不出来,就错过了机会。这一次猪发情后,周一笛及时发现了异常现象,并且向我作了汇报,我就及时领着她去给猪配种，结果就成功了。"

孟主任低头在本子上记录着。一会儿他抬起头看着申黎光说："你们大家都说说，周一笛在养猪方面都有哪些突出事例？"

申黎光说："仅周一笛同学能够睡在猪圈里，我就非常佩服。猪圈里到处都是虱子跳蚤，她却全然不顾，一心一意扑在了养猪上。"

孟主任记录着，头也不抬地问："虱子多吗？"

周一笛说："没事的，我有灭虱灵，睡觉前涂在炕上就没事了。"

"灭虱灵？"孟主任好奇地抬起了头说，"我看看是什么东西？"

周一笛从褥子下面拿出半截粉笔状的东西，递给孟主任。孟主任拿起看了看，又用鼻子闻了闻，说："这是一个好经验，许多地方的知青都反映虱子太多，就是没有解决的办法。好，大家继续说。"

董青云说："有一次周一笛感冒了，还要坚持到猪圈喂猪，结果晕倒在了猪圈里。"

刘冬梅说："周一笛每天晚上都要看《养猪知识大全》，一看就是半晚上，我们都睡醒一觉了。她还说后悔当初在学校时没有上畜牧兽医班。"

王跃进说："周一笛还注意节约用水，喂猪的水都是大家洗漱用过的水，她知道我们男生担水的不易。"

马守恩说："我见周一笛同学还亲自给猪捉身上的虱子，我看着浑身都发痒。"

"灭虱灵不能灭猪身上的虱子吗？"孟主任问道。

"不能，要用六六粉。"周一笛回答道。

……

孟主任仔细倾听并记录着大家的发言，最后他把本子一合说："好，今天就到这里！周一笛同学的事迹非常感人，回去后我要认真整理，然后上报省知青办，最少也要争取在全县学习推广。下一步就是要保证猪的成活率，扩大养猪规模，到时候县上可能会组织人来参观。"

送走孟主任，申黎光并不感到轻松。他对周一笛说："猪崽还小，母猪奶水有限，随时都有死亡的可能，要注意观察，必要时要给猪崽加餐。"

周一笛点点头，她对申黎光这位知青组长的决策是言听计从的。自从上次他能够准确地判断猪的发情期后，她就确信这个畜牧兽医班的班长并非徒有虚名。她一定会高度重视猪崽的生长情况，保证成活率，为扩大猪场，发展养猪事业而不懈努力。

这年的农历八月十五，知青们是在村里度过的。

这天收工后，申黎光让人去供销社买回了糕点"天鹅蛋"、江米条、橘子罐头和几斤散白酒。晚上在厨房摆了张桌子，几斤白酒被分别倒进七个黑瓷碗中，每人一碗，边吃边喝。申黎光首先提议："为我们今年八月十五在申家原村大团圆干杯！"大家纷纷响应，共同举杯，不一会儿就把半碗酒喝了下去。酒喝多了，人也就变得兴奋了。申黎光看了看周一笛，又提议说："为周一笛生了——不对——养的猪——生了十二头小猪崽干杯！"大家又端起了酒碗……几个小时过去了，酒喝干了，女知青们开始唱歌，大家在申黎光杀鸡般的二胡声和王跃进的笛子声中，边歌边舞。

夜半歌声终于惊动了老支书罗福山。罗福山佝偻着身板，披着夹袄走进知青居住的院子，严厉地批评了知青们的"小资产阶级情调"，然后将大家赶回宿舍。看着月光下老支书蹒跚离去的身影，申黎光突然想起了婆，想起了爸爸妈妈，不由得泪眼婆娑。

第二天早上，天下起了雨，下雨天就可以不出工。男知青们坐在炕上开始打扑克，女知青们边围观边织毛衣。突然门外传来一阵咳嗽声，接着老支书罗福山走了进来，他说："这几天广播反复播放毛主席的诗词《水调歌头·重上井冈山》，你们听见了没有？"

"听见了。"申黎光放下扑克说。

老支书不识字，但记性很好，村里的大喇叭，是他学习的唯一工具。他听了几遍《水调歌头·重上井冈山》，就记了个大概。他坐在窑洞里唯一的椅子上，取出烟锅，点着旱烟，要求大家今天就认真学

169

习《水调歌头·重上井冈山》这首词。接着，他按照自己的理解，给大家进行了现场辅导。他说："毛主席的话句句是真理，要一句一句地理解。比如头一句，'水调割头（歌头）'意思就是，水调了方向，割了头，还要重上井冈山。说明了什么？说明了伟大领袖的无产阶级革命气魄……"话音未落，知青们哄堂大笑。几个女生笑出了泪花，知青王跃进笑得几乎岔了气。但看到老支书一脸茫然，且又无比严肃的神态，却都又很快止住了笑。老支书接着说："你们没事不要光喝酒打扑克，要多学习，下雨天就是学习的好时间。"说完，老支书在椅子边磕了磕烟袋锅，起身离开了。申黎光明白，老支书是为昨天晚上知青们喝酒的事来的。

十一、猪场窑洞坍塌

秋雨绵绵，老天好像忘了关水闸，滴滴答答地下了一个多月。农民下雨天没事干，不是摸花花牌，就是串门子，或者就是蒙头大睡。知青组的周一笛是唯一一个不能休息的人，她必须天天按时喂猪。从知青住地到猪场，大约有十几分钟的路程。下雨天，路特别难走，尤其是要到下地窑，需下一个长长的土坡，路面泥泞湿滑，周一笛每次去喂猪总要摔好几跤。

自从母猪下猪娃后，周一笛每天都在饲养窑里住，下连阴雨后，她竟然把母猪和猪娃都赶到了窑洞里，与自己日夜相伴。她喜欢看猪娃吃奶，噘着嘴，一拱一拱的，像小孩子一样可爱。慢慢地，她和这群猪建立起了感情，并给每头小猪都起了名字，如花花、妞妞、憨憨、杂毛、豆豆等，给其中那头抢着吃奶的小猪取名"贪贪"；给头上长着一撮白毛的棕色猪取名"一盏灯"。她喜欢这群猪，天天都舍不得离开它们。

一天傍晚，雨越下越大，丝毫没有要停的迹象。眼看天就要黑了,周一笛从知青住地拿了一把雨伞,穿上胶鞋,挽起裤腿,要到猪场去。申黎光看见后拦住她说:"这么大的雨,晚上就不要去了;再说,猪娃也大了,不会出事的。"周一笛说:"那你陪我去看看,安顿一下就回来。"申黎光犹豫了一下,但看到周一笛执着的目光,就拿了把雨伞,带了一把手电筒和周一笛一起向猪场走去。

夜幕中,雨滴在手电光的照射下,像飞落的珠子,不间断地洒向大地。申黎光和周一笛深一脚浅一脚地来到了猪场。下大坡时,周一笛下意识地抓了一下申黎光的胳膊,申黎光立刻伸出左手,扶着周一笛下了坡。周一笛第一次感到了雨中行走的安全。

窑洞门打开了,里面黑乎乎,臭烘烘的,申黎光不由得皱了皱眉头。周一笛拉了一下灯绳,停电,她又熟练地点燃了煤油灯,窑洞立刻有了些许的亮光。只见一群小猪整齐地卧在母猪身边,一动不动。母猪见有人进来,懒懒地睁眼看了一下,又将眼睛闭上,呼呼地睡去。周一笛仰头望着申黎光,说:"可爱吧,晚上一动不动,安安静静。"说着她掩上了窑洞门。申黎光说:"好了,看看就走,明天白天再来好好喂养。"

周一笛说:"我不想走了,你也不要走了,我想让你陪我照看猪。"说着她蹲下身抚摸着毛茸茸光溜溜的小猪。

申黎光皱了皱眉头,显然他对窑洞里臭烘烘的气味接受不了。窑门打开还好一点儿,偏偏周一笛要把窑门关上。看着周一笛喜欢猪的样子,申黎光只好说:"好吧,最多再待十分钟,回去晚了大家会说闲话的。"

周一笛笑着说:"不是待十分钟,而是待一晚上,谁爱说闲话让他说去,反正我想让你陪我照看猪。"煤油灯下,周一笛撒娇的表情和语调,使申黎光脑海里浮现出了阴大鲁和周一笛在砖窑里避雨时的情景——当然是他想象的情景。

……那天到村口接到周一笛后,周一笛一句话也没说,脸色显得很不自然;阴大鲁则目光躲闪,说话吞吞吐吐。那天申黎光问他,砖窑里躲雨就你们俩人吗?阴大鲁慌忙说,不是,还有猪。这分明是语无伦次、做贼心虚的表现。申黎光心里一直有个结，这个结他始终无法解开，因为他从左大牛口中知道了阴大鲁是什么样的人，而这种人一旦闻到腥荤一定会不顾一切的。那天的大雨下了一个多小时，而且天色已晚，路上无人，他俩在一孔破砖窑里都干了些什么？申黎光设想了多种可能性：拥抱，半推半就，接吻，然后双双陶醉……反正阴大鲁一定是占了周一笛便宜，他不相信阴大鲁这种人会轻易放过周一笛……于是他脑子一热说："走吧，我不是阴大鲁。"

此话刚一出口，他就后悔了，真正地后悔了，因为他至今没有任何证据证明他俩有事，所有的情景都是他的猜想——他预感到一场暴风骤雨将要来临。

果然，周一笛愤怒了，只见她眼里噙着泪水，大声地喊了起来："阴大鲁怎么了？阴大鲁怎么了？阴大鲁怎么了？"

喊声在窑洞里回响，也一定传到了窑洞外面，只是被淅淅沥沥的雨声掩盖，不至于传得太远。申黎光知道周一笛的脾气，她不是个逆来顺受的人，若发起脾气来，她是不顾及影响的。申黎光只好连连道歉说自己错了，不应该说没有根据的话。他见周一笛情绪渐渐稳定后，就把左大牛酒后告诉自己的那些话，原原本本地说给周一笛听。周一笛听后瞪大了眼睛惊叹道："阴大鲁这么坏？你为什么不早告诉我这些？"

"一个疯子的话，我也不敢完全相信。"申黎光见周一笛不再发怒了，接着说，"只要他没有欺负你，我就放心了。"

听了申黎光的一番话，周一笛更加痛恨起阴大鲁来，想起了那天躲雨时的经过，她的眼泪不由自主地再次掉了下来。但她又不愿把事情的经过告诉任何人。她知道，这种事情会越传越离谱，越说越说不清楚。她也没打算告诉申黎光。看着申黎光无可奈何的神情，她似乎理解了申黎光此刻的心境，因为她知道申黎光是在乎自己的。但令她不能原谅的是，申黎光竟是这般地小心眼，竟会这般地小瞧自己。于是说："要走你走吧！我一个人留下。"说完，她开始打理起了炕上的被褥。

申黎光从周一笛的表情中看出她是在说气话，于是他一口吹灭了煤油灯，拉起周一笛就往外走。周一笛犹豫片刻，顺势倒在了申黎光的怀里，大声地抽泣起来。申黎光茫然不知所措，他平生第一次和女人如此近距离地贴靠。

周一笛真的在哭泣，她紧紧地抱住申黎光，好像落水的人突然抓到一节竹竿；又好似黑暗中航行的船只，望见了闪闪的灯塔。她受到的侮辱是不能对任何人说的，眼前的"大男孩"是她在这里最可信赖的人，她要把一肚子的委屈给他哭出来。她丰满而坚挺的乳房，在申黎光的胸膛上随着呼吸有节奏地起伏着，申黎光感到了浑身的躁动，他不知道应该怎样应对这种躁动，于是只有紧紧地抱住周一笛。周一笛边哭泣边说："知青组就咱俩是一个单位一个学校来的，你从来都不理解我，还怀疑我，欺负我，呜呜……"

申黎光想起插队前他对周一笛是那样地崇拜，那样地喜欢，甚至看见她的红围巾都会激动万分。学校的男生们对他俩能分到一个知青组是那样地嫉妒，那样地羡慕。可真正分到一个组，天天一起劳动，一起学习，在一个锅里吃饭，抬头不见低头见，竟不觉得周一笛有什么特别之处，更不觉得她有什么值得自己崇拜的地方。此刻，周一笛紧紧抱住自己，他的心被融化了。他深知周一笛养猪的不易，她在为猪付出全部的精力和爱心的同时，自己也需要有人理解和呵护。毕竟，她是个女孩子啊！此时申黎光好像突然想明白了许多道理，他用手抚摸着周一笛的肩头，像哄小妹妹那般地说："好了，别哭了！小心把色狼招来！"

周一笛破涕为笑，感觉眼前这个"大男孩"突然间长大了，成了能够呵护自己的大哥哥。她抬起头说："你就是色狼！冷血色狼！"说着，周一笛打开了门，和申黎光走出了窑洞。

上窑院大坡时，申黎光主动伸出手，拉着周一笛往上走。雨突然停了，云也散开，夜空中闪出了几颗星星，像顽童的眼睛，调皮地一眨一眨。周一笛和申黎光的手始终没有松开，好像两个磁铁紧紧地吸在一起，偶尔分开一下又很快粘在了一起。马上到知青住地了，周一笛迅速抽出了被申黎光捏得发麻的手指，申黎光也意识到应该松手了。他们第一次感到时间过得飞快，第一次觉得知青组到猪场的距离太短太短。申黎光甚至后悔应该在猪场里多待一会儿，不该这样匆匆忙忙地分开。

到知青组时，申黎光看见姚会计正坐在炕沿上抽卷烟，并问着大家一些稀奇古怪的问题。他说："在一次监督严密的考试中，有两个学生交了一模一样的考卷。主考官发现后，却并没有认为他们作弊，这是什么原因？"

大家抓耳挠腮，面面相觑。

姚会计又问："早晨醒来，每个人都会去做的第一件事是什么？"

"尿尿。"王跃进抢着说。

"叠被子。"刘冬梅接着说。

"不对不对，都不对，再想想。"姚会计得意地说。

大家又抓耳挠腮，面面相觑。

申黎光说："第一个问题是：两张考卷交的都是白卷。"

"那第二个问题呢？"姚会计问道。

申黎光想了想说："早晨醒来，第一件事是睁开眼睛。"

哈哈哈……太简单了！大家都笑了起来。

"还是组长厉害。那我再问你一个问题，物质都是热胀冷缩的，为什么水冻成冰以后没有缩反而会胀起来？"

申黎光皱起了眉头，他不知道怎么回答这个奇怪的问题。

突然，远处传来一阵喊声："塌方了，塌方了！猪场窑洞塌方了！"

"啊！"周一笛一声惊叫，扭身就往猪场的方向跑。申黎光吆喝知青们，迅速拿上工具也往猪场里奔去。

到了猪场，原先的窑洞不见了，几个硕大的土块滚到了猪圈旁，一大堆麦草填满了窑洞。几个村民已经先到了那里，他们用镢头和铁锨开始挖掘塌方的土块。喂牛的老饲养员——是他首先听见塌方的声音。看见知青们来了，他急忙问："里面有人没有？"知青们回答："没有人！"老饲养员长舒一口气，说："那就不急了，慢慢挖。"村民们伙同知青，一点儿一点儿地刨挖着厚厚的泥土。

　　临时拉来的电灯下，飞蛾飞来飞去；村民和知青来来回回穿梭着取土。周一笛扑向窑洞，跪在土上，一边哭喊一边用手不停地扒拉着，不一会儿，手指上就流出了鲜血。几个女知青拉着她，劝她说走吧走吧，这样做，不但无济于事，反而会妨碍其他人救援的。周一笛眼里噙着泪水，嘴里反复喊着一句话："十二个猪娃呢，还没断奶哩……"女知青和村上几个妇女不停地安慰着周一笛，说想开些，只要人没出事就是万幸。

　　的确，人没出事！周一笛想起刚才和申黎光在窑洞里的情形，不觉惊出了一身冷汗。她想，多亏申黎光把她叫了出来，不然，不仅后果不堪设想，而且还会闹出天大的绯闻呢！

　　第二天一大早，窑洞的土已清理完毕，窑洞外堆了一堆死猪娃，老母猪不见了。据说老母猪刚刨出来时还有一口气，喂牛的饲养员又是揉肚子，又是掰嘴唇，折腾半天还是没救活它。到了后半夜，人都走光了，老母猪竟然被人偷走了。猪娃旁边是沾满泥土的一口大锅和周一笛的被褥、脸盆等。阴大鲁在窑背上转了一圈，仔细察看了塌方现场，得出结论说："事故原因是连阴雨时间太长，窑洞顶上的麦草垛子下面长期积水，渗塌了窑洞。"

　　姚会计说："怪不得刨出一窑洞的麦草。"

十二、阶级斗争一抓就灵

　　窑洞坍塌的第三天，公社知青办的孟主任来到了知青组。他把知青们召集到一起，严肃而认真地说明了来意：调查猪圈窑洞坍塌的原因。知青们一言不发；周一笛趴在桌子上轻轻地啜泣。

　　孟主任是在公社听说猪圈窑洞坍塌的事。上次从知青组回去后，他就把周一笛的先进事迹给县知青办的有关领导进行了汇报，并且把周一笛的先进事迹写成了长达一万多字的通讯稿,他想以此事来表明该公社知青工作的成绩多么多么的突出。

此前,好几个公社的知青办,都有先进事迹上报到县知青办,有搞农业科技出成果的,有当赤脚医生治好疑难杂症的,有不怕牺牲勇救落水儿童的,有和地主分子作斗争保护集体财产的……唯独他所在的公社没有先进典型,这让他焦急而无奈。他让各知青组每月汇报一次工作,当得知周一笛把一个多年不下崽的母猪饲养得一次下了十二个猪娃时,他兴奋不已,亲自动笔总结这一典型。县知青办领导对此事也非常重视,要求他提高认识,升华主题,然后组成宣讲团,在全县巡回宣讲,将周一笛不怕脏不怕累的养猪精神发扬光大。孟主任不止一次地想象出这样的风光景象:他领着周一笛到各地演讲,所到之处将受到热烈欢迎。之后,他会让周一笛把猪场扩大,让母猪不断地繁殖,使猪场成为全县乃至全省的学习参观点;他甚至给猪场想好了名字,叫"知青高科繁育猪场"或"广阔天地大有作为养殖场"。届时,他将在鲜花和掌声之中陶醉。

然而谁能料到,关键时候出了这等横事?猪圈的坍塌犹如一盆凉水,当头浇了下来。但孟主任不甘心此事就此了结,他要到坍塌现场进行调查。

知青们随孟主任来到了猪圈,现场已经看不见死猪娃了,据看热闹的一个小男孩说,猪娃被人拿回家煮着吃了。

"这些麦草是怎么回事?"孟主任对塌方现场的一大堆麦草产生了疑问。

申黎光说:"窑洞顶上的麦草垛子长期积水渗塌了窑洞。"

"谁家的麦草垛子?为什么没有调查一下?这里面有没有人为破坏的因素?出了这么大的事为什么不多问几个为什么?"孟主任一连串地质问,问得知青们面面相觑,无言以对。

第二天,孟主任带着公社武装部长和几个民兵来到了村上,他们对猪圈塌方事件展开了全面的调查。

一查,果然查出了问题:麦草垛子,竟然是地主分子左大牛他爸堆在那儿的。

孟主任对知青们严肃地说："你们明白吗？这是典型的阶级斗争新动向！一个地主分子，为什么偏偏要把麦草堆在猪圈窑洞上面？一定要深入调查！知青养猪先进典型这篇文章还要继续写下去，知青为集体养猪，地主分子用阴险狡猾的手段破坏集体财产，这才是一篇更完整更有高度的好文章。"他还让周一笛和知青们仔细回忆在养猪期间，左大牛他爸是否去过猪场？有没有异常表现？孟主任的分析，让知青们的神经一下子紧绷了起来，大家的脑海里像过电影一样，仔细搜索着和左大牛他爸接触的场景。

经过仔细回忆，周一笛想起了这么一个情节：有一天，从来不和知青打交道的左大牛他爸突然来到猪圈，关切地问她为什么要和猪住在一起？说这里又脏又不安全，劝她还是搬回知青组去住。临走时，他好像还特意瞥了一眼窑洞顶部——这是不是阶级斗争新动向？周一笛先把这个情节告诉了申黎光，申黎光说自己也不好下结论，还是告诉孟主任，让他判断吧！

孟主任听后，拍了一下大腿，说了一个"好"字，然后分析道："狐狸尾巴露出来了。你们想想，第一，他没事为什么要到猪场去转悠？第二，他为什么说这里不安全，是不是怕窑洞塌方出了人命把事情闹大了？第三点最重要，他临走时瞥了一眼窑洞顶部，说明他心里有鬼。"孟主任把他的分析说给公社武装部长，武装部长当即就叫民兵把左大牛他爸关进了饲养室，并让阴大鲁通知召开社员大会，公开审判左大牛他爸。

当晚公审大会在村里的戏台子上召开。戏台子是"文革"初期建的，位于村中央的空地上，是用土堆起来的，四周砌了砖。台子四角栽了四根水泥电线杆子，唱戏时用于挂幕帐。

阴大鲁从家里搬来了扩大机，喊了半天，陆陆续续来了几个农民。他见来得人少，又是放秦腔，又是放京剧，一个多小时过去了，还是没有叫来多少人。武装部长看着台下稀稀拉拉的十几个人，着急了，便斥责阴大鲁无能，说连个批判会都召集不起来，还能当什么队长兼民兵连长？阴大鲁挨批后，急中生智，拿起话筒大声喊道：批判会马上开始，凡是来开会的社员，每人记半天工分……这一招还真灵验，十分钟不到，台下站满了开会的农民。

"把地主分子左茂富押上来！"阴大鲁主持会议。知青们这才知道左大牛他爸叫左茂富。只见两个民兵押着左茂富走到戏台子中间，拍了一下他的后脑勺，让他把头低下，然后迅速站到戏台两边。左茂富早已习惯了这种场面，他瞄了瞄戏台两边，又看了看台下，然后把头深深地低下，两眼盯着自己的裤裆，一动不动。

阴大鲁走到戏台中间，对着话筒"喂、喂"两声，然后高声喊道："社员同志们，今天公开审判地主分子左茂富破坏集体财产的罪行，大家要踊跃发言，大胆揭发，首先由知青代表周一笛发言。"

让周一笛第一个发言，是知青办孟主任事先安排的，他想通过周一笛的发言，让左茂富彻底认罪，然后才好展开深入的批判。发言稿也是孟主任帮忙起草的——稿子的开头是一连串质问，接着是陈述犯罪事实，最后是进行批判。

周一笛对猪的确是有感情的。自从窑洞坍塌之后，她说话少了，饭量小了，人也瘦了一大圈。这次在孟主任的不断启发下，她越想越觉得左茂富可疑：他的眼神、动作、语气等等，样样都很可疑。她"疑邻偷斧"地认定，左茂富就是塌方事件的罪魁祸首。

周一笛走到左茂富身边，看了一下发言稿，提出了第一个问题："左茂富，下雨的前几天，你为什么要到猪圈来转悠？"左茂富嘴里嘟囔了一句什么，谁也没听清楚。阴大鲁上前一步，把麦克风伸到左茂富的嘴边说："大声点！"只听大喇叭里传出了左茂富沙哑的声音："我一辈子没见过一窝下十二个猪娃的母猪，我想去看看。"

"那你为什么要让我搬出窑洞，回知青组住？"周一笛接着提出了第二个问题。

左茂富扭过头，眼睛翻看了一下周一笛，说："我心疼你娃哩！"台下发出了一阵阵的笑声。

阴大鲁感到气氛不对，他走上前去，伸出右手捏住左茂富的脖子，大声叫喊："谁让你心疼哩？女知青是你随便就可以心疼的吗？"台下又发出了更大的哄笑声。

周一笛脸红了。她的问题还没有问完，她不知道后面还会发生什么情况。她看了看台上坐着的孟主任，孟主任示意让她继续问下去。她接着说："那你为什么鬼鬼祟祟地看窑洞顶？"这一问，台下一片寂静，左茂富也半天不言语。阴大鲁手拿麦克风，冲着左茂富叫嚷："老实交代！"说着把麦克风对准左茂富的嘴唇。片刻，左茂富干咳了两声，然后怯怯地说："看没看窑洞顶我记不清楚，看一下就能把窑洞看塌吗？"他居然反问了一句。台下又是一片笑声。

知青办孟主任坐不住了，他走到左茂富身边，厉声道："窑洞上面的麦草垛子是谁家的？"

"是我家的。"左茂富毫不避讳。

"你为啥正好把麦草垛子堆在这孔窑洞的上面？"孟主任提高了嗓门。

这一问是致命的一击，也是最为关键的一个问题。阴大鲁也厉声附和："说，快说，老实交代！"阴大鲁一边喊着一边又要捏左茂富的脖子。左茂富斜睨了阴大鲁一眼，小声嘀咕了一句只有阴大鲁一人能听见的话。阴大鲁愣了一下，迅速缩回了伸出去的手。

左茂富小声说的话无疑是一枚重磅炸弹，它足以炸散整个会场，也会让阴大鲁下不了台。

阴大鲁想起了夏天在麦场上的情景。那天，他看见许俊俏在帮公公摊铺一捆一捆的麦子，准备碾打。左大牛和左茂富一车一车地把麦子从地里往麦场上拉。自从父子俩分家后，自留地各种各的，只有收种等农忙时节，儿子和儿媳才会来帮他干活。阴大鲁看见许俊俏埋头干活，周围没有一个人，就悄悄溜到她身后，趁其不备，猛扑上去，把许俊俏压倒在麦草堆里，抱住她又摸又亲。许俊俏开始吓了一跳，当看清楚是阴大鲁时，骂了一句"该死的"，就和他滚在了一起。

左茂富父子拉着麦子到场上后，左右看不见许俊俏。左大牛刚要喊，却发现媳妇满头麦秆、衣冠不整地从麦草堆里爬了出来。接着，看见阴大鲁突然也从麦草里冒了出来。左茂富一看就明白是怎么回事，"呸"了一声就要转身离开。阴大鲁急忙拦住他说："没事，没事，俊俏和我商量碾完麦草后，麦草垛子往哪里堆的事哩！我说就堆在这里，方便。"说着，他指了指他们钻出来的地方。

集体的麦草垛子一般堆在麦场中间，社员自留地的麦草垛子沿着场边堆放。但往哪里堆，要阴大鲁说了算。为了方便，社员们都希望把麦草堆放在离路近的地方。阴大鲁给左茂富指的地方，既是碾麦子的地方，又在马路边，算是最方便的了。但这个地方也恰好是猪圈的窑洞顶上。

会场上，左茂富给阴大鲁悄悄说的话是："我把麦草堆在了你钻出来的地方！"

这句话声音虽不大，却足以使阴大鲁乱了方寸。此刻，阴大鲁最怕左茂富把这句话大声说出来，如果他大声重复一遍这句话，台上台下的人就一定能够听到，听到后，那后果将不堪设想。阴大鲁迅速回过了神，对社员们说："好啦，地主分子交代了，散会后，让他写出交代材料。"说完，他又走到武装部长身边，耳语了几句，然后大声宣布："批判大会到此结束，把地主分子左茂富押下去！"

两个民兵拿着早已准备好的绳子，熟练地把左茂富五花大绑起来，押回了公社。

散会后，社员们到记工员处记了工分，纷纷离去。

一个月后，孟主任被提拔，当了县知青办副主任；县"革委会"派来两名干部，到申家原村考察先进知青周一笛。

十三、周一笛升迁了

这天，县"革委会"的一辆吉普车开到了申家原村。车上下来一男一女两名干部打扮的人，进村后，他们马不停蹄先找村干部谈话，然后再找了几个贫下中农谈话，之后到知青组开了不到半小时的座谈会，再后来，让周一笛写了一份关于养猪的经验材料，便揣着材料匆匆离开了村子。

周一笛心里没底，不知道县上来人是福是祸。从谈话人和蔼的态度中，她隐隐感觉到应该是好事，但究竟是什么好事，她一时也想不明白。迷惘之时她想到了申黎光。

申黎光从东沟担回一担水，把水倒进厨房的水缸里，水缸底部泛起了浑浊的杂物。周一笛走进厨房，抓了一把白矾粉末扔进水缸，等待着浑浊物的沉淀。周一笛问申黎光："县上来人考察我，不知道想弄啥哩？"

申黎光从孟主任被提拔到县知青办工作，已推断出周一笛不久将被重用，因为他们都得益于养猪和批判地主分子左茂富。于是他说："可能要提拔到公社工作吧！不是接孟主任的知青办主任，就是在公社妇联或公社团委工作吧！反正不会再和我们一起喝这浑浊的水了。"他指了指水缸。

"怎么可能，养的猪都死光了，一点儿成绩都没有了，不可能，不可能。"周一笛头摇得像拨浪鼓。

"很有可能，养猪没有功劳也有苦劳。你养的母猪，一次下了十二头活蹦乱跳的猪崽是人人皆知的事实。猪虽然被压死了，但原因查清楚了，那是阶级斗争的新动向，由此还揪出了破坏集体财产的地主分子，防止了集体财产被进一步破坏的可能性。孟主任的提拔就说明了这个问题，你就耐心等待吧！"听了申黎光的一番分析，周一笛觉得有理有据，一时激动得满脸泛红，心怦怦地直跳。

半个月后，一封来自县"革委会"的挂号信寄到了知青组，封皮写着"周一笛亲启"。周一笛拿着信忐忑而激动，她把信在胸口捂了捂，然后在无人处小心翼翼地将其撕开。一看信的内容，她惊呆了！一张任命她担任县妇联副主任的文件和一个要求她某月某日到县"革委会"报到的通知书，展现在了她的眼前。她来不及思索，拿着信就找申黎光，她要把这个好消息第一时间告诉他。

周一笛是在饲养室找到申黎光的。当时申黎光正拿着一块圆形的吸铁石在牛槽里来回搅动着,两名饲养员聚精会神地看着申黎光手里的吸铁石。不一会儿,申黎光拿起吸铁石,将吸附在上面的铁钉、螺丝帽取下来让饲养员看,两名饲养员瞪大了眼睛,惊叹不已!原来,饲养员发现最近饲养室的几头牛食欲不振,且不断消瘦,他们得知申黎光是学过畜牧兽医的,便让他来看看。申黎光检查后意识到牛可能吃了异物,便找来一个废弃的旧喇叭,用喇叭上的吸铁石在饲料里找到了铁钉等异物。周一笛见状,将申黎光叫出饲养室,悄悄问道:"这是不是阶级斗争新动向?"

申黎光说:"你神经过敏,铁钉、铁丝农村到处都有,饲料里混进这些东西很正常。找我有什么事?"

周一笛说:"让你看一封信。"说完将县"革委会"的来信交给了申黎光。

申黎光看完信愣住了。这个"破格",也太离谱了吧?一个刚满二十岁,动不动就哭鼻子的女孩子;一个朝夕相处,仅喂了半年猪的知青;一个前几天还找他这个大哥哥帮忙分析祸福的小妹妹,如果提拔到公社还可以理解,怎么突然就变成了县里的领导干部?这世事是怎么了?申黎光把信交给周一笛,只说了一句:"好事情!"

周一笛被提拔的消息不胫而走,在社员们的心中,这个消息不亚于"赤脚医生当上了卫生部副部长""纺织女工当上了国务院副总理"之类。他们也不知道县妇联副主任究竟是多大的官,纷纷前来表示祝贺。阴大鲁更是自豪得意,他认为周一笛的提拔,自己功不可没——如果他不让周一笛喂猪就没有周一笛的今天;这不仅是周一笛的荣誉,也是他阴大鲁的荣誉;不仅是知青们的光荣,也是全村人的光荣……他亲自组织了锣鼓队,要在周一笛离开时隆重地欢送一下。

第二天,周一笛就要离开村子到县里报到去了,她觉得幸福来得突然了一些。夜里躺在炕上,周一笛激动得翻来覆去睡不着觉,她想她应该感谢那头母猪和那十二头猪娃;她还应该感谢知青办孟主任的竭力推荐;她甚至觉得还要感谢坍塌的窑洞和那个鸡皮秃顶的老地

芳君

主左茂富。对了，她觉得最最应该感谢的还是救她性命的申黎光。那晚，自己鬼使神差地想让申黎光陪自己待在窑洞里，还执意想和他待一晚上，如果不是申黎光及时让她离开窑洞，她在阴曹地府里早都熬过"三七"了，她的父母这时候一定还沉浸在悲痛之中而不可自拔。一对男女知青深更半夜压死在窑洞里的桃色新闻已在大街小巷传播许久——这件事正好应验了"大难不死必有后福"这句话……想到这，她决定在离开前再和申黎光聊一聊，如果这样走了，不知道什么时候才能再见面。她披上衣服，在宿舍其他女知青熟睡的鼾声中，蹑手蹑脚地下了炕，轻轻地推开了窑门。

一阵凉风吹来，她裹紧了衣服。男知青窑洞里的灯已经熄灭，她在窑洞门口转来转去，想着怎样才能把申黎光约出来。

其实，这时候申黎光也没有睡着。平日里，他并没有觉得周一笛有什么特别之处，可当她突然要离开之时，他却感到了一种莫名的惆怅。他想起周一笛平时和自己的默契，一个眼神，一个动作，甚至一声咳嗽，他都能领会并咂摸出其中的意思。这种默契不知从什么时候开始的，反正她走了，这种默契也将随之消失。没有了这种默契，他一定会感到孤独和空虚。他担心周一笛到县上是否能干好妇联副主任的工作？她工作中若遇到困难，能和谁商量，谁会给她撑腰壮胆呢……同伴的呼噜声此起彼伏，申黎光此时也有了些许的睡意。睡吧，你和周一笛是什么关系？想这么多干啥？像个多愁善感的女人似的！然而，当他翻了一下身，正准备睡觉时，外面沙沙的脚步声，让他警觉了起来，这时候有谁会在门外？他迅速穿上衣服，向门外走去。

周一笛转悠了半天，想不出怎样才能约申黎光出来，她正准备退回宿舍时，却听见男知青宿舍门响了一下。她停住脚步，看见申黎光走了出来，申黎光这时候也看见了她。他们之间好像有一根无形的线牵着，很快走到了一起。周一笛问："你还没睡？"

申黎光反问："你咋一个人在外面？游魂呢？"

周一笛说："你才游魂呢！睡不着，想和你聊聊。"

申黎光说:"走,到麦场上转转。"

天漆黑一片,他们互相看不清楚对方的面孔。周一笛伸手挽住申黎光的胳膊,申黎光停住了脚步,他看了看周一笛,转身加快了步伐,俩人一路无语,很快来到了麦场上。

在一个大麦草垛旁,他们同时停住了脚步。申黎光从麦垛上撕出几把麦草,往地上一铺说:"坐下聊吧!"说完俩人几乎同时坐了下去。周一笛抬起头望着申黎光,轻声说:"我明天就要走了。"

申黎光说:"知道了。"

周一笛向申黎光身边挪了挪,又说:"我明天早上就走了。"

申黎光又说:"知道了。"

说完申黎光抬头看着漆黑的天空。周一笛生气了,她朝申黎光的肩膀用力地打了一巴掌,顺势倒在了申黎光的怀里。申黎光心跳加快,但却故作镇静。他抚摸着周一笛的头发,知道周一笛有许多话要说,他也有许多话要对周一笛说,可此刻,他的确不知道该说些什么。在黑暗中,依稀看见了周一笛眼中晶莹的泪花,便用衣袖给她擦了擦,问她怎么了?周一笛的呼吸急促起来,她闭上了眼睛,嘴唇微微张开。申黎光知道她在等待着他有所行动,他想象着她柔软的身体和火热而撩人的嘴唇,他俯下身子,开始寻找含苞待放的花蕾……可突然,他抬起了头,他想起了周一笛给他讲的"飞吻女"吴艳红的故事,也是这样一个漆黑的夜晚,也是在麦草垛旁边,两个人发生了不该发生的事情,最终酿成了悲剧。再说,周一笛的前程一片光明,而自己的路还像黝黑的隧道,看不见一丁点儿光亮,他俩的条件明显地不对等了,他们之间仿佛出现了一条鸿沟。如果此刻与她有染,一旦感情的闸门被打开,接下来情绪就无法控制,就等于和她谈起了恋爱——谈恋爱就要对她负责,就要让她幸福,就要和她过一辈子,而自己能做到吗?不可以!不可以!不可以冲动!不可以继续下去,他似乎感觉到几束刺眼的手电光马上就会照过来。

他直起了腰,冷静了许多,他摇了摇周一笛说:"你走后,我会想你的,你要常写信和我们联系。"

周一笛坐直了身子,她感觉到自己的脸在发烫,沉默了一会儿,她说:"我不会给你写信的,你这个冷血动物。"说完,她站了起来,拢了拢头发,迈开大步向女知青的宿舍走去,很快消失在夜幕之中……

第二天一大早,阴大鲁带着几个人,敲着锣鼓来到了知青住地。申黎光帮助周一笛打好了背包,几个女知青帮周一笛整理好了其他行李。大家像欢送入伍的新兵那样把周一笛送到了村外的大路上。周一笛和送行的人一一握手告别,在和申黎光握手时,她用拇指在他的手背上重重地掐了那么一下。

敞篷班车来了,周一笛依依不舍地上了车。车子启动了,她还转过身向大家挥着手,但很快便消失在尘雾之中。申黎光揉着被掐疼的手背,看着尘雾中远去的班车,心想:周一笛的前程将会怎么样呢?

十四、难忘的一九七六

时间飞快进入1976年。这一年国家发生了两件大事,申黎光家里发生了一件大事。国家的两件大事:一是唐山发生了大地震;二是国家的三个伟人相继去世。申黎光家里的一件大事是:婆去世了。

地震那天傍晚,公社电影队来到申家原村放电影,村民们早早就拿着板凳往麦场走去。申黎光和知青们没事干也想去凑个热闹。路上他们遇见了左大牛,申黎光问左大牛:"今晚演啥电影?"左大牛说:"谁尿知道,中国电影新闻简报,朝鲜电影哭哭笑笑,越南电影飞机大炮,罗马尼亚搂搂抱抱……"说完他哈哈大笑着走了。到了麦场上,大家才知道今晚的电影是《英雄儿女》。银幕前已经围满了大人小孩,知青们找来砖块坐在老远的塄坎上。演出中,银幕上一个英雄人物抱着爆破筒高喊"向我开炮!向我开炮!"突然,画面剧烈地抖动起来。知青们坐在砖块上,同时感到了地面的摇晃,女知青刘冬梅还差点儿倒在地上,她说感到头有一点儿晕。这时有人喊:"地震了!地震了!"大家这才回过了神,纷纷往村里跑去。

第二天,广播里传来了唐山大地震的消息,村里要求家家户户搭建防震棚,民兵戴着红袖章在村子里日夜巡逻,不许社员在家里睡觉。知青们在院子里用玉米秆搭起了三个小窝棚,外面蒙上塑料布,俩人住一个窝棚,感觉比住窑洞还舒服。

傍晚,天下起了连阴雨,申黎光躺在窝棚里拿着一本从姚会计家借来的《金瓶梅》,偷偷地翻看,准确地说,这是半本书,前后被人撕去了很多页。他正看得痴迷时,窝棚外传来了"噗嗒、噗嗒"的脚步声,他还未来得及把书合上,有人就掀起草帘子跨进了窝棚。他抬头一看,站在他面前的人是阴大鲁,于是急忙把书往被窝里藏,但已经来不及了,阴大鲁却一把将书夺了过去。阴大鲁翻看了几页,冷笑了一声说:"一看就是黄色书籍。"说着他把书递给了身后的一个民兵。

原来,他们是巡逻路过这里的,却在不经意间,抓了个看黄书的。申黎光反复说书是借别人的,请求他们不要收走。阴大鲁说,只要说出书是借谁的,就可以考虑把书还给他。姚会计借书给他时,曾反复叮嘱他要偷着看,千万不要被人发现,结果还是被人发现了。申黎光怎么也不可能把姚会计连累了,他知道自己的这个把柄,被人抓定了。

几天后,地主左茂富出现在了村里,拿着比他还高的扫帚,仔细打扫着村里的巷道。社员们只知道他被押到了公社,后来又听说被送到了县公安局,不知为何又被释放回来了。申黎光见他打扫到知青住地时,把他叫到防震棚里,倒了一杯开水递给他,并询问他离开村子之后的情况。左茂富端着开水,看看四周,感激地说了声"谢谢",然后他告诉申黎光,他到公社后,知青办孟主任和武装部长亲自审问他,说只要认罪态度好,就在公社处理;如果认罪态度不好,就押送至县公安局处理。他怕被送到县公安局去,就把他发现阴大鲁和他儿媳妇在麦场上鬼混的事情,以及阴大鲁让他把麦草堆放在猪场窑洞上面的过程，一五一十地作了交代。谁料武装部长和阴大鲁是从一个部队复员的，虽然不是一起当的兵，但也算是战友。听了左茂富的交代，武装部长大为恼火，啪啪抽了他几个耳光，说他是污蔑栽赃革命干部，要罪加一等。于是左茂富再也不敢乱说了，只好按照武装部长的要求，违心地作了交代，并签了字，按了手印，然后被两个民兵押送到了县公安局。在县看守所关押几个月后，遇到了地震。看守所是国民党时候的老监狱，没地震时就有裂缝，县里怕出事，就把重刑犯转移到外地监狱，把他们这些犯罪事实不清的人给放了回来。

看着皮包骨头风烛残年的左茂富，申黎光问他在看守所里受罪没有？左茂富说，警察不打人，就是同监舍里的犯人互相欺负，他在那里面长了不少见识，知道了什么叫"看电影"，什么叫"老牛犁地"，什么叫"蝎子爬墙"……申黎光感到好奇，让他说具体一些。左茂富放下杯子，边比划边说："监狱里谁罪行重谁就是狱霸，他们会想出各种折磨人的方法，整治那些不听他们使唤的人。"申黎光听完，对左茂富的遭遇深感同情和怜悯；对知青办孟主任不择手段，邀功求赏的行为无比愤恨；对周一笛的升迁感到可悲而又可笑。

地震过后不久，毛主席去世了，全国人民陷入无比悲痛之中。申家原村也设立了纪念灵堂，纪念灵堂是用席子和帆布搭建的，设在村口的大槐树旁。灵堂里悬挂着毛主席像，相框上挽有黑绣球和黑纱，社员们每人胸前别一朵小白花，有序排队进入纪念灵堂，缓缓走过毛主席的遗像，向心中的红太阳告别。社员们的表情是凝重的，心情是沉痛的，因为人们习惯了在伟大领袖光辉的照耀下生活，太阳落山了，就意味着黑暗即将到来，谁也无法预料往后会发生什么事情。

申黎光参加完告别仪式，刚回到知青组，只见门口停了一辆吉普车，车旁围满了社员和小孩子。吉普车在这里是稀罕物，围观的人不但要看，还要用手去摸，用脚去踢车轮子。司机小郝转着圈阻挡动手动脚的群众，但效果不佳。小郝看见申黎光回来了，急忙招手让他上车，申黎光问有什么急事？小郝说："你婆病危，你爸让来接你，一起回老家。"申黎光脑袋嗡的一下，立马转身到宿舍拿了件衣服就上了车。

吉普车比敞篷班车快多了，不到一个小时，就翻过十八盘，来到了县城。在县城一个招待所门口，司机小郝停下车，让申黎光在车上等候，自己跑步进入招待所。几分钟后，小郝手里拎着个大包，和申黎光的爸爸妈妈一起出来了。原来，爸爸和妈妈为防不测，提前为婆在县城置办了一些办理丧事的用品，然后在招待所等候着申黎光，让司机小郝去申家原村接上申黎光后，一起回老家。

吉普车一路向西，追着太阳不停歇。几个小时后，汽车开到了申河村，此时太阳也快落山了。汽车进村后，在申黎光的指引下，一行人很快到了家门口。跨进大门，申黎光注意到，照壁窑窝里土地爷面前他熟悉的那个香炉不见了，自然也没有烧香。这可是婆天天做的功课啊！"婆病了，土地爷没人管了。"申黎光心里想着。

两个姑姑把大家迎到屋里，进屋后，看见婆在炕上躺着，婆的脸色煞白，紧闭着双眼。申黎光爸问病情如何？小姑说："闹地震的时候就病倒了，时好时坏，县医院医生说是严重的类风湿心脏病，恐怕撑不了几天了，我们要给你发电报告诉病情，母亲不让告诉你，说怕影响你工作，昨天突然昏迷了，我就给你发了电报。"说完小姑掩面抽泣起来。

申黎光摇着婆的胳膊说："婆，你睁开眼睛，黑娃来看你了，我爸妈也来了。"婆嘴角微微动了一下。

黎光爸用手指按着黎光婆的手腕，停了一会儿说："脉象很弱，赶快送医院。"

婆突然睁开了眼睛，大家立刻围拢了上去。

小姑说："娘，我哥和我嫂子回来了。"

婆眼珠子动了动，申黎光伸手抓住婆的手，婆也紧紧抓住申黎光的手，用微弱的声音说："黑娃，扶我——起来。"

申黎光和爸爸立刻脱鞋上炕，把婆扶了起来。大姑端来一杯红糖水，用勺子给黎光婆喂了起来。

一会儿，婆眼睛里有了光亮，她仰头看了看黎光爸，又环视了周围的人。看到申黎光时，婆说："黑娃瘦了，不好好吃饭么。"

黎光爸说："你不要为别人操心了，一会儿送你去医院。"

婆摇着头说："不折腾了，我感觉这一次不好。"她又看了看两个姑姑，说："七十三八十四，阎王爷叫你商量事，把我的老衣拿出来。"

黎光爸说："娘，你不能走，好日子才开始。"

婆说："咋不能走？毛主席——都走了。"

申黎光把头埋在婆怀里呜呜哭了起来，婆抚摸着申黎光的头说："黑娃不哭，把香炉拿出来。"

说着，婆指了指旁边的板柜。申黎光起身打开板柜，果然看见那个他熟悉的香炉在里面放着，已经不是曾经黑乎乎、脏兮兮的样子，而变成黄灿灿、亮铮铮的了。申黎光拿出香炉放在婆的怀里，婆摸着香炉对申黎光说："这是你爷留下的老物件，有灵气，给你拿去留个念想——婆死了——没人给土地爷烧香了——"

婆说完，眼睛一闭，又昏迷过去了。

大家呼叫着，有叫娘的，有叫婆的，也有叫嫂子的。叫嫂子的是对门申虎子他爸"一把手"。"一把手"一点儿都没变，还是申黎光小时候看到的样子，只是显得有点儿痴呆，上帝要走了他一只胳膊，却给他留下一条长寿的命。喊声、哭声响成了一片，但婆始终没有醒过来，她在她的儿子——黎光爸的怀里走得很安详。

婆终究没有越过七十三岁这个坎，静静地躺在十几年前就给她准备好的柏木棺材里。申黎光从小就害怕这口棺材，从来就没有敢仔细看过。婆曾说过，这是她百年后的房子，现在她安静地躺在了这个房子里。申黎光第一次见到至亲至爱的人离去，他没有任何恐惧，只有无尽的悲痛和伤心。他趴在棺材上哭得撕心裂肺，他说他对不起婆，他辜负了婆的期望，他还没有穿上四个兜婆就走了；他没有挣到钱，没有来得及给婆买好吃的、好用的婆就走了；他没有给婆行一天孝婆就走了……申黎光哭罢，找出他小时候给婆刻制的"冥国银行一万元"的梨木印刷版，用一块白布包好，悄悄地放在了婆的枕头旁。她婆曾经用这个印刷版印制过许多烧纸，全村人几乎都用过这种烧纸，还说这种钱已经在冥国银行通用了，而且用这种烧纸送鬼神灵验得很。申黎光想让婆永远都不缺钱花。

安葬完婆，申黎光又回到了知青组，继续过着日出而作日落而息的生活。

不久广播里传来粉碎"四人帮"的消息。

冬天还没到，但人们却嗅到了春天的气息。

十五、世事无常

天气渐冷，农民们纷纷拆除了防震棚，住到了各自原来的屋子，知青们则都搬回了窑洞。

申黎光留了一个小窝棚，舍不得拆除，他觉得在这种独立、舒适、安静的空间里看书，是一个不错的选择。

一天晚上，申黎光正在窝棚里翻看借来的小说《三国演义》，门外传来轻轻的脚步声。他吸取了上次的教训，很快把书藏了起来。然而，脚步声又走开了，他刚把书拿出来，脚步声却又返了回来。他还没有把书藏好，一个熟悉的身影闪进了窝棚，他定睛一看，竟然是多日不见的周一笛。周一笛留着剪发头，上身穿一件灰色西服，里面套着红毛衣，下身是灰色裤子，脚穿黑皮鞋，一副干部的装扮。

"啊，怎么是你？"申黎光没有丝毫的思想准备。

周一笛苦笑了一下，说："我看窝棚里灯亮着，但不能确定谁在里面，就到知青组窑洞门口听了听，里面几个人正在玩扑克，没有听见你的声音，就判断你在这里看书。"

申黎光说："你怎么这么晚了回来，有什么急事吗？"

"没事，这次回来是和你告别的。"

"告别，告别才几天，怎么又告别？"

"这次和那次不一样。"说着，周一笛坐在了地铺上，轻轻地啜泣起来。申黎光怔了一下，这才发现眼前的周一笛脸色苍白，眼睑肿胀，泪痕满面，于是急忙拿出毛巾，递给她，然后又倒了一杯水。

周一笛接过水杯，长长地叹了一口气，眼泪便又流了出来。申黎光不明缘由，不知道如何安慰，只好说："当知青的什么苦没有吃过，什么罪没有受过，再难还有咱们吃水难？有你养猪难？有'飞吻女'遇到的事情难？"他不知道怎么又突然想起了"飞吻女"，他猜测周一笛是不是也遇到了像"飞吻女"一样的感情困扰。因为周一笛在他心目中一直是美丽的化身，到了哪儿都会引人注目，也容易引来无风也起浪的风言风语和不必要的麻烦。

周一笛擦了一把眼泪，稳定了一下情绪说："不是你想象的，是你想不到的，丢人死了，丢人死了，我都不想活了。"

周一笛连说了两个"丢人死了"，还说"不想活了"，会是什么事呢？对！一定是类似于"飞吻女"的事情，或者比"飞吻女"的事情还要严重的事情……申黎光这样想着，他往周一笛身边凑了凑，急切地想知道答案。见周一笛半天不开口，就问道："那会是什么事情，能告诉我吗？"

"唉！只能给你说说……"周一笛边喝水边诉说了她离开知青组后的情况。

原来，周一笛到县"革委会"报到后，只在县妇联待了三天：第一天整理了铺盖，打扫了办公室；第二天拜访了县妇联主任；第三天参加了社教动员会。会后，她就把刚刚铺好的铺盖又卷起来，参加了县上组织的农村社会主义教育运动，简称社教。

县妇联主任是一个和周一笛母亲一般年龄的慈祥端庄的老同志，她在办公室接待了周一笛。她对周一笛说："我女儿和你一样大，也是插队知青。广阔天地大有作为，你就是知青中有作为的青年。这次抽你去社教，是希望你得到更好的锻炼。你要珍惜机会，但一定要注意安全。"说完，她上下打量着周一笛，眼里流露出了母亲对女儿的柔情和慈祥。周一笛感动地说："放心吧，我一定不辜负领导的期望！"临别时，妇联主任从抽屉里拿出一个白色小棒，说："这是灭虱灵，睡觉前在床单上划一划，虱子、跳蚤就不咬你了。"周一笛早就用过灭虱灵，还是申黎光给她买的，平时也随身带着，但她还是接过主任给的灭虱灵，连说"谢谢"，脸上充满了感激。

周一笛社教的地方叫稠尚公社麻底坡大队，工作组一共五人，组长是县宣传部华部长，她是副组长。

他们刚到村口，几只恶狗就扑了上来。华部长五十多岁，大块头，上去就用脚踢狗，谁知这里的狗不认领导，越踢越凶狠。华部长见状，撇下周一笛撒腿就跑，几只狗穷追不舍，直到咬住了他的脚后跟才罢休。生产队长急急忙忙从村里赶来时，狗已跑得无影无踪。只见华部长穿着一只鞋，眼镜掉了一个镜片，坐在地上直喘粗气。队长扶起瘫坐在地上的华部长，连说对不起，然后四处寻找他的另一只鞋。周一笛看见狗嘴里噙着华部长的一只鞋跑了，就对队长说鞋被狗叼走了，队长急忙又去撵狗……

到村里后，华队长立即召开工作组会议，他对村口被狗咬之事耿耿于怀，于是他告诉大家，工作组一进村就被狗咬，绝不是一个偶然的事件，这个村阶级斗争很复杂，一定要提高警惕。一席话，吓得周一笛等几个工作组成员都不敢单独出门。华部长把周一笛叫到他所住的房间里，说在这里有我，你什么都不用怕，晚上开会学习就跟着我。

工作组到村里的社教任务就是组织农民学习。学习就是念报纸，读文件。学习地点在村外的小学，时间都在晚上。忙碌了一天的农民，最讨厌晚上学习，他们对与生计无关的事情一点儿兴趣都没有。念文件时，许多人不是打瞌睡就是聊天。只有周一笛组织学习时，村里的几个小伙子才肯直着眼睛"听"一会儿。华部长说，周一笛能念出文件的精神实质，要求工作组成员向周一笛学习。

周一笛最怕晚上走夜路，她不是怕天黑，而是怕华部长。华部长晚上总是要陪周一笛往返于驻地和学校之间，而且总要说一些令人肉麻的赞扬她的话。有一次，在回驻地的路上，华部长拍着周一笛的肩膀，说你是我见到的最有气质的干部，你的前途无量，我会帮你入党；你的身材像一个电影演员，叫什么名字想不起来了，该凸出的地方凸出，不该凸出的地方不凸出；一般外表美的女人内在不一定美，而你不一样，你是内在美和外在美完美的结合体……他看周一笛不言语，竟然把搭在肩膀上的手往周一笛胸前伸去，周一笛迅速拧了一下身子，快步走开，把华部长甩得远远的。周一笛边走边哭，她不知道是自己的错还是别人的错，怎么总会在她身上发生类似的事情？她感到了孤独、恐惧和不安。她想起在知青组的日子，虽然艰苦一些，但心里踏实、坦然，没有一点儿孤独感，特别是和申黎光在一起，安心、安稳、安全；和知青组的伙伴们在一起，活泼、开朗、幽默——她有点儿想他们了。

农民们对工作组无休止地组织学习，非常反感，不久便编出了顺口溜，并迅速在村里传开：

　　　　球上（稠尚）公社，
　　　　妈的×（麻底坡）大队，
　　　　来了一伙糟蹋粮食的。
　　　　早上睡觉，
　　　　上午看报，
　　　　后晌游魂，
　　　　晚上整人。

　　周一笛听到了这些只想哭，但华部长却说这是阶级斗争新动向，非要查个水落石出不可。

　　就在工作组调查顺口溜来源的时候，县妇联来人通知，让周一笛带上行李，速回县里，有要事。周一笛不知何事，但一想到能离开华部长，就非常高兴。她草草收拾了一下，就和来人一起回了县里。

　　到了县妇联，她把行李一放，就奔向妇联主任的办公室。主任见她一副风尘仆仆的样子，心疼地说了一些关切问候之类的话，然后告诉她,是县"革委会"通知她回来的,让她找县"革委会"管人事的副主任去。

妇联和县"革委会"在一个大院里。周一笛找到"革委会"副主任办公室,发现门闭着,就伸手敲门。这时,从里面走出来一个女的,周一笛定睛一看,竟然是上次去村里考察她的那名女士。这人一看是周一笛,马上说:"领导在里面等你。"说完就匆匆离开了。周一笛第一次走进县"革委会"领导的办公室,未免有点儿胆怯。办公室很大,但办公桌却很小,墙上挂有马恩列斯毛的画像。瘦小的主任见进来了人,扶了扶眼镜,说:"来,来,坐下,你就是周一笛吗?"

周一笛没有坐下,小声说了声:"是的。"

主任也没有再客气,清了清嗓子说:"上级来了文件,要清理'文革'中的'三种人',同时对突击提拔的干部也要清理,你刚好在清理名单之内,现在我代表组织宣布,撤销你的县妇联副主任职务,回知青组继续插队锻炼,你一定要想开些……"

周一笛脑子嗡的一下,整个人有点儿恍惚。她一脸茫然,不知所措,呆立无语。她没有听清楚后面的话,感觉这个桌子后面坐着的不是领导,而是一个耍木偶的演员,自己则是他手中牵着线的木偶……她不知自己是怎样离开这个办公室的,只觉得脑子里一片空白。撤销县妇联副主任的消息无异于晴天霹雳,来得太突然了,她没有丝毫的精神准备,就像当初接到任命她当县妇联副主任的通知那样没有丝毫的预兆。世事也太无常了,一会儿把你捧到天上,一会儿又把你摔到地上。她不知该怎么办?她想她不能在县上待了,但也绝不能再回村里去,去了,她恐怕永远也抬不起头来。她怕看见那孔塌方的破窑洞,她也怕看见鸡皮秃顶的老地主,她更怕看见敲锣打鼓欢送她高升的乡亲们。她只有回到父母身边,才是最好的归宿。她要在临走前把这些想法告诉申黎光,于是她找了一辆吉普车,在天黑时赶到了申家原村。

听完周一笛的诉说,申黎光沉默了。他曾经为周一笛的升迁高兴过,也对她的突然提拔嫉妒过,还为她离开知青组惋惜过。他是一个永远都希望别人好的人，即使别人未必感觉到好，他心里也会感觉美好。"心存善念天地宽"是婆告诉他的。在县里来人考察周一笛时，他说了一箩筐的好话，可他没有料到事情的变化会这么快，又这么糟。他知道此刻任何安慰的语言都是苍白无力的。他伸出右手，紧紧握住周一笛冰凉的左手，注视了一会儿她，说："没事，你先回家待着，前面的路黑着呢！这世事，往后还不知道会怎么变化哩！一个人真正的成熟，就是接受世事的无常。我们能够健健康康地回去就是最好的结果，不让你干了，你也没有受到任何伤害，有的知青不是残疾了就是像'飞吻女'那样出事了，甚至有的连命都丢了。相比他们，我们算幸运的。'苦难守恒定律'告诉我们，每个人一生吃的苦是恒定的，当你熬过所有的苦，就会变成更强大的自己。不久我也会回去的，回去后咱们还会在一起。"

申黎光不知怎么就涌出这么一大堆宽慰周一笛的话来。周一笛苦笑了一下说："你怎么还知道'苦难守恒定律'？"

"怎么，感觉有道理吧？是前几天从姚会计借给我的一本书上看到的，今天就热蒸现卖给你，这叫活学活用。"

"这么说，我们现在吃点苦，受点挫折还是好事？"

"好事！那次窑洞坍塌，我俩没有出事，躲过了一劫，这叫大难不死必有后福，忘掉过去，大胆地往前走吧！"

"我妈也说过这样的话。"周一笛苍白的脸上泛起了红润。

"那你送我到村口吧！车在大槐树下等着哩，我不想见到任何人。"

"我不是人吗？"申黎光揶揄道。

"除你之外。"周一笛说。

夜幕中，两只紧紧握在一起的手始终没有松开。他们一路无语，很快走到了村口，吉普车停在路边，依稀可见。周一笛站住望着申黎光说："给你提个要求行吗？"

申黎光说："提吧，只要我能办到的，一定不推辞。"

周一笛说："我想让你抱抱我。"

申黎光早已从心底里接纳了周一笛，他知道他给不了周一笛什么，今后也不一定能给予什么，此刻，他能给予她的只是几句安慰的语言和深深的拥抱。于是，他伸出双手，两个人紧紧地抱在了一起……

十六、申黎光的机遇

这年冬天，十八盘的原上干冷干冷的。十二月底，好不容易盼来了一场雪，但雪花敷衍了事，还没有盖住地皮，就不下了。

一年一度的征兵开始了，知青中的几个男生和村里的十几个适龄青年都报了名。

县武装部大院里，县医院的大夫们把会议室、图书室、健身房改成了透视、化验、心电图室等，报名的青年们在这里排成长队进行体格检查。知青王跃进因身高不够第一关就被刷了下来。申黎光和其他知青一路过五关斩六将，最后，马守恩、封文斌都顺利过关，只剩下申黎光一人被挡在了"关外"。透视时，医生发现申黎光的肋骨有陈旧性骨折，便叫来其他几名医生商量，医生们议论了一会儿，表情都很犹豫，不知是该在体检表上打个对号还是错号。申黎光看出医生的为难，他当众双脚并拢，做了十几下原地起跳，又做了四十个俯卧撑，以证明自己的伤已经痊愈了。医生们看他执着的样子，又进行了一次会诊，认为虽然肋部有骨折，但并无大碍，基本符合当兵的身体条件。

这年的征兵部队是北京军区某机要单位，招收兵员的条件比较苛刻，除了要求高中文化程度外，家庭必须是贫下中农成分，父母亲等直系亲属不能有被关押、管制、劳教的，申黎光的父母这时候已经平反昭雪，又回到了原工作岗位，对这一点儿，申黎光充满信心。

体检过后几天，村里来了两名接兵的军人，他们先找到村支书罗福山，罗福山给他们一一介绍了村上体检合格的应征青年的家庭和个人情况。介绍到申黎光时，他还着重介绍了他虚心接受贫下中农再教育的许多典型事例，比如帮助村里的五保户磨面、挑水；水库大会战时不怕吃苦，受到公社的表扬；用掌握的畜牧兽医技术为生产队的牲口治病；带领知青组搞农业技术革新；年初全公社在百余名知青中仅接收了三名共产党员，申黎光就是其中之一等等。接兵的人听后非常满意。罗福山又把这些情况很快告诉了申黎光，让他做好穿军装的准备。申黎光激动得不得了，他想象着自己穿上军装一定会很英武，并想着到部队后所要做的第一件事，就是照一张穿军装的照片，寄给爸爸妈妈；对了，也给周一笛寄一张。他按捺不住心中的喜悦，已私下里与关系相好的村民话别了。

接兵的又在村里找了几个贫下中农了解了些情况，最后到队长阴大鲁家征求他的意见。接兵的了解到阴大鲁也是当过兵的，无形中产生了一种信任感，自然他说的话是有一定分量的。谈完话后，接兵的还在他家吃了饭，喝了酒，然后才醉醺醺地离开。

第二天早上，阴大鲁在大喇叭上讲话了。他先播放了一首毛主席语录歌《三大纪律八项注意》，接着大声宣读了一个名单，让名单上的人中午十二点到公社武装部领取入伍通知书。这个名单被阴大鲁念了三遍，申黎光竖起双耳听了又听，却没有听见自己的名字。他问了知青组的其他人，他们也说没有听到申黎光的名字。不可能！申黎光急了，他飞快地朝阴大鲁家里奔去。

自插队以来，申黎光这是第二次去阴大鲁的家。第一次是知青刚到村里不久，那天，阴大鲁一插上话筒，大喇叭就发出刺耳的啸叫声，他以为机器坏了，于是就喊申黎光去看看。申黎光叫上周一笛一起去，因为周一笛在学校广播室工作过。他们检查后发现机器没有任何问题，只是使用方法不当，于是告诉阴大鲁，讲话时声音不能开得太大，话筒要离扩大机远一点儿，不能把话筒放在扩大机上讲话，嘴也不能离话筒太近等等。阴大鲁照着他们说的方法试了试，大喇叭的啸叫声果然没有了。

申黎光这次径直来到阴大鲁安装扩大机的房间，只见阴大鲁正坐在炕沿上用剃须刀片割脚上的鸡眼。他很仔细地一下一下地割着，割得小心翼翼，脚上的老皮一片一片地落到了炕沿上。他很聚精会神，连申黎光到了他身边都没有察觉。当阴大鲁抬头看见申黎光时，惊了一下，刀片一斜，脚上被划出了一个口子，鲜血立马流了出来。他顺手抓起炕头上的一块抹布，一边擦血，一边问申黎光："你有事吗？"

扩大机旁有一张写着入伍名单的通知。申黎光拿起通知，看了看说："这是怎么回事？怎么没有我？"

阴大鲁说："什么怎么回事？这个通知是接兵的给我的，我怎么知道有没有你？"

"是你在搞鬼！"说着，申黎光伸出左手，抓住阴大鲁的领口，右手紧握拳头，瞪着双眼，牙齿咬得咯嘣响。阴大鲁见状，立刻想起上次在吊庄申黎光把左大牛从头顶摔过去的情景，连忙战战兢兢地说："松手、松手，有话好说，有话好说！"申黎光松开了手，问阴大鲁为什么接兵的会把自己政审掉？阴大鲁说："有人告诉接兵的，说你爱看黄色小说，接兵的说这可不是个小事情，就把你刷下来了。"

申黎光知道这分明就是阴大鲁在捣鬼，不由得怒火中烧，于是，他冲着阴大鲁吼道："是你收走了我的书，是你告了我的状，你把书还给我！"阴大鲁见申黎光来者不善，态度软了下来，喃喃地说道："我把书让接兵的看了，他们说这书黄得很，年轻人看了都会犯错误的。他们接的兵是在北京军区机要部门工作，审查严格得很。"

接着，阴大鲁又按照他的理解说："其实这也是为了你好，如果在我当兵的那个鬼地方服役，海拔四千多米，一年四季见不到一个女人，也犯不了什么错误；北京可不一样，机要部门更不一样，都是陪首长跳舞的，那脸蛋，那身段，可是天仙下凡啊……"说到这，他仿佛看到了一群美女正在搔首弄姿，饥渴难耐地咽了一口唾液。

"无聊！"申黎光呸了一声，然后转身离开了阴大鲁的家。他明白在这里注定论不出什么名堂来；他也明白，看黄色小说的证据已经被拿走，现在做什么努力都是徒劳的。

申黎光回到宿舍，蒙上被子大哭了一场。

几天后，村里敲锣打鼓欢送新兵入伍，知青马守恩和封文斌就在其中。申黎光站在人群中，向他们挥着手道别，眼里充盈着泪花。老支书看见了，走到申黎光身旁说："机会有的是，当兵只是一个路子，还可以当工人、考大学嘛！"

申黎光点点头说："我没事，谢谢了！"

一切似乎又恢复了常态，知青和社员们继续同工同酬同劳动。冬天的农活主要是平整土地，他们用架子车把高处的土取下拉到低处填充，如果距离近，就用担子挑。土地平整了，就能收住雨水，保持水土不流失，这在旱塬地区非常重要。

这天劳动时，天上飘起了雪花。不一会儿，大家的头上和身上就变成了白色，一个个冻得瑟瑟发抖。

一个和申黎光同拉一辆架子车的中年农民看着申黎光说："这几年也苦了你们这些学生娃了，有机会还是离开这里吧！你知道这时候工厂的工人在干什么吗？"问话的农民是那个在知青刚进村时，让申黎光猜打秋千的男孩是谁家娃的秃顶农民，看样子他是个见过些世面的人。

申黎光说："不知道。"

中年农民说："这时候，工人们正围在大车间的大火炉旁谝闲传哩！炉子上的茶壶咕嘟嘟冒着热气，旁边的红薯烤得黄亮黄亮的，香气都飘到了车间外面……"

申黎光咽了一下口水，受这番话的刺激，他的肚子开始咕咕地叫了。他知道中年农民的侄子在县机械厂工作，他描述的场景是他进城找侄子时看到的。在这冰天雪地的原野上，那种围着火炉吃烤红薯的场景很是诱人。

"干活了！干活了！"远处的阴大鲁开始喊叫了。他俩又很快拉起架子车飞奔在风雪中……

时光如梭，又到了春暖花开的季节。

省里有几家单位来到县上招工，公社给申黎光所在的知青组分了一个男生名额，招工的单位是省电力公司。支书罗福山拿到通知后，首先想到的是申黎光。他拿着文件去找阴大鲁，说了推荐申黎光的想法，阴大鲁说："还是让群众开会推荐吧！群众的眼睛是雪亮的。"

晚上，在招工单位人员的参与下，村民们在村小学教室里开会。阴大鲁说明了会议内容，介绍了知青组申黎光和王跃进的情况。在介绍申黎光时，他着重介绍了申黎光在水库工地干活时被架子车压坏了肋骨的情况，还说他至今伤都没有好，天阴下雨时经常腰疼，但他还要带病上工，大家应该向他学习。

申黎光听出了阴大鲁的弦外之音。阴大鲁强调他身体不好，显然在给招工者和社员们递话：申黎光不适应这份工作。不过，申黎光这次也没有打算走，因为招工名额只有一个，知青组还有他和王跃进两个男生，他是组长，理应让王跃进先走。

推荐结束了，结果大出阴大鲁所料，申黎光以绝对的优势票数获得第一名，王跃进排列第二。

散会后，阴大鲁把招工单位的人叫到了家里，再次把申黎光肋骨被压断之事提了出来，还说去年当兵体检时都没有过关，被刷了下来。他还特意问招工的人，电力公司的工人是不是要经常爬电杆？肋骨断了的人还能上电杆吗？直说得招工者没有了主意。招工者挠着头，做出了最后的决定：只要有人能够证明申黎光的确断了肋骨，就又按群众推荐顺序，招收王跃进。

送走了招工的，阴大鲁又急忙找人把知青王跃进叫到了家里，先问王跃进想不想当工人？王跃进说当然想啦。阴大鲁知道王跃进在水库上写过关于申黎光受伤的通讯报道，就对王跃进说，只要他能写一封证明申黎光在水库工地被架子车压断肋骨的证明材料，他就能被招工者招走。

王跃进是个嘴笨的人，每次和人说话论理，都是在事后才醒悟，当时如果这样说或那样说就好了。听到阴大鲁的吩咐，他一时不知该怎么回答他，也实在没有理清阴大鲁说的话对与不对，只好支支吾吾地离开了阴大鲁的家。

在回知青组的路上,王跃进思来想去,觉得写那样的材料不厚道;但不写呢,又招不上工。对了,还是和申黎光商量一下,听听他的意见。

于是,王跃进回到知青组见到了申黎光,把阴大鲁说的话一五一十地告诉了他,说自己绝对不会干出卖朋友的事情。申黎光听了毫不生气,他看着眼前这个实诚、木讷的王跃进,颇为平静地说:"看来阴大鲁阴队长是和我杠上了,你可以不写材料,别人也会写呀;我不被招工没关系,但你一定不能放弃这个机会。"

"那咋办呀?我不写材料,阴大鲁就会为难我,可能就会放弃这个招工指标。"王跃进左右为难了。

申黎光说有办法。他走到王跃进身边耳语了一番,王跃进便开心地笑了。

过了几天,王跃进推了一辆崭新的飞鸽牌自行车,来到了阴大鲁的家里。阴大鲁一看王跃进推来一辆时下很难买到的飞鸽牌自行车,眼睛笑得眯成了一条线。王跃进说:"这回招工让你费心了,我买了一辆自行车,放你这里,不知道你喜欢不?""喜欢喜欢,我正想买一辆呢!只是没有供应票,你是怎么弄来的?"阴大鲁抚摸着自行车,笑得涎水都从口角流了下来。王跃进说:"托我爸的一个熟人在县里买的,你先骑着用吧!"阴大鲁说:"好,好,你今天回去把招工表填好,明天早上送到公社去就行了。"王跃进说:"那反映申黎光的材料还写吗?"阴大鲁说:"不用写了,我已经让招工的人找大队的跛子文书去了,他能说清楚的。"

几天后,王跃进收到了省电力公司的招工录取通知书,他第一时间拿给申黎光看,然后问他下一步该怎么办?申黎光又给他耳语了一通。

这天,王跃进在知青们的帮助下,打好了背包和行李,准备到县里报到,再然后到省电力公司去上班。村里几个和王跃进相好的村民也来相送。他们问王跃进坐什么车走?王跃进说:"骑自行车走。"哪来的自行车？大家一脸茫然，环顾四周，都没有看见自行车的影子，不免觉得奇怪。王跃进说："自行车在阴队长家放着哩，走，你们跟我去取！"

大家帮着王跃进，拎着大包小包，拥向了阴大鲁家。阴大鲁看见来了这么多人，以为是王跃进要离开了，特意前来向自己告别。他笑眯眯地把大家让进了屋里，然后给王跃进讲了几句舍不得他离开之类的客气话，还一副关切的口气叮咛王跃进，当了工人就要改变农民的一些不良习气，要发挥工人阶级先锋队的作用云云。

众人听得不耐烦了，纷纷走出了房间，只有申黎光和王跃进没有离开。阴大鲁问王跃进还有什么事吗？王跃进看了看申黎光，鼓足勇气，说："我来取我的自行车，行李太多我背不动。"

"什么？你的自行车？怎么——你——这是怎么回事？"阴大鲁结巴着，脸涨得通红。

王跃进搓着手，站在原地不知道如何应对。申黎光看王跃进半天说不出话，便接过阴大鲁的话说："王跃进说把自行车放你这里了，他今天是来取自行车的。"阴大鲁明白了，也清醒了，他知道这是个圈套，但他不是个轻易服输的人。

阴大鲁指了指放在柴棚里的自行车，问王跃进："你凭什么说这辆自行车是你的？你再想想这辆自行车是怎么到我这里的？"

王跃进看了看申黎光，走到自行车旁边，拧掉自行车的右手把，从里面取出一张发票，举在手里。众人好奇地蜂拥了上去，都想看个究竟。王跃进说："这是我在县百货公司买自行车的发票，上面还有购车人的姓名。我说过先放你这里，让你先骑一骑，对吧？"

大家的目光聚焦于发票，然后又转向阴大鲁。阴大鲁回忆起王跃进送自行车时的情景，的确是说过"先骑着用"的话。脸色瞬间变得苍白，摆摆手说："骑走吧！骑走吧！"然后一扭身钻进了房间。

大家帮助着王跃进，七手八脚绑好行李，然后就离开了阴大鲁家。知青和村民们把王跃进送到了村口的大槐树下，目送着他和他的"飞鸽"飞向了远方……

十七、阴大鲁残废了

县医院的手术室里，医生们紧张地来回穿梭；躺在手术台上的阴大鲁脸色苍白，痛苦地呻吟着。主治医生问道："割掉的那一截拿来没有？"

阴大鲁有气无力地说："没有拿。"

医生说："赶快让人去找。"

阴大鲁唉地叹了一口气，有气无力地说："不用找了，被猫叼走了。"几个女护士忍不住地掩嘴偷笑起来。主治医生训斥她们："笑什么？赶快让麻醉师进行局部麻醉！"医生们给阴大鲁进行了伤口缝合手术，并把阴大鲁安置进特护病房。

阴大鲁是左大牛送来的。他把阴大鲁安顿好之后，就到县公安局投案自首了。公安局派人到县医院了解了阴大鲁的病情，确定为重伤害，于是左大牛便被刑事拘留了。公安局刑警队、治安科共同办案，一伙警察留在医院询问阴大鲁，另一伙警察到申家原村进行现场勘查。警察询问阴大鲁时，阴大鲁有意隐瞒了左天来砍伤他的事实，一是因为左天来的确就是自己的儿子，他不想让儿子背负伤害父亲的罪名，从此受牢狱之苦；二是左天来还是个孩子，让小孩子割掉了自己命根，实在是丢不起这个人。于是他把伤害他的人说成了左大牛。

到现场勘查的公安人员，在村支书罗福山的带领下，来到了左大牛家。他们提取了镰刀和其他几个物证，然后分别找许俊俏和左天来谈话。许俊俏和左天来的交代有很大的出入：许俊俏说阴大鲁强奸她时，她奋起反抗而砍伤了阴大鲁；左天来说是他无意中砍伤的，与父亲和母亲没有关系。

一伙警察经分析后认为：左大牛承认是自己作案，符合逻辑，因为阴大鲁对他有夺妻之恨，另外只有他才有力气和阴大鲁搏斗；许俊俏和阴大鲁是通奸关系，伤害情夫的可能性很小；左天来年幼无力，根本不是阴大鲁的对手，应排除在外。警察们把分析的结果告诉了支书罗福山和在场的群众，然后拿上现场留下的镰刀等证据，开着摩托车扬长而去。

左天来已是个五年级的学生了。他听了公安局的分析，觉得好笑，心里在说：看来这些戴着大盖帽、开着摩托车、威风凛凛的警察，也都是些吃干饭的！这样草草办案，怎么能不办出冤假错案？左天来的脑子里，又浮现出那天的可怕场景。

那天下午，村小学提前两节课放学，让同学们回家去取劳动工具，集中平整操场，为召开学生运动会做准备。左天来一蹦一跳地跑到了家里，他先到厨房里舀了一马勺凉水，咕噜咕噜地一口气喝了个精光，然后喊了一声"妈"，却没有人应答。

他走到母亲房门口，正要推门，突然听见里面有奇怪的声音。他趴在门缝往里窥探，只见母亲躺在炕上，阴大鲁赤裸裸地趴在母亲身上，光屁股上下晃动着……

他知道他们在干什么。

他想起在学校里同学们经常骂他是小杂种或者杂毛子，他曾经据理力争过，问凭什么这样说他，同学说："村里只有两个鬈鬈毛，阴大鲁是一个，你是一个。"听了此话，他只好摸着自己的鬈发，忍气吞声了。几年了，他为此和同学没少争吵，也没少挨打，身上的旧伤，至今还隐隐作痛。他挨打后总是偷偷地流泪，回家后也不敢说什么，因为一旦说了，母亲定会打他。他想问他爸，几次要张口，但看到他爸只会傻乎乎地笑，就把话又咽了回去。他甚至怕上常识课，因为上这门课，老师不时讲到植物杂交的内容，他听到"杂交"一词就浑身打哆嗦。他常常把头深深地埋在课本里，觉得同学们都在注视着他。他幼小的心灵被无端地蹂躏和摧残，这种摧残，慢慢变成了仇恨——他恨自己的母亲，恨欺负他母亲的男人，恨没有出息的父亲，也恨根本不该来到人世间的自己。这种仇恨的生成，最初来自于猜测和臆想，现在，却变成了光天化日下，就在眼前的赤裸裸的现实。他暗暗发誓，要报仇，要洗刷自己的耻辱。左天来取下挂在墙外的磨得很锋利的镰刀，一脚踢开房门，两步跨到炕边，照着阴大鲁的屁股就是一镰刀。阴大鲁疼得啊了一声，翻身跳下炕沿。

当他看见是左天来时，没有顾上穿衣服，一脚就将左天来蹬到了墙角，然后扑上去，骑在左天来身上，用双手死死地掐住他的脖子。

左天来手里的镰刀被阴大鲁压在了膝盖下，动弹不得，但他的手却始终没有松开镰刀。

许俊俏吓得浑身颤抖，她见阴大鲁掐住左天来的脖子不松手，护子心切，便拿起炕上的笤帚，使劲抽打阴大鲁光溜溜的脊背。

阴大鲁一扭头，松手了。左天来把镰刀往上一提，准备再砍阴大鲁。可谁知，这一提，镰刀不偏不倚，把阴大鲁的命根捎带地割了下来。

镰刀是左大牛前几天才磨锋利的。磨完后，他在脸上刮了一下，胡子立刻随着刀刃被剃了下来。他用拇指在镰刃上试了试，说锋利得很，杀猪都可以。

阴大鲁双手抱住裆部，疼得在地上直打滚，那半截命根在地上跳了两跳，滚到墙角，不动弹了。

这时，左大牛收工回来了。他一进门，就听见屋子里传出乱糟糟的喊叫声。进屋一看，许俊俏还没有扣好上衣扣子，正在给坐在地上的阴大鲁穿裤子，而阴大鲁呢，下身糊满了鲜血。左天来站在墙角，手里提着镰刀，脸上怒气冲冲。左大牛问许俊俏怎么回事？许俊俏如实说了事情的过程，哀求左大牛赶快把阴大鲁送到医院去，说晚了会出人命的，左天来也会因此祸端而丢命的。

左大牛一路小跑，先扛起厨房里的架子车轱辘，到后院里往车厢下面一嵌，然后进屋拿了一床被子铺到车厢里，之后抱起阴大鲁把他放在了架子车上。左大牛刚要拉起车子走，阴大鲁却气息奄奄地发了话："不急，把割下的东西拿上，说不定还能接上。"

左大牛放下架子车，转身跑回房间，见一只大花猫，正津津有味地吃着从阴大鲁身上割下来的"肉"。猫看见有人进来，叼起"肉"，刺溜一下钻进了炕洞里。左大牛出门骂了一句:"瞎猫逮了个死老鼠,还把你能的?把你憋死去!"

左大牛返回架子车前,拉起架子车,急乎乎地就往公社卫生院跑去。

半个小时后,他们到了公社卫生院。卫生院院长亲自检查了一下阴大鲁的伤情,说:"伤势严重,卫生院也没有见过此类的病例,赶紧送往县医院。"随即,卫生院院长给县医院打了电话,并给阴大鲁的伤口做了简单止血处理。两个多小时后,救护车把他们拉到了县医院。

左大牛把阴大鲁送到县医院后,医生说要马上做手术,让左大牛先交五百元押金。左大牛说来时太仓促,没有带钱,请医生先做手术,他立刻到村里去筹钱。

当医生把阴大鲁推进手术室后,左大牛产生了去公安局自首的想法。这样,既可以替儿子顶罪,又可以不交手术费。于是他一出医院大门,就转身去了县公安局。

左大牛先向公安局的门卫打听监狱在哪里?警察问他找监狱干什么?他说自己砍伤了人,要求坐监狱。门卫把他带到了治安科。

他向治安科的警察交代了自己是如何伤害阴大鲁的全过程——这个过程是他现场编造出来的——他说他收工回来看见阴大鲁正在强奸他老婆,他就拿起镰刀把阴大鲁按倒在地上,割下了他的"作案工具"。后来,那个"作案工具"还被猫叼去了。

最后一句,他说的是实话。

十八、知青返城

下乡几年后,知青们开始陆陆续续返城了,有的当了兵,有的招了工,有的考上了中专或者大学。周一笛回家后,集中时间复习功课，考上了省音乐学院。

申黎光和组里几个女生是最后走的。女生们被招工后去了省城的商业部门工作，申黎光则被招到了县农机修造厂当了一名工人。

要离开申家原村了，要和朝夕相处的乡亲们分别了，申黎光心中平添了些许的惆怅和不舍之情。当一个人习惯了某种环境和生活方式，突然却又要离开和转变，难免会依依不舍的。申黎光不舍朝夕相处、充满活力、忠厚老实的农村青年伙伴们；不舍经常帮他洗衣服、时不时还叫他去家里饱餐一顿的大婶、大姐们；不舍像父亲一样关心、帮助、呵护他的老支书罗福山。甚至，还有点儿不舍经常给他找茬的队长阴大鲁……申黎光打算临走前，一定要分别去看看他们，与他们道别。

他先去了支书罗福山家。罗支书正在用一个铁罐头盒做的茶罐烧茶，见申黎光进来，忙起身让座。茶罐在火炉上咕咚咚冒着热气，罗支书说："坐下喝茶，刚熬第二遍，正酽着呢！"申黎光看见茶罐里黑乎乎的茶水，知道是当地人喜欢喝的陕青茶。罗支书给他倒了一茶杯，说："这茶要趁热喝。"申黎光喝了一小口，感觉比药还苦，便放下茶杯说："好茶，就是太酽了。"罗支书说："我就全凭这茶提精神呢！"

申黎光说："我要走了，来看看你和婶子，感谢这几年你们对知青的照顾和关心。"申黎光一口喝干了杯中茶，苦得他不由得咧了一下嘴，接着说："走前就想见见你，看你还有什么要叮咛的？"

罗支书说："那年当兵你错过了机会，去年省城招工又没去成，这次招到县农机修造厂当工人也好着呢！修造厂是县上的大企业，去了就好好干！你不是平地上卧的，迟早都会干出名堂的。"

说话间，罗支书媳妇从厨房拿来一个红彤彤的软柿子，放入碗中，去掉柿子把、柿子核，用筷子搅成糊状，然后放入几勺炒面，再搅拌成絮状。递给申黎光说："喝茶要吃柿子拌炒，胃里就不挠了。"

"谢谢，谢谢婶子。"申黎光正好感觉胃里不舒服，接过碗，一口气就把柿子拌炒扒拉完了。他放下碗说，"县城离这儿也不远，有机会我还会来看你们的，还要吃婶子的柿子拌炒。"

离开罗支书家，申黎光又去了几个青年伙伴家，大家都要留他吃饭，他推脱说刚在某某家吃过了。接着，他去了阴大鲁家。这时的阴大鲁已经出院了，从医院里回来后，他就被免去了队长职务，扩大机也被搬到了村小学校长的办公室。他整天在家里休息，一则身体虚弱，二则不愿见人。这一次，是申黎光第四次去阴大鲁家。第一次是和周一笛去修扩大机，第二次是他去为当兵政审的事讨说法，第三次是和王跃进等人去要自行车。

阴大鲁家的大门虚掩着，申黎光跨进大门，感到院子里冷冷清清的。推开阴大鲁的房门，只见阴大鲁躺在炕上，缩成一团，像一只冷冻的虾米。被子的一角搭在腿上，另一角掉在了地上。申黎光对阴大鲁忽然滋生了一种同情和怜悯的情愫，甚至后悔出主意让王跃进要回了行贿的那辆自行车，并当众羞辱阴大鲁；他还后悔为了当兵的事去质问他，还差点儿打了他。这次的伤害事件，虽然因阴大鲁而起，但最终他毕竟是受害者，而且受害部位极其特殊。总之，此时此刻，申黎光觉得阴大鲁是个怪可怜的人。

申黎光轻轻地走到炕边，把掉在地上的被子拾了起来。阴大鲁醒了，他翻了一下身，看见是申黎光，挣扎着坐了起来。申黎光扶住他，说："躺下躺下，我来看看你就走。"

阴大鲁说："没事，我已恢复得差不多了，都能做俯卧撑了。"说着阴大鲁下了炕，拎起竹皮热水瓶倒了杯水递给申黎光，又从炕头的板柜里取出一盒"恒大"牌香烟，拆开，抽出一支递给申黎光。申黎光本来不会抽烟，但怕伤了阴大鲁的面子，接过烟点燃，吸了起来。申黎光深知阴大鲁受伤后，鲜有人来看他，他虽然怕见人，但还是非常想见人。

"嫂子没在？"申黎光问道。

"自从那次出事后，她就回娘家去了，说嫌丢人，唉！我现在是猪嫌狗不爱的人了。"

申黎光说："不要想那么多，一切往前看，好日子还在后头哩！"

阴大鲁说:"知道你招工要走了,我高兴得很,我能看出你是知青里最有出息的。"

申黎光说:"谢谢你这几年的关心,我永远不会忘了在申家原插队的日子。"

阴大鲁给申黎光的杯子里添了些水,然后说:"我关心你们很不够,有时候人在事中迷,有对不住你的地方,还请你原谅。"

申黎光说:"没事、没事,我就是来跟你告个别,以后有机会我还会来看你的。"申黎光说着就走出了屋子,阴大鲁跟在他身后,把他送出了大门。申黎光走远了,回头一望,看见阴大鲁还站在门口,佝偻着腰,人矮了半截,也老了许多。

申黎光离开阴大鲁家后,又想起了他经常帮助挑水的五保户王大爷。王大爷七十多岁,安徽人,是1960年逃荒到这里的。村上人叫他王客客,意思是外地人。王大爷有烧砖瓦的手艺,那年村小学盖教室,所用的砖瓦都是他烧出来的。安居到村里后,他先后娶过两个媳妇,第一个媳妇因难产,抢救不及时死了;第二个媳妇嫌他脾气暴躁,动不动就打人,跑回了娘家,再没有回来。后来他年龄大了,干不动活了,孤身一人就成了五保户。阴大鲁和周一笛给猪配种返回时躲避大雨的砖瓦窑,就是他当年烧砖的场所。

申黎光到知青住地,整理了一些旧衣服、旧被褥和日常用品,将其绑扎起来,背到了王大爷的家。王大爷住在村东头,离知青住地十几分钟的路程。王大爷见申黎光来了,忙倒水递烟。申黎光告诉他自己就要离开村子了,这些东西就留下让他使用。王大爷听说申黎光要走,依依不舍地拉着他的手说:"好事情,不过你走前我有几句话要对你说说。"他说这话时神情显得很严肃。申黎光觉得好奇,说:"你说吧,我听着呢!"

王大爷抚摸着申黎光的手背说:"周一笛是个好孩子,她心里有你,你要主动些。"

"你怎么知道她心里有我?"申黎光奇怪地问道。

王大爷说:"周一笛也经常到我这里来,帮我拆洗被褥,打扫卫生，她说她老家也在安徽。我问她有相好的没有，她说有了。我问她是不是申黎光？她脸红了，我就知道她心里有你。"

王大爷的一席话，让申黎光的心里暖融融的，他谢过了王大爷，叮咛他保重身体，照顾好自己，并告诉他自己会处理好和周一笛的关系的。

申黎光告别了王大爷回到知青组住地时，夜幕已经降临了。

他一进窑门，见左大牛他爸左茂富在炕头坐着。左茂富见他回来，忙不迭地跳下了炕，迎了过来，说："我等你好久了，知道你要走了，我来看看你，还想让你帮个忙哩！"

申黎光说："你说吧！只要我能办到的，一定会尽力。"

左茂富从怀里掏出一个小布包，慢慢地打开，说："这是二百块钱，你到县上后顺便看看大牛，不知道他什么时候能回来。"说着，左茂富用袖子擦了擦湿漉漉的眼眶。

申黎光看到，布包里全是一些零碎积攒起来的散币。于是说："不用拿钱了，我一定去看看他。"左茂富不依，一定要让他拿着，好像不拿就不会给办事似的，无奈，申黎光只好接过了这个布包。

第二天，申黎光在老支书和一群青年伙伴的欢送下，在村口路边，乘坐上了去县城的敞篷班车，离开了申家原村。

申黎光到县城要办的第一件事，就是去公安局看望左大牛。

公安局离县武装部不远，申黎光很容易就找到了。门卫得知他是申家原村来看左大牛的知青，就把他领到了预审科，预审科一名戴眼镜的女警察热情地接待了他。女警察告诉申黎光，左大牛虽然犯了罪，但经法医鉴定，他是间歇性精神病，伤害阴大鲁时，正在犯病，因此不负法律责任，近几天就可以释放他。说完，女警察把申黎光领进了看守所，介绍给一名胖墩男警察。释放左大牛的消息，令申黎光喜出望外，他对女警察连声说："谢谢，谢谢！"

在看守所接待室门外，申黎光见到了左大牛。当时左大牛正在和一名案犯抬着一筐馒头从灶房里出来。申黎光叫了一声："大牛！"左大牛瞥了一眼申黎光，理都没理他，继续干活。胖墩警察喊了一声:"左大牛!"

"到!"左大牛立刻应了一声,放下筐子,毕恭毕敬地跑了过来。

左大牛虽然胡子拉碴的,但比以前胖了,也显得精神了。申黎光说:"你爸给你捎来二百块钱,让我来看看你,听说你很快就要出去了。"

左大牛说:"我不想出去,这里吃得比村上好,住得也好,活路也轻松。"

申黎光笑了,说:"进监狱的人都想出去,没见过像你一样赖着不走的。"

胖墩警察说:"他在这里表现得很好,就是这儿不够数。"警察用手指了指自己的脑袋说:"过几天,让他的家里人来把他接走。"说完摆了摆手让左大牛继续去干活。申黎光把钱交给警察,让他转交给左大牛。警察收下钱,给申黎光打了一个收条,说释放左大牛的时候,这些钱,用于结算他的相关支出。

离开县公安局,申黎光到街上找了一个公用电话亭,给申家原村小学打了个电话,接电话的是学校李校长。申黎光很兴奋地把左大牛无罪释放的消息告诉了李校长,让他把这个消息尽快转告给左茂富。做完这些事,申黎光感到无比地轻松愉快,同时也听到自己肚子在咕咕地叫,一看表,是下午两点多了。这时,他才想起自己还没有吃中午饭,于是就向不远处的一家面馆走去。

第三部：中年之坎坷

一、农机厂报到

　　1977年秋季的一天，申黎光拿着招工录取通知书，来到县农机修造厂政工科报到。政工科在厂办公楼一楼，工厂的党建、人事、宣传等工作都归政工科管。政工科的门虚掩着，门额上悬挂着"政工科"三个字的铁牌子。申黎光用食指轻轻地敲了敲门，里面传来清脆的女声："请进！"

　　申黎光推门进去，房间里两个人办公。两张办公桌并排摆着，中间留有走廊，右边坐着一位穿西装的中年男士，桌上有一部手摇电话机，左边坐着一名低头填写什么表格的女士，桌上摞着一沓文件。刚才说"请进"的一定是这名女士了。申黎光觉得应该把通知书交给女士，他轻咳了一声，走到女士面前，把通知书递给了她。女士看了看表格，抬起头，"啊"了一声，站起来说："怎么是你？"

　　申黎光一怔，看清楚是"飞吻女"吴艳红，"啊！飞——吴艳红，怎么是你？你在这里上班？"申黎光差点叫出"飞吻女"，因为他和周一笛经常这样称呼吴艳红，没有想到竟在这里遇见了她。吴艳红给中年男士介绍说："这位是新招来的青工，也是和我同年插队的知青，叫申黎光。"接着又给申黎光介绍说："这位是我们刘科长。"

　　"刘科长好，请多关照。"申黎光向刘科长点点头微笑着说。

"好，欢迎到修造厂工作。"刘科长欠了欠身子，然后转头问吴艳红，"还有几个没有报到的？"

"他是最后一个，分到哪个车间？"吴艳红问道。

"既然是插队知青，你们又认识，你提个建议吧！"

"那就分到钳工车间吧，这里还有最后一个指标。"吴艳红当仁不让地给申黎光做了主，并冲着申黎光笑着说，"怎么样？"

"听从组织安排。"申黎光并不知道分到哪里合适，但从吴艳红的笑容里，他看出一定是个不错的工种。

"那就分到钳工车间吧！前面来的几个都分到翻砂车间去了。"刘科长说道。

申黎光听出翻砂车间一定没有钳工车间好，于是连连说："感谢领导！感谢领导！"

刘科长对申黎光说："你应该感谢艳红，她对你可是网开一面了。"接着他对吴艳红说："先帮他安排一下食宿，然后去报到。"

"好的，那我们去了。"吴艳红整理了一下桌上的文件，从衣架上取下卡其色风衣，领着申黎光走出了办公室。

出门后，吴艳红穿上了风衣，伴随着高跟鞋的咣当声，呈现出的是一种高雅和精致，红润的脸颊和齐耳的短发，彰显的是春风得意。凡遇见的熟人，都会毕恭毕敬地向她打招呼，几乎没有人注意到她身后的申黎光。申黎光觉得有许多话要说，但似乎没有说话的机会，也感到没有对等说话的资格。走到办公楼的后面，有一排砖箍的窑洞，窑洞周围有"严禁烟火""防火防盗"之类的标语。吴艳红说："这里是后勤科的仓库，工作服在这里领。"她指了一下一个门上挂有"闲人免进"牌子的窑洞，接着说："后面一排瓦房是你们青工的宿舍，职工食堂就在宿舍旁边，饭票嘛，你吃饭的时候在食堂窗口买就行。你的被褥如果带来了我就领你去宿舍，没有带的话，你就先去车间报到。"

申黎光对工厂是陌生的，就像《红楼梦》里的刘姥姥进了大观园，一切都感觉新鲜、好奇。多亏一到这里就遇见了熟人，否则他觉得寸步难行。他今天来报到，没有拿行李，于是到后勤科领了一套工作服后，就随吴艳红到钳工车间报到。钳工车间在厂子南边，紧靠工厂大门，以方便来厂维修设备或加工产品的客户。申黎光问吴艳红："钳工车间具体是干什么活的？"

吴艳红说："去了你慢慢就知道了，工厂里有句流行语叫'紧车工，慢钳工，吊儿郎当是电工'，许多青工争着去钳工车间，我留了一个指标，没想到让你给碰上了，能分到钳工车间是你的运气和福分。"

"太谢谢你了！你是什么时候来这里上班的？"申黎光见吴艳红打开了话匣子，便谨慎地问道。

"我是去年来的，闲了和你慢慢聊。"说话间，他们来到了钳工车间。一进门，车间里电焊声和电锯声交织在一起，发出一种刺耳的噪音。迎面过来一个手拿锉刀的小胡子工人，见到吴艳红大声说："吴政工来了？找谁？"

"找老卢。"吴艳红一只手呈弧形，搭在嘴边大声说道。

"卢主任在办公室，我带你去。"

小胡子领着他们朝车间最里面走去。所谓的办公室，不过就是在车间角落隔了一个隔断，小胡子把门推了个缝，将头伸进去说了几句话就离开了。吴艳红和申黎光走进办公室后噪音小了许多。卢主任是一个很结实的大个子青年，他接待了他们。办公室其实也是个工具间，两面墙壁都竖着铁皮柜子，柜子里放满了各种工具，只有进门不远处的一张油漆斑驳的桌子，和桌子上的一部黑色手摇电话机，还像个办公的场所。吴艳红给卢主任介绍说："这是新来的青工，也是和我同时插队的知青，你要好好关照。"然后又对申黎光说："他是车间主任卢永军，你叫他老卢就行。"

申黎光说："卢主任好，谢谢吴政工。"卢主任和吴政工的称呼，申黎光都是刚刚从小胡子口中学来的。

"欢迎你到钳工车间工作，今天先熟悉一下车间情况，明天再来正式上班。"说完，卢主任领着申黎光走出了办公室，而吴艳红则在办公室等候。卢主任领着申黎光在车间里转了一圈，又回到了办公室，吴艳红见申黎光手里还抱着新领的工作服，笑着说："工作服就放在这里吧，明天再穿！"然后对卢主任说："你忙吧，我们走了。"

出了车间门，申黎光看了看手表，说："快十二点了，我请你吃午饭吧！"

"好吧，那就在大门口吃个便饭，那里有个面馆，我们经常去。"申黎光没有想到吴艳红爽快地答应了自己的邀请。

出了大门，申黎光才注意到，修造厂在县城的东边，和县体育场相隔一条马路，属于县城的繁华地段。吴艳红领着申黎光越过马路，走进体育场南边的一个巷子。巷子口有一家叫"一口香"的面馆，他们进去后，服务员热情地和吴艳红打招呼，看来她是这里的常客。面是西府地区的特色小吃臊子面，小碗，按份买，一份六碗，每碗仅有两筷头面。墙壁上挂有申黎光熟悉的介绍此面特色的文字：薄筋光、煎稀汪、酸辣香。申黎光要了两份。等候间隙，吴艳红问申黎光："周一笛现在干什么呢？"

申黎光说："周一笛考上了省音乐学院，她喜欢音乐，他爸就是我们子弟学校的音乐老师。"

"你们两个还有联系吗？"吴艳红问道。

"她上学后给我来过一封信，告诉了学校地址和联系方法，让有机会到学校找她。你是什么时候到这个厂的？"申黎光反问道。

"我是去年来的，快一年半时间了。"吴艳红注视着申黎光的眼睛，继续说，"你是不是还想问我为什么到这里上班。"

申黎光的确有许多话要问吴艳红，只是觉得刚刚见面，不便多问，既然吴艳红愿意说，他就顺口说："是的。"

女人一旦打开话匣子，便如开闸泄洪的水，滔滔不绝地流淌。吴艳红知道，申黎光早已从周一笛那里听说了她在插队时发生的事情，便毫不隐讳地把自己隐秘的过往和盘托出。

……那天他们在车站分手后，她就在母亲的陪护下到县医院找人做了人流手术。医院有规定，做人流手术必须有男方签字，否则就不能做；如果是特殊原因意外怀孕，就必须由公安机关或者有关单位出具证明。她这种情况是万万不能告诉医生的，小小的县医院对此类事情是非常敏感的，如果走漏风声，不出一天，传言就会像突然飘落的雪花，遍布县城的各个角落。吴艳红的爸爸是现役军官，曾担任过县"革委会"的军代表，母亲是县"革委会"办公室的秘书。父母商量后决定，找一个人代替女儿的男朋友，先过了这一关再说。找谁合适呢？吴艳红的父亲想到了曾经给他当过通讯员的一个义务兵，此人年龄比吴艳红大五岁，家在农村，长得敦厚老实。吴艳红母亲把义务兵找来，先问他有没有找对象？义务兵说没有。吴艳红母亲就把女儿的情况如实告诉了这个义务兵，让他帮忙签个字。义务兵听后满口答应，认为这是在执行首长的命令，也是为首长排忧解难。他不但为吴艳红在手术单上签了字，还在医院陪护了她几天，直至吴艳红康复回家。此后吴艳红就一直待在家里，公社知青办催过她几次，让她回知青点继续插队，以免失去招工的机会。但她想起那个地方就伤心，想起那些熟悉的面孔就感觉到羞耻，她害怕他们指指点点，说三道四。那个团支部书记孟大刚因强奸女知青被判了十年有期徒刑，村里许多人都为他鸣不平。从此吴艳红在村人的眼里就是勾引男人的狐狸精，成了人人唾骂的破鞋。半年后，吴艳红的身体恢复如初，皮肤白皙娇嫩，整个人变成了插队前的高中生模样，而且显得比插队前丰满成熟了许多。但长期待在家里也不是个事，于是，她爸妈便通过县里有关单位的熟人，把她安排在县城最大的国营企业——县农机修造厂上班，并分配到厂里的政工科。

说话间，臊子面上来了。服务员给俩人面前各放了六碗，一股申黎光熟悉的酸辣香味，随着热气飘散开来。"吃饭吧！我们老家的味道。"申黎光说。

"你多吃一碗。"吴艳红说着，把一碗面推到申黎光面前。

十几分钟后，申黎光面前的七碗面一扫而光，吴艳红笑着说："不够再来一份。"

"够了够了，要是在农村干活的话，还真得两份。"申黎光说着站起来埋了单。

两人离开饭馆，径直朝工厂走去。进了厂门，吴艳红说："离上班还有半小时，我领你在厂区转转，便于你熟悉情况。"

"好的，饭后百步走，能活九十九。"申黎光打趣地说着，他对吴艳红的安排非常满意。

路过一个钢屋架结构的大车间，里面几十台车床运转着，发出震耳的轰鸣声。吴艳红说："这是机加工车间，机器昼夜运转，工人三班倒，周天也不休息。"申黎光看见工人们围着机器，忙碌地穿梭着，没有一刻停息时间——他理解了吴艳红说的"紧车工"的含义。

离开机加工车间，吴艳红指着不远处冒着浓浓黑烟的车间说："那里是翻砂车间，也叫铸造车间，机加工车间的原件都是这里铸造出来的，去不去？"

"去看看。"申黎光对此表现出极大兴趣。他想了解一下政工科刘科长说的翻砂车间，究竟是什么样的状况。

到了翻砂车间，首先看到的是两个高大的冒着黑烟的烟囱，烟囱下面是两个铸铁炉，透过铸铁炉的观察窗，可以看到炉膛里熊熊燃烧的火焰。车间没有门窗，只有门框和窗框，吴艳红透过黑乎乎的窗框，指着车间里堆放的沙子，向申黎光介绍道："这些沙子是用来做模子用的，那边的异形木块就是模具。模具打在沙子中就成了模型，然后把融化的钢水浇筑到模型中就成了待加工的产品，送到机加工车间再进行加工，就成了所需要的零件。"

申黎光听得连连点头。吴艳红接着说："在这里干活非常危险，除了要有力气，还要有技术，一不小心就会被钢水烫伤。去年几个青工由于操作失误，将釜中的钢水倾倒在地上，溅起的钢水烧伤了好几个人呢！"申黎光心里想，如果把自己分到这里，也蛮有挑战性的。

说着，他们走进了车间。模具旁有几个工人正在聊天，见到吴艳红来了，都笑着和她打招呼。一个满脸胡须的小伙子说："吴政工怎么有空到这里来了？小心把你漂亮的脸蛋熏黑了。"另一个黑瘦大个子说："熏黑了，我卢哥会心疼的，我们哥儿几个心里也会难过的。"说完，大家都哈哈大笑了起来。

"油嘴滑舌的,快干活去!"吴艳红一点儿也不生气,看来她和工人们都很熟悉。

走出翻砂车间,他们向办公楼走去。申黎光想起刚才工人们说的话,问吴艳红:"刚才他们说的卢哥是谁?"

"你认识的,钳工车间老卢。"

"啊,卢主任,你们是——夫妻?"申黎光瞪大了眼睛。

"是的,他就是给我做手术时签字的义务兵,比我早进厂半年。你去了钳工车间,他会关照你的。"吴艳红说着看了看手表。

申黎光知道上班时间到了,便说:"那你上班吧,我先回家一趟,明天再来正式上班。"

分手后不一会儿,厂里的广播响了,是一曲悠扬的军号声,连续播放了三遍,工人们纷纷从各自的宿舍走出来,向各自的车间走去。申黎光猜想这军号声一定是吴艳红播放的,上午在政工科办公室他看到了扩大机,也看到了扩大机旁边的留声机,留声机上放着一张军乐唱片。他知道这军号声就是工人们上下班的指令,比起阴大鲁每天扯着嗓子在大喇叭上喊叫要悦耳、文明、正规许多,而自己,也将在这军号声中走向新的生活。

二、学徒工

申黎光是在家里穿上工作服的,他对着大立柜上的穿衣镜,左看看右看看,久久不愿离去。工作服是浅蓝色劳动布夹克装,配上母亲买的的确良白衬衣,再戴上白手套,整个人看上去精神了许多。母亲高兴地说:"像个大人样了。"

申黎光说:"感觉像新兵穿上军装一样。"那年错失当兵的机会,看见知青组的伙伴们穿上新军装时,申黎光的心情极为复杂,有高兴,有羡慕,有怨恨,还有一丝丝的嫉妒。如今穿上新工作服就不由得想起了当时的情景。

父亲说:"和当兵的不一样,工农商学兵,工人是打头的,是领导阶级,'工人阶级领导一切',我们都是老百姓。"说完,全家人都笑了。父亲接着说:"到工厂就要好好干,尊敬师傅,团结工友,遵守纪律,学好手艺。"

带着父亲的嘱托,满怀喜悦的心情,申黎光按时报了到。

在卢主任办公室,申黎光见到了五十多岁,满脸皱纹,满嘴黄牙的耿怀秋师傅。卢主任说,耿师傅是八级钳工,在整个车间里技能最好,只要跟着耿师傅好好学习,用不了多久就能出师。介绍完毕,耿师傅领着申黎光来到一个工作台旁。工作台上安装有两台老虎钳,一名长得白白净净的青工,在其中一个工作台上用锉刀仔细地锉着一节钢管。耿师傅对申黎光说:"该额儿(西府人的口头禅,指这孩子、这东西,一种亲切、调侃的叫法)叫王刚宁,比你早来一年,你帮他锯钢管,他负责锉钢管,今天就干这活,我一会儿过来检查。"说完耿师傅离开了。

申黎光站在工作台前,看着周围的工人都在有条不紊地工作,有的用钢锯锯钢管;有的用钻机给零件打孔;有的手持护目镜,用电焊机焊接钢板。随着吱吱的电焊声,明亮的火星飞溅开来,申黎光仿佛又看到了小时候见过的焰火……这一切使他心潮澎湃,激动不已。他有点儿紧张,有点儿手足无措,不知道自己应该干什么,怎么干。

"给你钢锯,把钢管锯成五公分长就可以了,这是用来做水泵内套的。"王刚宁看着站在那里发呆的申黎光说道。

"好的。"申黎光接过钢锯,在王刚宁的帮助下,将钢管夹在老虎钳上,用钢尺量出五公分,用画线笔画了一个标记,便用钢锯锯了起来。申黎光小时候用锯子锯过木头,做过木匣子、小板凳之类的物件,岂料同是锯子,锯木头和锯钢管使用方法截然不同。申黎光用尽全力,只来回锯了两下,嘣的一声,锯条断成了三节。申黎光捡起断了的锯条,一脸窘态。王刚宁见状,说:"使用钢锯不能用蛮力,要用巧劲。"说着王刚宁换上一根新锯条,两脚分开,右手握住钢锯手柄，左手扶住钢锯前端，身体随着双臂的移动而移动。不到两分钟，钢管就锯断了。

申黎光拿起钢锯，摸了摸发烫的锯条说："你真行，一点儿都不费劲。"

王刚宁说："这都是师傅教的，慢慢你就会了。"说着，王刚宁把断了的锯条收拾起来，接着说道："领新锯条时要交损坏的锯条，一般一根新锯条要锯十节以上的钢管，下次注意点！"

申黎光看着王刚宁手里的断锯条说："耿师傅知道了怎么办？"

王刚宁说："没事，新来的都这样，耿师傅虽然脾气倔，不爱说话，但心眼好。"

听到说师傅脾气倔，申黎光心里还是有些发毛。这时候耿师傅嘴角夹着烟走了过来，他拿起工作台上刚刚锯下来的一节钢管看了看，问申黎光："这是你锯的？"

申黎光刚要开口，王刚宁接过话茬说："是的，是他锯的。"严格说来，王刚宁也没有说假话，开始两下的确是申黎光锯的。

"不错！断了几根锯条？"卢师傅问。

"一根。"申黎光红着脸说。

"该额儿，不错，以后注意点就行了。"说完吸了一口烟，又吐出一团烟，便离开了工作台，到车间角落的磨床上指导其他人去了。

看着耿师傅离去的背影，申黎光悬着的心放了下来。他听到了熟悉的"该额儿"，感觉耿师傅应该是西府人，为了证实他的判断，便问王刚宁："耿师傅是哪里人，怎么爱说'该额儿'？"

"是西府一带的人，'该额儿'是他的口头语。徒弟们说'该额儿'来了，就知道师傅来了。"

"耿师傅带了几个徒弟？"

"四五个呢！车间里他是技术大拿，没有他干不了的活。"

王刚宁还告诉他，耿师傅是个八级钳工，烟瘾很大，干活时烟不离嘴。他抽的烟，牌子五花八门，据说多是徒弟们送的。他抽烟的技术很高，在他专心干活时，你看见他叼在嘴角的烟马上就要灭了，而且快要掉下来了，可他嘴角一翘，猛吸一口，烟就着了，而且又稳稳当当地夹在了嘴角。耿师傅在徒弟们心中威信很高，要想学会技能必须尊重师傅，还要手勤、眼勤。师傅干活，你要目不转睛地看；师傅伸手，你要立刻递上他所需的工具，就像手术台上助理医生给主刀医生递医疗器械一样，不能有一丝一毫的马虎。下班后，徒弟要给师傅端洗手水，等师傅用洗衣粉把手上的油渍洗净以后，再换一盆清水。师傅走了以后，徒弟们要打扫车间的卫生，并且把当天用过的工具清洗干净，放入工具箱。

申黎光点点头，表示知道了。王刚宁继续说，在这里工作不是太紧张，但技术含量高，只要好学，就能学到许多知识。因为切削加工、机械装配和农机修理过程中的手工活儿都要钳工来做。一个称职的钳工要学会锉削、锯切、画线、钻削、铰削、攻丝、套丝、刮削、研磨、矫正、铆接等基本技术，总之就是要掌握机械制造中的全部金属加工技术。

申黎光非常感谢王刚宁告诉他这么多，特别是让他知道了耿师傅的脾气、爱好、习惯，以及徒弟应该干什么和怎么干。

大喇叭里响起了下班的军号声，车间里的各种机器停止了运转，随之而来的是收拾工具发出的金属碰撞声。申黎光主动打来一盆热水，环顾四周，等候耿师傅来洗手。半晌不见耿师傅的人影，申黎光对王刚宁说："你先洗吧！"

王刚宁说："一起洗。"

两个人刚把手伸进脸盆里，身后传来师傅的声音。

"该额儿，没拾掇完就洗手呢？"耿师傅指着老虎钳上夹着的钢管和工作台上的钢尺、画线笔、管钳，说："下班后，车间门敞开着，外面如果进来人，顺手就把东西拿走了。"

申黎光连忙起身，甩了甩手上的水珠，说："师傅快洗手！"

"该额儿，我就没弄啥，洗啥手呢？"耿师傅吸了一口烟，背着手出去了。

王刚宁笑着说："该额儿，不一定每次都洗手，你要有点儿眼色。"

申黎光脸红了，边收拾工具边思忖："不打勤，不打懒，专打不长眼的。"这是婆经常说的话，第一天上班就落下个没眼色的名声，往后还怎么混？看来"工人阶级"也不是好当的，"工人阶级"中的学徒工更不好当，"工人阶级领导一切"的话完全是没有道理的——"工人阶级"能领导好自己，干好本职工作就不错了。

转眼间，几个月过去了。申黎光和钳工车间以及厂里其他车间的许多工人都熟悉了。大家看他不怕苦，肯吃亏，会讲故事，幽默风趣，都喜欢和他交朋友。特别是耿师傅，见他虚心好学，心灵手巧，打心眼里喜欢上他了。于是申黎光和耿师傅说话时，总是有意说老家土话，耿师傅得知他也是西府人，自小在农村长大，关系就更上了一层楼。年底，全厂评学大庆积极分子，并要在全厂进行大会表彰。政工科给钳工车间分了三名先进个人名额，其中指名要求推荐一名今年来的青工。耿师傅心知肚明，知道这个名额是戴帽下达的，便毫不犹豫地把申黎光推荐了上去。

这天，申黎光正在车间里帮师傅给一台水泵换轴承，吴艳红走了过来，用手中的文件夹拍了一下申黎光的脊背，说："走，到办公室说几句话。"申黎光见是吴艳红，忙站起来说："吴政工好。"接着放下工具，给耿师傅打了个招呼，跟着吴艳红朝卢主任办公室走去。

办公室门开着，卢主任没在。吴艳红进去后，把文件夹放在桌子上，然后坐在椅子上对站着的申黎光说："厂里最近要召开学大庆先进个人表彰大会，厂长要求一名青工在大会上发言，我推荐了你。"

"为啥推荐我？推荐的理由是啥？"申黎光有点儿急了，让他当先进他都觉得突然，让他代表青工上台发言，他是不敢接受的。

"推荐你当然是有理由的，第一，你是这批青工中唯一的党员；第二，你是钳工车间唯一考勤出满勤的人；第三，你的钳工技术进步很快；第四，你的群众基础较好。这些理由够不够？"吴艳红打开文件夹，取出一张纸，递给申黎光，说，"这是发言提纲，你准备一下，到时候最好脱稿发言。"

申黎光接过发言提纲，看到上面列了四条：一，怎么理解工业学大庆的意义？二，怎么处理好师徒关系？三，自己掌握了什么基本技能？四，做出过什么突出成绩？申黎光看完，说："我没有做出什么突出成绩，这个言我不能发。"

"怎么不能发言？听老卢说，前不久，一个山区公社的两台拖拉机在秋耕时同时趴窝了，你和耿师傅连夜赶去修理，一天一夜连轴转，修好了两台拖拉机，还检修了其他拖拉机，事后公社给厂里送来了锦旗，这不是成绩吗？"

申黎光想了想，还真有这事。不过不是他和耿师傅两个人去的，还有师哥王刚宁，而他只不过是个打下手的。那天下午快下班时，卢主任接到一个从摇旗公社打来的电话，说有两台东方红拖拉机在耕地时同时出了故障，司机们折腾了半天，找不出毛病，请求农机厂来人帮忙。卢主任立刻安排耿师傅带人去现场修理。农机厂的钳工整天和各种农业机械打交道，时间长了，自然也就熟悉了各种机械的性能。哪里机械出了故障，他们自然义不容辞。于是耿师傅就和王刚宁、申黎光一起，乘坐开往摇旗公社的最后一班班车，赶黄昏时分来到了拖拉机故障现场。到现场后，他们看到一群人正围着两台拖拉机，几个司机模样的人在拆卸着拖拉机上的变速箱、发动机和水箱等部件。农机站负责人是个高鼻梁、厚嘴唇、尖下巴，穿着黑呢子外套的中年人。他看见县农机厂来人了，便让司机们停下手中的活。他告诉耿师傅，两台拖拉机同时趴窝，这种现象不多见，开始怀疑是柴油有问题，换了柴油还是发动不起来；后来怀疑是人为破坏，于是就把主要部件拆下来了。农机站站长曾经是摇旗公社"造反派"的头头，后来当上了公社"革委会"副主任，粉碎"四人帮"后，就到农机站当了站长。他政治意识很强，阶级斗争这根弦始终绷得很紧，因此凡遇到问题，首先想到的是"阶级斗争新动向"。耿师傅让司机们说一说故障的症状。司机说，就是发动机温度过高，怎么加油都无法起步，后来采取了多种降温办法，都无济于事，于是就把机器拆开了。耿师傅让把机器重新装上，并让王刚宁和申黎光帮忙一起装。忙活了四个多小时，拆下来的机器终于回到了原位。耿师傅亲自坐上去发动拖拉机，机器轰鸣了，但就是动力不足，起不了步。耿师傅点燃一支烟，思索片刻，然后把改锥搭在机器的各个部位，用耳朵紧贴改锥木柄，仔细聆听机器运转情况。他的动作、神态极像一名有经验的医生在给病人检查身体。大家屏住呼吸，等待他的诊断结果。几分钟后，他跳下拖拉机，说："发动机的冷却泵不工作了，两台都不工作了。"

"是不是有人故意破坏？"农机站负责人把呢子外套在肩上抖了一下说。

耿师傅斜睨了他一眼说："破坏，怎么破坏？你破坏一下试试。"说完大家都笑了。

接着，大家就按照耿师傅的要求，将两台冷却泵拆了下来。耿师傅用嘴对着冷却泵的进水管吹了一会儿说："该额儿，水垢堵实实了，一点儿缝缝都没有。"

他让王刚宁和申黎光一人拆一个冷却泵，几分钟后，冷却泵拆开了。果然，正如耿师傅所说，冷却泵里面堵满了白花花的水垢，用改锥捅都捅不下来。耿师傅让他们在现场架起柴火，找来一口铁锅，注入水，再找来一斤小苏打和二斤白醋，倒入水中，接着将两个冷却泵放进去，沸水煮了一个多小时。最后将冷却泵零件取出来，用锤子轻轻敲击，不一会儿，冷却泵里面的水垢就变成了碎片和白色的粉末，纷纷脱落。一名司机问耿师傅，这是怎么回事？耿师傅说："是你们这里的水质问题，容易产生水垢；产生水垢后，导致发动机温度过高，动力不足。"

"最终怎么才能解决水质的问题？"司机问道。

"找个大丝瓜，去皮、去籽，放入水箱中，就可以长期解决水垢问题了。"

在耿师傅的指导下，两台拖拉机终于修好了。

这时，东方的天空已经泛白。他们顾不上休息，又到农机站检查了其他几辆拖拉机，对其存在的问题，有针对性地提出了修理建议。

申黎光每每想起这件事，便对耿师傅由衷地佩服。他觉得也应该把耿师傅高超的技术、敬业的精神告诉大家，于是他对吴艳红说："我想想，我会把师傅们的成绩讲出来的，但不一定能讲好。"

月底，表彰大会如期召开。礼堂里坐满了各车间的职工，主席台上是厂领导和工交局以及县"革委会"的领导。"工业学大庆年终表彰总结大会"的会标醒目地悬挂在主席台上方。会议议程很简单：表彰先进；先进代表发言；领导总结讲话。吴艳红忙前忙后，又是照相，又是组织职工上台领奖。在欢快的运动员进行曲中，申黎光和十几名职工上台，领到了一张奖状和一个印有"工业学大庆先进个人"字样的搪瓷水杯。接着，两名先进集体的领导拿着稿子先后上台，念完稿子后，又在稀疏的掌声中先后下台。随后主持人宣布：下面请青工代表申黎光发言。台下依旧是稀稀拉拉的掌声。申黎光穿着一身洗得发白的夹克工作服，精神饱满地走上了主席台。他没有拿稿子，先给台下的职工们深深地鞠了一躬，然后转身给主席台领导鞠躬。他的开场白是："各位工友好，我叫申黎光，是一名刚刚从农村回城的知青，能够融入农机修造厂这个大家庭，成为工人阶级的一员，感觉到非常的荣幸和自豪。在冬暖夏凉的车间里干活，我常常会想到冰天雪地里在工地上拉着架子车飞奔的农民朋友，比起他们，我很知足，很幸福；打开水龙头，看到哗哗流淌的自来水，我会想起插队时在深沟里挑水的情景，我很知足，很幸福；穿上干净的工作服，躺在舒适的床上，经常能洗热水澡，我便会想起农村的土炕，想起常年不洗澡的农民，想起他们永远捉不净的虱子、跳蚤，我很知足，很幸福；特别是我当工人后，跟了一个不计名利、技术过硬、心地善良、乐于助人的好师傅，我很知足，很幸福。我像星星一样发出微弱的光，那是因为有了月亮的映衬；我像月亮一样发出温柔的光，那是沾了太阳的光。师傅就是我身边的月亮、太阳，没有他的照映，我将永远黯淡无光；没有他的关怀帮助，我将一事无成。在这里，我要向大家介绍我的师傅，他就是——耿怀秋。"

话音刚落，台下台上爆出了热烈的掌声。接着，申黎光像讲故事一样，讲述了耿怀秋师傅带领大家钻研业务，搞科学实验，进行技术攻关，出外排除农机故障等，这些在日常工作中做出的，看似平凡但却非凡的点滴小事。并绘声绘色地介绍了耿师傅领着他们到摇旗公社修理拖拉机的过程。讲到这里，会场里发出一片由衷的赞叹声。特别是他模仿耿师傅修理冷却泵时说的一句话："该额儿，水垢堵实实了，一点儿缝缝都没有了。"引起会场一片笑声，接着掌声雷动。

最后他说："跟着这样的师傅，你不往前走都不由你，总觉得有一双犀利的眼睛在盯着你，在鞭策你。跟着这样的师傅，是我的荣幸；能够当上先进个人，是师傅教导的结果；能够站在这里代表青工发言，是我们全体青工的荣耀，在这里，我代表青工们向耿师傅和所有的师傅们表示感谢！"说完，申黎光深深地向台下鞠了一躬。台上台下又响起了热烈的掌声。

大会结束后，大家纷纷离开了会场。申黎光拿着奖状和奖品往宿舍走去，突然身后传来急促的脚步声，接着听到有人大喊一声："该额儿！"申黎光一转身，看到是吴艳红笑呵呵地向他走来。吴艳红说："你今天讲得真好，县上领导让把你的发言整理出来，在全县工交系统交流呢！快把你的发言稿给我。"

"我没有发言稿，你让我脱稿发言，我就没有准备稿子。"

"你真厉害，那我只好根据录音整理了。哎，你知道今天来的县上领导是谁吗？"

"我不知道，会上介绍了一大串领导，我没在意。"

"是县'革委会'康主任，就是他点名要你的稿子。"

申黎光压根儿没有想到，自己上台说了几句大实话，竟然会引起县领导的重视。他对吴艳红说："就是说了几句大实话，也是心里话，不必小题大做。"

"谦虚过分就是骄傲，我去忙了，拜拜！"说完，吴艳红给申黎光来了个飞吻，向办公楼快步走去。申黎光的脸红了一下，瞬间想起那年翻越十八盘时知青们分别的情景，也是这个吴艳红，也是这个动作，只是今天的飞吻没有当年那样夸张。很显然，这是她高兴时的习惯动作。

三、手莫伸

在工厂的这些日子，时间快得像天上的飞鸟，转瞬间到了1978年的冬季。

这天，老天降了罕见的鹅毛大雪。钳工车间里大火炉上的铝水壶，发出尖锐的啸叫声，发红的炉盖上，两只烤熟的红薯散发出甜丝丝诱人的香味。这几天，车间里活不多，耿师傅和几名工人围在火炉旁侃大山。耿师傅看见申黎光走了过来，拿起炉盖上的红薯，掰开一半，噗噗吹着热气递给申黎光，说："该额儿，烧得很，吃红苕。"耿师傅把红薯叫作红苕。

申黎光接过红薯说："谢谢师傅！哪里来的红薯？"

"老家亲戚拿的，还拿来一个升降椅，让给他修理一下。"耿师傅指了指墙角一个理发用的升降椅，"就是丝杠滑丝了，换一个丝杠，再换几个弹簧就行了。"

申黎光啃着红薯走到升降椅前，看了看说："这活让我干吧！"

"好吧，你去干。"耿师傅向申黎光投去赞许的目光。

一年多时间，申黎光跟着耿师傅学会了锉削、攻丝、套丝、铆焊等技术，初步掌握了钳工应该具备的基本技能，车间里接到的一般钳工活，申黎光都能独立完成。他把升降椅拆卸开来，换上了新的丝杠，不到两个小时就把升降椅修理好了。耿师傅的亲戚四十岁左右，是县城里的一名理发师，他看到修好的升降椅，坐在上面试了试，满意地说："嫽扎咧，又灵活，又软乎，谢谢耿师！"耿师傅说："这是我徒弟申黎光修的，该额儿心灵手巧。"

其实，钳工车间里的工人大都心灵手巧。车间后面有一个废铁堆，工人们经常在里面捡一些边角料，利用休息时间，做成各式各样的物件，如台灯、烟缸、水杯、笔筒，还有板凳、拐杖等。他们把这些精美的物件有的自用，有的当礼品送人，以展示自己的手艺。有的青工还用锌铝合金材料，做成手镯、项圈等，打磨抛光后，熠熠闪光，戴在手腕上、脖子上，其品相不亚于纯银制品。将其送给女朋友，颇受女朋友的青睐，据说恋爱的成功率极高。申黎光到厂里一年多，还没有做过一件私活。那天，他帮师傅的老乡修好升降椅后，就产生了做一把升降椅的想法。一天下班后，他来到废铁堆，扒拉开厚厚的积雪，先找到上次废弃的丝杠，再找到一些钢板、钢管、角铁等废弃材料，在车间里干起了私活。他拿起上次那把升降椅用过的丝杠，仔细端详了一会儿，发现只是底端滑丝了，于是他把滑丝部分锯掉，安上相应大小的套管，一个可以上下旋转的丝杠就做成了。他再用手锤将一块钢板敲成座椅面的形状，然后将角铁焊成椅子腿，最后将椅子面焊在丝杠顶部，将椅子腿焊在套管上，如此这般，一把能够上下自由升降的椅子就做好了。看着自己亲手做的升降椅，申黎光心里美滋滋的，但他觉得还不够完美，因为废料堆里捡来的东西总是锈迹斑斑。于是过了几天，他找来油漆，先将椅子用砂纸打磨一番，然后给椅子面涂上乳白色的油漆，给椅子腿涂上天蓝色的油漆，瞬间，一个小巧、漂亮、实用的升降椅就焕发出了生机。但这毕竟是干私活，下班时，他把椅子拆开，分两次带回了宿舍。

几天后，申黎光把升降椅带回了家里。到家后，爸爸妈妈还没有下班，他把椅子升到最高，然后又降到最低。他想，爸爸妈妈见到椅子后一定会问升降椅的来龙去脉，相信他们在知道是他亲手做的后，一定是一脸惊讶的表情，接着就会轮番夸奖他的手艺好。爸爸一定会把椅子放在客厅的显眼处，给来访的客人介绍这把椅子的升降功能，然后会自豪地说，这是我儿子黎光的手艺！

正在申黎光想入非非之际，外面传来钥匙开门的声音，门开了，是妈妈。

"你回来了？怎么也不提前说一声？"妈妈说着往厨房走去。

"妈妈，你看这是啥？"申黎光挡住妈妈，指着椅子说。

"是椅子？"

"是的，这不是一般的椅子，是能升降的椅子，我做的。"申黎光说着，将椅子降到最低，然后把妈妈扶到椅子上。

妈妈坐上去试了试，摇了摇头，说："看着洋气，就是像猴顶灯，坐上不稳当。"说完便起身向厨房走去。

"怎么不稳当？能升降呀！"申黎光撵到厨房说。

"家里又不是理发馆，升降有什么用？"

申黎光一脸窘态。

门口传来脚步声，爸爸回来了。申黎光迎上去说："爸爸回来了。"

"你什么时候回来的？"爸爸边脱大衣边问。

"也是刚刚到家，爸爸看我带回了什么？"申黎光兴奋地指着升降椅说。

爸爸仔细端详着升降椅，然后上下转动着，说："挺好的，哪里弄来的？"

"我自己做的呀！"申黎光看爸爸用疑惑的目光打量他，强调说，"我在厂里亲手做的呀！"

"用公家材料做的吧？"爸爸疑惑的目光变成了询问的眼神。

"从废铁堆里捡的废料做的。"

"废铁堆也是公家的废铁堆，你怎么能用公家的东西干私活？工人都像你这样还了得？"爸爸生气了，说话的声音很高，高得隔壁都能听见。妈妈从厨房里出来，举着两只沾满面粉的手说："小声点说。我刚才就觉得这东西来路有问题，来路有问题的东西，坐上去也不踏实，明天就交回工厂去。"

"有手艺的工人谁不干点私活？只要不影响上班就行。"申黎光心里不服，嘴里嘟囔着。

爸爸见申黎光心里不服，虽降低了声调，但丝毫没有降低威严度，说："你是怎么理解'工人阶级是无产阶级的先锋队'这句话的？所谓先锋队就是要处处起带头作用，没想到你的思想觉悟这么低？每个工人都像你这样，把心思用在干私活上，谁还有心思干公家的事情？现在就把这东西拆开，明天就交到厂里去！这种东西，以后永远不要让我看见，永远不要想占公家的便宜！"

申黎光没有想到，爸爸对此事如此在意，如此不依不饶，更没有想到妈妈也不支持自己，看来这件事做砸了。他盯着自己精心制作的升降椅，突然感觉它是那样地丑陋不堪，那样地其貌不扬。椅子面的乳白色和升降杆的天蓝色，搭配起来极不协调，像战败方举着的白旗，而举旗者，仿佛就是他自己，此时嘴里呼喊着："不要开枪，我投降！"椅子的三条腿，像少了一只脚的蛤蟆，瘫卧在那里，无力地喘着气。他垂头丧气，一脸无奈地将椅子拆成了零件，装进一个蛇皮袋子里，放到了自己房间的床下。

第二天，申黎光拎着装有升降椅部件的蛇皮袋，来到了工厂。路过钳工车间时，他想把椅子零件直接扔到废铁堆去，但这时，正巧工友王刚宁从车间走了出来，问他："拎的啥好东西，我看看。"

"没啥，几件——衣服。"申黎光说话吞吞吐吐，眼光躲躲闪闪，心里忐忐忑忑，然后快步向宿舍楼走去。其实王刚宁根本没有在意他拿的什么，只是随便问问而已。

到了宿舍，本来四个人的房间，今天居然没人。申黎光先把蛇皮袋子塞到床下，再用洗脸盆挡住蛇皮袋子，准备天黑后，拿出去扔到废铁堆上。他做升降椅的时候并没有想这么多，回了一趟家，竟然心神不宁起来，感觉自己并没有做贼，却要去销赃。看来，贼也不是好做的，没有相当的心理素质是无法胜任的。他想起小时候在老家偷苜蓿的事情——那年春季的一天傍晚，他和捣蛋等几个小伙伴，拿着草笼去割草。眼看天快黑了，他们每人只割了半笼草。捣蛋提议说，咱们再偷点苜蓿，就够了。于是，他们几个趁天黑，悄悄地溜到生产队的苜蓿地里，环顾四周无人，便偷偷割起了苜蓿，不一会儿就各自割了满满一笼，然后把草覆盖到苜蓿上面以作掩饰，高高兴兴地往回走。谁知，刚走到村口，就被生产队巡逻的两个民兵挡住了。民兵扒拉开他们的草笼，发现草下面全是苜蓿，便把他们的草笼全部没收，拿到了生产队的饲养室，然后让他们回家找家长来领草笼。婆知道后，揪着申黎光的耳朵来到了饲养室，当众批评了申黎光，给巡逻的民兵赔了不是，表示今后要严格管教孩子，绝不再干丢人现眼的事情。申黎光看着领回的空草笼，对婆说："羊今晚没草吃了。"婆说："本来还割了点草，现在差点让人家把草笼收去。这就叫沾光沾光，越沾越光。"申黎光现在想起这件事，特别是想起婆说的那句话，简直就是句闪着金光的真理。如今，自己长大了，又当了工人，怎么就忘了这句真理呢？

夜幕降临了，宿舍里的工友还没有回来，申黎光拎着蛇皮袋子，急匆匆地出了门，朝钳工车间的废铁堆走去。他四下瞅了瞅，确认无人后，便掏出升降椅的零件，将其分散地扔在了铁堆上面。零件瞬间便被厚厚的积雪淹没，一切都好像没有发生似的。

班前会，是各车间早晨上班前的第一件事。平时都是由车间主任主持，简单总结一下昨天的工作，安排一下今天的工作，最多也就十几分钟结束。开会时也不拘形式，大家围着火炉，有的坐着，有的站着，有的端着茶杯喝茶，有的就着大葱吃馍。可这天的班前会和往常不同，政工科的刘科长和吴艳红也来了。卢主任招呼大家坐好，然后介绍说："今天的班前会，由政工科的刘科长主持，要传达厂里的一个新指示精神，请大家欢迎。"

掌声过后，刘科长从吴艳红手里接过一个文件夹，说："文件我就不念了，就是最近厂里接连收到群众举报，说有部分工人利用工厂的设备和材料，制作各类民用品，如台灯、笔筒、水杯，甚至还有饸饹床子，严重影响了厂里的生产秩序。这种行为，是一种假公济私的行为。当然这种现象只是一个苗头，问题较多的是钳工车间和机修车间。厂里要求，如果在文件下发之日起，三天内主动交出所干的私活，就不追究任何责任；如果不交，查出来将按照偷窃国家财产论处。"

工人们开始交头接耳了，有人提问："如果是用废旧材料做的，而且是在下班时间做的，算不算假公济私？"

"也算，因为它是用厂里设备做的，只要是在厂区内做的都算干私活。"吴艳红回答道。

"我这里有一个半成品台灯,是做好了上交呢,还是就这样上交?"一个工人从工具箱取出一个台灯底座说。

吴艳红不知道怎么回答,眼睛盯着刘科长,刘科长说:"这个就不要上交了,扔到废铁堆里回炉吧!"

会场发出一阵笑声。刘科长接着说:"私活产品由车间统一收缴,并且要登记造册,然后交到铸造车间销毁。"

"这样不好吧?成物不可损坏嘛!"耿师傅站起来说话了,"我觉得凡是干的私活都是老百姓需要的日常用品,有些还很精致,能不能收集起来,作为厂里的礼品送人?或者开发此类产品,为厂里拓宽一个增收渠道?"

"对着哩,成物不可损坏,我同意耿师傅的意见。"卢主任说道。

"对着哩!""对着哩!"大家异口同声,支持耿师傅的意见。

申黎光没有吱声。刘科长点名列举的私活产品中,没有提到升降椅,连椅子也没有提到,说明他做的这个私活并没有被人察觉,更没有被举报。他庆幸自己的错误行为被父母及时发现并制止,庆幸自己及时将升降椅拆卸了"销赃"。会上耿师傅提出了成物不可损坏的建议,如果厂里采纳了耿师傅的意见,将这些物件集中起来,作为厂里的礼品送人,或者开发此类产品,为厂里拓宽一个增收渠道,那个升降椅是不是应该安装起来,再交上去呢?

"好吧,今天的会议就到这里,我们还要去机修车间开会。"刘科长的话打断了申黎光的思路。送走刘科长和吴艳红,卢主任告诉大家,今天的任务就是上交私活产品。于是大家纷纷在工具箱、衣柜间、棉纱堆、废铁堆里取出事先藏好的私活产品,有的还跑到宿舍里去找。

一周后,厂里果然采纳了耿师傅的建议,在厂供销科门口设置了一个大橱窗,将收缴上来的私活产品分门别类地展示在里面。

那天天气晴朗,工人们都围拢在展示橱窗周围观看,申黎光也在其中。他看见每个产品都有名称、用途、特点和设计、生产人姓名。橱窗前言介绍说:这里的产品,都是本厂工人发挥自己的聪明才智,利用业余时间设计生产的日用品，填补了市场的空白。这些产品是农机厂开发的副产品，只批发，不零售，如果有批发商需要，厂里可组织批量生产，以满足市场的需要。

令申黎光万万没有想到的是，他制作的那个升降椅竟然也摆在橱窗里，而且是在中间比较显著的位置，旁边就是一台饸饹床子。只不过，这把升降椅设计、生产人的名字并不是他，而是同车间的工友王刚宁。他是怎么知道升降椅在废铁堆里？他怎么能把别人做的产品说成是自己的产品？申黎光决计要找王刚宁问个究竟。

在去职工食堂的路上，申黎光正巧碰见了王刚宁。

"你的私活做得不错嘛。"申黎光边走边说。

"你说的是升降椅吧？那不是我做的，是我组装的。"对于王刚宁的坦诚，申黎光是没有想到的。王刚宁接着说，"那天让上交私活产品，我做过一个台灯，藏在废铁堆里，那天去找时，怎么也找不到，可能是被谁拿走了。后来却发现了拆开的升降椅零件，当时也没有在意。后来听说厂里要展示私活产品，而且要进行开发，我就想起了在废铁堆见到的升降椅零件，找出来一安装，嘿嘿，成了。也不知道是谁扔到那里的。"

申黎光听完，只好说："咱们厂里能人蛮多的嘛！"他不想承认升降椅是他做的，毕竟做私活不是一件光彩的事情，至于后来演变成产品展示，将坏事变成了好事，这是谁也没有预料到的。

王刚宁说："生产民品可是一个拓展开发产品的新路子，厂里光搞农机修理路子窄了点。"

"是的，听说有一个造飞机的国防企业都开始制造洗衣机了。"身后传来耿师傅的声音，只见他拿着饭盒也往食堂走。

"还是耿师傅有远见，要不是您的建议，这些产品早都化成铁水了。"申黎光打心眼里佩服耿师傅。

师徒三人说说笑笑，走进了食堂。

半个月后，厂里成立了民品开发办公室，耿师傅被调去担任了办公室主任，王刚宁和做饸饹床子的工人被调到民品办公室，专门开发研制民用产品。申黎光则被调到供销科，担任了一名产品推销员。

四、都市相聚

春燕衔泥的季节，知青们在省城相聚了。

申黎光自从担任产品推销员后，自由度大了许多，经常可以往来于省城和县城之间。这次知青相聚，他是理所当然的召集人。知青中除了两名当兵的身在外地，其余的人，都散落于省城的不同区域。按照约定的日期，那天中午十二点，大家准时赶到了一个叫满堂春的饭店。

久别的伙伴们见面，彼此之间自然显得异常热情，凉菜还没有上齐，有人就提议喝酒。申黎光来时从家里带了两瓶白酒，他简单地说了几句思念、祝贺、来日方长之类的话，大家就频频举杯畅怀痛饮。席间，免不了说起村上的逸闻趣事，议论最多的还是阴大鲁受伤的事情。申黎光告诉大家左大牛无罪释放了，大家纷纷提议举杯以示祝贺。刘冬梅还提起那年女生们去东沟担水的事情，说都怪申黎光，一点儿同情心都没有，如果出了事情，今天大家就坐不到一起了。申黎光说："此一时彼一时，没有当年的艰苦岁月，就体会不到今天的幸福生活。"王跃进还绘声绘色地讲了他是如何从阴大鲁家里要回自行车的事情，说回家后父亲还批评了他，说他这样做不厚道。"现在想起来，总觉得有点儿亏欠阴大鲁似的。"王跃进显出一副很大度的样子。申黎光知道那个馊主意是自己出的，就说："当时那样做，也是权宜之计，否则你就当不了工人。"

申黎光还眉飞色舞地说起阴大鲁让知青摔跤的事情，说自己通过摔跤取胜，给知青们争得了全劳工分。刘冬梅却不以为然，说："你光说自己出五关斩六将的事情，怎么不说说走麦城的事情？"

"什么走麦城？我走过麦城吗？"

"你为什么不说说那年抽烟逞能晕倒的事情？"刘冬梅不依不饶。

申黎光脸红了，他想了想，还真有这回事。

那是知青们刚到村里不久的事。一天黄昏，忙碌了一天的知青收工后，大伙儿坐在一起天南地北谝闲传。知青组里几名女知青，长得不算非常漂亮，但比起农村人，那就细皮嫩肉多了，自然也就容易招蜂引蝶，吸引许多当地男青年趋之前来。当地农民几乎都抽烟，每天晚上知青组窑洞里烟雾缭绕，和着汗腥味、口臭味、脚臭味，派生出一种奇特的味道。周一笛呛得直咳嗽，对申黎光说："能不能让他们少抽点烟？"

申黎光说："不抽烟窑洞里味道更难闻。"

农民抽烟，男知青们也跟着抽，当地农民都抽旱烟，用纸卷个喇叭筒，把烟叶填进去，用手一搓，把口一按一捻，点着就可以抽了。申黎光原以为抽烟只要不过喉咙，就不会对身体有伤害，但实践证明，不是那么一回事。那晚，一个农民卷了一支烟对申黎光说："你能把这烟降住算你本事大。"申黎光看见烟是用一张发票卷的，上面有元、角、分的字样。农民又说："你能抽到'元'字就可以了。""嗨！小看人。"申黎光点着烟，连吸几大口，"元"字过了，"角"字也过了，接近"分"字的时候，农民夺走了烟，连连说："你厉害，你厉害！"申黎光知道自己的秘密在于抽一口吐一口，从来不过喉咙。可谁知，不一会儿，他感到头昏眼花，恶心想吐。当着众人的面，申黎光硬撑住没有倒下，摇摇晃晃地走出窑洞，又摇摇晃晃地走进厕所，眼前一花，扑通一声跌倒在地。不知过了多久，听见有人叫自己的名字，睁眼一看，才发现自己竟躺在了知青组的炕上。从此以后，申黎光再也不敢逞能了，而且见了烟就害怕，同时也知道，烟不过喉也会尼古丁中毒。

"谁知道抽烟不过喉咙也中毒哩！"申黎光说。

"坏事变好事，那一次治了你抽烟的病，这辈子你是不会再抽烟了。"半晌不说话的周一笛说话了。

申黎光觉得周一笛在这样的场合说这样的话，是对自己的一种关心。于是举着一杯酒走到周一笛身边说："尊敬的歌唱家，请您喝一杯。"

周一笛穿着得体的天蓝色连衣裙，衬托得脸色更加红润，她礼貌地站起来说："谢谢您，学校有规定不能喝酒。"

申黎光愣了一下，而大家的目光则不约而同地投向了他们。申黎光略显尴尬，他一口干掉了杯中酒。

那年，周一笛被免掉县妇联副主任后就回到了家中。回去后不久，国家就恢复了高考制度，她便努力复习功课，在父亲的帮助下，顺利地考上了省音乐学院声乐系，学习民族声乐。申黎光心里清楚，周一笛说自己不能喝酒，的确与声乐专业有一定的关系，但最为主要的，还是看不惯这些昔日的伙伴了：她看不惯他们旁若无人地高声说话，看不惯他们像农民坐席一样嗜酒如命，还看不惯他们用自己的筷子热情地给别人夹菜。至于吃相，喝相，那就更不用提了……

也难怪，知青组里除了周一笛上了大学，其他人不是工人，就是餐饮业的服务员，这些知青的工作环境、生活习惯和周一笛身处的大学环境是截然不同的。几个女生由于常年在国营食堂端盘子洗碗，脸上、身上总给人一种油腻腻的感觉；申黎光虽然从车间调到了供销科，但也就是个东奔西颠的采购员，常年穿着一身洗得发白的工作服；王跃进虽是省电力公司的员工，但一年多的时间里一直在西藏阿里地区的一个工地上施工，除了脸黑以外，两颊还烙上了明显的高原红，看上去比插队时还要黝黑、粗糙。这些人和亭亭玉立、光彩照人、学习声乐表演的周一笛比起来，还真是解放区和敌占区的区别。周一笛坐在那里，不停地抬头看表，显得心神不宁。墙上的挂钟指向了下午一点二十分，她站起来说："你们慢慢喝吧，下午我还有课呢！"说着她举起酒杯，走到申黎光面前，说："虽然我不能喝酒，但这杯酒还是要敬您这位组长和各位同甘共苦的战友。"说完，她一口干了杯中酒，然后用餐巾纸轻轻地沾了沾嘴唇，笑眯眯地向大家告辞了。

"看人家的牙齿多白啊！"刘冬梅不由自主地赞叹了一句。

申黎光让大家坐着别动，他起身把周一笛送到了电梯口，周一笛进入电梯之后，转过身，礼貌地说："你慢慢喝吧，有事联系。"

"你后来见过飞吻女吗？"申黎光突然想起吴艳红。

"没见过，你见过吗？"周一笛眼睛亮了一下。

"我们在一个单位。"

"啊——"电梯门合上了，"下次见面再——"电梯缝隙里传出周一笛的声音。申黎光想，周一笛没说完的半句话应该是"下次见面再聊"。

申黎光琢磨着周一笛分别时说的每一句话："有事联系"，那意思分明是说，没事就不要找她了！你不过就是个学生，我联系你能有什么事？你又能办什么事？申黎光心里说。他刚才提起了"飞吻女"，周一笛似乎很感兴趣，但这次已没有机会聊了，下次见面再说吧！申黎光站在电梯门口足足愣了几分钟，返回包间后，大家看周一笛走了，就再坐了一会儿，也就各自离去了。

很长一段时间，周一笛没有和申黎光联系。申黎光时不时地想起村里五保户王大爷说的话：周一笛心里有你。从上次见面后，申黎光总觉得周一笛有些变化，比以前文雅了，寡言了，矜持了，当然也更漂亮了。可眼睛里，透着一种说不出的神情。在农村时周一笛总是抱怨申黎光不善解人意，现在申黎光又觉得周一笛是在故意回避着自己。申黎光突然想起这样两句话：男人寡言使人觉得深沉，女人寡言使人难以琢磨。难道周一笛现在已经不能和自己坦诚相见了吗？然而，申黎光这几天偏偏常梦到周一笛，梦见他俩在麦场里，在猪圈里，在窑洞里……还梦见他俩手拉着手跑到了水库边戏水打闹，周一笛看见水里有一条金鱼，兴奋地用手去抓，谁料脚下一滑，整个人掉到了水中；申黎光顾不上思考，一头扎下去，抱起湿漉漉的周一笛上了岸。周一笛揽着他的脖子问："你不怕淹死吗？"申黎光说："我小时候在涝池里打过江水……"醒来后，他查阅了《周公解梦》，书上说："梦见流水，水中有鱼，多表示欢乐，亦曰鱼水之欢。梦见异性湿身，就是失身的谐音，可以大胆追求，成功率较高。"这本《周公解梦》是在钳工车间的工人中传阅很久的一本书，没有封皮，内容也残缺不全。他本来不大相信这些，但他奇怪这个梦境如此地清晰，就像真实发生的事情一样；水中的周一笛是那样的婀娜多姿，身体轮廓是那样的清晰，以至于他在很长时间里都把她从脑海里抹不掉。他想知道这个梦预示着什么，但又不好告诉外人，就只好翻阅《周公解梦》了。他觉得在自己迄今所认识的女生中，周一笛还是最优秀的。插队时，村上的姚会计就告诉过他：男人的男字笔划是七画，女字是三划，男女结合才能十全十美，你们知青中，就你和周一笛最般配，干脆你俩订婚吧！

上次知青聚会两个月后，申黎光又一次来到了省城，他决定再约一次周一笛。电话很容易就打通了，申黎光邀请周一笛一起去吃晚饭，地点定在周一笛学校旁边的一个叫"相依情"的小饭店。申黎光特意穿了一身父亲的毛料灰色中山装，五点半就到了。他要了一个小包间，提前点了几个菜，要了一瓶干红葡萄酒和两个高脚杯。六点钟，周一笛到了，她穿着一件浅蓝色花格上衣，留着齐耳短发，显得随意、大方、干练。申黎光伸出手说："欢迎光临！"

"怎么这么正式，像重庆谈判似的。"周一笛说完咯咯地笑了起来。

申黎光知道周一笛说的"正式"，是针对他这身中山装的。

俩人面对面坐着，申黎光端起酒杯说："今天是红酒，喝点没事。"

"好吧，敬您！"周一笛端起了酒杯。

申黎光一饮而尽，周一笛抿了一小口。

"上次你说和吴艳红在一个单位工作，是怎么回事？"周一笛惦记着上次分别时申黎光说的话。

申黎光看着周一笛的酒杯说："先把酒喝完再告诉你。"他对周一笛这样的开场白很不满意，多日不见，本应嘘寒问暖一番的，而这样偏离两人之外的问话，让人感觉是没话找话。在见周一笛之前，申黎光设想了好几个开场白，比如互相问候对方的生活、工作情况，再问候彼此父母的身体情况,再交谈分别后发生的逸闻趣事,包括邂逅吴艳红的事情等。他还设想了这样的场景:酒喝到一定的程度,周一笛会主动坐到他身旁,像当年他们在村上那样,倒在他怀里,向他倾诉心中的秘密;他也会告诉她所做的那个在脑海里久久抹不掉的梦,还会告诉她《周公解梦》上是怎么说的;最后,他会向周一笛,或者周一笛会向他表白:一日不见,如隔三秋!

"说吧!"周一笛喝干了酒,举起空杯子看着申黎光。

"说什么?"

"说说飞吻女的事情呀!再说说你俩是怎么在一个单位的?"周一笛眼睛里充满好奇。

申黎光只好讲述了他是如何见到吴艳红,吴艳红现在是厂政工科的干部,工人们见了她都叫吴政工,吴政工又是如何帮助他等等。周一笛听得津津有味,她拿起酒瓶给申黎光和自己分别倒了杯酒,问道:"她有对象吗?"

"她结婚了,爱人是一个复员军人,也在我们厂工作。"申黎光还告诉周一笛,吴艳红是在做手术的时候谈的恋爱,后来结了婚就分到了一个厂,爱人现在担任钳工车间主任,是个非常敬业、能干、前途无量的车间领导。

"我们应该祝贺她!"周一笛举起酒杯,一口干了。接着说,"谈谈你的情况,打算一辈子在小县城工作吗?"

申黎光喝干酒,说:"我能怎样?只能在县里工作了,我们厂是县里最大的国有企业,我现在当采购员也很自由的。"他强调了自己采购员的身份,也告诉周一笛自己有很大的自由度,可以经常往来于省城和县城之间。

"你找对象了吗?"周一笛又给两个酒杯斟满酒,很直接地问道。

"目前还没有遇到合适的。"申黎光举起酒杯说,"你呢,在院校选择的余地应该很大,有合适的吗?"

周一笛举杯喝了一大口,说:"目前还没有最后确定。我觉得你在小县城工作,如果遇到喜欢的姑娘还是要抓紧。"

周一笛一口一个"小县城"使申黎光的心里很不舒服。很明显，在周一笛的心里，省城和县城是两个不同的层次，言下之意，他俩也就不在同一个层面了。她说的"目前还没有最后确定"是在明确地告诉申黎光，她虽然没有确定终身，但已经开始谈恋爱了，而且目标不止一个。她让申黎光"遇到喜欢的姑娘还是要抓紧"，这里说的姑娘，当然指的是小县城里的姑娘，不包括省城的姑娘。看来插队时候的一切只是过往而已，五保户王大爷和村里姚会计的撮合只是个良好的祝愿，他做的那个俩人"湿身"的梦也只是个美梦。《周公解梦》应该也没错，只是梦中的异性不是为他湿身——失身，而是为别人"失身"了。他到饭店以前设想的那种肌肤相亲的场景是不可能发生了。想到这里，申黎光一口干了杯中酒，说："那就祝你尽快找到另一半！"

"我们都共同努力！"周一笛也干了杯中酒。接着她把瓶中剩余的酒全部倒进了两个高脚杯。放酒瓶时，砰的一声，瓶子触碰桌面，发出了响亮的撞击声。她说："下次咱们另找一家饭店，我请客！"

"还有下次吗？"申黎光到口边的话又咽了回去，变成了，"你没喝多吧？"

"没喝多，下次我请客。干杯！"

看着周一笛红扑扑的脸庞，似乎又回到了知青年代，可爱、清纯、羞涩，还有一点儿娇嗔。申黎光知道这是红酒的作用，不管怎么说，此刻的周一笛是可爱的，是他心目中曾经的样子。既然周一笛发出了邀请，那就顺其自然吧！申黎光把周一笛杯中的酒给自己匀了一半，仰起脖子一口干掉，说："什么时候再聚，你来定时间！"

"周六晚上吧，就是后天，你有时间吗？"

"后天我还在，等你电话。"申黎光留下了住在省城宾馆的电话。

申黎光到吧台付了钱，过去扶起周一笛，一起向门口走去。出门时，周一笛推开申黎光的手，说："就到这吧！这儿离学校近，出门都是熟人，我自己回去就行了。"说完，周一笛头也不回地走出了饭店大门。

省城的夜晚和县城不同，马路上的灯光亮如白昼，高楼上的霓虹灯不停地闪烁，汽车、自行车不知疲倦地穿梭，路人都显得行色匆匆，不知是去加班还是去赴约。申黎光独自走在去宾馆的路上，脑子是晕乎的，心绪是复杂的。他回想着和周一笛的两次约会，越来越感觉到彼此之间有了距离，既然这样还有必要再见面吗？但他已答应了邀请，周一笛的邀请是一次对他邀请的答谢？还是寂寞中的旧情复燃？抑或是一次告别宴？不管怎样，再去一次就了结了。不知不觉，宾馆到了，他到房间后拿起电话，想给周一笛报个平安，但很快又把电话的话筒放回原位，觉得此举纯属多此一举；人家未必会在乎你的平安与否，再说，哪有男人给女人报平安的？"丁零零"房间的电话铃响了，申黎光拿起电话，竟然是周一笛的声音："到了吗？到了就好！我也确认一下你给的电话号码。"

"刚刚到，谢谢你……"申黎光还想说什么，周一笛回了一句："晚安！"就把电话挂了。申黎光举着话筒，半晌才放下。"看来她是真心邀请我的。"申黎光心里说。

晚上，申黎光睡得很不踏实，他想起和周一笛在一起的点点滴滴，一切是那么地美好，那么地清晰。周一笛对他的几次示好，他都铭记在心；他是真心喜欢周一笛的，由于真心喜欢，他才没有迈出逾越红线的步伐。这次周一笛既然真心邀请自己，自己也应该有所表示。对！应该给周一笛送一个她喜欢的礼品。申黎光想了想，他好像还从来没有给女生送过任何东西——也不对，他给周一笛送过灭虱灵，灭虱灵——不能算是礼品。礼品应该是对方喜欢的、有保存价值、实用价值或者有纪念意义的东西。买什么好呢？明天到百货商店去选一个吧！想着想着，不知不觉地他睡着了。

第二天上午，申黎光早早来到离宾馆不远处的一个百货商店。在一楼首饰柜台，他看见各种漂亮的首饰佩件，在灯光的照耀下，光彩夺目。一名年轻的女服务员热情地迎了上来，申黎光驻足看了看价钱，每件都在百元以上，他摇摇头离开了。在化妆品柜台，他看到里面有女生用的各种化妆品，他仔细看了看，觉得口红价钱比较能够接受。但口红颜色很多，他不知道应该选哪一种。一名中年女服务员问他给什么职业、多大年龄的女生购买？他说二十多岁，音乐学院的学生。服务员马上拿来三种颜色的口红，介绍说："这种叫哑光口红，这种叫星光口红，还有这种叫缎光口红，这几种都适合二三十岁的女性使用，可以根据不同场合、不同服饰选用。"申黎光看了看价钱，五块钱一支，说："我要一支，哑光的吧！"其实他根本不懂应该买什么颜色的。服务员笑了笑说："最少应该买两支，便于选择使用。"申黎光犹豫了一下说："那就两支吧！"服务员给他取了两支口红，一支哑光，一支星光。

周六下午，申黎光按照周一笛约定的时间，来到了一个叫蓬莱阁的酒店。周一笛选择的包间在二楼拐角的僻静处，一个取名红玫瑰的包间。申黎光嘴里念着"红玫瑰，红玫瑰"，心想是不是应该给周一笛买一枝玫瑰花呢？算了，她如果不接受就尴尬了。但见面一定要赞扬一句："你选的包间很浪漫啊！"或者问她："要不要送你一枝玫瑰"之类的话。包间到了，申黎光敲了敲门，里面传出周一笛的声音："请进！"门开了，周一笛穿着粉红色的连衣裙笑眯眯地迎了上来。包间里灯光柔和，给人一种温馨的感觉。申黎光一只脚刚迈进屋子，一个戴眼镜，穿灰色西装的高个子中年人也热情地迎了上来。周一笛向申黎光介绍说："他叫吴国华，是音乐系的老师。"吴老师礼貌地和申黎光握了握手，把申黎光让到了面向门的座位的中间，他和周一笛分坐在了两边。申黎光总觉得吴老师有点儿眼熟，很像他曾经见过的一个人。那么，是谁呢？对了，是唱《在那桃花盛开的地方》的蒋大为。搞音乐的人怎么都这样礼貌、得体、帅气呢！今天周一笛把他叫来，是单纯的陪客，还是他俩是关系不一般的朋友呢？出于礼貌。申黎光主动说："谢谢吴老师光临，我和周一笛在一起插了三年队，这次来省城出差，顺便看看她。"

吴老师拿来三个高脚杯，分别倒上红酒，说："早听周一笛说过你，说你是一个非常优秀的知青，还是他们的组长。来，为我们的相识干杯！"

大家一起端起酒杯，申黎光注意到周一笛一口干了杯中酒。

吴老师接着又给申黎光斟上酒,俨然一个东道主的姿态,说:"感谢申组长在农村对周一笛的照顾。"

申黎光说:"我们当年是同甘共苦,互相照顾,如今你是她的老师,我也感谢你对她现在的照顾。"

两人一饮而尽。

周一笛给他们倒满酒,说:"你们一个是我的组长,一个是我的老师,都是我人生道路上的有缘人,我敬你们!"说完一口干了杯中酒。

他们互相寒暄着,一瓶酒眼看就喝完了。吴老师又开了一瓶酒,给大家倒上。申黎光挡住说:"不喝了,你们搞声乐的不能多喝。"申黎光想起周一笛曾经说过的话。

"没事,吴老师让喝我就喝。"周一笛端起酒杯,看着吴老师,一饮而尽。吴老师又给她倒上,周一笛的眼里闪着兴奋的火花对吴老师说,"来,我单敬您一杯,一切都在酒中。"

申黎光站起来对周一笛说:"你不能喝了,要喝我替你喝。"

"吴老师倒的酒谁都不能替,他可是我的恩师。"周一笛身体摇晃了一下,明显喝多了,但还是将杯中的酒一饮而尽。

"那阴大鲁还是你的队长呢!"申黎光也有了醉意,不知怎么竟然冒出来这样一句话。

吴老师问周一笛:"阴——大鲁是谁?"

周一笛说:"是一个混蛋!"说完,狠狠地剜了申黎光一眼。

周一笛的这种眼神,申黎光从来没有见过。他知道周一笛已真的不喜欢自己了。当一个人不喜欢另一个人的时候,怎么看都不顺眼。他的衣着、举止、言谈,甚至是一个眼神,都会引起对方的不满。何况自己刚才又提起了阴大鲁,怎能不激怒周一笛?自己在小县城当工人,能看得见的前程,充其量就是和耿师傅一样,当个八级钳工;而周一笛在省城上大学,将来的工作不是在充满诗情画意的大学校园里,就是在霓虹灯闪烁的舞台上,他俩压根儿就是两条轨道上奔驰的列车……

吴老师似乎闻到了火药味,说:"好了,好了,今天就到这里吧,以后有机会再相聚!"说完,吴老师结了账,拉着周一笛离开了。

申黎光走出饭店,远处的路灯下,周一笛正依偎在吴老师的肩头,缓缓地向远处走去。

申黎光这下清醒了,他明白,这是周一笛和他的告别晚宴,他将手伸进口袋,掏出两支没有送出去的口红,端详了一番,犹豫片刻,朝旁边的垃圾桶走去……

五、县政府秘书

1978年是一个令申黎光记忆深刻的年份。这年年底,北京开了一个重要的会议,党的工作重点转移到以经济建设为中心,恢复和发扬党的优良传统,解放思想,实事求是,团结一致向前看,成为全党全国人民的共识。申黎光感受到的变化是,供销科的业务比以前繁忙了,各种政治学习的会议减少了;人们叫习惯了的县"革委会"改成了县人民政府;年底他被调到了县政府办公室工作。

这天,申黎光刚从外地出差回来,胖乎乎的供销科长对他说:"黎光啊,这几天辛苦了,吴政工找你好几次了,让你回来后马上就去一趟政工科。"

"有什么事吗?"

"应该是好事吧!吴政工没有说,但表情是笑眯眯的。"供销科长脸上肥厚的肉堆积在了一起,眼睛眯成了一条细缝,看得出,他也是笑眯眯的。

申黎光匆匆赶往政工科,他知道厂政工科不是随便召见普通工人的,能够通知他去,一定是有什么重要的事情。到了政工科,门虚掩着,申黎光推门进去,只有刘科长一人在办公室。刘科长见到申黎光,立刻站起来迎了上去,又是倒水又是让座。申黎光连忙说:"不客气，不客气。有什么急事吗？"

"有急事，县政府办公室来人了，说要调你到县政府办公室工作。"

"我能干什么，就是个钳工，政府办也需要钳工？"申黎光一脸迷茫。

"不是当钳工，是当秘书，还说是康书记亲自点名的，你认识康书记？"

"我不认识。"正说着，吴艳红提着一个保温瓶进来了。

"怎么回事，你知道吗？"申黎光问吴艳红。

"听县政府办公室的人说，康书记上次参加厂里的年终总结会，就记住了你申黎光的名字，当时他还是县'革委会'主任，现在成了县委书记。说你是个人才，现在正是用人之际，你到了县政府，更能施展才华。"

申黎光知道县政府是个大机关，比县妇联还要大。当年周一笛从知青组调到了县妇联，在大家的眼中就是一步登上了天。如今，自己从一名工人突然调到县政府，也算是跨上了一个不小的台阶。但他对县政府是陌生的，对那里的环境、人员、工作流程等都是两眼一抹黑。他不知道秘书都干什么活，自己去了会不会干，能不能干好……

"拿上这个，明天去县政府报到。"吴艳红的话打断了申黎光的思路，申黎光接过介绍信，说："明天？这么快？"

"你出差没回来前，人家都催了几次了。你先去报到，然后再回来交接手续。"

申黎光拿着介绍信走了，他首先想到的是应该给家里说一声。在厂门房传达室，申黎光拨通了爸爸办公室的电话。他对爸爸说，自己马上要调到县政府办公室工作。爸爸问干什么工作？他说当秘书，但不知道秘书是干什么的。电话那头的爸爸沉默了一会儿说："秘书就是协助领导处理文秘方面的工作。去了要多学习，多读书，多听、多看，少说、多干。"申黎光放下电话，一边走一边琢磨着父亲说的每一句话，似乎对秘书这个职业有了概念上的初步了解。

第二天一大早，他特意穿上父亲的那件灰色中山装，来到辉阳县政府办公室报到。办公室在一栋红色的三层小楼里，一间挂有"接待室"牌子的房间门半开着，他敲敲门走了进去，一位二十多岁的女同志热情地接待了他。女同志看了看介绍信，让他先喝水，说办公室刘主任正在开会，等会议结束后她就领他过去。申黎光打量着这位穿蓝花衬衣、灰色西装，身材高挑、肤色白润、说普通话的女同志，问道："您是接待室的负责人？"

"不是负责人，就是这里的秘书。我叫于丽君，今后咱们就是同事，你叫我小于就可以了。"

"于丽君，好名字，和邓丽君只差一个字。"申黎光调侃了一句，接着问，"政府办公室都有什么科室？"

"办公室就是一个大杂烩，有信访接待室、研究室、综合科、汽车队、炊事班、房管办等等。我们接待室就归综合科管。"于丽君看出申黎光初来乍到，对一切都是生疏的，对自己的安排也心里没底，接着说，"我去看看会议结束了没有。"说着她走出了办公室。

几分钟后，门口传来高跟鞋的声音，于丽君进来了，说："会议结束了，刘主任让你过去，二楼最东边，哦，我带你去。"说完，于丽君带着申黎光向主任办公室走去。到了主任办公室门口，于丽君敲了敲门，里面传出两声咳嗽，接着听到"进来"的声音。于丽君转身冲申黎光努努嘴，小声说："你去吧！"

办公室主任叫刘天明，是一个五十岁左右、敦厚结实、温文尔雅、和蔼可亲的人。他见到申黎光的第一句话是："小伙子真年轻啊！"申黎光立刻感到了亲切，没有了距离感。

"您好，刘主任！"申黎光坐在了刘主任对面的椅子上。

"看了你的档案，知道你当过知青，当过工人，现在办公室就缺你这样的年轻人。康书记还特别介绍说，他在农机厂见过你，听过你的发言，你是有思想、有觉悟、口才好的年轻人。我们决定让你到政策研究室工作，主要就是和县领导一起搞调研，你要多学习，多思考，逐步适应工作和提高工作能力。"

"谢谢领导信任，我初来乍到，一切都得从头开始，还请领导多多关照。"这几句话是申黎光进门前想好的。

刘天明主任拿起桌子上的电话，说："请李科长来一下。"说完放下电话，对申黎光说："我让李万德科长过来，和你见个面，具体工作上的事情由他给你安排。"

说话间，李万德科长来了，刘主任先介绍了申黎光的情况，然后对申黎光说："李科长是研究室的老同志了，你们工厂不是讲师徒关系吗？他今后就是你的师傅。"

"李师傅——李科长，好！"申黎光还是习惯叫师傅。

这个所谓的老同志，也不过三十多岁，瘦长脸，戴着近视镜，眼睑浮肿，一副没睡醒的样子。李科长把申黎光领到了三楼一个办公室，办公室共有两张桌子，李科长说："你就坐在靠窗的桌子，这里光线好。我在隔壁，有事就找我。"

"那张桌子是谁？"申黎光觉得刚来不应该坐在光线条件好的地方，他指着墙角的另一张桌子问。

"那个人调走了。书柜后面的床你可以用，咱们这里经常要加班熬夜。"

"我是单身，就住在这里，宿办合一。"

"这样最好，吃饭在楼下食堂，很方便的。"李万德说完就离开了。

申黎光仔细观察着这个自己将要长期生活和工作的地方。办公桌上有一盏台灯，绿色玻璃灯罩，灯罩上有两条陈旧的裂纹，灯座上有开关，黑色的，胶木柄的那种，一开一关都会发出啪、啪的响声，整个台灯看上去就像个老古董。台灯的旁边放着一个白瓷笔筒，上面印有毛主席在天安门城楼上举着军帽挥手的彩色照片，笔筒里插满了红蓝铅笔、圆珠笔、毛笔。房间里陈设很简单，但很干净，靠墙有个铁炉子，烟囱从门框上伸出，烟囱拐角处糊着烧焦的报纸。房间中央有一个书柜，书柜后面有一张单人木板床，床边的墙围纸是两张美女电影广告头像。申黎光想，这房间以前的主人一定是个年轻人。他打开书柜，里面整整齐齐放着各种报纸、杂志、简报，还有厚厚一沓办公用纸。他取出几份简报，在办公桌上翻阅起来，这些简报都是县政府的工作动态、调研报告之类。申黎光知道自己今后就要和这些东西打交道了。他从笔筒里取出一支红蓝铅笔，又取出一支圆珠笔，仔细端详着它们，他知道自己这双拿过锄头、镰刀，拿过榔头、钢锯、老虎钳的手，从今天起，就要开始握笔了，笔是工具，也是饭碗。能不能吃好"秘书"这碗饭，他心里没底，顿时觉得这些笔的分量不轻。

咚咚有人敲门，申黎光说："请进！"李万德科长推门进来了。他把一个文件袋放在桌上说："这里面是最近的几期简报和调研报告，你先看看，明天你就跟冀南江副县长下乡去调研。"说完转身离开，刚到门口，又回头说："该吃饭了，到食堂窗口买饭票，然后拿着饭票去打饭。"

在机关食堂门口，申黎光遇见了于丽君。于丽君是他到县政府第一个遇到的人，此刻见面说话，似乎就随和亲切了许多。于丽君帮他买了饭票，还帮他找来碗筷，并告诉他吃完饭把碗筷带回房间，下次吃饭时再带来。申黎光则像刘姥姥进了大观园，一切都是陌生、新鲜的，除了点头微笑，就是见谁都说"谢谢"。吃完饭，申黎光想起明天就要和冀副县长下乡调研，自己的被褥、衣物等用品还在农机厂放着，就向于丽君借了一辆自行车，径直去了农机厂。

下午两点，上班的铃声响起时，申黎光已经从农机厂取回了日用品。他铺好床铺，便坐下翻阅李科长拿来的文件。一篇题为《农村改革的艰难突破》，署名冀南江的文章，引起了申黎光的注意。冀南江就是冀副县长，明天他就要跟着他去乡下搞调研，为熟悉他，申黎光埋头读起了他的文章。文章开篇写道：

> 1978年11月24夜，十八名"敢为天下先"的小岗村村民，冒死秘密签下土地承包责任书，率先冲破"人民公社"的桎梏，当年就取得大丰收。安徽、四川成功后，全国纷纷效仿——几十年来，中国农民第一次吃饱饭。万里、邓小平等人克服重重困难，为其正名为"家庭联产承包责任制"，由于回避了土地所有权等"姓资姓社"的问题，农民的积极

性被调动。短短几年内，中国的粮食、棉花产量跃居世界第一。

接着文章用大量的数据阐述了"人民公社""大锅饭"的弊端，旗帜鲜明地提出了要在全县搞"家庭联产承包责任制"或者"包产到户"的试点。申黎光对农村的现状太熟悉了，农民上工"大呼隆""磨洋工"，责任不明，效率低下，集体的庄稼永远没有自留地里的庄稼长得好。原因显而易见，就是责任不明确，权责不分，没有充分调动农民的积极性。但几年前，社会上还在批判刘少奇的"包产到户"和邓小平的"右倾翻案风"，在人们的思想还没有完全转过弯来的时候，提出这样的改革试点思路，需要多么大的胆量和气魄啊！想到这里，申黎光热血沸腾，似乎要迎接一场即将到来的暴风雨，而这场暴风雨，将会荡涤多年来的沉疴陋习，换来一片万紫千红的春色。当然，迎接这场暴风雨也会有风险，稍不留神，将会马失前蹄，落个身败名裂……

"想什么呢？"有人推门进来，是于丽君。申黎光忙站起来，说："自行车在楼下，我一会儿给你送过去。"

"把钥匙给我就行，收拾完了？"说着，于丽君走到床边，看了看墙围上的电影海报，说，"海报上刘晓庆的脸都划破了，换成报纸贴上吧！"

"这海报是你贴的？"

"是的，我以前在这个房间住。"于丽君摸了摸申黎光的铺盖，顺手撕下了墙上的海报。

"你以前也在调研室？"

"是的，离开时间不长。"

于丽君告诉申黎光，她是去年从省政法学院毕业后，分到县政府工作的。当时县里有一名女副县长，她就给这名副县长当秘书，后来副县长调到市妇联当了主任，她也就调到接待室去了。她还告诉申黎光："给领导当秘书，其实就是给领导服务，领导在机关，你就待在机关；领导下基层，你就跟到基层。有些领导经常下基层搞调研，你也就要经常下基层。比如分管农业的冀副县长，除了县里开会在机关外，长年累月地往基层跑，而且吃住都在农村。回到机关后，时常是一身的泥土，不熟悉的人会误以为他是个上访的老农民呢！"

"我明天就要和冀副县长下乡调研。"申黎光说。

"那你可要做好长时间住在农村的准备，对了，去时一定要带上灭虱灵。"说着，于丽君用手比划了一下灭虱灵的形状。

申黎光笑了，心想：我怎么老是要和虱子较劲呀！到工厂一年多没见过虱子了，这次到县政府工作，本是上了一个台阶，当上了令人羡慕的领导秘书，却还是要和虱子见面——他不由得用手挠了挠头皮。

"你见过虱子吗？"于丽君见他挠头皮，笑着问道。

"岂止见过。"

"工厂也有虱子？"于丽君知道申黎光是从农机厂调来的。

"工厂没有，但经常梦见虱子。"申黎光给于丽君讲述了自己小时候在老家的故事，讲述了当知青时候的生活状态，直说得于丽君唏嘘不已。

于丽君说："你的故事真多。你忙吧，有空了再聊，值班室现在没人。"说完，就拿起自行车的钥匙离开了。

六、下乡调研

清晨，一辆吉普车在崎岖的山路上行驶，被掰掉苞米棒子的玉米秆，像一个个乞丐，东倒西歪地或站或卧在公路两旁的田野里。路旁不时出现的柿子树，树身疙里疙瘩，枝杈歪歪扭扭，叶子落光了，零星的、红彤彤的柿子悬挂在枝头的高处，愈加显眼，在微风中轻轻地颤抖，等待有缘雀鸟的光顾。颠簸一个多小时后，笼罩在大雾下的位于县城北部山区的大丘公社依稀可见。

车上连同司机共三个人,司机旁边是申黎光,后排坐着穿深蓝色中山装、中等个、方脸盘、大眼睛、高鼻梁,言语不多的人,是冀南江副县长——这是申黎光第一次跟领导下基层。一路上,冀副县长只问了申黎光三句话:一句是小申今年多大了?一句是家住在哪里?再一句是到政府办习惯吗?申黎光一一作了回答。在回答"到政府办习惯吗?"时,申黎光犹豫了一下,不知道领导指的是生活方面还是工作方面,于是说:"在农村、工厂待过的人,到哪里都能较快适应。"冀副县长点了点头说:"好!"他似乎对申黎光的回答非常满意。

大丘公社到了,公社书记阎文斌笑盈盈地迎了上来:"冀县长,你怎么又来了?"

"怎么,不欢迎吗?"

"不是,不是,上次您到下面几个大队调研,等您走了公社才知道,真不好意思啊!"

"我是想了解些真实情况,大张旗鼓地下去,老百姓不说实话呀!"冀副县长说完,指着申黎光说,"这次我和申黎光同志一起来,想到南梁大队去看看,听说那里群众要求包产到户的积极性很高。"

"去南梁?路不好走啊!不是翻山就是过河,二十多里山路,徒步最少需要三个多小时。如果要去,我陪你一起去。"阎文斌书记说。

"你不用去了,人多了村里也不好安排,派个人领路就行。"冀副县长态度很坚决,阎书记了解这位副县长的性格,知道他是个说一不二的人,就没再坚持。

公社食堂的饭很实惠,一人一碗油泼扯面。吃完中午饭,冀副县长让司机开车回县里,而自己和申黎光及公社的水保员三个人就朝南梁出发了。路果然不好走,半小时后就进山了,山上崎岖的小路上,布满了大小不一的料礓石,踩在上面,一不小心就会跌倒。路旁疯长的荆棘,不时会挂到衣服上,发出"呲啦呲啦"的响声。到了沟底,路过一条小河时,大家踩着列石,小心翼翼地往前走着。申黎光一边走,一边瞅着前面的冀副县长,心想:第一次和领导下乡,一定要保护好领导的安全，千万不能出任何闪失。正想着，突然脚下一滑，扑通一声，一屁股坐在了河里，冀副县长连忙返身回来，将他扶起并问："摔疼了吗？"

"没事，没事。"申黎光红着脸说。湿漉漉的裤子贴在腿上，风一吹有点儿凉，好在太阳还没有落山，晒一晒裤子的湿气就逐渐地减退了。冀副县长问公社水保员："公社干部经常到这个大队来吗？"

"很少来，就是每年收公粮的时候派人来一次。"水保员觉得这样说似乎有点儿不妥，又补充道，"阎书记搞社教的时候在这个大队蹲过点。"

太阳西下了，晚霞染红了半边天空。

水保员指着不远处的几户人家，说："大队支书柯正亮家就在这里，全大队共九十多户，三百多口人，分布在五个地方，也就是五个自然村，也叫五个生产队。咱们要不先到支书家里坐坐？"

"好的，先到支书家里。"冀副县长说。

路变得宽阔了，有人拉着架子车从他们面前经过，有人用好奇的眼光打量着他们。水保员在前面带路，很快就找到了柯支书家。柯支书是个五十多岁的老党员，留着一撮山羊胡子，正在院子里剥玉米。看见水保员领了两个人来，连忙放下手里的玉米棒子，迎了上来。水保员给柯支书介绍了冀副县长和申黎光，说这次来是想了解一下农业生产责任制的情况。柯支书说："在县上开会时见过冀县长，你在台子上，我们离得远看不清。你能到这里来是好事啊！农民都盼着把地分下去，我们也做好了准备，就等上面发话哩！走，到窑里说。"

柯正亮把大家领到了窑洞里，窑洞很宽敞，但光线很暗。一个二十岁左右的小伙子端来小方桌和小凳子，并给每人倒了一杯水。柯支书指着小伙子说："这是我儿子。"又指着冀副县长对儿子说："这是冀县长。"小伙子啊了一声，瞪大眼睛说："县长好，县长好。"

"县长来了就好办了，你表个态，我们就把地分下去了。"柯支书说。

"怎么个分法？群众是什么意见？"冀副县长问。

"按上面的文件，可以搞责任田试点，以户为单位种地，按产量计报酬。"

"能不能直接搞包产到户，承包的土地多年不变，以户为单位种植，打下的粮食，交够国家的，留够集体的，剩下都是自己的，以减少计报酬再分配的过程？"

"啊呀，这样最好了，干部也省事了，群众的积极性就更高了，只要你表态，我们就敢干！"柯支书激动得山羊胡子直抖动。

"你不担心这样做，县上来人找茬？"

"不怕，我们这里穷乡僻壤，山高皇帝远，多年见不上个公社领导，更别说县上领导了。"柯支书给大家添上水，继续说，"像你这么大的官，自我当干部以来还是第一次来我们村里。"

"你不怕这样做，上面把你这个支书免掉？"

"不怕！我当了二十多年支书，群众肚里没粮吃，手里没钱花，这几年一直有外出逃荒要饭的，老百姓穷怕了。现在有了好政策，我愿意带头试点，只要群众能吃饱饭，我这个连芝麻官都算不上的小官不当也罢。"

柯支书一席话，把大家逗笑了，申黎光拿出笔记本，唰唰地记录着。

说话间，柯支书的儿子端上来一盘热气腾腾的蒸馍，一盘炒青椒，说："晚上简单了点，辣子是刚摘的。"

申黎光看了看门外，太阳早已下山，暮色已经降临，他感到肚子饿了。

冀副县长说："好，今天就吃你支书家的饭，你以后来县城我管饭。"

"看你说的，谁出门还把锅背上？像你这样的大官能吃一顿百姓饭，是我们的荣耀。"

吃完饭，柯支书看着水保员说："你今晚就住我家里。"又转身对儿子说："让县长他们到你八爷家去住，你八爷家窑洞宽敞，新媳妇回娘家前，收拾得干干净净。"

冀副县长问支书儿子叫什么名字，多大了？柯支书插话说："叫柯致富，十九了，光长个子，没长心眼，也没见过世面。"

"柯致富，这名字好，就是要经常想着致富。"冀副县长摸着柯致富的脑袋，笑着说道。

柯致富拿着手电筒，领着冀副县长和申黎光向八爷家走去。柯致富说："八爷是我自家爷，也是村里年纪最大的老人，听说今年八十八了，我自小见他就是个老汉。"

"为啥要住他家？"申黎光问道。

"八爷大孙子刚结婚，早上陪媳妇回娘家了，刚结婚的新窑，收拾得干净。"

说话间，八爷家到了。申黎光看到，这是一个有三孔窑洞的小院子，一只黑狗汪汪地叫了两声就不叫了。柯致富推开八爷的窑门，大声说："八爷，今晚在你家住两个干部。"

八爷披上衣服，拄着拐棍走了出来，看见冀副县长和申黎光，说："好干部来啦！就住狗剩窑里，这崽娃子陪新媳妇熬娘家去了。"

"给您老人家添麻烦了。"冀副县长大声说。

"不麻烦，你们都是好干部，能到这穷山沟里来的都是好干部。"

申黎光这下才明白八爷为什么一见面就说"好干部来啦"。

窑洞果然很干净，也很亮堂。大红喜字在窗上、门上、炕上贴得到处都是，窑洞的吊灯上还挂着一串红纸剪的彩带。炕上两床红缎面被子，整整齐齐地靠墙放着，两个绣着鸳鸯戏水的枕头并排放着。单子是蓝方格粗布的，平平展展地铺在凉席上。申黎光爬到炕筒看了看，黑洞洞的没有烧火。他问柯致富，能不能先把炕烧上？冀副县长听到了，说："不用了，窑洞的特点就是冬暖夏凉，一点儿都不冷。"申黎光也感觉到一点儿都不冷，他又想起随身带来的灭虱灵，心想要不要给单子上涂抹一下？但转眼一想，这么干净的新房，涂抹灭虱灵，冀副县长会不会觉得多此一举？

"睡觉吧，明天把周围几个村子跑一跑。"冀副县长说着，脱鞋上炕了。

山里的夜异常寂静，没有一丁点儿嘈杂声。申黎光每到一个生地方，开始总是睡得不踏实，听着冀副县长均匀的呼噜声，他才慢慢有了睡意。可刚睡着，脖子上便有虫子窸窣爬动的感觉，用手一捏，一个圆滚滚、肉乎乎的东西，他断定是虱子，再用力一捏，虱子变成了黏糊糊的一团血。申黎光太熟悉捏虱子的感觉了，他立刻打开电灯，揭开被子，好家伙，几十只跳蚤"蹦蹦"乱跳，裤裆里不知钻进去了多少虱子跳蚤，身上痒得想用手挠都不知该挠哪里。冀副县长翻了个身，也起来了，他把被子提起来，在炕边抖了抖，说："这跳蚤虱子也知道闹洞房，一下子来了这么多。"

申黎光取出灭虱灵，先给冀副县长睡的那头的床单，划上若干个横道和竖道，再给自己这边也打上若干个大叉，然后笑着说："穷招跳蚤富招虱，这两口子啥都招。"

"你还准备了'粉笔'，看来你还是有下乡经验的。"冀副县长根据灭虱灵的形状，把灭虱灵说成粉笔。

申黎光得到了表扬，心想：多亏了于丽君的提醒。

折腾了不知多长时间，远处传来公鸡的打鸣声。申黎光知道这是头遍鸡叫，大约是半夜三点多。不一会儿，冀副县长又打起了鼾声。申黎光却突然感觉到腰疼，他轻轻地翻了个身，侧身睡着，疼痛却更加厉害了。他又轻轻地躺平，慢慢地呼气、吸气，似乎好了一点儿。怎么回事？他想起下午过河时，不小心摔了一跤，腰可能被河卵石硌着了，当时鼓着劲，没觉得疼；也可能是那年在水库拉架子车翻车时，受伤的后遗症。当时的疼是钻心地疼，无以言表地疼，比起那种疼，今天这点儿疼算得什么？睡觉！不知不觉中，他又睡着了。

汪！汪！汪！几声狗吠声，把申黎光从梦中惊醒。他睁眼一看，天已大亮，旁边冀副县长的被子叠得整整齐齐，人却不知去向。他赶忙穿上衣服，匆匆叠好被子，走出了窑洞。只见八爷蹲在窑洞门口，吧嗒吧嗒地抽着长长的旱烟锅。申黎光走过去，问道："县长到哪里去了？"

"啥？县长？给我担水的是县长？"八爷瞪着眼睛惊讶地说道。

"是的，是咱们县上的冀南江副县长。"

"没想到，没想到。"八爷说着往门口的小路上走去，申黎光也跟着走去。只见冀副县长挑着一担水，从远处的小路上很轻松地走了过来。申黎光想迎上去，冀副县长摆了摆手，示意不让他过来。申黎光转身问八爷："担水的地方远不远？"

"不远，一里地有个泉子，县长已经担了两趟了。"

说话间，冀副县长挑着水进了厨房，他放下担子，将水倒进水缸，然后用手绢擦了把汗，说："山里空气好得很。"

"咋不叫上我？"申黎光说。

"看你半夜翻腾得没睡好，早上就没叫你。"

"快来喝茶！"八爷说着进了窑洞。冀副县长和申黎光也跟着进去。窑洞里陈设极为简单，一个土炕，炕旁边有个小方桌。窑洞顶上有裂缝，裂缝处顶着一根硕大的木柱，木柱上挂着几块黑乎乎、油滋滋的熏肉。八爷在煤油炉子上架着一个用铁罐头盒子改制的熬茶罐，茶罐里咕嘟嘟地冒着热气。

"坐下喝茶。"八爷给他们一人倒了一杯茶说，"趁煎喝。"

申黎光喝了一口，看了看冀副县长，皱着眉头说："这是茶还是药，太苦了！"

"说是药也没错，里面有山萸、黄芪，都是野生的，补气血、壮筋骨。早上喝了，精神一天。"八爷说。

"你老今年高寿。"冀副县长问。

"清朝手里的人，周岁八十八，虚岁九十了。"

"身体还硬朗。"

"除了耳背，没有大毛病。"

"祝你老高寿！"冀副县长端起茶杯，做了个敬酒的动作。

"再活下去就猪嫌狗不爱了，和我一波的人都老百年了，现在连个说话的人都没有，今能见到你这县长，也算没白活。"

申黎光接过话茬说："你这村里从来没来过县长？"

"没来过。自民国起就没来过，更没见过给百姓担水的县长。民国三十六年,来过一个团的八路军,晚上打地铺睡在百姓的院子里,早上起来给百姓担水、扫院子,今天看到县长给我担水,我就想起了当年的八路军。"八爷说着,又要起身给茶杯里添水。申黎光忙接过茶罐,给大家添上水,说:"你老人家经历了三个朝代,你感觉哪个朝代好?"

八爷笑着说:"要叫我说实话的话,还是刚解放的时候好。"

冀副县长怔了一下,问:"为什么?"

八爷咳嗽了两声,说:"刚解放,农民分了土地,各干各的,干劲大得很,牲口也膘肥体壮。大公社以后,人就开始变懒了,上工大呼隆,干活磨洋工,除了自留地里打粮食,集体的地就不长庄稼了。队里的牲口每年都减少,现在剩下几头瘦牛,就等着送杀坊了。"

八爷的一席话,让申黎光目瞪口呆。这些话如果在前几年说,够反动的了,那完全是在否定合作化,否定人民公社的。他注视着冀副县长,想从他的脸上看出点什么。只见冀副县长放下茶杯,笑着说:"你老是过来人,说的都是大实话。"他又转向申黎光说:"把这些都记下来,人民群众是伟大的实践者,实践才是检验真理的唯一标准。"

说话间,柯致富走了进来,说:"饭好了,过去吃饭,八爷一起去。"

"我不去了,茶还没喝好哩!早上吃了两个烤蒸馍。"八爷说。

离开八爷家,几分钟就到了柯支书家。白天走路和晚上走路的感觉大不一样,举目望去,缭绕的云雾给山峦涂抹上一层柔和的乳白色,把村庄渲染得朦胧而迷幻。

公社水保员正端着一盘子馒头和一碟菜往窑洞走,申黎光忙上前问道:"要帮忙吗?"

"你去厨房端稀饭。"水保员说。

稀饭是包谷糁,申黎光走进厨房时,一脸笑容的支书老伴已经盛了五碗,放在了木盘子中。黏糊糊、黄澄澄的包谷糁,冒着腾腾的热气,散发出山地玉米特有的浓香味。申黎光久违了这种熟悉的味道,他耸了耸鼻子说:"香得很!"支书老伴说:"山里也没啥好吃的,伴着酸黄菜吃,下饭。"

申黎光把稀饭端到窑洞里,见小饭桌上果然有一大盘酸黄菜,还有红萝卜丝和油泼辣子等。他学着柯支书老伴的口气说:"包谷糁伴酸黄菜,下饭。"

柯支书说:"黄菜是雪里蕻和白萝卜缨腌制的,山里人冬天就吃这个。"

酸酸的、脆脆的,果然下饭。不一会儿,桌上的酸黄菜盘就精光了。吃完饭,柯支书问中午怎么安排?冀副县长说:"中午到其他几个村看看。"

柯支书说:"其他四个村,分别叫牛嘴梁、羊坡梁、前槽和后沟。分布在四道山梁上,走一遍天就黑了,我陪你们去。"

"那就先去一个村,你带路。"冀副县长说。

临出门时,柯支书从柴火堆里抽出两根木棍,分别递给冀副县长和申黎光,说:"拄着上路,山路不好走。"

申黎光接过光溜溜的木棍说:"这是天然的擀面杖。"

柯支书说:"对了,这叫黑桦木,就是做擀面杖的木头,山里到处都是,拿回去就能做擀面杖。"

公社水保员说:"黑桦木擀杖梨木案,媳妇擀面不用转。黎光,你拿回去给你媳妇做擀面杖。"

"黎光好像还没有媳妇吧?"冀副县长看向申黎光,见申黎光摇了摇头,笑着说,"不过很快就会有的,拿回去给未来的媳妇准备着。"

出门后,晨雾已经散去,山上大片大片的枫叶,像画家泼上去的染料。申黎光想起毛主席的一句诗:看万山红遍,层林尽染。

顺着河道小路走了半个多小时,又登上山梁走了半个多小时,柯支书指着一片杨树林说:"牛嘴梁到了。"

过了杨树林,老远看见一棵大皂角树,树下面围了一大群人。大家感觉好奇,就走了过去。皂角树的树身呈棕褐色,有水桶般粗,约四五米高,树冠像一把巨大的伞,枝繁叶茂,树枝上垂吊着扁豆状的黝黑而坚硬的皂角,皂角在秋风中叮咚作响。

"好家伙,看这牛瘦干咧,牛鞭还不小。"

"今晚有牛肉吃咧!"

原来,大家在围观屠夫宰牛,几个农民你一言我一语地议论着。围观的人越来越多。柯支书问冀副县长:"是不是先到队长家去?"

"不急,先看看宰牛再说吧!"冀副县长说完,挤进了人群里,其他人也紧随其后地进入到围观者当中。

屠夫是个矮胖的汉子,脸刮得很干净,呈青乌色,密实的短发,像棕刷般竖着,显得精神饱满;胸前围着一个厚厚的牛皮围裙,两只袖子挽到肘部,长满汗毛的臂膀粗壮有力。只见他熟练地用一尺多长的宰牛刀,在牛皮和牛肉之间划拉着。划拉几下,把刀子噙在嘴里,沾满牛血的刀刃朝下,然后双手抓住牛皮,上下抖动;继而又用刀子划拉几下,又抖动几下;这样反复几次后,一张完整的牛皮就和牛体剥离了。他指了指湿漉漉的牛皮对身旁的一个中年人说:"趁软赶紧把它搭到树上去。"

"好的!"中年人应声招呼旁边的几个人把牛皮拖出了人群。

屠夫开始分解牛体。一群苍蝇在屠夫周围嗡嗡地叫着,飞舞着,屠夫毫不理睬,似乎这些苍蝇不是来骚扰他的,而是来为他呐喊助威的。他熟练地把牛肉和牛骨分离,然后又把牛肉分割成巴掌般大小的肉块,顺势扔到了旁边的铁盆里面。

柯支书说:"这些年生产队集体养的牛,由于经营不善,经常死亡,农民都盼牛死呢,就等着吃牛肉哩。"

"排队、排队,好坏搭配,家家有份,今晚上有肉吃了。"中年人大声喊着,大家应声迅速排起了长队。

申黎光注意到,那棵皂角树上已挂有三张牛皮了,两张是干硬的,和皂角树成了同一个颜色,不仔细看是看不出牛皮和树的区别的;另一张是刚搭上去的,还在往下滴着血水,像是为自己哭泣,也像是为先自己而去的同伴们哭泣。

看到宰牛的一幕,冀副县长似乎产生了新的想法。他对柯支书说:"我在其他公社调研的时候,许多村子的牛也在陆续死亡,社员们说,再过几年生产队的牛就要死光了。这样吧,为牛的事,咱们下午召开一个队干部和群众代表参加的座谈会,听听他们怎么说。"

说话间,一个头发稀疏的胖子满脸堆笑地走了进来:"哎呀呀,柯支书啊,你也不打个招呼就来了?"

柯支书忙给冀副县长介绍说:"这是队长姚寿富。"又给姚寿富介绍了冀副县长和其他人。姚寿富急忙伸出双手紧紧地握住冀副县长的手说:"县长好,先吃饭,先吃饭,已经过饭时了。"

"好吧,吃完饭召开一个座谈会,把附近的几个生产队的干部也叫来参加。"冀副县长说。

柯支书说:"羊坡梁、前槽在附近,后沟太远就不叫了。姚队长你派人去叫。"

……

午饭是姚寿富安排在自己家里吃。姚寿富媳妇是个麻利人,半个多小时,两碟小菜,一碟油泼辣子,几碗扯面就端上了桌。姚寿富从柜子里取出半瓶酒,给大家斟上,说:"山里人就爱抿两口。"冀副县长摆摆手,说自己不会喝,姚寿富也就没有勉强。

会议安排在村小学,吃完饭大家往学校走去。他们刚出门,只见一个老太太手里拎着一只鸡,正好从门口经过。姚寿富大声地问道:"二婶子,提着鸡干啥去呀?"

"唉!好好的正下蛋的鸡,说死就死了,扔到东壕里去呀!"这个叫二婶的显得很悲伤,说着还用袖子抹了一把眼泪。

"死个鸡还那么难过?我二伯过世时也没见你流过一滴眼泪的。"姚寿富调侃道。

"你二伯又不会下蛋……唉!你个崽娃子,还是队长哩,满嘴胡拌啥呢?"二婶说完头也不回地往东壕方向走去……

来到学校时,教室里已经烟雾缭绕,咳嗽声此起彼伏,有的人在凳子上坐着,有的人在地上蹲着。柯支书先跨进了门,大声地喊:"别抽了!别抽了!不抽烟能把你憋死?大家欢迎县上的冀县长来咱们大队指导工作。"说完带头鼓起了掌。其他人也相继站起来,有气无力地拍手。

"人到齐了？"众人落座后，冀副县长看了看大伙问道。

"到齐了。"柯支书回答。

"今天的太阳好，我建议会议挪到村口的皂角树下去开。"冀副县长突然提出要改变开会地址。

"皂角树？"柯支书怔了一下，然后对正愣神的姚寿富说，"好，那就在你们队的皂角树下开。"

说完，柯支书在前面带路，其他人不明就里地跟着后面走。到了宰牛的皂角树下时，现场已经没有群众了，只留下一些还没有来得及收拾的牛骨和血迹，树上的牛皮已经不滴血水了，软耷耷地搭在树杈上，似乎在俯瞰着人间百态。冀副县长指着现场的残留物对大伙儿说："刚才我路过这里，看到正在杀牛，哎！你们见过杀牛吗？"

"见过！"大家异口同声。

"有没见过的吗？"冀副县长又问。

"队上年年死牛，人人都见过，家家都吃过。"

"还吃过马肉、驴肉。"

"羊肉膻，牛肉顽，想吃猪肉没有钱。"

"哈哈哈……"

大家你一言我一语，一片叽叽喳喳。

冀副县长说："我到这里来，本来是想了解一下发展农业生产责任制的情况，结果看到了杀牛，还看到树上有好几张牛皮。"大家都抬头往树上看，却又听见冀副县长继续说道："我就想，为什么生产队的牲口年年死？生产队的庄稼没有自留地的庄稼长得好？我想在这里能找到答案。"

姚队长说："许多人要求分集体的地、集体的牲口，我还是觉得心疼。大家也看到了，集体的牛已经死了很多，如果再将牛分到户，那集体不就成了空壳了？集体经济成了空壳还叫社会主义吗？"姚队长显得很激动。

"集体早已经是空壳了，牲口已经快死光了，分了可能还能保住命。"羊坡梁的瘦高个儿队长插了一句。

"就是,赶快把地和牲口分了吧,听说周围生产队都开始分了。"

"再不分,明年又有人出去要饭了。"

"县上赶紧拿个政策出来,有的生产队分了,有的又不分,干部都不会当了。"

"坏主意,好主意,总得拿个主意出来……"

大家你一言我一语地议论开来。不知什么时候,有人搬来了几个条椅,姚队长招呼大家都坐了下来。

冀副县长说:"今天就是来征求你们的意见,你们的意见就是县上制定政策的依据。"他转向柯支书说:"我想问大家几个问题。生产队为什么年年都要死几头牛?"

"管理不善么。"柯支书回答道。

"队里死了牛,群众为什么喜气洋洋?"

"有牛肉吃了呗……"瘦高个儿队长话音未落,大家哈哈地笑了起来。

"刚才有人说'羊肉腥,牛肉顽,想吃猪肉没有钱',是不是吃牛肉不要钱?"冀副县长问道。

"吃队上的。当然不要钱!"

"我今天看到一个老太太拎着一只死鸡去扔,边走边伤心抹泪,这又是为什么?"

姚寿富知道冀副县长说的老太太就是他二婶,也似乎听出了冀副县长的话外之音。现场沉默了一会儿。冀副县长自问自答地说道:"老太太伤心是因为死了的是一只正在下蛋的鸡,鸡是她家的鸡,蛋是她家的蛋。生产队里死了牛,没人心疼,和大家伙关系不大,还盼着牛赶快死,死了就有牛肉吃,所以大家高兴,这叫'官油壮捻子点着不心疼'。啥道理?就是公共利益没有和个人挂起钩来。种地也一样,上工场面大,看着是人人都出工,但不一定都出力,这就是生产队的庄稼为什么永远没有自留地的好的道理。"

"对着哩,对着哩,大锅饭吃不饱,'众人的老子没人哭'。"一个

农民欢迎大包干

社员顺着说。

"早就应该下决心分了，就是上面没人发话。"羊坡梁的队长说。

"谁要分谁先分，政策没下来，我不敢逞这能，担这责任。"姚队长发言了。

"我队先分，庄稼一料都不能等，等政策来了黄花菜都凉了。"前槽队长半天没有说话，他磕了磕烟锅，猛然冒出这样一句。

申黎光边听大家发言边记录。冀副县长看了看柯支书问："你有什么想法？"

"只要上头给政策，我们就分。"

冀副县长说："目前一些村子实行了家庭联产承包责任制，从形式上似乎回到了农业合作化前的个体经营状态，觉得当年的农业合作化运动是多此一举。其实，家庭联产承包责任制，与农业合作化以前的个体农业是有本质区别的。土地在合作化之前是农民私有的，联产承包责任制只是经营方式由集体生产变为农民个体劳动，还有些地方实行了包产到户，也一样，土地的所有权仍是集体的，社员和集体之间是一种承包关系；把牲口分到户饲养也是同样的道理，是对集体财产的一种保护，我相信分到户以后，肯定不会年年出现死牛的情况……"

"那会把牛看得比自己的命还值钱。"前槽队的队长说。

冀副县长看了看大伙接着说："我赞成前槽队长的想法，先在你们那里搞一个试点，群众尝到了甜头，事情就好办了。"

大家纷纷点头表示赞同，接着就怎么个分法展开了讨论。

时间不知不觉地过去了，眼看日头偏西，柯支书小声对冀副县长说："你就发个话，说一句可以搞包产到户试点，大家就知道该怎么办。"

冀副县长看了看手表，时针已经指到了下午五点，便说："我同意大家的看法，我在这里表个态：像我们这样交通不便，居住分散，土地瘠薄的山区生产队，可以实行联产承包和包产到户试点。中央提出了'实践是检验真理的唯一标准'，提出因地制宜，发展农业的思路，就是让我们大胆地试，大胆地闯，在实践中走出一条适应发展，尽快致富的新路子。"

"好！好！"会场上有人鼓起了掌。

冀副县长接着说："我说话算数，希望大家大胆地干，大胆地闯，违反了政策，出了事，我来负责。"

"我也负责，现在……"柯支书看了看冀副县长，冀副县长点了点头，柯支书宣布，"散会。"

大家吃了定心丸，纷纷离开了现场。

山里的太阳似乎落山很快，刚才还红彤彤地挂在半空，转眼间就隐没无影。大家回到柯支书家时，天就已经黑了。

柯致富见大家回来了，急忙跑到厨房，一会儿就端出来几盘子准备好的菜。在窑洞里，大家看见八爷已经坐在了小方桌旁。柯致富指着桌上的一大盘腊肉说："这肉是八爷拿来的，说要让好干部吃好。"

申黎光想起早晨在八爷家窑洞里看见的那吊子悬挂着的熏肉，经过烹炒，此刻盛在盘子里，竟然色彩鲜艳，红润透亮，醇香扑鼻，不由得他口水就在舌根下打转。

柯支书给每人倒了一杯酒，说："跑了一天了，喝点酒，解解乏。"

冀副县长先用筷子夹了一块熏肉，嚼了嚼说："嗯，肥而不腻，瘦而不柴，好吃！"他端起酒杯说："先敬八爷一杯，只有在这里才能吃到正宗的熏肉，感谢八爷！"

"这肉是给过年准备的，你们能到这山沟里来，我高兴，权当提前过年哩。"八爷一口干了杯中酒。

柯支书也给八爷敬了一杯酒，说："这酒是自家酿的包谷酒，八爷高兴了能喝半斤。"

接着大家分别要给八爷敬酒，冀副县长挡住说："让老人家少喝点。"

八爷说："没事，高兴了酒是良药，生气了酒是毒药。你们都是好干部，看到你们我高兴，放开吃，放开喝，喝高兴。"

大家说说笑笑，不知不觉喝完了一坛子包谷酒。

七、分歧

　　几个月来，冀南江副县长领着申黎光几乎走遍了全县所有的公社。他们每到一个地方，都会深入大队乃至边远村庄进行调研，发动群众搞农业生产责任制试点。他们就像带着火种，所到之处，都会燃起改革的熊熊烈火，都会激起广大群众穷则思变的热情。很快，以联产承包责任制为主要形式的农业生产方式的改革在全县轰轰烈烈地开展了起来。这场改革似乎来得快了一些，好比一场丝毫没有前兆的暴风雨，突然降临，使许多人措手不及，惊慌失措。

　　最近，县委康书记有一件头疼的事，就是全县突然大面积开始了农业生产责任制的改革。因为不时有传闻说，一些边远地区已经开始实行联产承包责任制了，有的干脆直接搞包产到户。辉阳县的一些公社也派人到外地参观学习，准备在农业责任制改革上迈出更大的步伐。一些尚未实施这些措施的地方，许多农民也自发到公社、县里上访，要求尽快向外地学习，实行土地联产承包责任制，把土地分给农户。当然也有令人担忧的现象出现，就在昨天，一封来自稠尚公社麻底坡大队几名村干部的联名来信，引起了康书记的重视。这封信上反映：该村部分农民聚众围攻大队部，要求分田到户，并要求把集体的牛分到各户喂养。很多干部认为这是典型的瓦解集体经济的行为，应予严惩。康书记暂未表态，只是对县政府办公室经过调查形成的调研报告很不满意，这个调研报告题目叫《农民欢迎大包干》，他一看这题目就感觉很不舒服，责任制明明是在试点，许多地方群众意见还不一致，怎么能是"欢迎"呢？他特别忌讳"包"字，于是开始把题目改成了《农民试点责任制》，后来又改成《联产承包责任制初探》，再后来改成了《联产承包责任制的调查》。在签发上报市委的材料时，他还是犹豫了半天，但材料毕竟是县政府组织人员到基层搞的调研，来自基层的调研也不能轻易否定，于是在举棋不定中最后还是签发了它。麻地坡大队几名村干部的联名来信可能带有普遍性，如果全县都这样搞下去不是乱套了吗？康书记是土改时参加革命的老干部，对当年打土豪分田地的场景历历在目。那时候他刚刚参加工作，在工作队里打杂，斗争地主时，地主们戴的高帽子许多都出自他的手，他亲眼看见分到土地的农民喜气洋洋的笑脸。新中国成立后搞合作化运动他也记忆犹新，那时候他已经是一个乡的工作组组长了，农民对刚分到手不久的土地恋恋不舍，更不愿意把精心置办的农具、牲畜交给集体。工作组成员夜以继日，深入农户做扎实细致的思想工作。他们在煤油灯下给农民描绘说："合作化以后将会实现'耕地不用牛，点灯不用油'，过上像苏联人一样'楼上楼下电灯电话'的生活。"他们描绘的一幅幅美好景象，很快打动了朴实忠厚的农民，终于使这个乡最早在全县完成了合作化试点，最早成立了人民公社。他亲眼目睹了农民扛着农具、牵着牲口加入农业社的场景。多少年以后，他描述起那种场景，依然是：农民眉开眼笑，载歌载舞。后来，他当上了这个公社的党委书记。几年后"文革"开始了，他被红卫兵揪斗出来，也给他戴上了当年土改时他给地主们糊的同样的高帽子，并给他罗列了十几条罪状，其中一条就是"包产到户"。因为那时他曾在一个大队搞过"包产到户"试点，至今他对"包"字都异常敏感，心有余悸。"文革"结束后，他担任了辉阳县的县委书记。对当年国家在土地问题上的"分分合合"，他最终还是想通了，并且有了一个理论上的解释。他给人们讲：解放初的土改是铲除封建剥削制度的一场深刻的社会革命；后来的合作化是社会主义的基本生产方式，是社会主义区别于资本主义的主要标志；包产到户是否定合作化、人民公社。

　　时下许多地方又开始搞土地承包责任制，把土地分给农户经营，他心中顾虑重重，在国家没有正式文件明确允许搞联产承包制以前，作为县委书记，他是不敢轻易表态的。当然，他内心也非常不理解这种行为：把集体的土地分给农民，不是又和新中国成立前一样了吗？怪不得麻底坡大队几名队干部在联名信中说"辛辛苦苦几十年，一夜回到解放前"。但政府办同志写的调研报告却是另一番景象：实行了包产到户的生产队"一包就灵，一放就活"；农民的积极性调动起来了，粮食当年就取得了丰收。在事实面前，农民是实际的、客观的，他们等不来上面的政策，顾不得各级领导漫长的研究讨论，许多村子就把土地悄悄地分到了户，把牛和农具也分到了户。在矛盾、犹豫、徘徊、观望的时刻，县委接到了麻底坡大队干部的联名信，康书记决定到这个村做一次调研。

县委书记的调研，似乎规格高了一些。两办领导亲自组织、参与，共安排了两辆吉普车。第一辆车上坐的是县委康书记和县委办公室雷主任，还有县委调研室的两名干事；第二辆车上是政府办公室主任刘天明、政府研究室主任李万德，还有研究室干事申黎光。

半个多小时，汽车就到了稠尚公社麻底坡大队。这个大队在县城的北边，属于前塬地区，地势相对平坦，虽有沟壑和山丘，但沟壑不深，山丘也不大，适宜种植业发展，在全县属于经济发展较好的区域。当汽车使出平坦的马路，在坎坷不平的农村路上行驶不久，便看见了"麻底坡大队"的路标。申黎光突然想起当年插队时，周一笛给他提到过这个大队的名字。那年周一笛在这个大队当过"社教"队员，村里人还给社教队员编过一段顺口溜:球上（稠尚）公社，妈的×（麻底坡）大队，来了一伙糟蹋粮食的，早上睡觉，上午看报，后晌游魂，晚上整人。对，就是这个大队！当年周一笛来这里是对农民进行"社教"即社会主义思想教育，号召群众要维护和壮大集体经济——那么，这里的集体经济究竟如何？农业生产责任制改革会给集体经济带来怎样的影响？为什么这里的队干部要联名给县委写信？今天县委组织的调研活动就是针对这些问题而来的。

前面的吉普车停下来了，一股浓浓的土尘扬起，后面的车子来了个急刹车，也停下来了。申黎光想：村里人看到的一定是两团土雾。大家纷纷下车，和早已等候在大队部门口的公社、大队干部一一握手。

大队部设在一个年久失修的破庙里，从大门口一个斜躺着的半截碑石上可以看出，这里原来是个三官庙。据说"三官"指的是道教中掌管天堂、地府、海洋三界的"三官"之神。康书记在几个人的簇拥下走进了大队部。大队部里早已摆好了长条桌，桌子上摆好了茶壶、茶杯。房顶很高，窗户很小，许多地方的墙皮已经脱落了。在正对房门的墙上，端端正正地悬挂着镶在玻璃镜框里的马恩列斯毛画像。左右两面墙上悬挂着"农业学大寨先进集体""农田基建标兵连"等几面布满蜘蛛网的锦旗。几个靠墙摆放的条椅，磨得油光锃亮。显然，这里是大队的接待室兼会议室。稠尚公社书记叫袁安安，是个四十岁出头的矮胖子，在公社这一级的干部中算是老资格了。他给康书记介绍了麻底坡大队党支部书记胡抗美，胡抗美又介绍了参加会议的其他几位队干部和部分社员。这些参会人员都是提前由大队党支部选定的。康书记介绍了随行人员后，便开门见山地说："今天召集大家来，开一个座谈会，就是想听听大家对推行农业生产责任制有什么看法。希望大家畅所欲言，有啥说啥，我今天只带着耳朵听，不表态，更不打棍子、戴帽子。"他看了看大家。多数人低着头，表情严肃而压抑，一声不响。康书记只有点名了："袁书记，你先说说。"

袁安安早有准备，他干咳了两声后，说："康书记今天亲自带队来我们公社调查研究，是对我们公社各项工作的大力支持，我代表公社党委和全社人民表示热烈的欢迎。"

康书记皱起了眉头，会场上响起稀稀拉拉的掌声。袁书记接着说："关于农业生产责任制的问题，我们公社也有部分大队开始了试点，公社党委始终按照县委的指示，依照'群众自愿，稳妥试点，以点带面，取得经验，全面推广'的精神，不急于冒进，现在进展情况良好。"

"听说有些地方没有经过群众同意，就把牲口直接分户喂养了，有这事吗？"康书记语气平和，不愠不怒，眼睛扫视着会场。

袁安安看着康书记的眼睛，感觉到他的眼神里有许多问号。是疑虑？还是怀疑？是赞成分？还是反对分？他实在是看不出来。但从问话的口气上，听起来好像有一点点质疑，于是他喃喃地说道："听说有些大队搞了这方面的试点,麻底坡大队好像也有这种情况。"他把目光转向了大队支书胡抗美。

胡抗美低着头说:"我们这里第一生产队把牛分下去了,队长说,牛再不分就死光了。"

"一队队长来了吗?"康书记问道。

"来了。"一个坐在后排角落的瘦高个子说。大家的目光一齐投向了他。他咳了两声,说,"我们队上这几年牲口都快死光了,只剩下五头瘦牛,社员要求分户喂养,谁家养谁家使用,不到半年牛都上膘了。我想土地可以承包,牛也应该承包出去。"

大家的目光又齐刷刷投向了康书记。

康书记面向一队队长,问道:"你们具体是怎样分的,那么多社员,只有五头牛,没有分到的社员没有意见吗?"

一队队长说:"我们生产队一共二十五户人家,先把牛折价,五户分一头牛,谁家领养谁家把差价补给其他四户,这样大家也都没有了意见。"

康书记说:"那就等于把牛卖了?"康书记眼睛又盯着袁安安,问:"你的想法呢?"

袁安安面向胡抗美,说:"你们这里把牛分下去了,你是咋想的?"

"我们大队就一队分了,其他都没有分,有些队也要求分下去,我们及时制止了。如果都分下去,社会主义集体经济不是成了空壳了?"胡抗美有点儿激动了。

"我来的时候带了一封信,署名是麻底坡大队部分干部群众,反映的就是分牛、分地的事情,看来大家对农业生产责任制的改革意见还不太一致。我们来就是想听听你们的真实想法,以探讨究竟怎么样改革才能达到兼顾国家、集体、个人三者的利益,才能最大限度地调动群众的生产积极性。刚才说到分牛,我想问一问,你们谁能说清楚从合作化以来,你们公社大家畜存栏数的变化情况?"康书记扫视了一圈,加重语气问,"谁能说清楚?"

会场上鸦雀无声。

康书记继续说:"这个数字很重要,我一直想知道,两办同志谁知道?"

申黎光在政府办主任刘天明旁边坐着,他悄悄对刘主任说:"我这里有全县各公社、各大队大家畜的统计数字。"刘主任怔了一下,马上小声说:"你一会儿说说。"然后大声对康书记说道:"我们办公室有一个全县大家畜的统计数字,请申黎光同志汇报一下。"

康书记很快拿起笔记本,做好了记录的准备。申黎光掏出随身装的笔记本,翻到有表格的一页说:"我这里有全县大家畜的统计数字,这里只说说稠尚公社的情况。稠尚公社合作化时有大家畜两千九百七十六头(其中马九百七十头,骡子二百八十九头,驴六百九十头,其余都是牛),从1952年后逐年减少,到1967年时,大家畜减少到一千零七十三头,后来'文革'开始了,数字没有统计,现在估计不到一千头,麻底坡大队现在有大家畜六十八头,不知道是否准确,汇报完毕。"

"准确、准确,比我们掌握的还准确。我们大队只有六十八头大家畜了,如果都卖光,集体经济真的就是空壳了。"大队支书胡抗美搓着手说。

"好,办公室掌握的数字很准确。这些年在大家畜的饲养上,我们有很大的问题,大家要研究一套科学可行的饲养管理办法,不能简单地一卖了之,这和土地一样,不能一包了之;边远山区和平原地区怎样承包土地,方法也不能一刀切,要因地制宜,征求群众的意愿后,再制订可行的方案。今天的会议开得好,'两办'同志回去后整理一个调研报告,站在全县的角度考虑问题,指导全县的农业生产责任制改革。"

会议结束后,康书记提出到分牛的第一生产队去看看。公社书记袁安安让一队队长乘坐他的车,在前面带路,向一队驶去。坐在后排的一队队长心情沉重,面色紧张,他小心翼翼地问袁书记:"是不是分牛分错了?"

"去看看再说吧,现在上面也没有给具体政策,领导来了光说让试点,让探索,出了事谁也不负责任。"袁安安一股怨气。

"一队分牛的事情我负责,与你们没有关系,大不了我不当这个队长了。"

"到了后先去看看过去的饲养室,介绍一下这几年大家畜饲养的情况。"袁安安说。

汽车颠簸半个小时后,一队到了,车队在两孔没有门窗的破窑洞前停了下来。大家下车后,一队队长介绍说:"这两孔窑洞就是队里的饲养室,几年前有十几头牛,这几年每年都有牲畜死亡的情况发生,去年年底就只剩下五头牛了,我们看见其他生产队把牛分到户喂养,我们也没有多想,也就分下去了。"

"你是哪一年当队长的?"康书记问道。

"是去年春上当的。"

"你上任的时候有几头牛?"

"就五头,没增加也没有减少。"

"你决定分牛时候是怎样想的?经过群众讨论了吗?"

"我想给牛找个活路,要不然就都死光了。分牛也是多数群众建议的,但没有开会讨论。"

"你当上队长后,就没有想方设法把牛养好,壮大集体经济?"

"生产队都烂杆子了,还有什么集体经济?说实话,现在的队长都没人愿意干。"一队队长说完,看了看公社书记袁安安。

"看来你是个穷队长。"康书记说完,大家笑了起来。这时候,一个跛脚老汉赶着一头牛走了过来,康书记走上前去,问道:"老者,这是你的牛?"

跛脚老汉看了看一队队长说:"队上的牛,让我养哩!"

"不是说卖给你了吗?"康书记问道。

跛脚老汉又看了看队长,队长说:"这是县上的康书记,你就实话实说吧!"

"说卖给我也行,反正牛到了我家里不会吃亏。"

"生产队养着,牛就会吃亏吗?"康书记笑着问。

"饲养员把细料都偷光了,牛咋能养好?这牛到我家才半年,就怀上牛犊了,下半年就成两头牛了。"

"这就是问题的所在,关键是饲养员的责任心问题,你们公社要好好对这个问题进行研究。"康书记说完,转向跛脚老汉说,"你的养牛经验很宝贵,我们要好好研究研究。"

跛脚老汉说:"研究是你们公家人的事,我的牛还等着饮水呢!"说完,他用鞭子轻轻打了一下牛屁股,赶着牛离开了。

申黎光看着远去的牛,不很健壮,但肚子隆起了,他知道这是一头怀孕的乳牛,却不知道这头牛将来的命运如何。他今天在会上准确地汇报了稠尚公社大家畜逐年减少的情况,用数字说明了吃大锅饭的弊端,本想康书记会全力支持分户喂养的办法,岂料康书记还是主张集体喂养,还是要维护和壮大集体经济,只是要研究进一步加强管理的办法,不能简单地一分了之。如果这头牛再被集体收回去喂养,无疑将是又一次灾难的开始,能不能让牛犊顺利降生都是一个问题。申黎光开始为这头牛和全县许多分户喂养的牛担忧了。

返回的路上,办公室刘主任显得很高兴,他表扬申黎光在关键时候拿出了全县大家畜历年来的变化数字,给政府办公室争了面子。其实,这个统计数字是冀副县长在年初调研的时候,就让申黎光找的。他跑了县统计局、计委、档案局等好几个单位,都没有找到。后来找到县农业局,翻阅了所有档案也没有找到。一位老局长说,"文化大革命"的时候,档案都被红卫兵烧掉了。后来这位老局长突然想起县畜牧兽医站,让申黎光去看看。申黎光跑到县畜牧兽医站后,门房值班人员把他领到了站长办公室。令申黎光万万没有想到的是,站长竟然是他当年上畜牧兽医班时候的马老师。师生见面有说不完的话,申黎光向马老师汇报了他当知青、当工人,又调到政府办公室工作的情况。马老师说他快六十岁了,年底就退休,问申黎光来畜牧兽医站有什么事?说他这个清水衙门里很少有人来,县里的干部来的就更少了。申黎光说明了来意,马老师面有难色,说自他来到这里工作,就没有见过什么畜牧兽医的档案。他叫来站里一名退休的老兽医,让他帮助找。老兽医说，他记得畜牧兽医站有一个仓库，"文革"期间被封存了，可以到那里去看看。申黎光在老兽医的带领下，在职工食堂的后面，看到一个挂有锈迹斑斑铁锁的仓库。打开仓库后，一股霉变味扑鼻而来。申黎光看到仓库里堆满了药瓶、纸箱，还有几捆报纸、杂志。他将这些东西搬开后，发现了一个棕色的老式皮箱，打开皮箱，里面是发黄陈旧的一摞摞报表和文件。在这些文件和报表中，申黎光终于找到了辉阳县大家畜统计报表，只是统计的数据到1967年终止了。申黎光如获至宝，把这些报表抄录了一份。后来这些报表从不离开申黎光，他和冀副县长下乡调研时，每到一处，都会拿出来让干部群众了解这些年大家畜变化的情况，用实实在在的数字说明吃大锅饭的弊端。然而今天随县委书记调研，会上的基调非常明确，就是要研究如何巩固和壮大集体经济的问题，而不是把集体财产一分了之，把集体土地一包了之——申黎光隐约感到，在农业生产责任制改革的问题上，辉阳县将迎来一场暴风雨。

八、风波

1980年秋季的一天，"全省农业生产责任制改革试点经验交流会"在省城如期举办。据说这次会议规模是近几年来少有的，参会人员是各县主管农业的副县长和一名参与调研的干事。于是冀南江副县长就和申黎光来到了省城。

会议将全省一百零八个县区分成十个小组，交流农业生产责任制的做法和经验，然后选出好的交流材料，进行大会交流。冀副县长准备的交流材料是他和申黎光走遍全县所有公社、大队深入调查研究后写出来的。报告引用了大量的数据，比如谈到大家畜逐年减少的数据就是申黎光在畜牧兽医站找到的报表和现实状况的对比；谈到合作化以来粮食逐年减产的数据就是县农业局提供的数字。报告中还引用了调研过程中许多鲜活的实例和农民们朴素的语言,如"过去捆住手脚穷折腾,如今放权松绑奔小康",过去集体上工就是"大呼隆,大胡弄,人哄地一料,地哄人一年""浇地不打畦,锄地撞破皮,胡基满地立,庄稼像雷击"。针对联产责任制后的变化,群众说:"联产到了户,奸猾人心收了,老实人气顺了,懒人变勤了,勤人更勤了。"集体的牲口逐年减少,群众认为是:"众人的老子没人哭,官油壮捻子,烧着不心疼。"交流材料的题目叫《农民欢迎大包干》。冀副县长在小组发言时,不断迎来热烈的掌声。最终大家一致推荐冀副县长作为小组的代表,在大会上进行交流发言。

会务组迅速将大会交流的材料油印下发,申黎光看到散发着墨香味的交流材料,心情无比激动,他拿了一份材料交给冀副县长说:"咱们的材料印好了,你看看!"

冀副县长拿起交流材料问道:"咱们小组还有哪个地方的领导发言?"

"听说就您一个。"申黎光流露出自豪的神情。

"我一个?这未必是好事啊!"冀副县长若有所思地说。

冀南江是心有余悸的。在中央对农业生产责任制没有明确指示的情况下,省、市、县三级的主要领导多是谨慎有余,等待观望的人多。口头上说让下面大胆地试、大胆地创,但到了决策时刻,往往是一拖再拖,没有人敢支持和肯定基层的做法。《农民欢迎大包干》的调查报告事先在县委、政府领导中传阅时,县委主要领导只画了一个圈,没有表示任何态度;后来报到市委、市政府后,便泥牛入海,无声无息了。辉阳县的《农民欢迎大包干》一文,能够被确定为大会交流材料,是出乎冀南江预料的,从一定意义上也说明了省委、省政府领导支持的态度。冀南江决定抓住这个机遇,把基层的真实情况和农民渴望大包干的呼声反映上去。他认真修改着打印好的发言稿,对稿子上的每一组数字都进行了仔细核对。

申黎光翻阅着会议交流材料,发现明确提出在农村实行"大包干"的只有辉阳县一家,而且这份材料马上就要在大会上交流,他的心情无比地激动。因为这份调查报告，是他和冀副县长一年来跑遍全县各公社，翻山越岭，睡土炕，啃干馍，深入调研得来的成果。他思忖，如果修改一下，变成"一线调查"，投给有关媒体，一定会引起较大反响。于是，他把《农民欢迎大包干》一文进行了删减修改，把题目变成了《来自一线的调查——辉阳县实行大包干》。在宾馆将稿件誊抄两份，分别发往省报社和省广播电台。

大会交流时间定在第二天的上午十点。九点钟，作为会议联络员的申黎光，突然接到会务组紧急通知：立刻收回已装入材料袋中用于会议交流的所有文件，会议照常举行，材料会后再分发。他急匆匆地跑到冀南江的房间，将这一通知告诉了冀副县长。冀南江听后，先是一愣，接着很坦然地说："可能是交流材料出问题了，大概率针对的是咱们的'大包干'材料，不用慌张，一会儿开大会就知道原委了。"看着冀副县长一副坦然的样子，申黎光心里却咚咚地直跳，因为他昨天就把这份调研报告发往省报社和省广播电台，而且署名是冀南江、申黎光。如果今天的大会不让冀副县长发言，那就说明实行大包干是有问题的，有关部门如果用此稿件大做文章，那就会给冀副县长带来很大的麻烦。他很后悔自己的一时冲动，在署名的时候写上了冀南江。他还为此犹豫过：署名写上冀南江吧，如果出了问题，那就会给领导带来麻烦；不写吧，这个调查报告的确是他和冀副县长的共同成果。犹豫再三，他还是写上了冀南江三个字……此时，申黎光越想越紧张，越想越后怕，他只希望一会儿的大会上，冀副县长能够上台发言，撤掉的交流材料不是他们主张的"大包干"。

省政府礼堂里座无虚席，交流大会准时开始了。主持人宣布了发言顺序，共九个县区发言，果然没有辉阳县。交流发言进行了一个多小时后，省委一名胖乎乎的副书记上台作总结讲话。他说："这次全省农业生产责任制改革试点经验交流会取得了圆满的成功，从交流材料看，各地市、各县区都非常重视，大多数交流材料有思想、有深度，反映了我省农村的实际情况，反映了广大农民对改革的期盼，反映了老百姓的诉求。但是，也有个别县，在小组交流中，提出了'包产到户'，或者改头换面叫作'大包干'，这一点儿，中央目前还没有文件肯定，是有极大风险的做法。在农业生产责任制问题上，大家一定要头脑清醒，不要头脑一热，什么话都可以讲，什么事都随意干……"听到这里，台下的申黎光紧张得手心直冒汗，他看不见坐在前面的冀副县长，也不知道他此刻是什么心情，什么表情。申黎光想，会后一定要在第一时间，把向省报社和广播电台投稿的事情告诉冀副县长。

会议结束了，吉普车快速地行驶在省城通往辉阳县的柏油路上。两旁的树叶被秋风吹落，像雪片般地纷纷落下，凌乱而随意地坠地后，随即又被行驶的车轮卷起，飘散向路边的水沟里。坐在副驾驶座位的申黎光，几次想把给媒体投稿的事情告诉冀副县长，但扭头看了看，只见冀副县长在后座上眼睛微闭，陷入深深的沉思之中。他不忍心打扰他，把到嘴边的话又咽了回去。

全省农业生产责任制改革试点经验交流会的情况，很快经全省各大媒体传播至全省各个角落。会议的定位依然是：一个团结的大会，胜利的大会，解放思想的大会，促进农业迈上一个新台阶的大会。会上取消辉阳县交流发言的消息也很快传到了辉阳县县委康书记的耳朵里。康书记立刻决定召开一次县委常委扩大会，会议议题就两项：一是由冀南江同志传达全省农业生产责任制改革试点经验交流会议精神；二是研究贯彻省上农业生产责任制改革会议精神，确定下一步全县改革方案。列席人员有农口各部门的主要领导和两办调研室的部分人员，申黎光也在列席人员的名单中。收到会议通知后，申黎光觉得无论如何也要在会议之前把给媒体投稿的事情告诉冀副县长。

冀副县长办公室在政府办公室后排的小楼上，申黎光怀着忐忑的心情，敲开了冀南江办公室的门。冀南江开门后，看见是申黎光，说："我正要给你打电话呢！你把稠尚公社各大队大家畜近几年来的变化情况统计一下，做一个表格给我。"

"这个数字是现成的，我马上就去做！还有一个事情，想给您汇报一下。"

"什么事情，这么严肃的？"冀副县长笑着说。

"在省上开会的时候，我没有经过您的同意，把咱们写的《农民欢迎大包干》一文改了一下标题投到了省报社和省广播电台。"

"怎么了？"冀副县长很平静地问道。

"我想，"申黎光停顿了一下，说，"省上既然把稿子撤了，就说明这篇文章有问题，我却把它投到了媒体，会不会引起不必要的麻烦？"

"咱们这篇稿子是不是深入调研的结果？是不是调研中群众的呼声？所引用的数字有没有编造？大包干后的变化是不是有目共睹？"

冀南江连问了几个是不是，申黎光怔在了那里，半晌才说："是咱们调研的结果，是真实情况，是实事求是的。"

"那你怕啥嘛？"冀南江显得很轻松，也很自信。

"我觉得省委领导把咱们的调研报告否定了，说明问题严重了。"

"陈云同志讲过'不唯书、不唯上、只唯实'，你是怎么理解的？一个省委副书记的几句话就能否定事实？"

申黎光几天来的担心，一下子放下了，顿时感到浑身轻松，心情愉悦，信心满满。他说了声"我去取统计数字"，便转身离开了。

县委常委会扩大会议在常委会议室召开，会议由康书记主持，他首先让冀南江传达了省上的会议精神，会议精神是有通稿的，冀南江照本宣科，念了四十多分钟。然后由县委办雷主任汇报了辉阳县关于农业生产责任制改革的调查和下一步工作的重点。这个调查报告的主要内容，是根据上次康书记带队调查的结果起草的，下一步工作的重点是根据省上的会议精神，原则性地提出了几点要求，比如要在巩固集体经济的基础上，深入实际，因地制宜，分类指导，不搞一刀切等等。会议最后是讨论环节，县级领导和部门主要领导纷纷发言，表示同意县委的决定，会议气氛显得异常热烈。申黎光注意到，冀南江副县长始终没有发言，只是翻看着手中的报表，并不时地在笔记本上记录着什么。会议议题完毕，预示着会议就要结束了，大家习惯性地合上了笔记本，等着主持人宣布散会。可这时，康书记并没有按照惯例宣布散会，而是眼睛扫视了一圈，当他的目光在与申黎光的目光相碰的时候，停留了几秒钟，似乎有话要说。果然，康书记说道："两办调研室的同志应该是最有发言权的，你们也发表一下意见；我们要广泛发扬民主，听取在座的每一个人的意见。"

康书记话音刚落，县委办雷主任带头说："没有不同意见。"接着政府办刘天明主任说："县委的安排已经非常具体了，有很强的可操作性，我非常赞同，没有不同意见。"两办的其他参会的人员也纷纷摇头，表示没有不同意见。申黎光在县政府工作以来，还是第一次列席这样高规格的会议。他认真听取了县委的调研报告和下一步的工作安排，也认真记录了大家的发言，总感觉全都是些大话套话，没有任何可操作性。如果按照这样的安排执行，目前一些边远山区已经实行的包产到户，大家畜分户饲养等成功的试点，一定会停滞不前，甚至会夭折。刚刚调动起来的农民的改革积极性一定会受到挫折，遭受到严重的打击。申黎光如鲠在喉，实在有点儿憋不住了，心想一定要珍惜这次难得的机会，发表一下自己的见解。他突然感觉到共产党员的称号此刻是无比地神圣，能不能对得起这个称号，敢不敢讲真话，能不能做到"不唯书、不唯上、只唯实"，此刻就是考验。他憋红了脸，就在康书记合上笔记本，准备宣布会议结束时，举起了手。康书记并没有注意到他在举手，因为这样的会议发言是不用举手的。就在康书记再一次环顾会场一圈，将要宣布会议结束时，申黎光从喉咙里蹦出了一句话："我要发言。"会场上立刻躁动起来，大家的目光齐刷刷投向了申黎光。康书记笑着说："好吧，黎光你说！"康书记这句"黎光你说"，使申黎光感觉到暖融融的。

申黎光不由自主地看了一眼冀副县长，冀副县长也在注视着他，他看不出冀副县长的眼神是支持他发言还是不支持他发言。反正话出口了，就像泼出去的水，已经渗入到泥土之中，不可收回，索性一股脑地吐出为快。申黎光感觉到此刻自己的脸是通红的，心跳在加快，他平复了一下心情，说："谢谢领导给我这个发言的机会！"他冲康书记点头笑了笑，康书记依然微笑着。申黎光清了清嗓子，接着说："我到政府工作以来，一直在基层搞调研。我所到的公社、大队，多是山区贫困地区,那里的群众都希望尽快把土地和牲口分下去,让农民自主经营,土地所有权不变、集体性质不变。大家畜可以卖给农民饲养,鼓励农民拥有自己的生产工具,这样并不会削弱集体经济。目前的实际情况是,集体经营的土地越来越贫瘠,产量逐年下降,集体喂养的牲口逐年在减少。"说到这里,申黎光停顿了一下,他翻开笔记本看了看,继续说:"我这里有农业部门和畜牧部门提供的产量逐年下降,牲口逐年减少的详细数字,也有在调研过程中实地统计的数字,最终证明情况是真实的。这样的情况,一定要下决心改变!要尊重群众的意愿,放手让农民经营,使生产关系适应生产力的发展水平,以便最大限度地调动农民的生产积极性。现在最大的问题是,县上领导下去指导工作时,说法不一致,有的说可以包产到户搞试点,可以分牛到户饲养;有的却说这样做是瓦解集体经济,基层干部和农民始终是心有余悸,不知道该听谁的,不知道应该怎么办?目前的改革试点,才刚刚起步,如果按照今天的会议文件指导全县农业生产责任制改革,势必要走回头路,停留在形式上的巩固集体经济,实质上是回到了吃大锅饭的老路上。最后,我引用农民的几句话结束发言:'坐小车冒黑烟,下来都是指挥官,你指东来我指西,没有一个会种地。'我的发言完了,谢谢!"

申黎光的话音刚落,会场响起一片嘘声。康书记的脸上明显是挂不住了,瞬间脸色由红润变成了灰青色。他万万没有料到,这个他亲自点将,调到县政府工作的青年人,居然敢在这样的场合,口出狂言,说出如此大胆的言论,当众否定县委的决定,挑战领导的权威。不成熟,太不成熟了!只见他把笔记本重重地摔在桌子上,说了声:"散会!"大家便陆续离开了会场。申黎光从康书记的脸色和举动中看出,今天这一炮放得太鲁莽了。他不知怎么,突然想起婆说过的一句话:"会说话的想着说,不会说话的抢着说。"今天的情况是不是就属于"抢着说"呢?管他呢!反正这一炮打出去了,再怎么着也无法收回。他低着头,随着人流走出了会场。他明显感觉到,没有一个人搭理他,却有人在背后对他指指点点,他如芒在背,匆匆地离开了县委大院。

第二天刚上班,申黎光还没有走进办公室,就被办公室主任刘天明叫到了他的办公室。刘主任破天荒地给申黎光倒了一杯水,让申黎光坐在他办公桌的对面。申黎光没有端杯子,他看到刘主任严肃的表情,知道有什么事情要发生了。什么事呢?大概率应该是昨天常委会上放炮的事吧?他主动问刘主任:"有什么事吗?"

"没有什么大事,你昨天在县委常委会上的发言引起了很大的反响。"刘主任果然提到了昨天的事。

"是不是认为我放了一炮?"

"不是放了一炮,是放了一颗原子弹!"

"有那么严重?"

"一会儿你到冀副县长那里去一下,他会告诉你一些事情。我找你来是想和你谈一谈工作调动的事情。"

"调动?调到哪里去?"申黎光一脸的茫然。

"昨天下午办公室几个领导碰了个头,觉得你的性格直来直去不拐弯,到县公安局工作比较合适,到那里,或许会干出一番成绩的。正好,最近县公安局在全县范围内招收干警,办公室的于丽君已经被选上了,刚好她也是学政法的。"

"怎么突然让我去公安局?我没有一点儿思想准备啊!"

"去公安局对你来说是好事情,年轻干部要多岗锻炼,才能有大的出息。再说啦,你的性格直来直去,适应去打打杀杀的部门。"刘主任说得似乎有条有理,道理冠冕堂皇,接着说,"你现在去冀副县长办公室,他也要和你谈谈。"

"好吧!那我去了。"申黎光一口喝干了杯中水,离开了刘主任的办公室。

工作的突然变化,使申黎光感到极其地郁闷,觉得前程一片迷茫。他琢磨着刘主任说的每一句话,其他都还可以讲得过去,但把公安局说成是"打打杀杀"的部门,他很不认可。他知道这个变化与昨天会上"放炮"有一定的关系。刘主任把"放炮"称作"是放了一颗原子弹",申黎光预感到自己会被调离办公室,但没有想到来得会这么快。真是"鸡娃叫鸣按不住板",这次的麻烦可是惹大了。不知不觉间,申黎光走到了冀副县长办公室门口,门半开着。申黎光推门进去,冀副县长正在笔记本上记着什么,见申黎光进来,他笑着说:"刘主任和你谈了?"

"谈了,让我到公安局去。"

"你如果不愿意去,可以另外调整一个单位,我给他们说说。"

"已经定了,就服从组织决定,只是感觉再也不能跟着您学东西了。"申黎光不假思索,由衷地说出这样的话,眼泪在眼眶里打起了转转,喃喃道,"都怪我昨天的发言,没有思考成熟……"

"不能怪你,年轻人就是要敢于说真话,如果大家都唯书、唯上,说假话、大话、空话,真理就永远被埋没了。"

"不会给您带来什么麻烦吧?刘主任说,我在会上'放了一颗原子弹'。"

"原子弹?好,就是一颗原子弹。会后,康书记找到我,认为你的发言有一定道理,县委的文件暂时不下发了,等一等上面的政策再说。就是感觉你说话不注意场合,让我和你谈谈。"

"上次给媒体投稿就有点儿仓促,这次又旧病复发。今后离开政府办,就不会再犯这样的错误了。"申黎光红着脸说。

"也不要太自责,实践是检验真理的唯一标准,时间会证明一切的。"

离开时,冀副县长拍了拍申黎光的肩膀,说:"不管到哪里工作,说实话,办实事永远都没有错。"申黎光点了点头,顿时感觉到轻松了许多。

回到办公室,申黎光突然想起刘主任说于丽君也被调到了公安局,他拿起桌上的电话,拨通了接待室。接电话的是一个陌生的男声:"接待室,您找谁?"

"请于丽君接电话。"

"于丽君到公安局报到去了。"

"啊？这么快？谢谢！"怎么这么快就报到了？申黎光自言自语着，刚放下电话，"咚咚"有人敲门。申黎光打开门，一个身着蓝色警服的女警官走了进来。"报告！"女警官行了个潇洒的军礼。申黎光定睛一看，脱口而出："于丽君！"他仔细看着眼前这位英姿飒爽的女警官，合体的警服，衬托出高挑的身材和凹凸有致的体形，帽檐下一双炯炯有神的眼睛，透着喜悦和灵气，整个人显得仪态端庄潇洒得体，和昔日的于丽君判若两人。"怎么这么快就报到了，还穿上了警服？"申黎光问道。

"早上去报到，刚好碰上发冬装，就领了一套，政府办你是第一个看到我穿警服的样子，怎么样，好看吗？"

"非常好看，简直是警花呀！去了干什么工作呢？"

"让我在局办公室收发文件、编写简报、管理档案，还有信访接待，杂七杂八的，和在政府办公室的工作差不多。"

"喜欢吗？"

"还行吧！本来想到刑警队或者治安科，去破案一线锻炼锻炼，领导说，局里只有两个女干警，你虽然是学政法的，但不是警校毕业的，干行政工作最合适。"

申黎光围着于丽君转了一圈，眼睛里流露出欣赏和羡慕的神情。

"看什么看？"于丽君下意识地挺了挺胸。

"如果说，我也要去公安局工作，你信吗？"申黎光突然冒出这样一句话。

"你怎么会到公安局？你现在是县长的大秘，工作成绩有目共睹，办公室离不开你，前途无量。"

"我说的是真的。"申黎光一脸严肃。

"啊，怎么回事？"

"早上刘主任跟我谈话了，说年轻人应该多岗锻炼，我已经同意去了。"申黎光注视着于丽君疑惑的眼神，接着说，"当然，我不同意也不由我。"

"那就太好了，我们又成了一个战壕里的战友了。"于丽君的脸上因兴奋而升起了红霞,"你什么时候去报到,我给你带路。"于丽君俨然一个老公安的口气。

"明天吧,我得把工作移交一下,还得回家一趟,告诉一下父母亲,毕竟是工作上的大变化。"

"好吧,我在公安局等你!"说完于丽君转身走了。

看着于丽君潇洒的背影,申黎光突然想起那根黑桦木擀面杖。那次下乡回来,他把柯支书给的黑桦木棍拿到农机厂,找到昔日的工友,用车床车了一根一米长、紫红色、光溜溜的擀面杖。拿回宿舍后,一直在柜子后面放着,但会时不时拿出来看一看,嘴里念叨着"黑桦木擀杖梨木案,媳妇擀面不用转"的顺口溜。媳妇在哪里呢?目前还没有。但冀南江副县长说了,很快就会有的。

九、刑警生涯

见到于丽君的第二天,申黎光来到了辉阳县公安局,于丽君早早就在公安局接待室等着他。申黎光拿着县政府办的介绍信,跟着于丽君来到公安局长孟剑军办公室。孟剑军见到申黎光,起身、让座,握着申黎光的手,笑着说:"欢迎你们这些人才来县公安局工作。"他说的"你们",当然也包括于丽君。接着他说:"现在局里最缺的就是你们这些笔杆子,多数干警打打杀杀可以,提起笔就傻眼了。"

申黎光在这里又听到了"打打杀杀"这个词。他笑着说:"我们是来学习的,请领导多多关照!"

"你就去刑警队报到吧!那里警力不足,也能学到东西,只要你不怕吃苦,有胆识,就一定能干好。"说完他拿起来电话,拨了几个号码,"喂,陈队长吗?到我办公室来一下。"

几分钟后,一个身着警服、大高个、国字脸、高鼻梁、大眼睛的中年人走了进来。孟局长指着申黎光给来人介绍道:"他叫申黎光,是县政府的秘书，一直给领导写材料，这次调到公安局，就分到你们队里。"然后又给申黎光介绍说："他是刑警队的陈队长，省警校毕业的高材生。"

"欢迎你，我叫陈永桂，桂花的'桂'哈哈，不是国家领导人那个陈永贵的贵。"陈队长瓮声瓮气地自我打趣地介绍了一番自己。

"陈队长好，向您学习！"申黎光对眼前这位英武帅气，幽默风趣的陈队长产生了好感。

"报告！"门外有人喊了一声。

"进来！"只见一名年轻警察急匆匆地进了门，他向孟局长敬了个礼，气喘吁吁地说，"城关派出所报告，柳沟村发现一具无名尸体，疑似凶杀，现场已经保护起来了。"

孟局长看着陈永桂说："你先去看看，若需要增派警力，给局里打电话。"

陈队长说了声"是"便转身走了。

申黎光想都没想，立刻站起来说："我也去！"

陈队长满意地看着申黎光，说："好，跟我走！"

出门后，于丽君给申黎光悄悄竖了下大拇指，显然对申黎光刚才的果断举动表示赞赏。申黎光心想：同样是政府部门，刚才如果稍有犹豫，不果断说出"我也去"就必然失去了出现场的机会；但在县政府机关，太果断就一定会出错。那天在常委会上果断发言，直抒胸臆，不经意间捅出了个大娄子，看来我这性格还真像办公室刘主任说的适应去"打打杀杀"的部门工作。

申黎光跟着陈队长上了一辆三轮摩托车。

柳沟村在县城南边，是城关镇的外围地段。一具被害人的尸体在一棵大榆树下被解剖开来，腐败的尸臭味迅速弥漫，不知从哪里钻出一群绿头苍蝇，黑压压一片蜂拥而至。陈队长顺手递给申黎光一根柳条说："赶苍蝇！"赶苍蝇就要站在尸体旁，不停地摇荡柳条，以保证尸检的顺利进行。昨天还是拿钢笔的手，今天却拿着柳条赶苍蝇，申黎光心觉滑稽，不知自己是被大材小用，还是小材大用？申黎光是第一次出现场，也是第一次看到解剖尸体，更是第一次闻到尸体腐败的味道。这是一具男尸，死者大约四十岁，死亡时间已达二十四小时以上。陈队长和一名法医戴着医用手套，仔仔细细地检查着死者的器官，判断死者的身份和死因。赶苍蝇的申黎光开始反胃了，但心里有一个信念，一定要坚持住，绝不能出丑，否则今后怎么在公安局立足？这时候，陈队长拿着一块黑乎乎、血淋淋的东西说："看看抽烟人的肺。"申黎光看到他拿的是死者的半个肺叶，如烟囱的内壁般黝黑，胃里随即翻江倒海，一股胃液冲向喉咙。他立刻紧闭嘴唇，脸憋得通红。陈队长见状说："去找个笔记本记录。"申黎光立马逃离现场，蹲在不远处的一块玉米地里呕吐起来。当他拿着笔记本第二次回到现场的时候，尸检已经结束。申黎光知道，这是陈队长给他找了个离开尸体的理由，以避免他现场出丑的尴尬。看着摘下医用手套，端起水杯，边喝水边分析案情的陈队长，申黎光感到了羞愧。刚才还想着"大材小用，还是小材大用"的他，此刻觉得自己简直就是无用！

在陈永桂队长的带领下，干警们熬了两天两夜，终于抓获了杀人凶手——一个拦路抢劫，遭到反抗后，便杀死受害者的罪犯。

后来，申黎光又参与了多起凶杀案的侦破工作，经历了多次尸体检验解剖，慢慢地适应了这项工作，也开始热爱这项工作了。小时候在农村时，满脑子鬼呀神呀的，晚上外出，一有风吹草动便浑身战栗，毛骨悚然，这种心态一直持续到当知青的年代。如今当上了警察，为了判断死因，及时破案，对一具尸体的检验要反复进行多次。死人见多了，心态也就发生了变化，感觉到当初的迷信想法实在是幼稚可笑。不久，他还学会了摩托车驾驶、擒拿格斗、痕迹鉴定等技术。后来他担任了刑警队的内勤，内勤就是整理案件卷宗、起草工作报告、编辑破案简报等。在局办公室工作的于丽君，看了他写的破案简报，大加赞赏，及时地上报有关单位，并同时报送局领导传阅。局长孟剑军在干警大会上说，全局各科室内勤中申黎光的文笔最好。受到鼓励的申黎光，利用业余时间，把一年多来编写的破案简报，挑选出三十余篇，改写成了一本图文并茂的报告文学集。后来在孟局长的支持下，联系省警校作为内部教学资料印发，书名叫《刑警手记》。由于此书是警察写身边的故事，文笔生动，人物鲜活，故事跌宕起伏，有较强的可读性，受到了省内外同行的一致好评。为此，年底他立了个人三等功。后来，在于丽君的鼓励下，申黎光还参加了省政法学院举办的法律本科自学考试，他打算用三年时间取得法律专业的本科文凭，以弥补法律知识的不足，以此来在公安机关施展才华，奉献青春。

正当申黎光春风得意、踌躇满志、准备甩开膀子大干一番的时候，一起突如其来的交通事故，把他对未来的美好憧憬彻底地击碎。

1981年的冬季，一场不期而至的大雪，覆盖了秦州大地，辉阳县及周边地区一夜间成了白茫茫的一片。凌晨四时许，刑警队接到东关群众报案：昨晚两点多，两名嫌疑人撬开东关居民楼二楼一住户家，盗走一辆自行车和部分现金，临走时还将独居家中的一名未婚女青年轮奸。据目击者描述，嫌疑人是两个高个子青年，穿灰色工作服，其中一个还肩挎着矿工常戴的竹编安全帽。作案后，俩人骑着自行车向玉林县方向逃窜。现场勘查时，还发现一枚案犯落下的工服纽扣。玉林县是煤炭的主产区，境内有国有煤矿五六座，和辉阳县是相邻县。刑警队分析认为，案犯很可能是煤矿工人，于是决定兵分两路到玉林县追捕案犯。

申黎光和刑警周冰剑一组，骑着一辆"幸福——250"两轮摩托车，清晨顶风冒雪上路了。路上几乎没有车辆和行人，一团团、一簇簇的雪花飞落下来，仿佛无数扯碎了的棉花球从天空翻滚而下。雪片落在脸上和脖颈上，很快融化成冰冷的水，冷得刺骨。两个多小时后，他们来到了玉林县城，在街上吃了一碗热乎乎的羊杂汤，顿感浑身从里到外热乎了许多。这时候雪停了，他们又冒着刺骨的寒风，向一个叫石凹的煤矿驶去。石凹煤矿位于玉林县的北部山区，道路虽然宽阔，但坡陡路滑，两轮摩托车在坡道拐弯处几度滑倒。就这样经过一个小时艰难的驾驶，他们终于来到了矿区。

找到矿保卫科后，申黎光把案情向他们作了介绍，并拿出案发现场遗留的工服纽扣。保卫科同志对纽扣进行了仔细辨认，在确认就是该矿工作服上的纽扣后，立刻配合申黎光他们，让上白班的五十多名矿工全部升井，逐一进行排查，最终查出四名工服纽扣丢失的工人。申黎光立即将这四名工人的工作证照，通过传真机传到县局刑警队，让受害者辨认。刑警队找到受害女青年，将四张照片摆在一起，受害女青年一眼就认出其中的一个，说这个人右腮帮子上有几根长长的黑毛，在强奸她的时候，嘴里不停喊着"老中、老中"不知道是什么意思，像是河南口音。刑警队员发现，受害人指认的嫌疑人照片，右腮帮上虽然没有黑毛，但有一颗明显的黑痣。得到指认线索后，经查证，嫌疑人就是河南籍人，矿保卫科协助公安人员对其进行突击审讯。经过几个回合的较量，嫌疑人交代了犯罪过程，并供出了同伙王三毛。只是王三毛在路过玉林县城时，由于路滑，从自行车上摔了下来，崴了脚，疼得龇牙咧嘴，不敢回矿上，怕引起怀疑，就住在了县城北关的一个亲戚家里。自行车也在这个亲戚家里藏匿。获取王三毛藏匿的地址后，申黎光和周冰剑马不停蹄，立刻驾驶摩托车向玉林县城赶去。

　　黄昏时分，天气骤冷。玉林县城的街道上，积雪在来往车辆的碾压下，成了光溜溜的滑冰场。由于抓捕案犯心切，申黎光的摩托车丝毫没有减速。当行驶到县医院附近时，迎面驶来一辆皮卡车，申黎光来了个急刹车，摩托车像脱缰的野马，嗖的一下侧滑出去，把申黎光和周冰剑甩出两米多远，皮卡车冲上道沿停住了，摩托车则顺着马路毫无方向地滑行着，直至撞倒一名拄着拐棍、颤颤巍巍过马路的老人后，才停了下来。申黎光忙跑过去扶起老人，嘴里呼唤着"大叔、大叔"，老人头上流着血，双眼紧闭，嘴里呼呼地喘着粗气，陷入昏迷。"快送医院！旁边就是县医院。"路边一个群众提醒道。申黎光拔下摩托车钥匙，和周冰剑把老人抬到了医院。刚进医院大门，一名女护士迎了上来，说："怎么搞的？快抬到病房去！刚打完吊瓶，一眼没看住就跑出去了。"到病房后申黎光才知道，这位老人是一名矽肺病矿工，还患有阿尔兹海默症，是个长期住院的老病号，今年八十岁，由于长期住院,单人单间,护士稍不留神,就离开医院到街上溜达。刚才就是出去溜达,正巧被失控滑行的摩托车撞倒了。经医院拍片检查,老人摔倒后,颅骨骨折,颅脑出血,需要开颅抢救。听到这一消息,申黎光一屁股坐在病房的地板上,嘴里念叨着:"这可怎么办?这可怎么办?"

周冰剑说:"不要紧张,正在抢救,等一会儿就知道结果了。"

申黎光突然想起抓捕案犯的事情,对周冰剑说:"你给局里汇报一下情况,再和玉林县公安局联系,请他们协助抓嫌疑人,我在这里等老人的抢救结果。"

"好的,办完事我来看你。"周冰剑说完离开了病房。

两个多小时后,老人被推进了病房。申黎光起身,帮着将老人扶到病床上。老人头上裹着严实的纱布,双眼紧闭,脸色苍白,喉咙里咕隆咕隆地响着,像漏气的风箱,发出沉闷的声音。床边一名三十岁出头的女士,叫着:"爸,你醒醒!爸,你睁开眼看看!我是娟娟。"老人毫无反应。女士指着申黎光说:"是你撞的我爸?他老人家如果有个三长两短,我和你没完!"

"是的,对不起,摩托车侧滑,失去了控制……"

"失去控制也是你开的,人民警察保护人民,你却撞倒我爸。"说着,女士呜呜地大哭起来。

"对不起,对不起,是我的错。"申黎光道歉。

几名医生劝着这名叫娟娟的女士,娟娟说:"我爸是劳模,下了一辈子矿井,多少次事故都躲过去了,晚年却落了这么个下场。"

"对不起,实在是对不起,我愿承担责任,承担所有的医药费。"申黎光说着流出了眼泪。

娟娟趴在病床前,不停地抽泣着。这时,两名交警走了进来,面向申黎光问道:"路边的摩托车是你的吗?老人是你撞的吗?你叫什么名字?"

"是的,是的,我叫申黎光。"

"把摩托车钥匙和驾驶证交出来,跟我们走一趟。"

申黎光坐上交警队的三轮摩托车，被径直带到了玉林县交警队。在交警队一楼的办公室里，申黎光接受了两名警察的讯问。半个多小时，讯问结束了，警察将笔录交给申黎光说："看完签字。"

申黎光把笔录大概看了一下，共四页，他在最后一页写上"以上笔录是我所说，内容属实"，然后在每一页上摁了手印，交给警察。警察看完后说："很内行嘛！"

"接下来怎么办？"申黎光问。

"你先回去吧！怎么处理，要看老人病情如何发展。"

申黎光看了看墙上的钟表，已经晚上十点半了。他拖着疲惫的身体，离开了交警队。刚走到大门口，他看见他那辆心爱的两轮摩托车，停在交警队的自行车车棚里，便不由自主地走了过去，摸了摸车灯，自言自语地说："这回乱子闯大了，你怎么能冲着劳模撞过去呢？"

周冰剑一直在交警队门房等着申黎光，他看见申黎光出来了，马上迎了上去，说："我登记了宾馆，咱们先住下吧！"

"案子怎么样了？"

周冰剑知道申黎光惦记着入室盗窃强奸案，一脸沮丧地说："只查获了自行车，案犯潜逃了。"

"啊？"申黎光惊叹之余问道，"他逃到哪儿了？"

"有人看见他爬上一列煤车逃离了。"

"我们还是晚来了一步。你摔得怎么样？"

"没事，就是吓了一大跳，多亏那辆皮卡车上了道沿，否则不知道还会发生什么事。"

说话间，他们来到了交警队旁边的宾馆。宾馆里没有暖气，两个单人床，一个床上一个电褥子。申黎光一晚上脑子里全是被撞老汉的身影，还有老人女儿娟娟的指责声。他翻了无数次身，怎么也睡不着，天快亮时才呼呼睡去。梦中，他闻见了肉包子的香味，不由自主地咽了一下口水。

"吃早饭了！"周冰剑在楼下买了两碗豆腐脑，八个热气腾腾的羊肉包子，将其中的一半放在了申黎光的床头柜上。

申黎光睁开眼，一看手表，九点钟了。他立马起身，匆匆洗了把脸，这时候肚子开始咕咕直叫，这才想起从昨天下午出事到现在还没有吃一口饭。他和周冰剑狼吞虎咽地一人吃了四个包子，喝了一碗豆腐脑。吃完，周冰剑问："还去交警队吗？"

"不去了，交警队让等通知，现在咱们应该去医院看看。"

周冰剑开着刑警队的三轮摩托车，拉着申黎光朝县医院驶去。路面上依然结着冰，申黎光嘴里不停地喊着："开慢点，开慢点。"

十几分钟后，摩托车开进县医院，眼前的场景让申黎光大吃一惊。十几个花圈整整齐齐地摆放在住院部门口，几个穿白孝服的男女围在一起哭哭啼啼。

"老人可能去世了。"申黎光说了一句。

"进去看看就知道了。"周冰剑说。

申黎光想起昨天那个叫娟娟的女人，看着眼前这一伙穿孝服的人，他不敢贸然进病房；如果真是那个老人去世了，他进去就会面临劈头盖脸的指责，甚至可能遭到围攻。他对周冰剑说："你进去看看，不要停留。"

周冰剑应了一声，走进了病房，十几分钟还没有出来。

申黎光坐在摩托车偏斗里，用大檐帽遮住眼睛，生怕有人认出他来。他想，如果真是那个老人去世了，他今天就回不去了，交警队一定会通知他接受处理。怎么处理？按惯例，应该是先拘留起来，或者监视居住，然后等待处理。正想着，周冰剑从病房出来了。

"怎么这么长时间？怎么样？"申黎光急不可耐。

"没事，老人目前好着呢！不过我去问了主治医师，他们说老人有基础病，情况很不好。"

申黎光稍微松了一口气，说："听天由命吧，回去等消息。"

太阳出来了，晒在身上暖暖的，路上的冰雪开始融化。回到县公安局，摩托车上已经溅满了泥水，申黎光和周冰剑也成了泥猴。

局长孟剑军和刑警队长陈永桂来到申黎光的办公室，他们已经知道摩托车肇事的事情，于是安慰申黎光，让他放下包袱，配合调查。申黎光说："听说肇事致人死亡是要追究刑事责任的。"

孟剑军嘿嘿地笑着说："不至于吧？怎么说也是在工作中出的事故；退一步讲，如果真的追究刑事责任，也不会太重。马克思说过'没有坐过监狱的人不是完人'……"

局长说得很轻松，至于马克思是否说过那样的话，申黎光不得而知，反正责任要自己承担，坐监狱也不会有人顶替，领导只是安慰安慰下属罢了。临走时，陈永桂还让申黎光暂时停止内勤工作，配合交警队的调查，等候处理结果。申黎光心里越来越没有底，陷入极度的迷茫之中。

晚上，于丽君来到申黎光办公室，看他沮丧的样子，笑着说："破了大案，应该高兴才是，怎么一副失魂落魄的样子？"

"一言难尽啊！在玉林县出了事，人还在医院里抢救呢！"

"我听说了，这就叫有得就有失。工作中谁还不犯错呢？"

"这次不是犯错，可能是犯罪，失比得大多了。"

"不要危言耸听，好好学点法律常识吧！"于丽君严肃地说。

"按惯例，肇事致人死亡是要判刑的呀！"申黎光说。

于丽君咯咯笑了起来："是要判刑的，判上你几年，你就不会那么自负了。"

"你还有心思开玩笑？快说说，我这种情况怎么判？"

于丽君清了清嗓子说："肇事致人死亡的处三年以下有期徒刑或者拘役；交通肇事后逃逸或者有其他特别恶劣情节的，处三年以上七年以下有期徒刑；因逃逸致人死亡的，处七年以上有期徒刑。听明白了吗？"

申黎光怔怔地看着于丽君，张着嘴，说不出一句话来，脸色开始变得苍白，眼睛里充满了恐惧。

于丽君看申黎光是真的害怕了，接着说："看来还要给你普及一下法律知识：肇事致人死亡，负事故主要责任或全部责任的，构成了交通肇事罪，处三年以下有期徒刑。"

于丽君还真是政法学院毕业的,她能够把法律条文背得如此娴熟,她的一席话,使申黎光释怀了许多。申黎光说:"那就是说,判刑的前提是负事故主要责任或全部责任;构成了交通肇事罪,才判刑?"

"是的,你的这种情况,比较特殊,交警队会甄别情况,妥善处理的。你只要配合调查,再有人给你作证,应该不会有大问题。"

"有人作证,一定有人作证!周围有目击的群众,还有周冰剑也可以作证,"申黎光有点儿激动,站起来说,"你帮我查查法律依据,帮我渡过难关。"

"放心吧!我可以保证你不会有事的……"于丽君话还没有说完,申黎光就一把抓住于丽君的手,说:"知己啊!我这几天都愁死了。"

"捏疼我了。"于丽君抽出了手,看了看门口,脸红了。

申黎光知道自己失态了,但心情好了许多。他觉得此刻遇到于丽君,就像落水后拼命挣扎的人抓住了一块突然漂浮过来的木板,有了生还的可能。

此后的几天,于丽君几乎每天晚上都会到申黎光的办公室来坐坐。申黎光是宿办合一,靠窗是办公桌。房间有一个高大的文件柜,里面是刑警队的文书卷宗,书柜后面是一个单人床。书柜侧面挂着手铐、警棍、警绳、手电筒等警用品,就连那辆两轮摩托车也时常在房间里停放。一有案情,从穿衣到出警,几分钟搞定。此前,于丽君到他的办公室,都会捂着鼻子,嫌摩托车汽油味太大,让推出去,放在摩托车棚,并说:"你这样永远找不到女朋友,女孩子最讨厌汽油味。"

申黎光说:"摩托车棚里冬天气温太低,有紧急情况,打不着火。"

"那你总不能这样长期地金屋藏娇呀!它又不是你的女朋友!"

"摩托车就是我的女朋友,反正我现在也没有女朋友,"申黎光注视着于丽君,"我就是喜欢它。"

"你这么优秀,插队时都没有遇到一个心仪的姑娘?"于丽君说着哼起了小调。

"我的女人缘不行,一路走来,至今单身狗一个。"

"想不想找女朋友?我给你介绍一个!"

"那太好了!你介绍的我放心,说说看。"申黎光盯着于丽君的眼睛,火花砰砰直冒。

"先说说你的条件。"于丽君抬头挺胸,显得很是一本正经。

"我本事不行,但条件很高。"

"什么条件?"

"必须达到你这样的水平。"

"你讨厌!"

这是申黎光和于丽君第一次谈到男女恋爱的事情。

一周了,交警队还没有消息。申黎光让周冰剑去玉林县医院打听老人病情,周冰剑了解到,被撞老人还在病危状态,浑身上下插满了管子,医院只是在尽可能地维持其生命。晚上,申黎光翻开《刑法》,仔细琢磨有关交通肇事的条款。条款很简单,特别是条款上没有明确规定,受害者当场死亡和抢救后死亡在处罚上有什么区别;如果有区别,那么老人生命维持的时间越长就对自己越有利。关于这一点儿,还是要请于丽君帮忙解释。咚咚有人敲门。"说曹操,曹操到",申黎光以为是于丽君,说了声:"敲什么门,进来就是了!"

随着高跟鞋的叮咚声,一股淡淡的香水味飘了进来。申黎光一抬头,一个熟悉的身影站在了面前,申黎光怔了一下:"周一笛,怎么是你?"

"我昨天回家看了看爸妈,听同学说你出事了,就来看看你。"说着,周一笛脱掉了外衣。

"你一个人回来的,吴国华老师没有一起回来?"

"你记性真好,还记得他,我们分手了。"

"那你现在还是单身?"

"我毕业后留校了,找了一个器乐班的同学,去年已经结婚了。对了,说说你现在的状况吧!"

申黎光这才注意到,周一笛虽然穿着毛衣,但腹部已经微微隆起，脸上的蝴蝶斑也隐约可见。

"我目前非常狼狈，出了事故，已经停职了，正在等待处理。"

"听说了，如果人死了是会判刑的。"

"是的，可能要判刑。你听谁说的？"申黎光听不出周一笛的话是关心自己，还是幸灾乐祸，抑或是表示同情，于是只好这样说。

"同学们都知道了，大家都羡慕你当了警察，谁知道却出了这档子事。你爸妈知道吗？听说你爸和省公安厅的领导是当年打游击时期的老战友。"

"这你都知道？"

"听厂里人说的，还说你能到公安局工作也是你爸托了关系的。"

申黎光憋了一肚子火，本想发作，但想到周一笛是专门来看望自己的，也就忍住了，说："摩托车的事情我没有告诉他们，怕他们担心；就是告诉他们，他们也不会管，我爸常常教育我，要遵纪守法，他有句口头禅是'王子犯法与庶民同罪'，所以我就不告诉他们了。"

"听说会判三年以下有期徒刑，不要怕，你还年轻，权当读了几年大学，出来后机会有的是。"周一笛见申黎光低着头不言语，接着说，"你还没有女朋友吗？咱们同学中单身的可不多了。"

申黎光抬起头说："你怎么知道我没有女朋友？"

"有了就好，有了就好！我只是怕你这事一出，就更不好找了。"周一笛越说越离谱，申黎光有点儿心烦意乱了。

咚咚有人敲门，申黎光还没有应答，于丽君推开门走了进来。申黎光起身给周一笛介绍道："这是于秘书，我的朋友。"申黎光本来想说"女朋友"，以给自己找回一点儿面子，但又怕丽君反感，就把"女"字省掉了。然后又向于丽君介绍说："这位是我的高中同学，也是插队时的队友，叫周一笛，省音乐学院的老师。"

"周老师好，我叫于丽君。"于丽君说着上下打量了周一笛一番。

"您好，我叫周一笛。"

"您说话的声音真好听，一听就是搞音乐的。"

"是吗？你真会说话。"周一笛脸上堆起了云彩。

"那你们老同学聊，我没事。"于丽君说完就要起身离开。

"你等等，我有事。"申黎光问道，"肇事当场死亡和抢救一段时间后死亡，在处理上有什么区别吗？"申黎光说出了刚才疑虑的问题。

于丽君坐了下来，说："在追究刑事责任上，没有任何区别，因为它们存在共同点：都是肇事致人死亡，定罪均按《交通肇事罪》论处。"于丽君说着看了周一笛一眼。

周一笛插话道："现在病情怎么样了？"

"还在抢救，医生说没有生还的可能。"申黎光神情沮丧地说。

周一笛说："没事，如果进去了，我们会经常去监狱探望你的，只要你好好改造，几年就出来了。"她转向于丽君说，"是不是？"

周一笛的一席话，使于丽君瞪大了眼睛。她没有回答周一笛的问话，而是看着申黎光说："我先走了，你们聊吧！"说完就离开了。

周一笛也起身说："想开点，不早了，我也走了。"

"这么晚了，你怎么走？"

"我住在县城，明天一早走，中午就到省城了，有机会我还会来看你的。"

送走周一笛，申黎光琢磨周一笛说的每一句话，感觉她变了，变成一个他完全不认识的周一笛了。除了体型相貌变了，性格嗓音也变了。"岁月是把杀猪刀，改变人的不只是外在形象，还有内在的灵魂。"申黎光自言自语了一句。他明白，那个昔日活泼可爱，围着红围巾，在他心目中就像一团火，让他一见就心跳加快、热血沸腾的周一笛已经一去不复返了。特别是，自从他们那次在省城分手后，他把精心为周一笛挑选的两支口红扔进垃圾桶的瞬间，他们的缘分就到头了。

自从调到县政府工作后，他和同学、知青们很少有来往，同学们倒是关注着他的一举一动。没想到这次肇事事件，竟引起了那么多人的关注，而关注的人中没有一个人是真正关心他的。周一笛跑来，也不过是为了验证这件事的真假。中国人的文化心理就是这样，熟人之间，发达了有人嫉妒你，总希望你倒霉；倒霉了他们又来怜悯你，摆出一副救世主的架势；你可以过得好，但不能好过他们。周一笛的出现，使申黎光看到了人性中最肮脏最龌龊的一面。倒是于丽君，这位政府办的昔日同事，天天来看望他，帮他查找法律依据，使他心中得到了些许安慰。

咚咚，随着敲门声，于丽君又来了："周老师走了？"

"走了。"

"看来她很关心你嘛，还说要到监狱去看你。"

"她是我女朋友啊！"

"过去是吧？现在人家已经升级为少妇了。"

"你怎么知道？"

"我也是侦查员啊！她怀孕至少有四个多月了。"

"我……不懂这个。"

"那你刚才为什么告诉她，我是你女朋友？"

"没有'女'字吧，你没听清楚。"

"这回听清了，你很在意这个字。"

申黎光脸红了，他心里清楚，眼前的这个女人，是个细心的女人，聪明的女人，值得信赖的女人，当然也是个不能轻易糊弄的女人。于是他坦诚地问道："你愿意做我的女朋友吗？"

"不愿意。"于丽君似乎早有准备。

申黎光知道，女人的话有时候要反着听，比如说"你讨厌、真烦人、不愿意"，那就一定是"你真好、喜欢你、我愿意"。于是他说："你回答得这么快，就说明你愿意。"

"你讨厌，真烦人！"

从于丽君的语调里，申黎光分明听见的是"你真好，喜欢你"！此刻，他把当年对周一笛的好感、眷恋，全部转移到了于丽君的身上。他离开桌子，走过去两手紧紧地抓住于丽君的双手。于丽君没有拒绝，只是深深地低下了头。

突然，于丽君抬起了头，眼睛盯着申黎光，很严肃地问道："你插队的时候，和那个周老师握过手没有？"

"握过。"申黎光毫不犹豫。

"几次？"

"两三次吧！"

"拥抱过没有？"

于丽君步步紧追，口气咄咄逼人，好像面对的人不是申黎光，而是一名犯罪嫌疑人。申黎光知道在这个女人面前说假话是徒劳的，说一次假话，就像给自己面前挖了一个大坑，就要用无数个假话来填这个坑。

于是他红着脸说："拥抱过。"

"几次？"

"就一次。"申黎光把那次送周一笛回家时，在村口和周一笛拥抱的过程叙述了一遍。"那是在周一笛的恳切要求下拥抱的，当时她被免去了县妇联副主任的职务，遣返回家，怪可怜的。"申黎光补充了一句。

说完，申黎光又突然想起在猪场窑洞坍塌的那个晚上，他也和周一笛拥抱过，那次也是周一笛主动的，但那晚的场景比较特殊，后来窑洞坍塌，造成了母猪和猪崽死亡的严重事故，解释起来比较麻烦。他正犹豫说还是不说，于丽君紧追问道："吻过没有？"

"没有。"

"为什么不吻？"

"不为什么，发乎于情止乎于礼。"

咯咯咯，于丽君笑了，说道："你还算老实。"

申黎光不假思索，毫不掩饰地回答着于丽君的每一句问话，当于丽君咯咯咯地笑了，他才感到自己竟然被于丽君左右了；同时他也感觉到于丽君是很在乎他的。

距离肇事两周以后，申黎光接到玉林县交警队的通知，要求他立刻到交警队接受处理。他把这个消息第一时间告诉了于丽君，于丽君听后说:"没事了,如果有事,那就一定是检察院通知你。我等你好消息!"

申黎光打开办公桌抽屉,取出一百五十元现金,再找到二百斤粮票,其中一百斤是全国通用粮票,这是他这几年积攒下来的全部积蓄。刑警队安排周冰剑和他一起去,周冰剑开着三轮摩托车,很快就到了玉林县交警队。

交警队接待申黎光的还是上次讯问他的两名交警。他们见到申黎光后,显得比上次讯问时客气了许多。其中一名瘦高个交警拿出处理决定说:"老人前几天已经去世了,我们经过调查取证,认为这起事故是一起比较特殊的意外事故,责任划分为三七开,你负次要责任,家属也不要求追究责任,认为老人是老年痴呆症患者,家属和医院也没有尽到监护责任。这是处理决定,你看看如果没有意见,就签个字。"说完把处理决定交给申黎光。

"谢谢!谢谢你们!"申黎光激动地接过处理决定书,他翻过前两页,直接看处理决定:一、建议对机动车驾驶员申黎光予以行政警告处分;二、吊扣驾驶执照三个月;三、申黎光同志要吸取这次事故教训,加强机动车在恶劣天气下的驾驶技能学习,避免类似事故发生。

看完处理决定,申黎光眼含泪花说:"谢谢你们秉公办事,严肃认真地调查,也感谢死者家属的理解。"说完,他在处理决定书上工工整整地签上了自己的名字。签完字,他突然想起带来的钱和粮票,问道:"家属的赔偿怎么办?"

"老人是因公住院,医药费单位全报销,没有什么赔偿项目。"

"我带来一百五十元钱,还有二百斤粮票,希望你们转给家属,以表示我的歉意。"

"好吧,我们转给家属,也替你表达歉意。"说完,给申黎光开了收据。

申黎光把钱和粮票交给交警,给他们行了个礼,然后拿着处理决定和收据离开了交警队。

回家的路上，阳光灿烂，暖风徐徐。笼罩在申黎光心头多日的阴霾，一下子烟消云散了，他不由自主地小声唱起了流行歌曲。

周冰剑说："局里原打算给咱们成功破获入室盗窃强奸案报功嘉奖，还有一笔奖金呢！但因为肇事耽搁了一下，这回处理结果出来了，估计奖金马上就会兑现。"

"王三毛不是还没有抓住吗？"

"案子破了，抓住王三毛是迟早的事。"

"如果有奖金，我全部拿出来请客。"申黎光说。

快到局里时，周冰剑提议让申黎光现在就请客，吃完饭再回局里。申黎光满口答应，但也提出一个条件，让周冰剑明天去玉林县交警队把两轮摩托车要回来，因为他的驾驶证被吊扣三个月，不能自己去开，但他见不到摩托车心里是不踏实的。周冰剑爽快地答应了。他们找了一家火锅店，点了两盘羊肉，一盘牛肉，吃得满头大汗，方才罢休。回到局里，已经是下午五点多，申黎光拿着处理决定书，给刑警队长陈永桂和局长孟剑军分别作了汇报。孟局长说："这回就不是完人了。"

"什么意思？"申黎光问。

"没进监狱呀！"局长说完哈哈大笑起来。申黎光也想起局长说过的马克思的那句话。

晚上，于丽君来到了申黎光办公室，她已经知道了肇事处理结果。申黎光见到于丽君，高兴地说："正如你说的，没事了。"

"交警队的处理合法、合规、合情、合理，打起精神，好好工作，将功补过吧！"

申黎光从内心感激于丽君，在他心情沮丧、情绪跌入低谷时，只有于丽君关心着他，惦记着他，给他出主意想办法。他走到于丽君身旁，又一次握住她的手说："看到你我就有了精神，永远不要离开我。"

"你讨厌！"于丽君伸手轻轻地在申黎光肩膀上打了一拳。

"我就讨厌。"申黎光一把把于丽君揽入怀中……

一个月后，北京市公安局给辉阳县公安局发来一封协查电报，电报称：在天坛公园抓获一名盗窃外国游客钱包的案犯，案犯自称叫三毛，是辉阳县人，请速派人来京协查，同时发来一张嫌疑人的扫描照片。接到协查电报和照片，刑警队确认该人正是潜逃在外的强奸、盗窃嫌疑犯王三毛，于是派申黎光和周冰剑赴京办案。为了尽快抓获嫌疑人，局里决定让他们乘坐飞机前往北京。

申黎光和周冰剑都是第一次坐飞机。二十世纪八十年代初，乘坐飞机是很稀罕的事情，据说只有县处级以上领导和执行特殊任务的司法人员才能乘坐。他们乘坐的是苏联制造的伊尔-18型飞机，载客一百一十人。上了飞机，一切都是新鲜的。飞机起飞前，他们严格按照空姐的要求，收起小桌板，系上安全带，规规矩矩地坐在座位上。飞机开始起飞了，申黎光看了看周围的乘客，大家都呈现出严肃、紧张的表情，看来多数人也是第一次坐飞机。飞机上升平稳后，一个漂亮的空姐端着一盘糖果走了过来，她将盘子伸向乘客，乘客便可自行拿取糖果。空姐走到周冰剑面前时，周冰剑的大手伸过去，一把抓了半盘子的糖果，空姐微笑着没有离开，只是一双大眼睛目不转睛地注视着周冰剑。周冰剑立刻意识到抓多了，不好意思地慢慢松开手，最终手里只剩下一颗糖。申黎光吸取了周冰剑的教训，轻轻地捏了四五颗糖果。空姐离去后，申黎光把手里的糖给了周冰剑两颗，悄悄地说了一句话："沾光沾光，越沾越光。"

"去你的，第一次坐飞机，谁知道这上面的规矩。"周冰剑红着脸撑了申黎光一句。

两个小时后，飞机开始下降了，广播里播出下降须知，乘客们又紧张起来。随着飞机咣当一声平稳降落地面，机舱里立刻爆发出热烈的掌声。申黎光和周冰剑也由衷地鼓起了掌，他俩对视一笑，申黎光说："看来大家都是第一次吃螃蟹。"

案件办理得很顺利。在北京市公安局看守所，王三毛如实交代了在辉阳县强奸盗窃的全过程。按照案件属地管辖原则，王三毛被押回辉阳县公安局。至此，轰动一时的辉阳县入室强奸盗窃案圆满告破。

十、一号文件

1982年1月1日，中共中央发出了关于农村工作的中央一号文件。文件主要内容就是肯定多种形式的责任制，特别是包干到户、包产到户，并第一次以中央的名义取消了包产到户的禁区，宣布联产承包责任制的政策长期不变；文件的另一要点是强调尊重群众的选择，不同地区，不同条件，允许群众自由选择土地经营方式。

辉阳县委召开全县三级干部大会，传达了中央一号文件。会议明确提出：包产到户、到组，包干到户、到组，都是社会主义集体经济的生产责任制，明确它不同于合作化以前的小私有的个体经济，而是社会主义农业经济的组成部分。会上还专门印发了冀南江副县长和申黎光共同写的调查报告——《农民欢迎大包干》。至此，辉阳县的农村改革进入实质性阶段。前几年率先实行大包干的生产队，面貌发生了很大的改变，其他生产队纷纷效仿，因为有了中央一号文件这个尚方宝剑，他们胆子更大，步子更快了。在三月份召开的县人代会上，冀南江副县长被去掉了"副"字，成了辉阳县人民政府改革开放后的第一任县长。

这天，冀县长正在办公室接待一名上访的老干部。这名老干部是土改时期参加革命工作的，后来一直在公社和县级多个部门工作，退休前是县"革委会"政工组的组长。他看了三干会上下发的《农民欢迎大包干》一文，大动肝火，找到冀县长说："大包干就是刘少奇搞的包产到户那一套，我们辛辛苦苦几十年，怎么一夜就回到了解放前？"冀县长耐住性子，给老干部宣讲了中央一号文件的有关内容，老干部毫不理睬，说："这样做，我想不通，是不是把毛主席的合作化和人民公社都否定了？毛主席领导我们打下的江山难道就这样葬送了？"冀县长不急不躁，又给他讲了事物是发展变化的，每一个历史阶段都有每个历史阶段的政策和策略，实践是检验真理的唯一标准等道理。并建议让他到农村去走一走，看看改革后的变化，听听农民的心声。

正说着，有人推门进来了，来人是政府办主任刘天明。冀县长说："我正想找你，你就来了。"

"什么事？县长您说。"

"我考虑了一下，办公室最近应该组织县上的离退休老干部，到基层走一走，看一看，深入实地调研一下。特别是看一看包产到户搞得比较早的地方，让大家亲眼见识一下农村生产责任制改革取得的成果，把思想统一到中央文件上来，以便于大家更好地理解改革，支持改革。"

"好的，我马上安排。"

上访老干部听说要专门组织离退休干部下基层调研，便说："这样好，我早就想下去看看了。你们忙吧！"说完离开了办公室。

刘天明主任拿出一张报纸，放到冀县长办公桌上说："这是今天的省报，你看看，把你们写的调研报告《来自一线的调查——辉阳县实行大包干》，评为了年度好新闻一等奖。好消息啊！"

冀县长翻开报纸，头版显著位置赫然登着"年度好新闻评选结果"，《来自一线的调查——辉阳县实行大包干》排在第一位，作者冀南江、申黎光，是唯一的一等奖。冀县长说："这篇稿子是1980年秋季写的，现在都1982年了，算什么年度好新闻？而且那一年省上开农村改革研讨会时，原准备进行大会发言，结果会前就把这篇稿子枪毙了。申黎光以为要进行会议交流，就把稿子投到省报社和省广播电台，一直就没有刊登过，怎么突然就成了好新闻？"他把报纸愤愤地扔到一边，继续说："用这篇稿子给新闻部门贴金，党的实事求是的作风什么时候才能真正回归？"

办公室主任没想到，这个好消息竟引来冀县长一顿牢骚，只好说："那年省上研讨会撤稿子的事情，申黎光给我说过，当时省上有关领导也不深入基层调查，胆子不够大，思想也不够解放。"

"什么胆子不够大,就是保位子,怕丢官!"冀县长突然想起申黎光因为在常委会的发言,被调到公安局的事情,问道:"申黎光现在怎么样?这是个敢想敢干、有思想、有闯劲的青年,适当的时候把他调回来,以加强办公室的调研力量。"

"好的,我会很快安排此事。"刘天明主任说完离开了冀县长的办公室。

半个月后,县委组织部来了两名干部,到县公安局考察申黎光。申黎光感到莫名其妙,局长孟剑军也不便打听组织部的意图。一时间,局里议论纷纷,各种猜测都有。有的说,申黎光可能要当公安局治安科长,因为现任治安科长明年就到退休的年龄了;有的说,申黎光可能要回农机厂当领导,因为他在农机厂工作时就很优秀,还受到过县委书记的表扬。过了一周,申黎光接到了县委组织部的调令,任命他为县政府办公室副主任兼研究室主任,副科级。这个变化是申黎光始料未及的,也是孟剑军局长没有料到的。于丽君得知后,惊喜万分,她在办公室工作过,知道政府调研室主任的分量,官职虽不大,要求却不低,是培养、锻炼干部的岗位,县上许多领导干部都是从办公室培养起来的。她从内心里替申黎光高兴。

申黎光离开公安局时,局里专门召开了欢送会。会上,局领导分别对申黎光在公安局短短的一年多时间里取得的成绩大加赞赏,高度评价。什么聪明机智、有胆有识、无私奉献、不怕牺牲、知难而进、善于学习、技术精湛等等,只字不提摩托车肇事的事情。申黎光感觉到局领导说起官话套话来,像念悼词一样,浑身不自在。末了,领导们提出了同样的希望,就是希望申黎光利用在领导身边工作的机会,多在领导耳边吹吹风,让领导多多关心公安局的工作,特别是在资金、设备方面给予大力的支持。

临别的前一天的晚上,于丽君来到申黎光的房间,前后转了一圈,问搬家整理东西时,需要帮忙吗?申黎光说:"没有什么东西,就一床铺盖,几件衣服,其他都是公家的。"申黎光走到摩托车旁边,摸着摩托车坐垫说:"就是有点儿舍不得它。"

"其他都舍得？"

"都舍得，没什么可留恋的。"申黎光看见于丽君深情地望着自己，突然醒悟在自己最困难，最无助的时候，眼前这个女人始终陪伴着自己，给自己法律上的帮助，心灵上的安慰，精神上的支撑。此刻要离开她了，怎么就舍得呢？于是说："到县政府也不算离开，都是县级机关，大家随时都可以见面。"

说到这里，申黎光突然想起那根擀面杖，他走到床边，掀起褥子，从床头抽出擀面杖，用抹布仔细地擦了一遍，说："这个送给你，做个纪念，以后用得着！"

"这是什么？木警棍？"于丽君接过擀面杖，在手里掂量着。

"这叫黑花木擀杖，很有讲究的，是我和冀县长那年下乡的时候带回来的。"

"什么讲究，神神秘秘的。"

"常言道：黑桦木擀杖梨木案，媳妇擀面不用转。送给你。"

"你讨厌，谁给你当媳妇？"于丽君脸红了。

"不要吗？那我送别人了。"申黎光伸手就要夺。

"我要！"于丽君把擀面杖紧紧攥在手里，撒娇道，"你不听话的时候，可以用它来打你。"

"现在就打，我身上早就发痒了。"

"那是有虱子了，不讲究卫生。"

……

那天晚上，他们聊的话题很多。申黎光从小时候在农村度过的艰苦岁月，聊到当知青的蹉跎年华，又聊到在工厂的逸闻趣事，再聊到在政府工作时发生的事情。于丽君的经历简单，典型的"三门"干部，出了家门就是学校门，然后就是机关门。他们聊的时间很长很长。从桌前聊到了床边，又从床边聊到了桌前。临走时，于丽君说："在学校时不听老师的话，当知青时和队长对着干，前年常委会上放大炮，前不久摩托车的肇事，都是你应该吸取的教训。如果再不改你意气用事、好激动、爱显能、急躁慌张的毛病，这擀面杖可饶不了你。"说着,于丽君挥舞着手中的擀面杖。申黎光一把搂住于丽君,嘴贴在耳边悄悄说:"真不该告诉你这么多,更不该送你擀面杖。"

夜深了,申黎光怎么也睡不着。他想着明天就要到新单位上班去了——不对,是老单位新岗位上班,想着和冀县长在一起工作的日子,有艰辛的探索,也有改革创新的激情,使他在实践中学到了"不唯上,不唯书,只唯实"的思想方法,理解了实事求是的精髓,懂得了实践是检验真理的唯一标准。他又想起于丽君临别时说过的话,每句话都是发自肺腑,切中要害的。和她交流,就像品味一首田园诗,悠远而纯净;她的眼睛,犹如一汪清泉,满眼全是清新自然;她说话的声音,委婉而悠扬,轻吟浅唱,韵味无穷。总之,和她在一起,时间过得飞快。她比自己小三岁,却显得比自己成熟许多。她出生在一个知识分子家庭,父母都是大学老师,从小接受着正规、良好的教育,这个"三门"干部不可小觑。有她常在耳边吹风、提醒,一定会使自己少走许多弯路。自己虽然比她大,但毕竟自幼离开父母,在广阔的天地里自由疯长,是典型的"放养型"。他为黑桦木擀杖找到了主人,他的心从此有了归宿。

县政府离公安局并不远,周冰剑和另外一名干警开着三轮偏斗摩托车,几分钟就把申黎光的东西和人一起送到了县政府。办公室还是原来的办公室,只是在房间的墙壁上开了一个门洞,和隔壁的房间贯通了起来,形成一个套间,里间是生活区,外间是办公室。房间是重新粉刷过的,弥漫着一股淡淡的石灰的呛味。大家正在帮申黎光收拾铺盖时,于丽君拿着一卷挂历走进了房间。周冰剑忙迎上去说:"于警官拿的什么好东西啊?"

"去年的挂历,做床上的墙围用。"说着于丽君打开了挂历。

"哇,全是电影明星,大美女!"大家围了过来。

"把这贴到墙上?"周冰剑停顿了一下,看着于丽君,"你不吃醋吗?"

"我吃哪门子醋呀!和我有什么关系?"

"这些美女半夜会从墙上下来的。"

"你是《聊斋》看多了吧？快干活！"于丽君说着拿起挂历在床边比划起来。

"这些细致活还是你来干吧，我们先走了。"周冰剑说完拉着同来的干警离开了申黎光的办公室。

摩托车远去了，申黎光关上了办公室门，房间里只剩下他和于丽君两个人。于丽君把三张挂历用图钉钉在了墙上，又将被褥等铺放整齐，然后用手拍了拍床铺说："要是一张双人床该多好。"

申黎光马上接话说："需要的时候，加一块木板就行了。"

"什么时候需要？"

"你定！"申黎光说。

申黎光这句话，使于丽君脸色通红。停顿了片刻后，她说："你的事情我怎么能决定？"

"应该是咱俩的事情。"说着，申黎光把于丽君摁在床边坐下，他看着于丽君绯红的脸庞，清纯的眸子，又长又翘的睫毛，半开半合的嘴唇，突然脑子一片空白，浑身热血沸腾，不由自主地把眼前这个警花按倒在了床上……

咚咚咚，外面传来敲门声。申黎光立刻走出套间，打开房门，办公室刘主任走了进来。

"收拾好了？"

"好了，我正准备去你那里报到并领取任务呢！"

"不着急，这个办公室还满意吧？"刘天明边说边往套间里走，申黎光知道于丽君还在里面，但不知道她此时在干什么。他心虚地跟在刘天明身后，一同走进了套间。只见于丽君正挽起袖子在脸盆清洗抹布，看见刘主任进来了，立刻笑着说："我来帮他收拾收拾。"

"好啊，找到你这个帮手，申黎光算是烧了高香了，"刘主任转向申黎光，"是不是？"

"是的是的，她帮了我好多忙。"

"就是这床有点儿窄，应该支个双人床。"刘主任看着于丽君，问她，"你说是不是？"

"嗯嗯。"于丽君不知道该怎么回答是好。她拿起保温瓶给刘主任倒了一杯水,说,"喝点水吧,黎光刚来也没有茶叶。"刘主任接住水杯,走出套间,坐在了办公桌前的椅子上,申黎光坐在了对面。

"冀县长对你的工作很认可,希望你到办公室后把研究室的工作抓起来,给领导当好参谋。"刘主任喝了一口水,接着说,"对农业生产责任制的改革,县里许多老同志思想转不过弯,尤其是对包产到户不理解,认为是走回头路,冀县长要求组织老同志下去走走看看,让事实说话。考察点我考虑了两个,一个是稠尚公社麻底坡大队,另一个是北瓜公社南梁大队。你考虑这两个地方怎么样?"

"这个办法好,就是北瓜公社南梁大队道路不好走,老同志去不方便,能不能就选麻底坡大队一个点,让周边几个公社也来参观,最好让他们来时都牵上分户喂养的牲口。顺便开一个'牲口观摩评比会',评选几名牲口喂养模范户,让电台、报社宣传一下,用这种方法鼓励农民参与农业改革的积极性。"

"这个办法不错,宣传效果好,你先拿个方案,到时候我们一起给冀县长去汇报。"

"好的,我马上写,一会儿就给你。"申黎光对刘主任肯定自己的想法非常高兴,恨不得立刻动笔。

于丽君从套间走了出来:"你们忙吧,我先走了,局里还有事。"说完离开了申黎光办公室。看着于丽君离去的背影,刘主任说:"是个好姑娘,进展得怎么样了?"

"差不多吧!就是都没有点儿透。"

"哈哈,是不是需要个介绍人?你们两个我都熟悉,我给你们当介绍人怎么样?"

"太好了,那我得先给您买双鞋。"申黎光调侃了一句。

"你先写牲口观摩评比会的方案吧!其他事回头再说。"刘主任笑了。

下午三点,刘天明和申黎光一起来到了冀县长办公室。办公室的门敞开着,冀县长看到申黎光,高兴地站起来说:"欢迎人民警察。"

"县长好，申黎光给您报到！"说着申黎光给冀县长敬了个礼。

"哦，现在应该叫你申主任了。"

"什么时候都是您的兵。"申黎光说着把手里的文件交给刘主任，刘主任接过文件放到了桌子上，说："这是老干部下基层的调研方案，您看看。"

冀县长看到方案的标题是"老干部下基层调研暨牲口观摩评比会方案"立刻来了兴趣，他戴上花镜仔细地看了起来。不一会儿，他放下文件说："牲口观摩评比会是申黎光的点子吧？"

刘主任说："是申主任建议的，我觉得不错。"

"好，就按照这个方案实施，到时候我也去参加。本周就安排，范围就控制在北片区吧！"

辉阳县共十六个公社，分东南西北四个片区，每个片区四个公社，北片区属于塬区和山区衔接地域，丘陵沟壑较多，是全县经济较落后的地区。离开冀县长办公室后，刘主任及时召开了"下基层调研暨牲口观摩评比会"筹备会议，决定正式会议本周五上午在麻底坡大队召开，会务工作由申黎光总负责，会议材料由研究室准备，会议用车由后勤科准备。

四月的天气，风和日丽，春意盎然。一辆吉普车和一辆面包车在和煦的春风里，沿着宽阔的县道向麻底坡大队驶去。冀县长和刘主任乘坐吉普车，申黎光和办公室其他人则陪老干部坐面包车。道路两旁的麦苗已经拔节，绿油油的一片一片，好似上天铺就的地毯，微风吹过，又像海上的波浪翻滚起来。远处的梯田，如登天的云梯，一层层盘坡而上。车厢里的老干部们，看着窗外，指指点点议论着。这个说，他在这里土改的时候，这一带还是荒山野岭，十几里看不见一个村庄。那个说，他社教的时候曾经在这里住过队，他的老婆当年是这个队的铁姑娘突击队队长。还有一个说，他在某某公社当书记的时候，就干了一件事——学大寨修梯田，远处的梯田就是他带领社员修的。

一个小时后，汽车来到了麻底坡大队小学，因为会议要在学校召开。麻底坡大队书记还是胡抗美，稠尚公社书记还是袁安安，还有其他三个公社的书记，他们早早地就站在学校门口迎接。按照调研安排，先在学校举行欢迎会，然后参观责任田、观摩评比大家畜，最后在学校开座谈会。下车后，冀县长让取消了欢迎会，直接到责任田参观，老干部们也表示赞同。于是与会者在胡抗美的带领下，沿着事先规划好的参观路线进行参观。一路上大家边走边看。责任田都是一块一块的，庄稼长势很好，绿油油的麦苗，在微风中摇曳，好像点头欢迎着每一位来客。每块地头都有社员介绍大包干的好处，老干部们看得频频点头。但也有人提出一些疑问，承包户当场就予以回答。比如有老干部提问，这样把土地分成条条块块，不利于大型机械耕作，不利于解放生产力。承包户说，现在的问题是肚子都吃不饱，等能吃饱肚子，腰包里有钱了，我们就会联合起来雇大型机械。有一个老干部说，今年正好风调雨顺，所以庄稼都长得好。承包户说，连续承包三年了，每年都是大丰收，去年干旱，也没有大的减产；如果是生产队经营，村里又有人出去要饭了。有老干部问，农忙时，听说大家畜不够用，有的户干脆人拉犁，这不是把人当牲口用吗？承包户说，包产到户后，农民知道是给自己干，劲大着呢！你们公家人甭操闲心！

　　看完责任田，大家又来到麦场上，百十头大家畜，在主人的带领下等候观摩评比。这些大家畜有一部分是生产队经营的，大部分则是分户喂养的。几名县畜牧站的技术人员和几名有饲养经验的老农，组成评比专家组，在牲口群里走来走去，评选着优良牲口。半小时后，三十头牲口被牵到了麦场边。看着这些膘肥体壮的牲口，老干部们竖着大拇指赞不绝口。专家组又从这三十头牲口中选出了一、二、三等奖。一等奖是马、骡、牛各一头；二等奖是马、骡、牛各两头；三等奖是马、骡、牛各三头。其余是优秀奖。县政府办公室刘主任当场宣布了评比结果，并为获奖户主颁发了奖金。一等奖各奖励现金八百元；二等奖各奖励现金五百元；三等奖各奖励现金三百元；优秀奖各奖励现金二百元。大家注意到，一、二、三等奖全是分户喂养的牲畜，优秀奖里只有三头牛是集体喂养的。

在现场，电视台和广播电台的记者扛着摄像机，拿着话筒，忙碌地采访着获奖的农户。申黎光注意到，一个面孔熟悉的农民正在接受记者的采访，走近一看，原来正是那年他陪康书记调研时，见过的那位跛脚农民。当年他牵着一头刚刚怀孕的瘦母牛遇见了康书记，康书记问他，为什么生产队的牛养不好？他口无遮拦地回答过。今天的评比会上，他养的那头瘦牛，已经膘肥体壮，被评为了二等奖。记者问他，准备用这五百元奖金干什么？他回答说："买牛，再买一头乳牛，加上我这头牛，"说着他摸了摸牛犄角，继续说，"每年下两个牛犊，用不了几年就奔小康了，哈哈哈哈……"跛脚农民笑得很开心，笑得很有底气，这笑声是发自内心的由衷的笑声，记者及时捕捉了这个镜头。

参观结束后，大家集中到学校召开座谈会。会上，老干部们争先恐后地发言，纷纷表示这次调研会开得及时，开阔了眼界，解答了疑惑，解放了思想。冀县长最后做了总结讲话。他针对目前干部群众中存在的认识不统一、发展不平衡、等待观望等问题，首先讲了一个故事，他说："在1978年年底的一个晚上，安徽省凤阳县小岗村，十八户衣不蔽体的村民，聚集到了一起。他们要干一件可能会被送进监狱的大事。他们发了誓，按下了红红的手印，约定出了事大家共同负责。什么大事呢？他们要分田到户搞'大包干'。其实，他们的方法很简单，就是'保证国家的，留足集体的，剩下都是自己的'，到了这年收获的季节，一个不可思议的事情发生了。包干到户的小岗村民，人还是那十八户人，地也还是那块地，可是他们竟然收获了足足六十六吨粮食。这个产量是小岗生产队从1966年到1970年五年的粮食总和。他们打了一个彻彻底底的翻身仗。不仅第一次交足了给国家的粮食，还甩掉了年年'吃粮靠返销，花钱靠救济，生产靠贷款'的帽子。"

讲到这里，冀县长停顿了一下，教室里的老干部们纷纷交头接耳，议论起来。冀县长接着说："中央出台的一号文件，其实是一个统一思想的文件，是一个尊重群众意愿的文件。中央就是按照群众的意愿，从上到下，又从下到上，最后制定出了允许包产到户的政策性文件。种地其实很简单，农民祖祖辈辈都会种地，'一大二公'就是上面管得太多。邓小平曾说过：'我们的政府管得太多了，要尽可能少管。有人少管，就会有人多干；上面的多管是添乱，下面的多干才是实实在在的生产力。'没有那么多尽事皆知的圣人，领导不要诸事皆管。给老百姓空间，让社会大众选择，这是思想解放的精髓所在。"

冀县长发现教室里议论声大了起来，问道："有什么问题吗？"

一名戴着茶色水晶眼镜的老干部站起来说："那今后政府管什么？只管'催粮要款，刮宫流产'吗？"

会场发出一片笑声。

冀县长说："政府就是提供服务的。光管'催粮要款，刮宫流产'是农民对政府工作不满意的批评。只要思想观念转变，摈弃'管人'的思想，从服务的角度出发，要干的事情非常多，比如提供产业信息，提供科学技术支持，提供产供销一条龙服务，提供法律援助等等。大家还有什么问题吗？"

有一名戴鸭舌帽的老干部站起来说："过去我们的政策是大力发展农业机械化，现在都搞成'块块田'农机站的拖拉机都趴在那里，没有了用武之地，这样下去怎么办？"

冀县长说："我注意到今天调研的过程中，有人提出'块块田'不利于大型机械耕作，农民回答说，有钱了大家再联合起来雇佣大型机械，这就符合实际，就是实事求是。现在的问题是，许多地方的农民还吃不饱肚子，还有逃荒要饭的现象。我相信，随着农民温饱问题的解决，随着城镇化步伐的加快，随着农村人口向城镇的流动，土地的经营方式也一定会朝着机械化耕作的方向发展，到那时候提现代化农业才是符合实际的。有些方针政策在一个特定时期是正确的，但随着时间、环境条件的变化，这些方针政策必须有新的调整，这才是符合历史唯物主义的世界观和方法论的。同样，用现在的眼光和标准去苛求过去的意识与行为，同样是不科学、不理性的。"说到这里，冀县长问大家："还有什么问题吗？"

台下没有人提问了。

"如果没有问题,办公室把今天的调研和观摩写一个调研报告,把大家的观感、意见、看法整理出来,下发到各部门、各公社,以便于大家统一思想,更好地贯彻中央一号文件精神,把我县的农业责任制改革推向一个新的高潮。"冀县长说完,教室里响起一片掌声。

写调研报告的任务自然落到了申黎光的头上。他用了两天时间,写出了近一万字的调研报告,题目是《调研归来满眼春》。报告用镜头切换的方式,真实记录了老干部们调研的全过程;描述了观摩评比大家畜现场的情景;对麻底坡大队近三年来包产到户改革过程进行了详细的叙述。调研报告发到全县各单位、各公社后,极大地调动了全县各单位、各公社贯彻中央一号文件的积极性,农业责任制改革迅速掀起了高潮。申黎光还将这份调研报告发到了省电台和省报社,很快就被采用,在全省引起了强烈的反响。申黎光的名字也因此引起了有关领导的注意。

十一、乡党委书记

1984年春,随着各项改革的不断深入,辉阳县各公社改成了乡(镇)政府,大队改成了村委会,生产队叫村民小组,领导的名称也就随之而改成了乡(镇)长、村委会主任、村民小组长。包产到户后,农民自主经营,自觉上缴公粮,乡政府的工作也随之有所改变。过去的催种催收、催交公粮,忙忙碌碌的事务没有了,计划经济时期设立的诸多部门或撤销或合并,边远山区的乡由过去的四五十人减少到十几个人。于是县上决定撤销一部分乡,将几个小乡合并成一个大乡,全县原来的十六个公社,就变成了现在的七个乡镇。合并大乡后,领导班子的配备就成了比较棘手的问题,因为许多公社的一把手,就降成了副职,或者干脆就没有了位子,而仅有的"一把手"的竞争也就激烈了起来。

就在这时，申黎光得到一个消息，县上五人小组商定，让申黎光到稠尚乡担任党委书记，常委会近期将开会决定。这个消息是办公室刘天明主任最先透露的，因为在五人小组研究后，县委组织部便开始对拟提拔人员进行考察，考察时征求过刘主任意见。所谓五人小组，即县委书记、县长、县委副书记、组织部长、纪委书记五个人。一般情况下，经过五人小组确定的干部也就铁板钉钉了，常委会研究只是例行一个程序而已。这段时间，人事问题是非常敏感的话题，县上一有动议，马上便有"业余组织部长"在民间传播开来。申黎光马上要去稠尚乡担任党委书记的消息也就自然而然地在机关里人人皆知了。

那天，刘主任把申黎光叫到办公室，关上门，倒了杯水，压低声音对申黎光说："你可能也听说了，县上领导提议让你担任稠尚乡党委书记，近期就要召开常委会研究，县委组织部征求了我的意见，说实话我有点儿舍不得你走，"说到这里，刘主任停顿了一下，深情地注视着申黎光，表情是真诚的、诚恳的、发自内心的。刘主任接着说："但是考虑到你的前途，我还是表示同意组织决定。"

听到这个消息申黎光感到有点儿突然，他知道稠尚乡是一个由三个乡合并起来的大乡，也就是说有三个乡的六个"一把手"要竞争一个乡镇的两个"一把手"，这个乡的党委书记位置就显得尤为引人注目。组织为什么会选中他呢？他知道这一定是冀南江县长竭力推荐的结果。因为前不久，冀县长曾经告诉他，年轻人一定要到基层锻炼。他问冀县长，公安局、农机厂算不算基层？冀县长说，当然算基层，但最能锻炼人的地方还是乡镇，并说他自己年轻的时候就在邻县一个公社当过书记，乡镇就是一个小社会，麻雀虽小五脏俱全。要当好一个乡镇的领导，就要具备多方面的知识，学习多种技能，要和方方面面的人打交道。应该说，一个好的乡镇领导应该是全才。如果能够领导好一个乡镇，就有了领导一个县，甚至一个市的基础。申黎光当时并没有在意冀县长说的话，现在想想，冀县长是有针对性的。他接过刘主任的话说："我也舍不得离开办公室，在您的领导下工作，学到了很多东西，也很顺心，很愉快。"

"乡镇更能锻炼人，只是肩上的担子会更重，责任会更大，也一定会很辛苦。你去了以后，遇到什么解决不了的困难，就回来告诉我，政府办永远是你的娘家。"

"谢谢领导的信任和关心，我一定不辜负您的期望！"申黎光心中热血沸腾，好像马上就要奔赴新的战场，将要在那里大显身手了。

临别时，刘主任拍了拍申黎光的肩膀，说："年轻人好好干，前途无量。"申黎光感到心里热乎乎的。

回到自己办公室，一推门，只见于丽君坐在他的办公桌旁，翻看着一份报纸。

"你怎么来了？"

"来祝贺你呀！"于丽君喜形于色，说，"听说你要到乡镇当书记，这样就和我们局长一个级别了，我专门来敲打敲打你，一定不要骄傲啊！"

"听谁说的，还没有最后定下来。"

"全公安局的人都知道了，他们议论说，你就不是平地上卧的兔子，迟早是要蹦起来的。"

申黎光哈哈地笑了起来："怎么成了兔子，蹦得越高摔得越重，你不懂吗？"

"呸呸，胡说八道！告诉你爸妈了吗？"

"还没有，要去咱俩一起去，我爸妈也说想见见你。"

于丽君脸红了。自从申黎光从公安局再次回到政府办后，于丽君就经常到办公室来看他，有时候两人还一起做饭吃，他们在套间里支了一个简易案板，那根黑桦木擀面杖就放在案板上。其实于丽君只用它擀过一次面。时间长了，他们的关系也就公开化了。不知道从什么时候开始，申黎光的单人床变成了双人床。刘主任也兑现了自己的承诺，给他们牵线当了红娘。现在只差拜见双方的父母，正式确定关系，并领取结婚证了。

"那就明天去，明天正好是周末。"于丽君说。

第二天早上，申黎光给家里打了个电话，电话是母亲接的，他告诉母亲，说要带女朋友到家里来，好让他们有个思想准备。母亲高兴地连说了几个"好啊，好啊"。在申黎光的婚姻问题上，父母是从来都不催促的，只是有一天母亲听单位同志说周一笛结婚了，曾经笑着问申黎光："插队时怎么没有抓住机会，有几个能比上周一笛这么优秀、漂亮的姑娘？"申黎光说："我爸说过，好男儿要以事业为重，先立业后成家，我爸娶你的时候大概过了三十岁了吧？"从此母亲就再也不提申黎光的婚事了。

　　上午十点多，申黎光和于丽君骑着自行车来到申黎光家中。于丽君身着一件铁锈红上衣，衬托得脸庞更加红润白嫩；齐耳短发，显得端庄稳重、干练精神。见到申黎光父母时，于丽君礼貌地说了声："叔叔阿姨好！"申黎光父母眼前一亮，满心欢喜，异口同声："好、好！"母亲忙前忙后，又是倒水，又是削苹果，还说这苹果是厂里后勤中心自己种的，从日本引进的新品种，脆而甜。父亲则问了申黎光和于丽君工作上的许多事情。当问到申黎光是不是经常陪领导下乡时，于丽君插话说："他马上就长期住到乡下去了。"

　　"怎么回事？"父亲问道。

　　申黎光睨了于丽君一眼，他知道担任乡党委书记的事情县委常委会还没有最终决定，本来是不想告诉父母的，但于丽君插了这么一嘴，就只好把刘主任和他谈话的事情原原本本地告诉了父亲。母亲听见后说："县上干得好好的，为什么又要到乡下去？难道虱子还没有把你咬够？"

　　父亲笑着说："好事情啊！到乡上是当领导，不是当知青，年轻人就是要到基层多锻炼，这样才能进步快。"

　　"反正是乡下，打交道的是土地和农民。"母亲瞥了于丽君一眼，想看看于丽君的反应。于丽君只是抿着嘴笑，没有赞同也没有反对，接着她说，"你到乡下去，她在县上工作，长期两地分居怎么办？"

　　"他是被提拔重用，和我们局长是一个级别了。"于丽君说着停顿了一下，见母亲没有表示任何态度，然后说，"有机会还是能调回来的。"

父亲说："不说了，服从组织决定吧！当什么官不重要，关键是要当好官、做好人，当官一阵子，做人一辈子……"

申黎光知道父亲说起话来一套一套的，忙说："我这又不是什么大领导，连个芝麻官都算不上。"

父亲说："乡党委书记虽然算不上什么大官，可在老百姓眼里是一个地方的父母官，代表的是党和政府的形象。上任后一定要记住爸的话：不求当大官，只求干大事！工作中千万不可大意，要慎言慎行，谦虚谨慎，廉洁从政……"

申黎光一边频频点头，一边心想：这事情八字还没有见一撇，就招来了父亲这般的苦口婆心、谆谆教导，如果事情发生了变化，还不成了一个天大的笑话。都怪于丽君嘴长，他斜睨了于丽君一眼。

"吃饭，吃饭！"母亲边解围裙边说。

饭是提前准备好的，申黎光帮母亲从厨房端出四个凉菜，于丽君站起来要帮忙，父亲说："你第一次到家里，是客人，让他们忙。"说着打开一瓶酒，亲自给每人斟满了一杯。大家坐定后，父亲看着母亲调侃道："请领导讲几句。"

母亲脸红了，端起酒杯说："我能讲什么，欢迎丽君到家里来，今后我们就是一家人了。"

"谢谢！"于丽君端起酒杯抿了一小口。

父亲一口干了杯中酒，于丽君很快又添满。父亲端起杯子说："今天是双喜临门，黎光提拔了，小于认门了，祝贺你们！"显然父亲今天很高兴。

大家都端起了酒杯。

主食是母亲拿手的臊子面，父亲边吃面，边津津乐道地讲起了臊子面的来历和常挂在嘴边的"薄筋光、煎稀汪、酸辣香"九字特色，并且强调说："臊子面要好吃，关键是面，一定要吃手擀面。"

"是用黑桦木擀杖吗？"于丽君听得入神，冷不丁地冒出这一句。

大家都愣住了，申黎光忙解释说："我宿舍有一根黑桦木擀杖，我告诉过她，做臊子面要用这种擀面杖，她就记住了。"

父亲笑了起来，说："这说明你们已经开灶了，好，黑桦木擀杖梨木案，媳妇擀面不用转。哈哈哈哈。"

申黎光和于丽君对视了一下，同时笑出了声。

离开家时，申黎光母亲把一个手绢塞到了于丽君的包里，并把他们送到了家属院的大门口。

返城的路上，申黎光问于丽君："我妈给你什么东西了？"

"你猜。"于丽君神秘兮兮的。

"现金？"

"不是。"

"手表？"

"不是。"

"我看看。"说着申黎光就把手伸进了于丽君的包里。

于丽君打了一下申黎光伸过来的手，自己把手绢取了出来，慢慢地打开，原来手绢里包着的竟是一个金灿灿的手镯。申黎光从来没见母亲戴过类似的东西，他明白这是专门给于丽君买的，也就表明母亲认可了这个儿媳妇。

后来，他俩又去了于丽君家，再后来他们就领了结婚证。

在申黎光办公室的套间里，于丽君把红皮结婚证贴在胸前，脸上洋溢着幸福的微笑，她一会儿在地上转圈，一会儿坐到床沿上，一会儿又躺倒在床上。她深情地看着申黎光问："咱们什么时候举办婚礼？"申黎光说："等我的事情定下来再说吧！"

两周后的一天下午，县委召开了常委会。会议结束不久，办公室刘主任让申黎光到他办公室去一下。申黎光知道刚刚开完常委会，刘主任叫他去，一定是要告诉他即将赴任的好消息，他的心咚咚咚地直跳。

他轻轻地敲了敲刘主任办公室的门，门虚掩着，他推开门进去。只见坐在办公桌后面的刘主任脸色沉重地看着他。

"坐吧！"刘主任的声音很低沉。

申黎光感觉到气氛异常，知道一定是常委会上的人事任命出了问题，便说道："怎么，有变化？"

"有变化。"

"怎么回事？"申黎光突然站了起来，声音颤抖，脸色发白，显然没有沉住气。

"不要着急，坐下说。"刘主任摆了摆手，说，"有人把你告到了县纪检委，说你在公安局开摩托车撞死了人，你爸在省里托关系才没有处理你。"

"胡说！我爸根本就不知道这件事！"申黎光急了。

刘主任拿出一个笔记本，说："你把肇事的过程和处理的情况给我详细说说。"

申黎光见刘主任拿起笔准备记录，便将那年如何破获入室盗窃强奸案的过程，追捕案犯时因冰雪天发生肇事的经过，交警队处理的过程和决定，详细地叙述了一遍。刘主任听完，合上笔记本叹了一口气说："听起来没有什么问题啊！这个告状的人也真会挑时间，偏偏在开常委会前几个小时，把举报材料塞到了纪检委书记的门缝里，纪检委根本就来不及调查。"

"因为这，任命我的事会议就没有通过？"申黎光说。

"也不是说没有通过，只是先宣布其他干部任免决定，你的肇事问题，让纪检委先调查，查清楚后再做决定。"

听了刘主任的话，申黎光轻松了一些，说："身正不怕影子斜，让他们查吧！大不了不去了，就在您身边工作。"

"这个时候你一定要沉住气，不要乱走动，乱说话，更不能乱发牢骚，调查的时间可能快也可能慢，有句话说'八分钱查半年'，不排除要拖一段时间，你就耐住性子等待吧！"

"谢谢领导指点，我不会有怨言的。"

申黎光回到自己办公室，泡了一杯茶，心情平静了许多。他百思不得其解的是，有谁会告他的状呢？他把自己接触的人在脑海里过滤了一遍。政府办的人？可能性不大。自己就是个副科级副主任，没有实际权力，也就没有得罪人的资本和实力；公安局的人？也不可能。肇事后，大家都特别关心，也了解事件的整个过程，没有人会怀疑处理的公正性；农机厂的人？更不可能，离开那里好几年了，很多人都不认识了。那会是谁呢？那就一定是觊觎这个位子的某人。这种人是不会亲自写告状信的，一定会找人代笔。县城就那么大，人际关系错综复杂，就像一个精心编织的蜘蛛网，稍有风吹草动，整个网就会抖动起来。申黎光是外地人，根本看不出这张网上的脉络关系，理不清其中的头绪。他在公安局办案时，几乎所有的当事人都能找到关系人来说情。有一次县局打击卖淫嫖娼活动，一名卖淫女竟然说县人大某主任是她的叔叔，申黎光开始不信，后来这位主任果然把电话打到了局里，说小女孩不懂事，误入歧途，要求把她放了。这个告黑状的人一定在这张网上的某个角落，操纵他人写诬告信，像墙缝里的蝎子一样，蜇人不现身。既然有人觊觎这个位子，就说明这个位子很重要，现在已经不是自己能否任职的问题了，而是如果让投机钻营、诬陷诽谤的人得逞，他所负责的这个单位一定会成为蝇营狗苟的地方，各项事业一定会受到严重影响。想到这里，他打算主动找纪检委说明情况，以防坏人得逞。但又一想，刘主任让他不要"乱走动、乱说话、乱发牢骚"似乎也不无道理。如果沉不住气，就显得不成熟，不老练，不能担大任。他在这方面是有过教训的，还是忍住为好，等待纪检委调查，相信组织会有定论的。

晚上，于丽君来了。她一脸的欢喜，一进门就说："听说下午开常委会了，什么时候上任？"

"开常委会你都知道，谁告诉你的？"

"我们局长列席了其中的一个议题，他回去说的。"

"这地方真小，没有秘密可保。"申黎光说。

"怎么样了，不会有变故吧？"于丽君问。

"你猜！"

"铁板钉钉子！"

"恰恰相反，黄了。"

"呸呸呸！开什么玩笑？"于丽君瞪大了眼睛，"怎么回事，说话呀！"

看着于丽君天真的眼神，申黎光不知道该如何对她说。如实告诉她吧，她一定无法接受，因为她已经把这个消息告诉了自己的父母，也告诉了周围关系要好的同事，有几个关系好的女友还嚷嚷不休地让她请了客；不告诉她吧，她在政府办公室工作过，对县里干部任免的运作程序和规矩是清楚的，如果会后一周不见任命文件，就能猜出一定是出了问题。申黎光想了想，还是把刘主任告诉自己的情况，掐头去尾地告诉了她，只是把纪检委要调查他的摩托车肇事一事，说成了"要对部分同志做进一步的考察"。最后，他态度非常坚定地说："任命是不会有变化的，只是要拖一段时间，快则一周，慢也就是两三周，不会超过一个月。"

于丽君听完眼圈红了，她敏感地意识到，有人在申黎光提拔的关键时刻做了手脚，于是说："部分同志都包括谁？"申黎光没有言语。于丽君接着说："可能就你一个人吧？有什么问题需要进一步考察？"于丽君咄咄逼人。

"没什么大问题，相信组织，以前也有过类似的情况。只不过……"

于丽君说："只不过什么？"

"只不过，父母都知道了，我爸还给我讲了那么多道理和注意事项，去不了怪丢人的。"

其实于丽君已经看出了申黎光心神不宁，满脸忧郁的样子，她伏在申黎光肩头，唉地叹了口气，说："其实也没关系，你妈压根儿就不希望你到乡下去任职，我长时间不见你也不行，想开点！"

"你真好，我长时间不见你也不行。"说完，申黎光紧紧抱住了于丽君。

一周后的一天上午，县纪检委一名姓范的男同志和一名年轻的女同事来到了申黎光办公室。申黎光认识他们，便客气地让座倒茶。范同志说："你可能已经知道了，我们对你摩托车肇事的事情，已经调查清楚了，最后和你见个面，请你理解。"

"我理解，调查结果怎么样？"

范同志说："肇事处理客观公正，符合法律规定，不存在说情和任何舞弊行为，我们已经向领导作了汇报，请你放下包袱，服从组织安排，同时，我们也祝贺你升职。"两名同志同时站起来和申黎光握手。

"谢谢！谢谢你们！"申黎光激动万分，几天的郁闷顷刻间烟消云散，他紧紧握着纪检委同志的手，继续说，"我一定会把这次肇事当成教训，时刻提醒自己，慎言慎行……"

咚咚咚，门外传来敲门声，随着声音，刘主任走了进来，他看着纪检委的同志说："谈完了吗？"

"刚谈完，主任还有什么指示？"

"哈哈，我能有什么指示？你们这么短时间查清了问题，是对我们干部的保护和支持，我只能感谢你们！中午我请你们吃个便饭。"刘主任客气地说道。

"不用了，我们回去还要写报告。"说完，纪检委的人匆匆离去了。

显然，纪检委的工作人员在找申黎光谈话之前见过刘主任。申黎光对刘主任说："让您费心了。"

"没费什么心，是金子总要发光的，过几天给你开个欢送会。"

"谢谢领导关心！"

又过了一周，县委任命申黎光担任稠尚乡党委书记的红头文件下发了。申黎光和于丽君商量，在离开政府办公室之前举办婚礼，他们拿着糖果、瓜子，把这个想法告诉了刘主任。刘主任听后非常高兴，当即决定，婚礼就由政府办的人协助操办。

婚礼在县政府小礼堂举行。办公室的同事们在礼堂门口的墙壁上贴上了大红喜字，在礼堂主席台周围悬挂了彩色气球，给婚礼增添了喜庆的色彩。参加婚礼的人员除了申黎光、于丽君的父母和他们邀请的几位好友外，申黎光还特意邀请了农机厂的耿师傅和几名工友，另外就是政府办、公安局的同事。政府办刘主任当证婚人，并即席发表了热情洋溢的讲话。他说:"申黎光、于丽君同志在政府办是好干部,在公安局是好民警,你们有相同的经历,相同的志趣,是郎才女貌、志同道合的伉俪。在这里,我送你们四句话:祝你们夫妻之间相亲互爱,对待父母相敬如宾,得了贵子相夫教子,携手到老相濡以沫。"刘主任的四个"相"字迎来了一阵阵掌声。最后刘主任提高了嗓门说道:"这里我还要宣布一件事,前几天,政府办接到了市委的通知,任命申黎光同志为稠尚乡党委书记。"台下交头接耳议论起来。"我注意到,今天参加婚礼的大多是政府办和公安局的同志,我提议利用大家相聚的机会,也祝贺申黎光同志升职,并为他送行,希望申黎光同志在新的岗位上再创辉煌!"话音未落,会场响起一片热烈的掌声。

出了小礼堂,申黎光听见有人喊他的名字,回头一看是耿师傅,只见他拿着一盏不锈钢做的,异常精致的台灯,笑嘻嘻地走向申黎光,并一把把它塞到申黎光的手里,说:"该额儿,我早看你不是平地上卧的,好好干。"

申黎光接过台灯说了声"谢谢",并问耿师傅农机厂现在效益如何?耿师傅说:"不行了,农村实行土地承包责任制后,大型农业机械用不上了,厂里的活也就少了。"

"那工人们都干什么呢?"

"除了搞一些民品,就是给水泥厂生产钢球,也就是翻砂车间有活干,其他车间和从前不能比了。"

申黎光又问了厂里的几个熟人的情况,耿师傅都一一作了回答。最后耿师傅说:"你现在当领导了,是咱农机厂出去的人物,有机会给大家伙找点活干。"

申黎光点了点头,正想着怎么回答耿师傅的话,办公室刘主任走过来说:"下午市政府有个会,婚宴我就不参加了,你招呼好大家!"

婚宴在县政府对面的"红玫瑰"餐厅举办,由于是周三,许多人下午还要上班,参加的人并不多,大约有五六桌。大家又是祝贺他俩新婚大喜,又是祝贺申黎光高升。申黎光平时不胜酒力,但经不住劝,一高兴,不知不觉间就酩酊大醉了。

申黎光醒来时，已是黄昏时分。于丽君端来一碗酸辣肚丝汤，让他喝下，说这汤解酒。申黎光一口气喝完，感激地说："你还会做这么好喝的汤？"

于丽君沉着脸说："我才不会呢！是婚宴上打的包。凑合一顿吧！"

"谢谢你的凑合！"

"到了乡里，一定要自己照顾自己，酒量不行就不要逞能。"

"就今天逞这一次能，从此戒酒！"

"说话算话？"

"拉钩上吊。"申黎光伸出了手指，于丽君也伸出了手指，两个人勾着手指滚到了床上……

一周后，申黎光由政府办刘主任和县委组织部一名副部长亲自送行，去稠尚乡赴任了。

十二、稠尚乡

稠尚乡是由原来的三个公社合并起来的一个大乡，有塬区，有丘陵，有山区，多年来一直是全县有名的贫困地区。

申黎光一踏入稠尚乡政府，就想起周一笛当年在麻底坡大队搞社教时给他讲的那个顺口溜："球上（稠尚）公社，妈的×（麻底坡）大队……"当时群众最反感县上派来的这样那样的工作组，整天学习开会，搞社会主义教育，搞阶级斗争，把种庄稼当儿戏，把整人当正业。如果有人搞一点儿副业，如养鸡卖鸡蛋，养猪卖猪肉，在黑市上卖自留地里的粮食，就一定被定性为投机倒把，被当作必须割掉的资本主义尾巴，遭打击和批判。改革开放后，实行了农业生产责任制改革，粮食连年大丰收，即使遇到灾年，农民心里也不慌，因为家家户户的存粮三两年是吃不完的。粮食问题解决了，农民现在发愁的是没钱花，粮食打得再多也卖不了几个钱。

如何让农民腰包鼓起来，使脱贫致富奔小康的步子再快一点儿，是申黎光到这里后考虑最多的问题，也是他上任后面临的第一个问题。他用了一个月时间，跑遍了全乡的各个角落，基本吃透了乡情民情。他和乡党委一班人研究后总结出该乡的三大优势：

一是旅游资源优势。这里的山区曾经是革命老区，解放战争时期，陕北红军曾经利用山区陡峭的地形，在这里驻扎，建立了革命根据地。山上有红军当年驻扎的洞穴，洞穴里有保存完好的土炕、石桌、煤油灯、草鞋、蓑衣等生活用品。红军当年使用过的土枪、长矛、地雷、手雷、大刀等武器散落于民间。这里气候宜人，四季分明，山峦陡峭，风光旖旎，是避暑休闲的好地方。旅游资源虽好，但是道路崎岖，交通不便，所以很少有人到这里旅游。如果把道路修好，吸引游客，让农民参与旅游、餐饮等项目，便可以增加周边农民的收入。

二是多种经营优势。塬区黄土层深厚、土质疏松、富含有机质，光照充足；气候四季分明，昼夜温差大，适宜种植苹果、梨、樱桃等水果。可以鼓励塬区村民开展多种经营，乡政府搞好技术指导，实现以果兴村、以果富农的目标。

三是办乡镇企业优势。稠尚乡距离县内一个大型国有水泥厂较近，该水泥厂的石灰石原料要在该乡所在地的箭头山上开采，乡上可利用此优势，建设水泥厂相关配套产品的小企业。让富余劳动力投入乡镇企业，增加农民收入。

吃透乡情，确定目标后，就要付诸实施。申黎光召开党委会，提出了一年打基础，两年见成效，三年变面貌的奋斗目标。他把项目分解成旅游开发、道路建设、多种经营、乡村企业等四个项目组，每一个领导包抓一个项目，并将其列入年底目标考核，三年完成任务。原稠尚公社的党委书记袁安安，现在担任稠尚乡的乡长，参与了农业生产责任制改革的全过程，熟悉乡情民情，又是省某农技校毕业的中专生，申黎光请他担任多种经营项目组的组长；副书记王继红，原是北部山区一个公社的书记，革命老区就在他曾经管辖的范围内，开发红色旅游项目也是他最早提出来的，申黎光便请他担任旅游开发组组长；副乡长刘建设，三十岁出头，省公路学院毕业，在县交通局担任过技术员，请他担任道路建设项目组的组长；申黎光自己则担任乡村企业项目组组长。

分工明确后，乡里召开了乡、村、组三级干部参加的"发展经济振兴乡村项目动员会"。申黎光在会上作动员讲话。他首先总结了农业生产责任制给乡村带来的巨大变化，然后放下稿子，走下讲台。这一举动，引起台下一阵躁动。只见他拿着麦克风站在会场前排，向村组干部提了两个问题："请你们回答，群众现在最缺的是什么？最想解决的问题是什么？"村组干部们面面相觑，半晌没有人说话。

"是不是缺钱花？"申黎光大声问道。

"对！缺钱。"大家异口同声。

"这还用说，责任制以后，打下的粮食几年都吃不完，卖又卖不了几个钱，现在就是缺钱花。"一个年轻村干部说。

"道路也不通，城里的人进不了山，山里的农产品也运不出去。"北部山区的一个村委会主任说。

"光种粮食不行，要发展多种经营。"

"发展村办企业，或者外出打工也能挣钱。"

……

会场上话匣子打开了，大家你一言，我一语，围绕发展经济提出了各自的见解。

申黎光走上台，肯定了大家的发言。接着，他理性地分析了稠尚乡发展经济的三大优势，提出了项目开发的目标任务，宣布了项目分工、完成时间进度等。几名项目组的负责人分别上台表态发言，乡长袁安安表示：三年内让稠尚乡彻底改变粮食生产的单一局面，大力发展经济作物，成为瓜果飘香，商客云集的富裕乡村，并且掷地有声地说："三年内不完成任务，愿意就地免职。"动员会后，一个项目带动、多管齐下，上下联动、齐心协力发展经济的局面迅速形成。

申黎光包抓乡村企业，他第一个想到的就是根据水泥厂的需要，建个钢球厂，专门生产水泥磨机使用的钢球。他想起农机厂的耿师傅曾经告诉过他，农机厂现在生产不景气，开始生产钢球了。他专门聘请耿师傅当顾问，在距离水泥厂较近的村子办起了钢球场。耿师傅这时候已经到了退休年龄，很乐意帮助申黎光办乡镇企业。经过两个月的建设，钢球场就建成投产。钢球生产工艺其实很简单，就是把浇筑好的钢条截成十厘米左右的小段，卖给水泥厂，水泥厂把钢段放入球磨机中同水泥熟料一起旋转，经过一段时间的打磨搅拌，水泥熟料就变成了粉末状，这些钢段则变成了光亮如镜的钢球。钢球大小不一，小的如鸡蛋，大的若拳头。水泥厂对稠尚乡办企业生产的钢球非常满意，一次就签订了三年的订货合同。由于水泥厂的石灰石原料要在该乡所在地的箭头山上开采，申黎光他们主动出击，积极进行乡企联合，为石灰石的开采提供方便，水泥厂就把许多配套项目交给了他们。后来他们就又建设了水泥纸袋厂、商标印刷厂等。这些和水泥厂配套的企业一经投产就产生了良好的效益。所以工人们加班加点，只管生产，不愁销路。

与此同时，道路建设、红色旅游、多种经营等项目也同步进展。乡上把散落在村民手中的革命文物搜集起来，在当年红军驻扎地建立了一个"陕北红军革命斗争历史纪念馆"，同时开发了攀援探险、滑草体验、窑洞宾馆、农家乐休闲等项目。多种经营项目改变了单一的粮食生产，规划发展苹果一万亩，樱桃三千亩，草莓五百亩，大棚蔬菜一百亩。经过动员，村民按照乡上、村里的发展规划，自愿把责任田合并起来，种植经济作物。村里则成立了综合服务社，为村民实行产供销一条龙服务。

干任何事情都不会一帆风顺。在项目建设中，自然也是困难重重，阻力不断，道路建设滞后，严重制约着项目的建设。从稠尚乡政府到红色旅游景点，全长十八公里的乡村沙石路，时宽时窄，坑坑洼洼，下雨天汽车根本无法行驶。要将其改造成一条标准的旅游路，那就必须投入大量资金。副乡长刘建设给申黎光算了一笔账：按二级柏油路标准，除去乡上投工投劳，最少还需要三百多万。三百万！这对一个穷乡镇来说，无疑是一个天文数字。于是申黎光和刘建设商量，决定分步骤实施：第一步，动员沿途群众投工投劳，用一年时间修好路基；第二步就地取材，利用箭头山上为水泥厂开采石料的下脚料，半年时间铺就沙石路基；第三步，争取省上交通部门补助资金，用半年时间铺就柏油路面。

第一、二步工作实施起来比较顺利。动员沿途群众投工投劳，群众是非常支持的，他们认为修桥补路是积德行善的事情，也明白要致富先修路的道理，所以沿途拆迁、投工投劳，群众都主动参与，积极性非常高。但第三步，铺设柏油路面的资金成了拦路虎。一年前，他们已经通过市、县交通局给省交通厅申报了"红色旅游道路建设项目"报告，但他们多次到市、县交通局催促，答复都是：上面会通盘考虑，不能太急，欲速则不达。眼看路基已经修好，如果不及时铺上柏油路面，遇到暴雨天气，路面便有可能被大水冲毁，此前的付出将毁于一旦。于是，申黎光决定越过市、县两级，直接到省交通厅寻求支持。

夏日的一天，骄阳似火。申黎光和刘建设拿着盖有市、县两级交通局章子的资金申报文件，带了一麻袋核桃和两只缚住翅膀的公鸡，天不亮就出发了。两个多小时后到了省城，城里的气温比乡下高出了许多，他们开着没有空调的吉普车，在拥挤的道路上，走走停停，通过十几个红绿灯，终于来到了省政府大门口，这时候他们都已汗流浃背了。进大门时，执勤武警挡住了车辆，问干什么？申黎光说到交通厅送文件。武警说人可以进去，车不能进去。申黎光说车上有一些土特产。武警说，没见过把土特产往省政府送的，不能进！申黎光只好和刘建设拿着文件，上了省政府大楼。交通厅在七楼办公，刘建设曾经来过，找人还算顺利。他们敲了敲资金处处长办公室的门，里面传出声音："进来！"进门后，一个五十多岁的老处长，通过眼镜上方打量着他们，问道："哪里来的，找谁？"

刘建设连忙指着申黎光说："这是我们的书记，来找处长汇报一下红色旅游项目资金的事情。"

"哪里的书记？"

"稠尚乡的书记。"刘建设说着，连忙递上申报文件。

"稠尚乡在哪里？我都没有听说过。"处长打开文件，看了看，"你们应该找市、县交通局，怎么直接就找到了省里？"

申黎光忙说："我们知道处长管全省的事情，但我们这个乡的情况比较特殊，需要当面向您汇报汇报。"

"怎么个特殊法？"

"我们乡里有一个红色革命纪念馆，陈列着珍贵的革命历史文物，这些文物在全国都是少有的。那里风景优美，气候宜人，但就是道路不通。两年来，我们投工投劳，路基已经形成，就差铺柏油路面了，恳请处长在百忙中看看我们的申请，特事特办，为这条路协调解决一下资金问题。"申黎光见处长仔细翻阅着文件，接着说，"如果柏油解决了，我们秋季就可以修好通往景点的道路，到时候请您来参观指导。"

"资金问题嘛，厅里要通盘考虑，也不可能给这么多，你们先回去，等候通知吧！"

"谢谢，谢谢！"申黎光和刘建设异口同声。

申黎光给刘建设使了个眼色，刘建设忙说："我们还带来一些土特产，一会儿送到您家里去。"

"什么土特产？不要不要！"

"没什么，就是一些核桃，当地产的，皮薄瓤大，麻烦告诉一下您的家庭地址吧！"

"说过了不要，你们走吧！"处长皱起了眉头。

离开处长办公室，申黎光问刘建设："有希望吗？"

"说不准，东西还是要送的。"刘建设说完，找到在交通厅后勤处当会计的老同学，打听到资金处处长家的地址，便离开了省政府大院。出门后，申黎光感到口干舌燥，喉咙里直往外冒烟。刘建设把在后勤处老同学那里喝了一半的矿泉水递给申黎光。申黎光抓过来，仰起脖子喝了个精光。

交通厅家属院离省政府不远，汽车可以开进院子。他们事先打听到,资金处处长家在四号楼一单元401室。这种楼没有电梯,但楼梯台阶很宽,也很干净,申黎光和刘建设抬着一麻袋核桃,拎着两只鸡,迈上了台阶。当他们气喘吁吁抬着麻袋走到四楼时,标有401门牌号的门开了,从门里走出一个高个子、脸庞白皙、打扮时尚的中年妇女,正在和一个干部打扮的中年男子挥手告别。刘建设认定这就是资金处处长家,猜想这个中年妇女应该就是处长夫人,便急忙松手放下麻袋,迎了上去。谁料刘建设抬的麻袋这头正是麻袋口,由于放下时用力太猛,没有绑紧的麻袋口便松开了,只听哗啦啦一阵响声,半袋子核桃散落开来,骨碌碌顺着楼梯滚了下去。更不巧的是,两只路上一直静默的公鸡,可能是受到了惊吓,此刻扑棱着翅膀,咕咕咕地叫唤了起来。

"你们这是干什么?"高个子女人大声呵斥道。

核桃滚动的响声、公鸡的叫唤声和女人的呵斥声,惊动了四楼其他两户人家,一个瘦老头和一名中年妇女打开门向外张望。申黎光急忙顺着楼梯捡拾核桃,刘建设则问401的妇女:"这里是不是杨处长家?"

"是的,你们是哪里的?"

"我们是稠尚公社的,给您带了点土特产。"

女人见其他两户门关上了,很生气地说:"谁让你们来的,拿回去!"

"就是些土特产,不值钱。"刘建设边捡脚下的核桃边说。

"不值钱,动静还蛮大,乡下人一点儿规矩都不懂,拿回去!"妇女挡在门口。

"我们老远来了,您总不能不让进门吧?"刘建设憋红了脸,气喘吁吁地说。

申黎光在楼下找了一个纸箱子,顺着楼梯往上捡散落的核桃,到四楼时已经捡了满满一纸箱。他见刘建设正和处长夫人理论,忙上前,满脸堆笑地对夫人说:"对不起,我们事先没有联系,但是杨处长知道我们来了,他很关心我们乡上的事情,也答应给我们帮忙,这就是些核桃,嗷!还有两只鸡,表示感谢,收下吧!"

刘建设忙说:"这是我们书记,亲自来了。"

夫人听说申黎光是书记,再看他满头大汗,用舌头不停地舔着干裂的嘴唇,就打开房门,说:"进来吧!"她指了指厨房:"放里面。"一进门右侧就是厨房,刘建设扛着麻袋拎着鸡进了厨房。申黎光口渴得要命,也跟着进了厨房,他打开水龙头,侧头张嘴咕咚咕咚喝了几大口自来水。然后对夫人说:"城里天气真热,等路修好了,请您和杨处长到乡下去避暑休闲,吃农家饭。我们那里可凉快了。"

夫人见状说:"给你们倒点水吧?"

"不用不用,我们还有事,得早点回去。"申黎光抹了一把嘴角的水说。

他们下楼时,夫人送出门外,给他们招手送别。走到三楼,夫人在上面大声问道:"你们是什么地方的?"

刘建设说:"我们是辉阳县稠尚乡的,麻袋上有字。"刘建设想起麻袋上印有"稠尚乡政府"字样。

到了楼下,申黎光又发现几个滚到墙角的核桃,他捡起来说:"这动静是有点儿大了。"

不知道是申黎光的汇报打动了省交通厅资金处的处长,还是他们冒酷暑、爬楼梯,抬着核桃的诚意感动了处长夫人,总之,在他们回到乡上一个月后的一天早晨,申黎光接到县交通局局长打来的电话,说申报的柏油路资金拨下来了,共五十万。申黎光当天就赶到县交通局,拿回了拨付资金的文件。这五十万是申请资金额的一半,买柏油还差一半。申黎光正在发愁另一半资金的来源,刘建设找到他说:"能不能把柏油路面改成水泥路面?造价虽高,但经久耐用。"一句话点醒了梦中人,申黎光知道水泥路造价虽然比柏油路要高许多,但他们和水泥厂有合作关系,找他们帮忙解决水泥,应该问题不大。

于是,申黎光和刘建设拿着五十万元的现金支票,找到水泥厂厂长黎刚。黎刚中等个,四十多岁,一身笔挺的灰色西服,显得庄重帅气。黎厂长和申黎光是熟人,在工作上有乡企合作的联系,见到申黎光,他自然是热情接待。

"大书记怎么有空来了？"黎刚边倒茶水边说。

"买水泥。"

"好啊，要多少？"

"乡上要修一条通往革命老区的道路，路基已经完成，只差铺水泥路面了。"

"好事情，需要多少水泥？"

申黎光看了看刘建设，说："你算算。"

刘建设说："十八公里，二级路标准，大概需要一万五千吨水泥。"这个数字是他们提前算好且留有余地的。

"就这些钱，请您支持。"申黎光没有等黎刚厂长说话，就把五十万元的支票放到了黎刚的面前。

黎刚拿起支票，哈哈笑了，说："这点钱，连一半都不够。"

"这条路可不是一般的路，它直通革命老区，沿途有十几个贫困村，既是一条旅游路，更是一条脱贫致富奔小康的路。沿途的农产品要从这条路运出，还解决了沿途几万村民行路难的问题，咱们乡企联手把这条路修好，意义非同小可呀！"

"你说得有道理，可我这是企业，也要讲经济效益，把水泥白给你，工人出力流汗不是白干了吗？"黎刚把支票推到了申黎光面前。

"不会白干的，我们可以协商，箭头山矿区的石灰石可以延期让你们开采；等路修好了，你们的工人可以免费去老区景点参观、旅游、度假；我们乡镇企业生产的钢球也可以适当降价卖给你们。你们支持老区建设，为老区人民修路，无疑是扶贫帮困的积德行善之举。你算算，经济账、政治账你都占便宜——你就抓住机遇吧！"申黎光说着又把支票推了过去。

黎刚看着又推过来的支票，沉默半晌，拿起电话拨了几个号码，说："供销科吗？让宋科长来一下。"

很快，一个胖墩墩的中年男士进来了。黎厂长给申黎光介绍了宋科长，又给宋科长介绍了申黎光，说："申书记他们乡上修路，急需水泥一万五千吨，你先给他们一万吨，剩余的随后再说。"说完把桌上的支票交给宋科长，宋科长看了看支票说："这是……"

"这是预付款，交给财务科就行了。"

宋科长离开后，申黎光和刘建设对黎厂长连声说："谢谢！谢谢！"

黎厂长说："不用谢！随后让财务科和你们衔接有关事宜。自古以来架桥修路都是积德行善的事，应该向你们学习啊！"

申黎光感激地向黎厂长表态："有了水泥，我们一定会加快修路的进度，并且协调好有关协作事宜。"

告别黎厂长，申黎光和刘建设又马不停蹄地来到了箭头山矿区和乡办钢球厂，把将要和水泥厂衔接的有关事项做了安排。

有了水泥，乡上立刻动员沿途群众全线施工，一个全乡齐动员，铺筑富民路的高潮掀起了。刘建设既当技术员又当指挥员，水泥厂也及时保障着后续水泥的供应。仅仅用了一个多月，十八公里的水泥路面就完工了。

如今，红色旅游产业带动了贫困山区的发展，核桃、板栗、木耳、药材等土特产走出山区，进入都市；沿途开设的农家乐，喜迎八方来客，给农民带来不菲的收入；红色旅游景点人流如织，使封闭的山区多姿多彩，为老区建设增砖添瓦。

乡镇企业的健康发展，多种经营的合理布局，旅游产业的方兴未艾，给稠尚乡插上了腾飞的翅膀。几年后，全乡解决了农村普遍存在的行路难、吃水难、看病难的问题，农民的腰包也渐渐地鼓起来了，许多家庭用上了电视机、洗衣机、电冰箱，全乡的经济形势一片大好。三年前，申黎光和乡党委一班人制定的"一年打基础，两年见成效，三年变面貌"的奋斗目标如期实现了。稠尚乡的经济发展又像当年农业生产责任制改革一样，给全县起了带头作用。

1990年春季，辉阳县在稠尚乡召开了"发展多种经营　振兴乡村经济"现场会，申黎光在会上作了题为《咬定青山不放松　三管齐下促发展》的发言，引起了强烈的反响。

这一年，申黎光的儿子出生了，他和于丽君商量，给儿子取名申骏，小名骏骏，因为这一年是马年。

十三、副县长

　　1991年冬季的一天，一场大雪覆盖了稠尚乡的山山峁峁。申黎光接到县委组织部的电话，让他立刻到组织部报到，参加市委召开的领导干部考察推荐会。

　　一路上，司机谨慎地驾驶着吉普车，遇到陡坡，车轮便打滑。申黎光看着窗外的雪景，思绪又回到了在公安局侦破入室强奸盗窃案的过程，又想起追捕案犯时发生的事故，当然也就想起了因为肇事事件被人诬告的事情。一个县三十几万人，也就是个县处级，正副处级岗位二十几个，正副科级岗位百十个。不像省、市部门，几十个人就是个处级单位，三两个人就能产生一个科级领导。所以，县里提拔一名领导干部就犹如羊群里的骆驼，鸡群里的鹤，引人瞩目，令人羡慕，同时也会遭人嫉妒。只要提拔干部就会产生激烈的竞争，也就会出现告状信满天飞的现象。许多优秀的公务员，兢兢业业熬到科级，也就精疲力竭，油尽灯枯了。他到市里、省里机关办事，见到的处长大多是三十多岁，四十岁，却还得给他们点头哈腰，正如那句民谚所言"相府的丫鬟七品官！"这次市委组织部通知正科级干部参加推荐会，那一定就是推荐副处级领导干部。前不久县里进行了人事调整，县长冀南江当上了县委书记，原来的县委副书记接任了县长，一名副县长调到了县人大任副主任，这样县里就有了一名副书记和一名副县长的缺额。而竞争这两名副县级职务的，县上最少有一百多名够条件的科级领导。这一百多名领导干部中最具竞争力的一般是县级主要部门的领导，如两办主任、组织部长、人事局长、公安局长等，乡镇领导一般都是"打酱油"的，跟着投票、举手、走人。有时候投票过于分散，候选人不好确定，市里就会从市级部门或其他区县派人来担任相应领导职务，这样县上一百多名够条件的干部就都"黄了"，那些有希望的，或者自我感觉良好的，工作积极性就会大受挫伤……

不知不觉汽车进城了，申黎光看了看手表，中午十一点二十，距离下午两点钟开会还有一段时间。他让司机把车开到县公安局家属院，他要回一趟家，因为他已经有两个多月没有见妻子和儿子了。

申黎光的家是县公安局分给于丽君的，一个七十多平方米的两室一厅。一进门，于丽君正在沙发上给儿子读唐诗，申黎光伸手就要抱儿子，于丽君说："先去洗手，浑身一股凉气。"

"今天怎么下班这么早？"申黎光边洗手边问。

"刚到家，妈出去买菜了。"于丽君说的妈是申黎光的丈母娘，老人退休后就帮他们带孩子。

"快叫爸爸。"于丽君把骏骏推向申黎光，骏骏把头紧紧地贴在妈妈的怀里，怎么都不肯离开，更别说叫爸爸了。于丽君趁机责备道："看看，你不常回家，儿子都不认识你了。"

"认识你就行，你是咱家的领导，儿子眼里有水。"

骏骏偷偷看了看申黎光，见申黎光也看他，又迅速把头扭了过去。

"黎光回来了？"门没锁，于丽君母亲提着一篮子菜进来了。

"妈，我来！"申黎光接过菜篮子，走进厨房，说，"做什么饭？我帮忙。"

"你歇着，吃炸酱面，面都擀好了。"

"怎么又吃面，还是炸酱面，我都胖成啥了？"于丽君埋怨着站了起来。

申黎光这才注意到，妻子自从生了孩子，一下子胖了许多，特别是腰围和臀部，像吹气球一样，不知不觉地丰满了起来。但申黎光见惯了妻子怀孕时的情形，眼下的状态并不觉得有多大反差。于是说："胖一点点才显得富态。"

"什么胖一点点，过去买的衣服都穿不上了。"

"其实你适合穿警服，穿了警服看不出来胖，还显得精神饱满。"

"你讨厌！警服都是大裤裆，当然不显胖。"

申黎光听出这句"你讨厌"是真的说自己讨厌。结婚前的"你讨厌"和结婚后的"你讨厌"含义完全不同。于是说:"其实男人喜欢稍胖一点儿的女人,咱是过日子的,又不当模特,中看不中用。"

"你烦人,会不会说话?"于丽君怪嗔了一句。

"吃饭了,"母亲端出一大碗炸酱面,面上特意放了两瓣蒜和一勺油泼辣椒,递给申黎光,"你先吃。"

看着热腾腾、香喷喷的炸酱面,申黎光咽了一下口水,说了声"谢谢!"便接过碗吸溜吸溜吃了起来。

"姥姥,吃面面。"一旁的骏骏看着爸爸吃面,喊了起来。

"会叫姥姥了?叫爸爸,爸爸给你吃。"申黎光把碗端到了骏骏面前,骏骏舔着嘴唇,眼睛盯着炸酱面说:"爸——爸——",申黎光高兴地哦了一声,挑起一根沾满油泼辣子的面条就往骏骏嘴里塞。于丽君马上抱过孩子说:"这么辣的面孩子怎么吃?"骏骏哇的一声哭了起来,于丽君只好抱起骏骏进了厨房。

申黎光看了看表,开会时间快到了。离开时,他对正在吃饭的妻子说:"好好吃,别减肥,我就喜欢你这样的。"

"去去,赶快开会去。"

"骏骏,跟爸爸拜拜!"出门前,申黎光给儿子招手,儿子又钻进了妈妈怀里。

推荐会在县委礼堂召开,一百多名县级和科级干部准时来到了会场。市委组织部肖副部长和两名干部在主席台就座,会场很安静,气氛显得很严肃。肖副部长留着寸头,个子不高,但此刻坐在主席台上显得高大威严。他对台下前排就座的县委书记冀南江扬了扬下巴,冀南江点了点头,接着敲了敲面前的话筒,开始了干部推荐前的讲话。他讲了推荐干部的重要意义,讲了推荐的方法和名额,最后让两名工作人员把推荐表格分发给台下的每个人。

申黎光拿到的表格是两页,上面印着全县正科级领导干部的名单,每个人名字后面有一空格。要求大家在表格上对两名自己认为可以提拔使用的干部打钩,打钩是无记名的。大家拿到表格后,仔细翻阅了一下，便郑重其事地打起了钩，打完钩后多数人把表格折叠了起来。申黎光先在政府办公室主任刘天明的名字后面打了钩，犹豫了一会儿，又在公安局长孟建军的名字后面打了钩，然后把表格合了起来。这两名同志都曾经给他当过领导，因此在他的心中分量就重一些。会场前摆放着两个棕色的票箱，县级领导投左边票箱，科级领导投右边票箱。十几分钟后，肖副部长问大家："填完了没有？"大家异口同声道："填完了。"

"现在开始投票，投完票的同志就可以离开会场。"随着肖副部长一声令下，大家排着队依次将手中的表格投到了票箱里。出会场时，申黎光遇见了刘天明主任，刘主任拍了拍申黎光的肩膀说："这几年干得不错，到我办公室坐坐。"

申黎光已经有好几个月没有见到刘主任了，也的确想借开会的机会拜见一下老领导，便顺口答应了。刘主任的办公室还在原来的地方，室内陈设一点儿都没有变。申黎光反客为主，拿起热水瓶沏了两杯茶，一杯放在刘主任办公桌上，一杯自己喝。刘主任对稠尚乡这几年的变化非常了解，他问申黎光下一步还有什么想法？申黎光简要汇报了乡上近年来的发展变化，对今后的工作，只说了八个字：巩固提高，稳步发展。刘主任说："好！做出成绩容易，巩固成绩难，如果按部就班就一定会落后。你们乡上的变化是大家有目共睹的。这次推荐干部，市委组织部提前给县上领导和有关部门领导通了气，要求在部门和乡镇领导干部中各推荐一名，我推荐了你。"

"啊？我，我资历太浅！"申黎光感觉到有点儿突然。

"选拔领导干部是要有年龄阶梯的，目前，你在年轻干部里是出类拔萃的，我看好你。"

申黎光万分感激刘主任对自己的评价和信任，他想说"我也推荐了你"这句话，但感觉有点儿谄媚和俗气，于是话锋一转道："感谢领导的关心，我一定会努力工作，不辜负您的培养教育。"

咚咚，有人敲门。

"请进！"刘主任说。

只见县委组织部范部长和市委组织部肖副部长进来了。申黎光见状就要起身离开。

"这么巧,黎光书记也在这里?"范部长对肖副部长说,"这位就是申黎光同志。"

肖副部长注视着申黎光,伸出手轻轻地握住申黎光的手说:"你好,这么年轻?"

"肖部长好!"申黎光省去了"副"字。他第一次和市委组织部领导近距离接触,不免有点儿激动。他看了看刘主任说,"你们忙,我先走了。"

"不急,你先在隔壁等一会儿,我一会儿还有事和你说。"肖副部长说完,坐到了刘主任办公桌的对面。

申黎光离开刘主任办公室后,来到了隔壁研究室王秘书的办公室。王秘书是新分来的中文系的大学生,戴着眼镜,一脸的书生气,他见到申黎光,异常热情,又是让座又是倒茶。王秘书说:"我经常看县上发的工作简报,你们稠尚乡的工作给全县起了带头作用,有机会我想去那里实地考察学习学习。"

"欢迎你来指导工作。"申黎光喝了一口茶,"顺便参观一下革命老区的秀美风光。"

"千万不敢说指导。我还看过您在办公室工作时写的几篇调研报告,我们主任让大家作为调研报告的范本,认真学习。我在写调研报告方面,到现在还没有入门。"

"刚来都这样,我写的第一篇调研报告,是冀县长,哦,现在的冀书记一句一句地改过来的。记得当时我写了一篇调研稿,标题是《大包干后的张沟村夏粮分配出新招》,把稿子空着行誊抄了一份,交给他审阅。两天后,他说改好了。我一看,愣住了,冀县长把标题改成了《张沟村夏粮分配办法》,内文在稿纸的空行里差不多重新改写了一遍,改过的文字达百分之八十以上。我知道,他之所以没有另拿稿纸重写,完全是为了尊重我的劳动,也怕伤及我的自尊心。他改过的文章,语言通俗简练,没有一句空话大话,把张沟村大包干后的夏粮分配办法，分层次阐述，最后概括成：交完国家的，留够集体的，剩下都是自己的。这件事对我启发很大，从此我的文风就改变了。"

王秘书扶了扶眼镜，给申黎光的杯子里添了点水，说："我感觉在大学里学到的写作理论，在实践中根本就用不上。特别是写公文的时候，没有一点儿用。你说奇怪不奇怪？"

申黎光笑了，他没有上过大学，也不懂得什么写作理论，只是在工作中勤思考、勤学习、勤观察、勤动手罢了，加之有幸遇上了冀南江这样的好领导，在实践中摸出了一点儿写作的门道而已。他知道自己和这些科班出身的人没有可比性，在写作方面更不能班门弄斧，于是说："我不懂写作理论，但我知道学习是潜移默化的过程，就像吃下去的饭，喝进去的水一样，你能马上体会到它的作用吗？不能，但它的的确确滋养着你的身体，为你提供了养分和能量，你时时刻刻都在汲取着它，怎么能说用不上呢？我曾经问过冀南江书记，为什么群众都喜欢听您讲话，有什么诀窍吗？冀书记告诉我，很简单，就是说实话，说真话，不要讲套话、大话、空话，群众最讨厌的就是假大空。写文章也一样，要言之有物，有真情，有思想，过分在乎辞藻的华丽，语言的修饰，那是中学生写作文的水平。"

"对！对！"王秘书不停地点头，表现出极大的兴趣，说，"我要向您学习，在实践中不断地提高自己。"

"申书记，申书记。"有人在门外喊，申黎光应声而出，看见是县委组织部范部长。他让申黎光到刘主任办公室去。

进门后，只见市委组织部肖副部长一个人在沙发上坐着，手里拿着笔记本和一张表格。他笑着对申黎光说："今天下午干部民主推荐，你的票数比较集中，按照市委安排，这次县级领导干部选拔，直接由县区民主推荐，根据多数人的提名人选，进行组织考察的程序，最后由市委常委会决定。所以，请你把这几年的工作情况写一份工作总结，明天上午交给县委组织部范部长。"

申黎光愣了片刻，红着脸说："感谢组织的信任，但我觉得自己资历太浅，文凭也不高，恐怕……"

"不要谦虚了，组织上选拔干部主要还是考虑德才兼备，看工作实绩和群众威信，资历和文凭只作参考。"肖副部长打断了他的话。

申黎光看了看表，说："那我现在就去准备。"

这时组织部范部长推门而入，肖副部长说："跟申黎光同志谈过了，明天把个人工作总结交给你。"

申黎光见两位部长谈工作，便起身告辞了。他对肖部长讲的"资历浅"，主要还是感觉和刘主任以及公安局的孟剑军等老领导相比资历太浅了。他的这种顾虑，在上次提拔稠尚乡党委书记的时候就有，因为当年全县三十岁左右的乡党委书记只有他一个人；如果这次把他选拔为县级领导，肯定又是全县，乃至全市最年轻的，因为他上个月才刚刚过了三十五岁生日。他懂得"木秀于林，风必摧之；堆出于岸，流必湍之；行高于人，众必非之"的道理。小时候他婆也经常给他讲"出头的椽子先烂""枪打出头鸟""吃好些，穿烂些，走在人前走慢些"之类的话。上一次提拔乡党委书记时，本以为铁板钉钉了，回去还告诉了父母亲，全家听后皆大欢喜，结果遭人诬告……想到这里，他手心沁出了汗水。他告诫自己，要谦虚谨慎，切不可沾沾自喜，更不可喜形于色，也不能告诉家里任何人，当然也包括妻子于丽君，耐心地静候组织安排吧！

半个月后，县委召开了全县领导干部大会，会议只有一个议题，由市委组织部肖副部长宣布了市委的决定：任命刘天明同志为辉阳县县委副书记，分管组织、统战和政法方面的工作。申黎光心里清楚，这次的干部考察中，市委只考察了包括自己在内的两名干部，县委副书记今天已经明确了，眼下还差一名副县长的空位。而副县长是由人大常委会或者人民代表大会选举产生的，候选人的提名是由市委研究决定。一般情况下，凡经市委考察提名的候选人，也就是十拿九稳的人选了。

会议结束了，大家陆续走出了会场。"申书记。"申黎光听见身后有人喊他，便驻足转身。只见县委组织部的范部长快步走了过来，范部长说："半小时后到我办公室来一下。"

申黎光不知何事，但猜想一定与自己提拔任用有关。半小时后，他来到了县委组织部，走进了范部长办公室。门是半开的，申黎光推门进去后，并没有看见范部长，却见到了市委组织部的肖副部长和一名生面孔的中年女干部。肖副部长朝申黎光点了点头，示意他坐在一进门的三人沙发上。同时指了指沙发另一头坐着的女干部说："这位是市纪检委二室的汪主任。"

申黎光起身说："汪主任好。"

汪主任微笑着冲申黎光点了点头。

申黎光端坐在沙发上，脑子里一片空白，他不知道接下来会发生什么事情。他注视着肖副部长，只见肖副部长翻看着手中的一份材料；他又看了看汪主任，汪主任面无表情，也关注着肖副部长手中的材料。沉默了一会儿，肖副部长放下材料抬起头对申黎光说："我们今天来找你，就是想核实一件事情。这次市委把你确定为县级领导干部拟定人选，从群众推荐到走访谈话，大家对你的工作是认可的，可就在前几天，市纪委接到了群众反映，说你存在一些违纪问题，我们想听听你的意见，并作进一步的核实。"

"什么违纪问题？"申黎光身子前倾了一下，心跳剧烈加快，情绪显得有点儿激动。

"不要紧张，组织能够找你谈，就说明相信你，也就是需要核实一些情况。"肖副部长平静地说道。

汪主任侧身，慢条斯理地说："先不要着急，不论什么事情都是需要核实的，有些事情还是可以补救的，你仔细想想，自己究竟存在着哪些问题？"

申黎光沉默了，他对这样的谈话方式感觉极不舒服。在公安局审讯犯罪嫌疑人时，他就是这样询问对方的，试图让对方交代出公安机关尚未掌握的更多的犯罪事实。市纪委究竟接到了什么样的举报信？汪主任说的"可以补救"是什么意思？肯定不是摩托车肇事的事情,那件事在他被提拔乡党委书记的时候,已经被举报过并且已经调查清楚了。他迅速回忆这几年工作中可能失误的地方,或者其他同志犯错,自己可能要承担连带责任的地方。逢年过节,他特别提防有人以节日为由给他送礼,哪怕是当地的土特产,他也一律拒之门外。想到土特产,他便想到了核桃。是不是他们那次为了在省交通厅争取资金,给资金处处长送核桃的事情被举报了?那天核桃还撒了一楼梯,动静的确不小。如果是这件事,他愿意承担责任,并愿意自掏腰包填补公款的这笔支出。至于那两只鸡,那是他自己掏钱在村里买的,原本打算带回家,孝敬一下为自己带孩子的丈母娘,可偏偏遇到那天要到省交通厅跑资金,就顺便带去了。购买这两只鸡的钱,至今也没有找到合适的理由报销。汪主任说的"可以补救"是不是指这件事?

"你好好想想,有什么事情违反了国策,遭到了举报?"肖副部长见申黎光低头不语,便提示了一下。

"违反了国策?"申黎光抬起头,嘴里重复了一下,"面前最大的国策就是计划生育政策,我们乡上这方面抓得很紧,去年乡上一名干部因为超生问题还受到了开除公职的处理。几年来,全乡结扎率、上环率都达到了县里的要求。"

"你自己做得怎么样呢?"汪主任盯着申黎光,严肃地问道。

申黎光笑了。原来有人诬告自己违反了计划生育政策,这也太荒唐了吧!自己和于丽君就生了一个儿子,前不久刚领了《独生子女证》,怎么是违反了计划生育呢?纪委的干部也太荒唐了,这种问题,一个电话就查清楚了,还用得着如此这般地调查?他忐忑的心放了下来。笑着说:"我做得很好呀!我就一个儿子,这是有目共睹的事实,如果超生一胎还能瞒住人?"

"不是超生,是又怀孕了!"汪主任提高了声音,"举报信说,怀孕已经六个多月了,你怎么解释?如果是真的,现在补救还来得及,过去市里也接到过类似问题的举报信,经组织批评教育后,都及时采取了补救措施,这叫亡羊补牢,也不影响提拔使用。"

申黎光哭笑不得,他真佩服"群众的眼睛是雪亮的"。自从于丽君生孩子后，体型发生了一定的变化，特别是腰围，像吹气球一样不知不觉鼓了起来，但也不至于像怀孕六个月的状态。一定是这体型的变化引起了别人的误会，或者有人故意夸大其词。当然，用违反计划生育政策陷害一个人，那一定是枚重型炮弹，且百发百中，会让受害者粉身碎骨。想到这里，申黎光说："那就让医院检查一下？"

汪主任看着肖副部长，好像在问，怎么办？肖副部长说："不用去医院了，见一下你爱人就行了。"

"现在吗？"

"方便的话就现在。"

申黎光拿起桌上的电话，通过语音台给于丽君的传呼机发了一条消息：请速到县委组织部范部长办公室来一下，申黎光。

这时候的于丽君，正在参加县公安局组织的干警手枪实弹射击比赛。看到申黎光的信息后，来不及换便装，便乘坐一辆三轮摩托车，向县委大院驶来。

十几分钟后，院子里响起了摩托车发动机的声音，申黎光知道是于丽君来了。他出门迎了上去，看到风尘仆仆的于丽君，特别是看到她腰间扎着的武装带，不由得笑出了声。原本丰满的腰围，此刻更显得"肚子昂扬"了。

"笑什么笑，有什么急事？"于丽君下意识地解开了武装带，攥在手里，跟着申黎光向范部长的办公室走去。

"没什么事，有领导想见见你。"

于丽君过去经常会被申黎光冷不丁地叫去认识一些生面孔，这些人也多是申黎光的领导或朋友。她对自身的条件很自信，也很得意，特别是穿上警服后，更显得英姿飒爽。相应地，见了她的人一般都会投来羡慕的眼神，或说一大堆诸如"亭亭玉立、光彩照人、气质高雅、英姿飒爽"之类夸赞的话。

申黎光给于丽君介绍了肖副部长和汪主任。汪主任上下打量着于丽君，不由得说："真年轻，真漂亮。"

"谢谢你！"于丽君看着眼前这位皮肤松弛的中年妇女，充满自信又发自内心地说,"不年轻了,都三十多了,刚刚打完靶,衣服还没来得及换。"

"身体还好吧?"

"好着呢,就是有点儿太胖了。"于丽君收腹挺胸,终究还是没有改变发福的体态。

汪主任从于丽君健康的容颜,高挑的个头,发福但匀称的体型,看出了一个少妇向一个母亲的转变。"不胖,不胖,生过孩子的女人都这样。"

"他还嫌我太胖了。"于丽君指了指申黎光,嘴里发出了咯咯的爽朗的笑声。

其实,申黎光并没有嫌弃过妻子的体型,因为夫妻之间是看不出来变化的;美与丑也是初次见面时候的判定。结婚以后,对方所有的优点或者缺点都会渐渐地淡化,甚至连对方身体上的缺陷,或者面部明显的疤痕也视而不见,习以为常了。评价对方的美丑,也是从别人嘴里听到的。既然于丽君这样说了,申黎光便接过话茬说:"这几年是有点儿发福了。"

汪主任看着申黎光,开玩笑说:"女人到中年,应该发福一点儿,这样才显得旺夫,你的福气都是她给你带来的。"说完,大家都笑了。

"哎!你们找我有事吗?"于丽君这才想起了正事。

"没事没事,就是想见见你。"汪主任看了看肖副部长,又说,"肖部长也想见见你。"

"早就听说申黎光的媳妇是个警花,今日一见,果然名不虚传。"肖副部长接过话茬,面向申黎光道,"就这样吧,你们小两口好好团聚团聚,整天在乡下工作,回来一次也不容易。"

从汪主任和肖副部长见于丽君后的表情,申黎光看出,他们的疑虑打消了,问题解决了。申黎光对肖副部长说:"下午一起吃饭吧!于丽君的炸酱面做得可好了。"

"不用了,一会儿还得赶回去,给市委汇报今天的情况。你们走吧!"

申黎光和于丽君告别两位领导，向门外的摩托车走去，身后传来汪主任赞美的声音："多般配的两口子啊！"

回到家后，于丽君没好气地对申黎光说："今后不许随便让我莫名其妙地见外人，一点儿都不尊重我，还答应给人家吃炸酱面，我会做吗？"

于丽君这次是真的生气了，她哪里知道今天这个见面的前因后果，以及见面后的重大意义。申黎光也不好将前因后果向她说清楚，如果说出来，势必会挫伤妻子的自尊心，而且要解释一大堆理由。于是他避重就轻，转移话题赔着笑脸说："让人吃饭就是个客气话，人家也未必真的来吃。"

"如果真的来吃怎么办？母亲和儿子外出旅游了，你做还是我做？"于丽君不依不饶。

申黎光知道让于丽君下厨请客是为难她了，结婚后，他俩一直是聚少离多，平时都在职工食堂就餐，偶尔相聚也只是做点简单饭，或者在外面饭店凑合一顿。他今天高兴，挽起袖子进了厨房，边洗手边问："黑桦木擀面杖在哪里？"看架势，似乎要大展一番身手。于丽君知道申黎光当过知青，擀面做饭是不在话下的，今天要擀面杖是要动真格的了。便说："别忙活了，妈妈走的时候做了几笼蒸饺，在冰箱里，馏一馏吃吧！"

"我如果调回来，就经常给你做饭。"

"你要调回来？"于丽君突然想起今天下午市委组织部领导找申黎光谈话，还和她见了面，恍然大悟道，"你是不是真的要调回来了？好事情啊，你怎么不早说。"

申黎光感觉自己失言了，现在的情况比较复杂，一有风吹草动，有人便会煽风点火，上次调到稠尚乡去，有人就翻出了摩托车肇事的事情；这次又捕风捉影地反映违反计划生育的问题，真是树欲静而风不止啊！于是他说："有这种可能，但在文件没有下来之前，一切都会有变数。"

"如果调回来，干什么工作？我说的是如果。"于丽君一脸疑惑，一脸兴奋。

"不知道，一切都有变数。"

"这样藏着掖着，累不累啊？还不如当个警察轻松、简单。"于丽君不再打听了，她打开冰箱，馏起了蒸饺。

1992年初春，迎春花似乎比往年开得早了点儿，路边的柳树开始吐出嫩绿的萌芽，街上行人的服饰多姿多彩了起来，大多已经脱掉了笨重的棉衣棉裤，换上了毛衣或线衣，年轻的女士更是翻遍家底，穿得五颜六色，使春色更加地娇媚无比。

在这美好如画的春天里，辉阳县人民代表大会如期召开了。在这次大会上，申黎光高票当选为辉阳县人民政府副县长，成为辉阳县近几年少有的年轻县级领导干部。按照分工，他负责农、林、水、牧和民政、扶贫工作。辉阳县是全国确定的贫困县，脱贫任务相当艰巨，申黎光感觉到肩上的担子沉甸甸的。

十四、再到十八盘

履职副县长后，申黎光所做的第一件事，就是到全县各乡镇进行一次深入的调查研究。这种工作方法，他是在给冀南江当秘书时学到的，通过调查研究，能使工作有方向，讲话有内容，心中有底气。自从全县实行农业生产责任制改革后，农民吃饭的问题基本解决了，下一步该如何走，怎样才能达到真正脱贫致富奔小康的目的？他要进行一次调查研究。先从哪里开始调研呢？他想到了当年插队的申家原村所在的乡——十八盘乡。

在一个风和日丽的上午，申黎光和司机小刘开着吉普车前往十八盘乡。申黎光好几年没有到这个乡来了，十八盘的道路虽然还是沙石路，但路况较前改善了好多。许多急转弯拓宽了，显得不那么急促；

一些坡道拉长了，变得不那么陡峭。申黎光注视着路边绿油油的麦苗，想到了当年插队走这条路时候的情景——一路颠簸，一路呕吐，一路灰尘，光秃秃的山坡上，少许的绿植，像秃子头上稀有的毛发，使人看到了贫瘠和凄凉。"这几年变化真大啊！"申黎光自言自语了一句。

司机小刘说："我咋看不出什么变化？"

"当年我们来这里插队时，也是这个季节，山上光秃秃几乎看不到绿色，这几年实行农业生产责任制改革后，漫山遍野都是绿色，庄稼长势良好，你看远处的梯田，像不像上帝的指纹？"申黎光想起他当年来这里时对梯田的比喻。

"还真像，可以让城里人到这里参观旅游，让农民办'农家乐'，增加农民的收入。"

"你真有经济头脑。"

受到赞扬的小刘继续说："如果把这条路修成柏油路，这十八盘本身就是个旅游景点，翻过十八盘，还可以看到连片的油菜花，城里人稀罕着呢！"

"好，你说得好，商机处处有，就看你能不能发现，能不能抓住。"翻过十八盘，眼前果然呈现出一片一片的金黄色油菜花，如果稍加规划，统一品种，那将会是一片花的海洋。

说话间，吉普车开到了十八盘乡政府。乡党委书记和乡长，早早地站在乡政府门口迎接。车一停稳，乡长连忙打开车门，热情地迎接申黎光，并请申黎光到乡政府会议室听取工作汇报。申黎光说："不用麻烦了，咱们直接到村上走走，边走边聊。我建议先到申家原村去吧！"

乡党委书记说："没有提前和村上联系，不知干部们在不在？"

申黎光说："不用联系，这个村我熟悉。"

乡长急忙从裤腰带上掏出像半截砖块一样大的摩托罗拉手机，给村民组长拨通了电话："左组长吗？你在家里等着，我陪县上的领导一会儿就到你村里了……对，是申副县长。"

在乡长的引导下，车子直接开到了左组长家门口。申黎光看到，村子和几年前没有太大变化，道路还是和以前那样坑坑洼洼；许多农户家门口都拴着牲畜，这是农业生产责任制后的新变化；牲畜、家禽粪便随处可见。只有个别农户在原来的宅基地上拆掉了厦房，盖起了水泥平房或两层小楼房。左组长家是新盖的一层平房，他接到电话，听说县长来了，急忙叫媳妇赶快收拾屋子烧开水。听见吉普车的声音，赶忙出来迎接。

左组长看见一下子来了这么多领导，激动得不知该先和谁握手。乡长指着申黎光道："这是申副县长……"

话音未落，只听左组长喊了一声："黎光，咋是你哩？"这一声叫喊，把乡上干部们吓了一跳。副县长的名字也是你随便叫的？乡长瞪了他一眼。申黎光也认出了这位村民组长，鬈发，长脸，这不是当年打秋千的左天来吗？左天来比以前高了，胖了，胡子拉碴的，越来越像阴大鲁了。申黎光对乡长说："多年前，我是这个村的知青，村上人都认识我。"

原来如此！乡干部们意外中带有惊喜。大家簇拥着申黎光走进了左天来家。

左天来家离村里的戏台子不远，是在新批的宅基地上盖起的水泥平房，一进门，中间是客厅，两边是卧室。大家在客厅里坐定后，申黎光问左天来："你父母现在身体怎么样，他们在哪住？"

左天来说："前年，父亲得了一种怪病，起初浑身发黄，能吃能喝的，我们也就没在意。拖了许久，去医院一检查，竟然是胰腺癌晚期，把胆管堵住了。化疗了几次，钱花了一河滩，三个月后就没命了。早知道是那样，还不如不去医院哩！母亲身体好着呢，和媳妇合不来，在老屋里住着。她特爱孙子，婆孙俩过着哩！"

申黎光问左天来什么时候当上村干部的？村子目前现状如何，今后计划怎么发展？还有什么困难？因为是熟人，左天来一点儿也不拘束，像拉家常一样，把自己的想法一一告诉了申黎光。申黎光听完之后总结说："农村目前最大的问题是发展没有思路，干事没有人才，建设没有资金。乡上一定要在这些方面替村里想办法，乡干部要深入下去，一村一策，扎扎实实地做工作。"最后，申黎光就村里提出的村庄规划、通村道路硬化、农民吃水、建校、改厕等问题一一作了安排，要求乡里尽快打报告，并安排专人具体抓落实。

申黎光离开时，左天来媳妇从厨房拎出来三四个小塑料袋的东西，执意让他拿上。申黎光一看，有黄豆、玉米糁、大麦仁、辣椒面等。左天来说这些东西城里缺，是稀罕。申黎光理解左天来的心情，知道这两口子是诚心实意的，于是推让了一番，就让司机小刘收下了。

临上车时，申黎光突然看见离汽车不远处的墙角蹲着一个人，秃顶，长脸，胡须垂胸，佝偻着腰，眼睛盯着汽车，吧嗒吧嗒地抽旱烟。几个小孩往他身上扔石子，边扔嘴里边喊着"太监、太监"。他却纹丝不动，好像周围一切都不存在似的。有一个大点儿的孩子抓起一把树叶，悄悄地走到他身后，往他脖子里塞，他猛地站起身，嘴里嗷嗷嗷地发出狼一般的吼声，吼完又蹲了下去。孩子们已跑得无影无踪了。

申黎光觉得他面熟。从他穿着打满补丁且脏兮兮的旧黄军裤上，申黎光脑海里一下子闪现出一个人：阴大鲁！这不是阴大鲁吗？是，还是不是？他又不能十分肯定。左天来看出申黎光的疑惑，就告诉他，这个人就是阴大鲁，浑身是病，脑子已经痴呆了，老婆几年前和他离了婚，孩子和他分开住了，他整天什么都不干，只知道晒太阳。

乡长说："娃们家为啥叫他太监？"

申黎光和左天来对视了一下，心照不宣。叫"太监"的缘由，只有他俩心知肚明。

申黎光走到阴大鲁面前，问："你认识我吗？"

阴大鲁吐出一口呛鼻的旱烟，嘴里黑乎乎的，没有了一颗牙齿，眼睛又盯向了汽车。申黎光脑子里闪现着阴大鲁当年的形象，他是那样地器宇轩昂，那样地不可一世，那样地蛮横无理，那样地欺男霸女，那样地不近人情……世事轮回，因果有报，岁月无情啊！无论英雄豪杰或懦夫小人，无论富裕高贵或贫困卑贱，无论聪颖天才或愚昧无知，无论美若天仙或是丑陋不堪……在岁月的长河里，都是不起眼的浪花，一瞬间都会变得无影无踪。不要崇拜任何高官权贵，不可歧视任何卑微庶民。来到这个世界就是一种缘分，活着是一种幸运，忍让是一种智慧。申黎光脑海里不知怎么突然冒出一串串的哲理来，想到这，他从口袋里掏出一百块钱，递给了阴大鲁，阴大鲁毫不犹豫地接过钱，举过头顶，对着太阳看了看，装进了上衣口袋里，眼睛又朝汽车盯去。

乡长俯下身子说："这是县长给你的钱，装好别丢了。"阴大鲁理都没理他。

左天来说："他只认钱，不认人了！"

申黎光又问起了五保户王大爷的情况，左天来告诉他，王大爷几年前已经去世了。申黎光对乡上的干部说："农村这样的孤寡老人很多，一定要发挥村委会的作用，想方设法地照顾好他们，让他们老有所养，老有所医，老有所乐。"转回头，他又对左天来说："阴大鲁过去的毛病是不少，但终究他已经老了，是个病人，还是个复员军人，你们也不要歧视他，要照顾好他。"乡干部和左天来都点头称是，说县长考虑问题就是周全。

申黎光走后，乡上立即召开专题会议，研究了如何才能把申副县长的指示付诸实施的措施。他们要求乡上干部全部下去调研，结合各村实际，逐村摸排情况，确定了近期着手解决农村行路难、吃水难、上学难和村庄规划滞后、产业结构单一等普遍问题。

十五、阴大鲁最后的日子

忙碌把时光缩短，不知不觉间，三个春夏秋冬过去了。

这天，申黎光召集农业口的几名领导，一同到一个刚开工的水利工程工地检查进度。汽车刚在一堆建筑材料旁停下，申黎光手提包里的摩托罗拉手机就响了。这部手机是政府办给县级领导新配备的,工作起来方便多了。他接通了电话,一个急促的声音传了过来:"申副县长吗?我是左天来,申家原村的左天来,阴大鲁不行了,说是想见你最后一面。"

"阴大鲁,不是老年痴呆了吗?怎么能想起我?"

"不知咋搞的,昏迷了好几天,今天早上突然醒来,说是想见见你,村里人说是回光返照,怪可怜的。"

"人不行了,那就安排后事吧!你们村干部们多操点心,毕竟是个无依无靠的可怜人。另外,安葬时替我随上二百元的礼金,表达一个老知青的心意。"

"申县长,我求求你来一下吧!他就是想见你一面,再说了,他毕竟是我的……"

"好了,我知道了。"申黎光打断了左天来的话,他看了看表,"我一个半小时赶到村里。"

申黎光明白左天来要说什么,阴大鲁就是他的亲生父亲,他的出生是这个父亲和母亲做下的孽债,他自小是在"杂种""野羔子"的骂声中屈辱地长大的。最终他知道真相后,亲自砍伤了阴大鲁,致使阴大鲁后半生毫无尊严,苟延残喘地活着。在亲生父亲的弥留之际,亲儿子无论如何也会悲痛和伤心的,此刻他提出让申黎光去看看阴大鲁,实属情理之中。但阴大鲁为什么突然能想起自己的名字,并且要在弥留之际见自己一面呢?这让申黎光百思不得其解。他思考片刻,决定去一趟申家原村,于是他告别了工地现场的几位领导,和司机小刘驱车离开了工地。

距离上次去申家原村调研已经过去三个年头了。春天一来,燕子便衔泥垒窝了,天气渐渐热了起来,地里的麦苗从起身、拔节到吐穗,仿佛就在眨眼间。申黎光看到,翻越十八盘的道路已经铺上了柏油,路边梯田上的麦子已经开始泛黄。越过十八盘,眼前黄灿灿的油菜已经有人开始收割了。"今年又是一个丰收年。"申黎光自言自语了一句。

路过十八盘乡政府时，申黎光注意到，乡政府的门头刷成了米黄色，显得庄重洋气。街道已经铺成了水泥路面，路两旁也安装了路灯。两个穿着黄马甲的清洁工，推着环卫车，正打扫着街道两旁的落叶、纸屑。

汽车到了村口，老远就看见左天来在大槐树下等候。他看见吉普车来了，摆着手跑了过来。申黎光让他上车，他拉开车门，坐在了副驾驶位上，扭头对申黎光说："奇怪了，好几天都水米不进了，就是咽不了气。今早上突然说话了，一直叫着你的名字，一会儿申黎光，一会儿申县长。老秀才说，你不来，他咽不了气，他咽不了这口气，全村人都觉得晦气。"

左天来说的老秀才，叫刘修才，在村里德高望重，新中国成立前上过高级中学，识文断字，村里人称他是"老秀才"，八十多岁了，虽然耳背，但眼明心亮，会看风水、算八字，村里人过红白喜事，都能看到他的身影。邻里有了纠纷，只要老秀才出面，一般都能大事化小小事化了。知青在村里时，老秀才还是"四类分子"，整天拿着扫帚扫巷道。如今，老秀才在村民中说话的分量，不亚于村干部。左天来也是听了老秀才的话，才执意让申黎光来一下。

汽车进村后，申黎光看到，村里的道路也铺上了柏油，只是路面较窄，有些地方只能过一辆吉普车或者手扶拖拉机。阴大鲁的家离左天来家不远，左天来让司机把汽车停在了他家大门口，他和申黎光走进了阴大鲁家。申黎光看到，阴大鲁的家还是原来的老屋子，院内杂草丛生，腐叶遍地。院子来了很多人，有的站着，有的蹲着。大家看见申黎光来了，年纪大点的纷纷站起来和他打招呼，年轻点的则指指点点地说在电视上见过他，是申县长呀！申黎光进了屋子，一股霉湿味扑鼻而来，申黎光让打开窗户，左天来伸手开窗，可怎么也打不开。老秀才说："这窗户就没开过，插销都生锈了。"

申黎光走到阴大鲁面前，阴大鲁左手腕上贴着胶布，胶布下面压着吊针，双眼紧闭，嘴里只有微弱的气息。左天来俯下身子大声说："申县长来看你了！"

阴大鲁慢慢睁开眼睛，盯着申黎光看了一会儿，嘴角动了一下，喉咙里哼哼着，谁也听不清说些什么。申黎光俯下身子将耳朵贴在他的嘴旁，阴大鲁突然抬起右手，指着床头的板柜，喉咙发出更大的哼哼的声音。大家的目光顺着阴大鲁的手指齐刷刷投向了板柜。左天来打开板柜的盖子，从最上面拿出一个漆皮斑驳的绿色军用水壶，举到阴大鲁眼前。阴大鲁轻轻地摇了摇头，喉咙里呜呜着。左天来放下水壶，又从板柜里拿出一个同样斑驳的军用饭盒，阴大鲁看了看，又摇了摇头。左天来把水壶和饭盒放进板柜，伸手在柜子下面翻出一个军用黄挎包，用手捏了捏，里面好像有东西。他举起黄挎包，让阴大鲁看。阴大鲁睁大眼睛，右手指着申黎光，张开嘴嗯嗯着。左天来心领神会，把挎包交给申黎光。申黎光怔了一下，接过挎包，当着众人面打开，只见里面有一本书，他把书取出来，不由得啊了一声；竟是一本残缺不全的《金瓶梅》！申黎光清楚地记得，这本书正是那一年他在防震棚里偷看的"黄书"，被阴大鲁抓了个正着，后来成了他当兵政审不合格的证据，使他和军营失之交臂。阴大鲁竟然还保存着这本书，他在弥留之际，还能想起书的主人和因为这本书所发生的故事。申黎光看出阴大鲁的良心还没有完全泯灭，同时这本书大概也折磨了他的后半生，使他得到了应有的报应。真是鸟之将死其鸣也哀，人之将死其言也善。阴大鲁看着申黎光，仰了仰头，嘴唇嚅动了几下，眼角滚出了几颗浑浊的泪珠。申黎光明白，他应该是在说："书还给你，对不起！"申黎光抓住阴大鲁的右手动情地说："我不怨你，你安心走吧！"阴大鲁听见了，他听得清清楚楚，明明白白，只见他喉咙里咕噜了几声，长长地喘了一口气，慢慢地闭上了眼睛。赤脚医生摸了摸他的脉搏，拔出吊针，摇了摇头说了一句："走了！"

老秀才说："走了好，走了就不受罪了。孝子穿衣。"

几个小伙子和几名妇女，拿来事先准备好的老衣，手忙脚乱起来，有人在屋子里点燃了香和烧纸，瞬间烟火味在灰暗的房间里弥漫开来。申黎光把左天来叫到门口，掏出二百元现金交给他说："死者为大，好好安葬，过去的一切就让他过去吧！"左天来紧紧握着申黎光的手，嘴里嗯嗯着，眼泪不由自主地落了下来。

离开申家原村，申黎光一路无语，他的思绪又回到了插队的年月，他想起年轻漂亮的小艾姐帮他在涝池里洗衣服的情景；想起姚会计的婆姨教知青们蒸馍、擀面的过程；想起下雨天周一笛三步一摔跤，连滚带爬到下地窑里喂猪的场景；想起猪场窑洞雨夜坍塌的惊险一幕；想起女知青们在东沟里挑水时"滚沟"的事情；想起为了给知青争取全劳，和左大牛摔跤的惊险；想起水库大会战时，自己被架子车从身上碾压过去昏迷不醒的惨状……短短三年多的时光，有艰辛，有无奈，有喜悦，有苦涩，五味杂陈的生活，使他磨炼了意志，锻炼了体魄，使他懂得了满足，学会了感恩，使他在以后的日常工作中一刻也不敢懈怠……

十六、机关事务管理局

申黎光所分管的农、林、水、牧和民政、扶贫工作成绩突出，在全省多次受到表彰奖励。特别是公司加农户的扶贫方式，还得到了国务院的肯定和推广，辉阳县摘掉全国贫困县的帽子指日可待。由于工作成绩突出，1995年年初，市委在人事调整中，决定提拔申黎光为正处级领导干部。

这天，市委常委、组织部肖部长来到辉阳县委，找申黎光谈话。肖部长就是当年的肖副部长，现在已经是市级领导了。在县委办公室，肖部长对申黎光这几年的工作给予了充分的肯定，特别指出申黎光在农村脱贫攻坚中思路清晰，办法多，工作力度大。申黎光则表示，这些成绩的取得都是领导全力支持、班子集体决策、上下共同努力的结果。肖部长满意地点了点头，最后表示，市委最近要提拔一批干部，到新的岗位发挥作用，让申黎光要有思想准备。申黎光不知道组织会怎样安排自己的工作，但又不便打听，便试探性地说："我不是科班出身，也没有一定的专业知识，就是个万金油干部。这些年，承蒙组织的关照，使我不断进步，只要组织信任，叫我干什么都行，我将感激不尽。"

"你要这样想就好了，共产党的干部就是要服从组织的安排。"肖部长终究还是没有告诉他的调动去向。

送走肖部长，申黎光心里不平静了，这次干部调整，会让自己干什么呢？他心中没谱。多年来在基层的摸爬滚打，使他和乡镇干部、基层群众，有了浓浓的情感，深深的眷恋，共同的语言，剪不断的情结——这情结是长期磨合的结果，是一种根植于黄土地的深情，是播下种子就能看到果实的喜悦，是一种付出就有回报的成就感，是一种说不清道不明、难以忘怀的情结。在这里工作，他觉得浑身有使不完的劲，从早到晚都有冲动和激情，每时每刻都感到非常地充实。肖部长的谈话，已经明确了自己将要被提拔，人往高处走，水往低处流，仕途上有了进步的机会，谁会拒绝呢？可每一次提拔调动，都会招致旁人的嫉妒和诋毁，莫名其妙地承受阴暗的角落中射出的一支支冷箭的中伤，使他的身心一次次经受着无端的折磨。此刻，他的眼前突然出现了一张灰暗的网，网上的灰尘开始抖落，他预感到藏匿于某个角落的暗箭手已经拉开了弓弦……

不久，市委组织部来了两名干部，在市政府机关随意找了几个人，谈完话就离开了。申黎光隐约感觉到自己这次被提拔，不会有太好的落脚。一是因为肖部长始终不愿透露变动的任何信息；二是考察干部的人来去匆匆，纯粹就是走了个过场；三是既没有看到明枪，也没有遇到暗箭，似乎一切都没有发生一样。

果然，一周后市委的任命文件下来了。令申黎光做梦也没有想到的是，市委任命他担任市级机关事务管理局局长。申黎光对这个单位极其陌生，如果让他到林业局、水利局或者农业局、民政局、公安局他都不会感到意外，因为他熟悉这些部门的工作，而且会很快进入角色。机关事务管理局在县上就是政府办的后勤科，在市上也不是政府序列局，充其量就是人们所说的二级局，这样的单位绝不是人们觊觎的热门单位，怪不得提拔调动时，如此风平浪静，顺顺当当。

上任后，申黎光查阅了这个部门的职责：主管市级机关后勤、政府采购、机关基建、住房、机关国有资产管理、机关公共节能、爱国卫生等综合性事务，总之就是要管好市级机关的吃喝拉撒。

既来之则安之。上任后，为了尽快熟悉工作，进入角色，他用两周时间，跑遍了市级机关的各个角落。他发现市委、市政府的三栋家属楼都是七八十年代修建的老家属楼，设施陈旧，管道老化，经常发生断电、漏气、水道堵塞等事故，各类安全隐患极为严重。维修经费多年不变，原来的维修人员，多是领导的关系户，他们嫌工作量大，工资低，又通过领导的关系跳槽到了其他事业单位。市委、市政府机关的办公楼脏乱差的现象多年没有改观，后勤管理人员吃大锅饭，保洁、电工、维修工，个个衙门作风严重，和单位的公务员同时上下班。各职能部门分工不明，责任不清，当一天和尚撞一天钟。市委常委、秘书长封文翰给他讲过这样一件事，说市委秘书科一个办公室的中央空调坏了，修理工爬上梯子正在修理，结果下班铃响了，修理工便停止了工作，拿着工具回家。第二天上班继续修理，结果因为昨天忘记关循环阀门，循环水流了一屋子，还淹没了堆在办公室墙角的文件。办公室同志质问这个修理工："为什么没干完活就回家了？"修理工振振有词地说："《劳动法》规定，每天工作时间不能超过八小时，再干就违法了。"

他把这些问题归纳整理成若干条整改意见，召开班子成员会议集体讨论研究，并提出了详细具体的改进方案。对家属楼维护经费不足的问题，他让财务科深入家属区逐楼层调查登记，拿出了客观的、有理有据地维护资金申请报告，得到了市财政局的认可；针对管理上存在的责任不清，任务不明确的问题，制定了家属区、办公楼区域卫生、安全、节能等承包责任制制度；针对机关车辆管理混乱，公车私用问题严重的现象，提出了公车经费大包干，超支自负，节约归己的办法；对机关事务管理局管理的所有科室、所有岗位实行责任包干制，并实行月检查、季考核、年总结奖励……实行几个月后，人还是过去的人，但机关面貌却大为改观。

机关干部们感受变化最大的当属机关食堂。过去食堂分领导灶和职工灶，领导吃饭在小包间，饭菜品种多一点儿，质量也相对好一些。职工则在饭堂窗口排队打饭，到了饭点，两个窗口排成长龙般的队伍，由于饭菜品种单一，早到的人还能打上好一点儿、热一点儿的饭菜，晚到的人只能吃剩下的冷菜、冷饭了。时间一长，干部职工牢骚满腹，意见非常大；食堂管理人员也一脸委屈，认为市里给食堂补助少，饭菜质量无法提高，干部职工难说话，众口难调。申黎光每天都在食堂吃饭，经过观察，他发现领导和职工分灶吃饭弊端很大：一是增加了厨房工作人员的工作量；二是采购的食材品种多、加工环节多、浪费大；三是领导干部脱离群众，干群矛盾加大。他和分管食堂的负责人商量后，提出取消领导小灶，实行自助餐就餐办法，如果领导加班误餐，或有特殊接待任务，可以灵活调配或增加饭菜品种。他把这一想法给封文翰秘书长汇报后，封秘书长表示赞同，并鼓励他们大胆试点。

食堂实行自助餐后，丰盛的饭菜摆成四排，有凉有热，荤素搭配，大家不用排队，根据各自口味，各取所需。领导和职工一起打饭，一起吃饭，气氛和谐，其乐融融。食堂管理员说，实行自助餐后，后厨集中做饭，饭菜质量大大提高，特别是节约了食材成本，提高了工作效率，食堂工作人员也有了充裕的休息时间，大家的积极性非常高。

这天，封秘书长在机关食堂遇见申黎光。申黎光正在和食堂几名职工给墙壁上悬挂"按量取食""光盘行动""节约光荣""浪费可耻"等标语。看到封秘书长来了，申黎光迎了上去，他们打了饭菜后，坐在一张桌子上，边吃边交谈起来。封秘书长问他："这么短时间，机关面貌大为改观，机关事务管理局的人员并没有变化，但管理水平、工作效率怎么提高这么快，有什么诀窍和奥秘吗？"

申黎光笑着说："诀窍很简单，就是向农民学习……"

"向农民学习？"秘书长不解。

"对，向农民学习！不吃大锅饭，实行承包制……"申黎光停顿了一下说，"毛主席说过，'只有落后的领导，没有落后的群众'，只要领导带头干，并采取公平、合理、有效的管理方法，废除衙门作风，砸烂习惯了的铁饭碗，群众的工作积极性就会极大地提高。"

"说得好！你是通过什么办法提高职工思想觉悟的？"显然，封秘书长对申黎光的回答很感兴趣。

"至于思想觉悟嘛……我认为不全是靠开大会、念报纸、搞讲座、学文件提高的，过去市、县每年都派出大批干部去农村搞'社教'，农民的思想觉悟也不见得提高，反而粮食产量年年下降，牲畜、农机具等集体财产逐年损失、减少。原因很简单，就是没有调动起农民的生产积极性。毛主席还说过，'群众是真正的英雄'，永远不要小看群众的觉悟、群众的智慧、群众的创造力。只要善于调查研究，少指手画脚，多深入基层，走群众路线，思路正确、方法得当，群众永远会走在领导的前面。"

"说得好啊！这就是从群众中来，到群众中去的群众路线。"封秘书长再次投来赞许的目光。

申黎光觉得自己在秘书长面前说得有点儿多了，似乎有班门弄斧、夸夸其谈之嫌。但他说的都是心里话，是他在工作实践中总结和探索的结果，说起来就自然流畅。自从他到机关事务管理局工作以来，封秘书长对他的工作是非常支持和认可的。于是申黎光接着说："当然，没有领导的支持，我们的工作也是举步维艰的，在今后的工作中，还希望秘书长多指导、多支持、多关心。"

"不客气，其实我们干的是同样的工作，秘书长就是个大管家而已。我还要向你学习呢！"

"那我就是个民工头，随时听从大管家的吩咐。"说完，他们默契地哈哈大笑了起来。

为了提高职工的技能，申黎光利用在农机厂学到的钳工知识，亲自备课，亲自讲课，手把手地培训家属楼和机关办公楼水电气维修人员。时间长了，大家把他当成师傅，当成工友，他们之间平等交流，无话不说。申黎光的手机二十四小时不关机，常常三更半夜接到领导或者领导家属打来的电话，不是这家水管漏水了，就是那家下水道堵塞了，或者是电梯发生了故障。

有天下午下班晚了，机关食堂已经关门。申黎光回到宿舍，泡了一碗方便面。刚端起要吃，一位副市长打来电话，说自己被困在了电梯里，黑咕隆咚的，上不去下不来。申黎光立刻放下饭碗，叫上电梯维修工，赶到现场进行处理。副市长出电梯后，满头大汗，满脸惊恐，不问青红皂白，劈头盖脸地就把申黎光批评了一顿。后来了解到是全市突然停电，电梯原有的备用电源多年未检修，早已形同虚设。借着这次事故，申黎光及时向财政局打报告，讲述了副市长被关在电梯里的尴尬经过，以及可能造成的严重后果。财政局局长看到报告后，立刻拨付了资金，及时解决了电梯的备用电源问题。

短短几个月时间，申黎光就适应了新的岗位，并很快进入了角色。

十七、弼马温

在机关事务管理局局长这个岗位上，申黎光从熟悉到适应，再到全身心投入，每天都是紧张繁忙的。他就像一个陀螺，时刻不停地高速旋转着，他二十四小时不关手机，随时应对可能发生的琐碎的、繁杂的、突发的事情。他明白，自己所从事的这种工作，既不惊天动地，也不轰轰烈烈，更没有前呼后拥，推杯换盏，觥筹交错的排场。时间一长，他适应了，习惯了，也喜欢了。

一天中午，申黎光和一名修理工刚从一栋家属楼出来，迎面碰上妻子和儿子。"你们怎么来了？"申黎光高兴地问道。

于丽君看见申黎光手里拿着个大管钳，腿上脚上都是油污，旁边

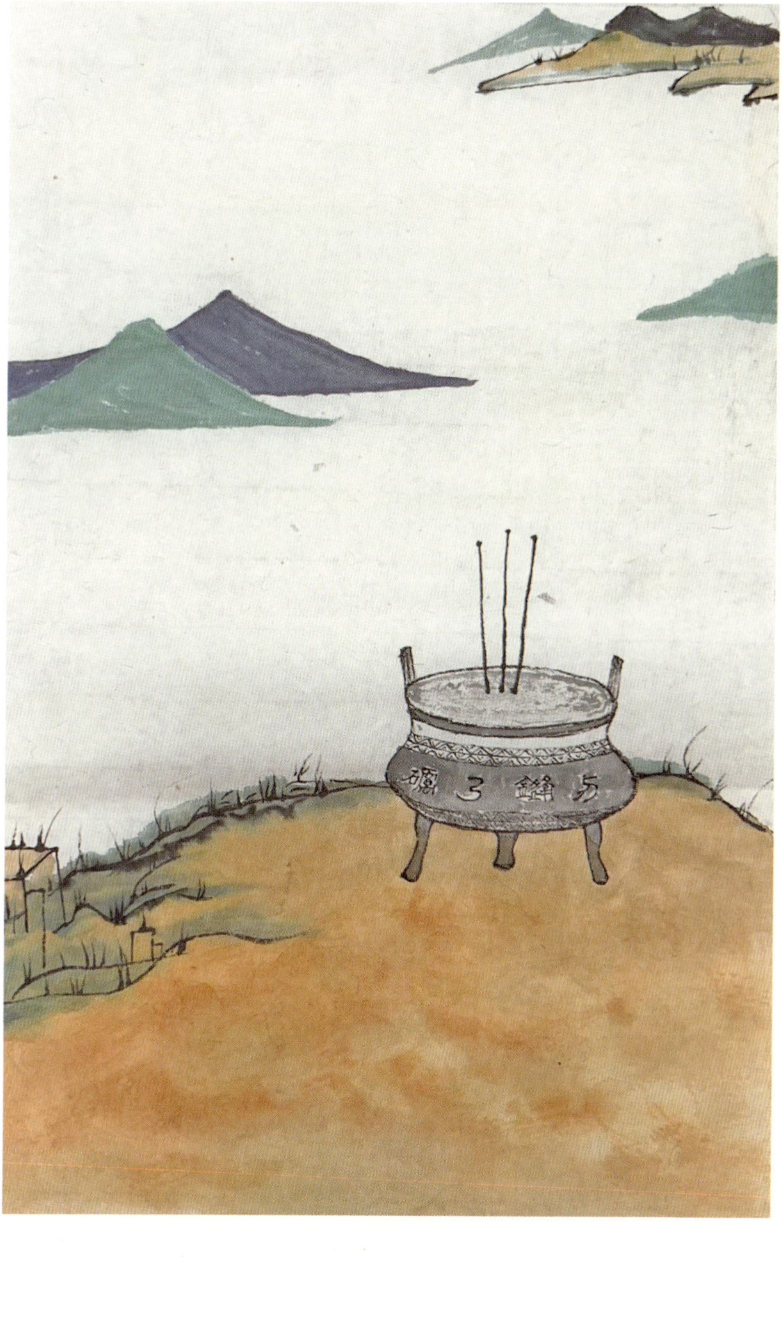

的修理工肩挎工具包,从头到脚都是泥浆。没好气地说:"来看看你这位大领导,忙什么呢?"

"领导带我疏通下水道去了。"修理工笑着回答,继而说,"你们聊,我先走了。"

回到单身宿舍,申黎光把管钳放在了门口的工具箱里,儿子骏骏看见工具箱旁边有一个平板手推车,便推着在房间里转起了圈圈。申黎光调到市里后,于丽君还是第一次来看他。申黎光曾经告诉于丽君,说机关事务管理局管着市级机关所有的家属楼,分一套单元房还是有把握的,等分到房子后再把她娘俩接过来住。可几个月过去了,房子毫无着落,于丽君便带着儿子到市里来一探究竟。

申黎光倒了一杯水,递给于丽君,笑眯眯地说:"先喝杯水,今天怎么有空来看我?"

"谁专门来看你?到市公安局查个档案,顺便来看看你。不见你还不知道,见了才知道,原来组织部把你提拔到市里当民工来了。"于丽君一脸的不屑。

"怎么是当民工,偶尔干点活,对身体有好处。"

"当领导的事无巨细,就不是好领导,难道疏通下水道的事情也要你亲自去干?"

"你不知道,领导都有我的手机号码,遇到问题首先会想到我,多数时候我会安排工人去干,有时我也亲自干。再说了,我本来就是钳工出身,经常干点活,手艺也不会生疏。"

"我看你是怕领导,是巴结领导。副县长当得好好的,跑到这儿伺候人来了。"

"嘿嘿,经常接触领导对工作也有好处啊!物业上的许多问题都是多年解决不了的老大难问题,俗话说'老大难老大难,老大出面就不难',接触领导时顺便就汇报了工作,一举多得啊!"

"别人都说你提拔了,到市里当了大官,我看你就是个弼马温。"于丽君越说越来劲,"你知道弼马温吗?就是个喂马的,我看你疏通下水道,还不如个喂马的。"

"不要小看喂马的，马也是需要人喂的，社会只有分工不同，没有高低贵贱之分，人字的结构是相互支撑的。"申黎光给自己倒了一杯水，往于丽君身边凑了凑，继续说，"没有你们当警察的，坏人就会猖獗；没有医生看病，我们的健康就没有保障；没有环卫工人，城市就成了垃圾场；没有机关事务管理局，政府机关就无法运转；没有农民、没有工人、没有军人，你想想，社会还能运转吗？所以，谁都离不开谁，谁也不要小看谁，每个行业都很重要，社会就是一个大家庭，大家共同努力才能过上好日子。"

申黎光的一席话，使于丽君扑闪着眼睛，半晌才说："你总是自我感觉良好，干什么都像吃了兴奋剂，激情满满。"

"没有激情就没有动力，每个人都有用武之地，当你觉得可有可无的时候，你就快被踢出局了，你当好你的警察，我喂好我的马……"

"我长大了也要喂马！"

于丽君这才发现骏骏已经钻到了爸爸的床底下，忙说："快出来，快出来，我们骏骏不喂马，我们骏骏长大要骑马。"

骏骏已经上小学了，他和其他男孩子一样，走到哪里都不停歇，他从爸爸的床底下翻出一个香炉，拿出来说："这个是喂马的吗？"

"这是什么东西，脏兮兮的快放下。"于丽君从骏骏手里拿过香炉，里里外外看了看，对申黎光说，"这可是个文物啊，你怎么有这个？"

"这是婆去世前给我的，说留个念想。"

"我怎么不知道？"

"我知道你不喜欢这种东西，就一直在身边带着，看见它就会想起婆，婆说是有灵气的东西。"

"什么灵气不灵气，说不定还是珍贵文物呢！前几天县公安局抓了一个盗窃文物团伙，在收缴的文物中，好像就有这样的坛坛罐罐，赶快交到文物部门去。"

申黎光没有言语，但心里在想：于丽君说得对，应该交到文物部门，长期带着也不安全，万一是珍贵文物，在自己手里弄丢了，对国家也是个损失。

"出去吃饭吧,我这儿只有方便面了。"申黎光想起该吃午饭了。

"丁零零"申黎光的手机响了起来,他打开免提,电话里传来一个女士的声音:"申局长吗?你帮家里疏通下水道辛苦了,老肖拿回来几条鱼,我做了糖醋鱼,老肖让你一起来家里吃饭。"

"不用了,"申黎光看了看于丽君,于丽君连连摆手,"哦,我已经吃过了。"

"啊,吃过了,老肖还说你一个人,到家里一起吃呢!"

"不客气,有事就打电话,我二十四小时开机。"

申黎光关掉免提,说:"刚才是肖部长家属的电话,叫吃糖醋鱼呢!"

骏骏说:"我不喜欢吃鱼,我想吃肯德基。"

"好,我们出去吃肯德基,快去洗洗手,"于丽君又看着申黎光说,"你也换身衣服,浑身都是下水道的味道。"

他们走出单身宿舍楼,向对面繁华的商业街走去。一路上于丽君还惦记着香炉的事情,对申黎光说:"那个香炉赶快交到文物部门去,我亲眼看到过,上次局里收缴的赃物里好像就有类似的东西。"

"我那香炉可是老辈人传下来的呀!是有灵气的东西,我要祖祖辈辈传下去的。"申黎光看了看儿子,故意这样说。

"老辈人传下来的也是国家文物,不能私人占有,亏你还当过刑警。"于丽君很严肃的样子。

"好吧好吧,听我们警花的。"申黎光伸手就要搂妻子,却发现骏骏瞪着眼睛看他,伸出去的手在空中划了个弧形,又缩了回来,一弯腰抱起骏骏说,"是不是,妈妈是不是警花?"

"我们同学说,妈妈穿警服威风,穿便服漂亮。"

"好了好了,两个贫嘴。"于丽君心里乐滋滋的。说话间,肯德基店到了,骏骏说他闻到了炸鸡腿的味道。

当天下午,申黎光就拿着"香炉"来到了市文物局。文物局长姓孟，是位四十岁左右的女同志，她热情地接待了申黎光。申黎光说明来意后，孟局长便将他领到了文物鉴定科。鉴定科科长是位文物专家，五十多岁，他问了申黎光此物的来历后，便拿出放大镜，仔细观察起来，接着又查阅了有关资料。然后对申黎光说："这是一尊青铜鼎，也叫三足圆鼎，是古人烹煮食物和盛贮肉类的一种器具，这种青铜器属贵族家庭拥有，距今已有三千多年历史。由于中国人特别崇尚权力，尤其是皇权，所以青铜器也被视为'国之重器'。此类器物在西府民间一带有散落，因为西府是周秦文化的发源地。这上面的四个篆体字'砺乃锋刃'是'砺乃锋刃'，也就是'宝剑锋从磨砺出，梅花香自苦寒来'的意思。出自周朝的《尚书·周书》，从中我们可以体会到周公的一些治国理念和人生哲理。"

听完文物专家的解释，申黎光爱不释手地抚摸着青铜鼎，他琢磨着"砺乃锋刃"这四个字的含义，似乎明白了许多道理。这些年来，他虽然没弄清"香炉"上的字，但生活磨砺着他，锤炼着他。他每迈出一步，都好似在艰难地爬坡；每取得一点儿成绩，都要伴随着坎坷和艰辛，都要付出很大的努力。自己的经历并不特殊，三千多年前的古人就已明白了人生的意义，要想成功必须付出，宝剑的锐利刀锋是从不断地磨砺中得到的，梅花飘香来自它度过了寒冷的冬季。前人都是这样走过来的，自己所有吃过的苦、迈过的坎都是必需的、值得的……

他请文物专家帮他把这四个字拓成拓片，以便保存，留作纪念。老专家欣然应诺，只见他取出宣纸、墨粉，非常内行地操作起来，十几分钟就完工了，然后小心翼翼地揭下宣纸，交给了申黎光，申黎光也将青铜鼎郑重地交给了老专家。

回到单位，申黎光将"砺乃锋刃"这四个字的拓片放大，裱糊装框，悬挂在了自己的办公室，每天上班都能看到。他明白今后还会面对很多困难，迎接新的挑战，别以为自己尝遍了酸甜苦辣，其实后面可能还有山崩地裂等着呢！只有坦然面对，方能取得成功。

在妻子所比喻的"弼马温"这个岗位上，申黎光一干就是好几年，职务还是原来的职务，业务还是原来的业务。有领导曾经问他，想不想换一个岗位？申黎光说他已经很满足了。因为他常常会想起小时候和婆在一起的日子，想起插队当知青时的岁月，想起依然在黄土地上风吹日晒的穷苦的乡亲。他所经历的那段艰苦岁月已被现实的灯红酒绿湮没了，唯独最珍贵的精神，依然埋藏于骨血之中。生活中他知足常乐，工作中他不敢懈怠。闲暇时，他常把那些年月发生的故事，讲给周围的人和孩子们听，告诉他们"砺乃锋刃"的含义，使他们明白——苦过才懂生活，熬过才是日子，奋斗才有收获。

2022 年 7 月 18 日晚动笔
2023 年 3 月 19 日第一稿
2023 年 8 月 22 日第二稿
2023 年 9 月 13 日第三稿

熠熠闪光的碎片
——《申黎光的峥嵘岁月》后记

朴 实

写长篇小说是近几年的事情，也就是退休以后的事情。《申黎光的峥嵘岁月》是我写的第四部长篇小说，加上过去写的诗歌、散文、中短篇小说等，正式出版的文字大约有三百多万字了。

常有人问我，你上班时那么忙，哪里有时间写作？其实上班时的确没有大块时间写作，但只要会利用时间，少干虚事，多做实事，还是会挤出大量的业余时间，用于从事自己的业余爱好。特别是当领导的，少扎势，多务实；少奉上，多亲民；少应酬，多实干；少说废话、大话、虚话，张弛有度，公平公道，以此才能上下和谐，环境宽松，职工满意，领导轻松。这样，单位就一定会有凝聚力，也一定会出人才，出效益。把本职工作干完，把本该休息的时间归还给大家，这既是领导之责任，也是做仁善之事。每个人都有自己的爱好，工作之余有爱好，不是坏事，而是好事，应该被鼓励而不应该被打压，更不能视为"不务正业"。著名作家莫伸在给我的中短篇小说集《青春不迷茫》的序言中说过这样的话："文学是充满愉悦的，将此作为一种爱好，既是一种付出，又是一种收获，还是一种精神上的滋补，当物质已经不再成为我们生活的压力和羁绊时，追求一种充满魅力也充满阳光的精神生活，不仅值得，而且有益。"对此我感同身受。在岗时，主要是"碎片化"写作，有灵感就动笔，有几百字一篇的，有几千字一篇的，有散文，有诗歌，有短篇小说，写的多是身边发生的事情。几年后，分类整理，一本可以"立"起来的书就出版了。积少成多，积溪成河，退休前竟然陆续出版了九本散文和中短篇小说集。这些作品，既是对过往的记录，也是对工作中成功与失误的审视和盘点。退休后有了大把的时间，延续着写作的爱好，便开始了长篇小说的写作。令人想不到的是，往日的这些"碎片化"的作品，竟然成了宝贵的素材，昔日的场景、人物、事件，经加工整理和润色，辅之以细节的填充，就构成了一部部长篇小说。

中国瓷器中耀州瓷算是名瓷之一，耀州窑在北宋时最负盛名，堪称瓷中翘楚。那年去台湾访问，在一家私立博物馆，我们见到了展柜中陈列的耀州瓷片，大若手掌，小若拇指，在一束强光的照射下，熠熠闪光。解说员自豪地介绍说：这些瓷片是在大陆出土的耀州宋瓷，也是我们这里的镇馆之宝。宋代晚期以青瓷为主，胎薄质坚，釉面光洁匀静，色泽青幽，呈半透明状，十分淡雅……听到此，随团的几名来自铜川的客人觉得好笑，同时心中也悠然升腾起一种自豪感。因为这种瓷片在铜川耀州的土地上比比皆是，尤其是到了陈炉镇，脚下一不小心就能踢出千年瓷片。当时我就在思考，这里展示的瓷片虽小，但它作为标本，足以说明了一段历史，为中国传统文化的丰饶作证。《资治通鉴》《史记》的存在，使今人可知古人事，以史为鉴知兴替。每个人也同理，记录前辈和自己的过往，便给后人留下了一段宝贵的经验和教训、精神和思想。其实"一个人的历史就是国家历史的一部分；一个人的精神就是时代精神的一部分；一个人的情怀就是民族情怀的一部分"，死亡只是意味着物理生命的终结，而被彻底遗忘才是物理生命和精神生命的终结。不要小看这些不起眼的瓷片，不要忽视"碎片化"的写作，它能增加生命的宽度和厚度；记录当下，便是记录历史；留下精神和情怀就等于延长了生命。

小说《申黎光的峥嵘岁月》虽然只用一年多的时间完成了，但选用的素材却是几十年的"碎片"积累，其中有我耳闻目睹的故事，也有我的亲身经历，只是用小说的表现手法予以了再现。著名作家安黎在本书的序言中说："这部蕴含现实质地的小说，既是对一代人来龙去脉的梳理与追溯，更是对岁月偏离正常轨道的审视与拷问。从这个角度上理解这部作品，也许才能突显出它的深远价值：它是回眸苍茫岁月的纪录片，是一个时代凡俗人间的历史档案。"

  从这个意义上来说，记录一段历史，绝不是个人的事情，供人们解析和思考，才具有它的社会学意义。在此，我要感谢所有对此书进行校对、修改而付出辛勤劳动的朋友；感谢作家出版社的责任编辑史佳丽同志的耐心审读和指导。有了你们的帮助，才能使我那些鲜为人知的"碎片"拂去尘埃，熠熠闪光，也了却了我想写一部有现实底蕴、有生活感悟、有心灵真实感受的小说的夙愿。我知道我文字的浅陋，但漂亮的孩子可以出生，丑陋的孩子也不能永远藏在母腹中——我坚信读者是最公正的考官，期待着各位读者不留情面的评判和指正。

2023年12月于西安

图书在版编目（CIP）数据

申黎光的峥嵘岁月 / 朴实著 . -- 北京：作家出版社，2024.3

ISBN 978-7-5212-2722-2

Ⅰ.①申… Ⅱ.①朴… Ⅲ.①长篇小说—中国—当代 Ⅳ.①I247.5

中国国家版本馆 CIP 数据核字（2024）第 023687 号

申黎光的峥嵘岁月

作　　者：朴　实
责任编辑：佳　丽
插　　图：白芳君
封面设计：百丰艺术
出版发行：作家出版社有限公司
社　　址：北京农展馆南里 10 号　　邮　　编：100125
电话传真：86-10-65067186（发行中心及邮购部）
　　　　　86-10-65004079（总编室）
E-mail:zuojia @ zuojia.net.cn
http://www.zuojiachubanshe.com
印　　刷：唐山玺诚印务有限公司
成品尺寸：152×230
字　　数：327 千
印　　张：23.75
插　　页：8
版　　次：2024 年 3 月第 1 版
印　　次：2024 年 3 月第 1 次印刷
ISBN 978-7-5212-2722-2
定　　价：58.00 元

作家版图书，版权所有，侵权必究。
作家版图书，印装错误可随时退换。